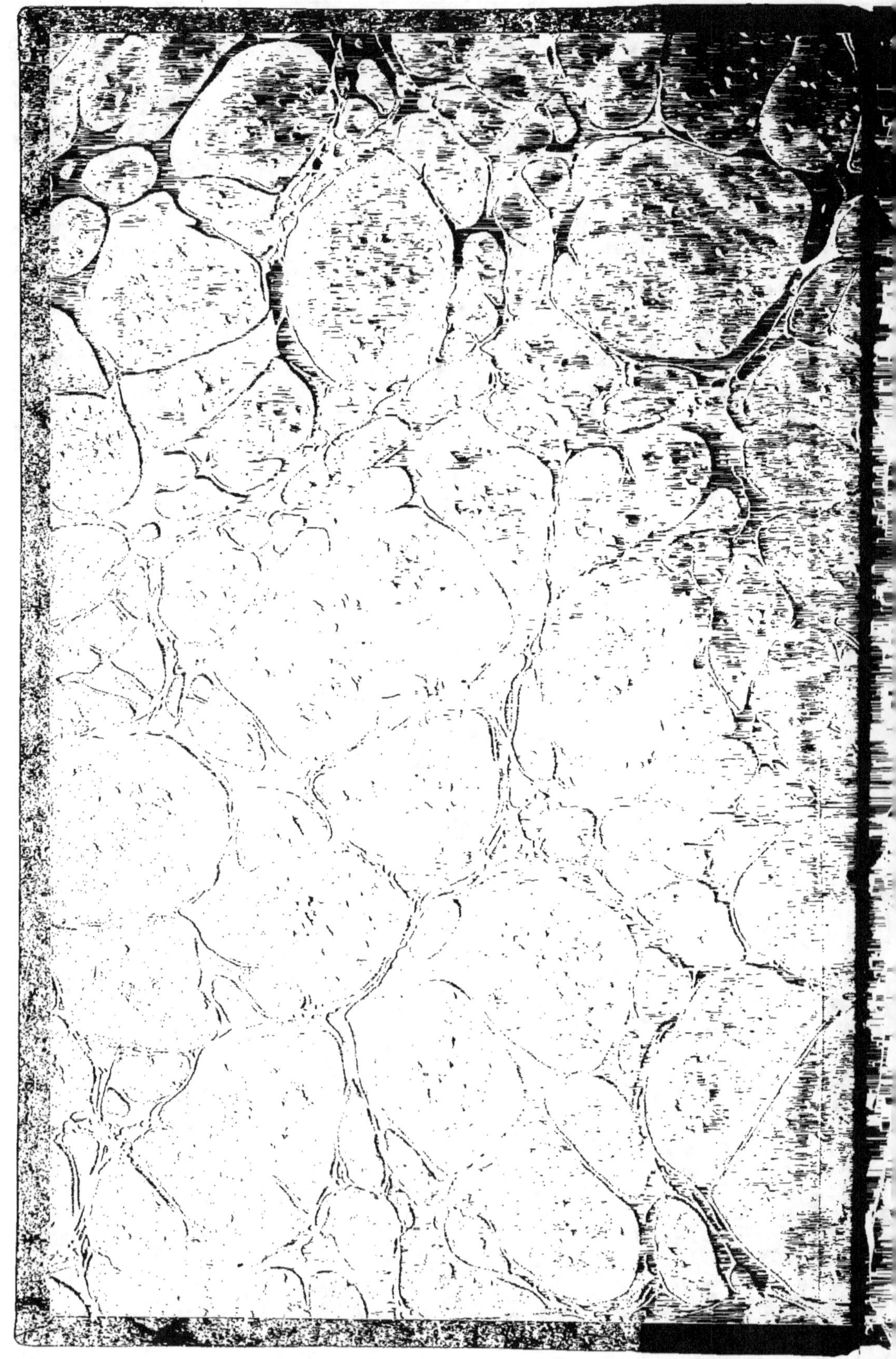

ROBERT 1984

R

ŒUVRES

DE

BLAISE PASCAL.

DE L'IMPRIMERIE DE CRAPELET.

ŒUVRES

DE

BLAISE PASCAL.

NOUVELLE ÉDITION.

TOME QUATRIÈME.

A PARIS,
CHEZ LEFÈVRE, LIBRAIRE,
RUE DE L'ÉPERON, N° 6.

1819.

OUVRAGES
DE MATHÉMATIQUE ET DE PHYSIQUE
DE PASCAL.

ESSAIS
POUR LES CONIQUES (1640.)

DÉFINITION I.

Quand plusieurs lignes droites concourent au même point, ou sont toutes parallèles entre elles : toutes ces lignes sont dites de *même ordre* ou de *même ordonnance ;* et la multitude de ces lignes, est dit *ordre de lignes*, ou *ordonnance de lignes.*

DÉFINITION II.

Par le mot de *section* de cône, nous entendons la circonférence du cercle, l'ellipse, l'hyperbole, la parabole et l'angle rectiligne : d'autant qu'un cône coupé parallèlement à sa base, ou par son sommet, ou des trois autres sens qui engendrent l'ellipse, l'hyperbole et la parabole, donne dans sa superficie, ou la circonférence d'un cercle, ou un angle, ou l'ellipse, ou l'hyperbole, ou la parabole.

DÉFINITION III.

Par le mot de *droite* mis seul, nous entendons la ligne droite.

LEMME I.

Si dans le plan MSQ (*fig* 1.) *du point* M *partent les deux droites* MK, MV, *et du point* S *partent les deux droites* SK, SV; *que* K *soit le concours des droites* MK, SK; V *le concours des droites* MV, SV; A *le concours des droites* MA, SA; μ *le concours des droites* MV, SK; *et que par deux des quatre points* A, K, μ, V *qui ne soient point en même droite avec les points* M, S, *comme par les points* K, V, *passe la circonférence d'un cercle coupant les droites* MV, MP, SV, SK *aux points* O, P, Q, N : *je dis que les droites* MS, NO, PQ, *sont de même ordre.*

LEMME II.

Si par la même droite passent plusieurs plans, qui soient coupés par un autre plan, toutes les lignes des sections de ces plans sont de même ordre avec la droite par laquelle passent lesdits plans.

(*Fig.* 1.) Ces deux lemmes posés et quelques faciles conséquences d'iceux, nous démontrerons que les mêmes choses étant posées, qu'au premier lemme, si par les points K, V passe une section quelçonque du cône qui coupe les droites MK, MV, SK, SV aux points P, O, N, Q : les droites MS, NO, PQ seront de même ordre. Cela sera un troisième lemme.

Ensuite de ces trois lemmes et de quelques conséquences d'iceux, nous donnerons des éléments coniques complets : savoir, toutes les propriétés des diamètres et côtés droits, des tangentes, etc., la restitution du cône presque sur toutes les données, la description des sections du cône par points, etc.

(*Fig.* 1.) Quoi faisant, nous énonçons les propriétés que nous en touchons d'une manière plus universelle qu'à l'ordinaire. Par exemple, celle-ci : si dans le plan MSQ, dans la section de cône, PKV, sont menées les droites AK, AV atteignantes la section aux points P, K, Q, V; et que de deux de ces quatre points qui ne sont point en même droite avec le point A, comme par les points K, V, et par deux points N, O pris dans le bord de la section, soient menées quatre droites KN, KO, VN, VO coupantes les droites AV, AP aux points L, M, T, S : je dis que la raison composée des raisons de la droite PM à la droite MA, et de la droite AS à la droite SQ, est la même que la raison composée des raisons de la droite PL à la droite LA, et de la droite AT à la droite TQ.

Nous démontrerons aussi (*fig.* 1.) que s'il y a trois droites DE, DG, DH que les droites AP, AR coupent aux points F, G, H, C, γ, B; et que dans la droite DC soit déterminé le point E : la raison composée des raisons du rectangle EF en FG au rectangle de EC en Cγ, et de la droite Aγ à la droite AG, est la même que la composée des raisons du rectangle de E F en E H au rectangle de E C en C B, et de la droite A B à la droite A H; et elle est aussi la même que la raison du rectangle des droites F E, F D; au rectangle des droites C E, C D. Partant si par les points E, D passe une section de cône qui coupe les droites A H, A B aux points P, K, R, Ψ : la raison composée des raisons du rectangle des droites E F, F C, au rectangle des droites E C, C γ, et de la droite γ A à la droite A G, sera la même que la composée des raisons du rectangle des droites F K, F P, au rectangle des droites C R, C Ψ, et du rectangle des droites A R, A Ψ, au rectangle des droites A K, A P.

Nous démontrerons aussi (*fig.* 3.) que si quatre droites A C, A F, E H, E L s'entrecoupent aux points N, P, M, O, et qu'une section de cône coupe lesdites droites aux points C, B, F, D, H, G, L, K : la raison composée des raisons du rectangle de M C en M B, au rectangle des droites P F, P D, et du rectangle des droites A D, A F, au rectangle des droites A B, A C, est la même que la raison composée des raisons du rectangle des droites M L, M K, au rectangle des droites P H, P G, et du rectangle des droites E H, E G, au rectangle des droites E K, E L.

Nous démontrerons aussi (*fig.* 1.) la propriété suivante, dont le premier inventeur est M. Desargues, Lyonnois, un des grands esprits de ce temps, et des plus versés aux mathématiques, et entre autres aux coniques, dont les écrits sur cette matière, quoiqu'en petit nombre, en ont donné un ample témoignage à ceux qui auront voulu en recevoir l'intelligence. Je veux bien avouer que je dois le peu que j'ai trouvé sur cette matière à ses écrits, et que j'ai tâché d'imiter, autant qu'il m'a été possible, sa méthode sur ce sujet qu'il a traité sans se servir du triangle par l'axe, en traitant généralement de toutes les sections de cône. La propriété merveilleuse dont est question est telle : Si dans le plan M S Q il y a une section de cône P Q V, dans le bord de laquelle ayant pris les quatre points K, N, O, V, soient menées les droites K N, K O, V N, V O, de sorte que par un même des quatre points ne passent que deux droites, et qu'une autre droite coupe, tant le bord de la section aux points R, Ψ, que les droites K N, K O, V N, V O aux points X, Y, Z, δ; je dis que comme le rectangle des droites Z R, Z Ψ est au rectangle des droites Y R, γ Ψ, ainsi le rectangle des droites δ R, δ Ψ est au rectangle des droites X R, X Ψ.

Nous démontrerons aussi (*fig.* 2.) que si dans le plan de l'hyberbole ou de l'ellipse, ou du cercle A G T E, dont le centre est C, on mène la droite A B touchante au point A la section, et qu'ayant mené le diamètre A T, on prenne la droite A B, dont le carré soit égal au quart du rectangle de la figure (*), et qu'on mène C B;

(*) Par le *rectangle de la figure,* l'auteur entend le produit d'un diamètre par son paramètre.

alors quelque droite qu'on mène, comme D E, parallèle à la droite A B, coupante la section en E et les droites A C, C B au points D, F : si la section A G E est une ellipse ou un cercle, la somme des carrés des droites D E, D F sera égale au carré de la droite A B; et dans l'hyperbole, la différence des mêmes carrés des droites D E, D F, sera égale au carré de la droite A B.

Nous déduirons aussi quelques problèmes; par exemple, d'*un point donné mener une droite touchante une section de cône donnée.*

Trouver deux diamètres conjugués en angle donné.

Trouver deux diamètres en angle donné et en raison donnée.

Nous avons plusieurs autres problèmes et théorèmes, et plusieurs conséquences des précédents ; mais la défiance que j'ai de mon peu d'expérience et de capacité, ne me permet pas d'en avancer davantage avant qu'il ait passé à l'examen des habiles gens qui voudront nous obliger d'en prendre la peine : après quoi si l'on juge que la chose mérite d'être continuée, nous essaierons de la pousser jusqu'où Dieu nous donnera la force de la conduire.

MACHINE ARITHMÉTIQUE (1645).

A MONSEIGNEUR LE CHANCELIER (*).

MONSEIGNEUR,

Si le public reçoit quelque utilité de l'invention que j'ai trouvée pour faire toutes sortes de règles d'arithmétique, par une manière aussi nouvelle que commode, il en aura plus d'obligation à votre grandeur qu'à mes petits efforts, puisque je ne saurois me vanter que de l'avoir conçue, et qu'elle doit absolument sa naissance à l'honneur de vos commandements. Les longueurs et les difficultés des moyens ordinaires dont on se sert m'ayant fait penser à quelque secours plus prompt et plus facile pour me soulager dans les grands calculs où j'ai été occupé depuis quelques années en plusieurs affaires qui dépendent des emplois dont il vous a plu honorer mon père pour le service de sa majesté en la Haute-Normandie; j'employai à cette recherche toute la connoissance que mon inclination et le travail de mes premières études m'ont fait acquérir dans les mathématiques; et

(*) Pierre Seguier.

après une profonde méditation, je reconnus que ce secours n'étoit pas impossible à trouver. Les lumières de la géométrie, de la physique et de la mécanique m'en fournirent le dessein, et m'assurèrent que l'usage en seroit infaillible, si quelque ouvrier pouvoit former l'instrument dont j'avois imaginé le modèle. Mais ce fut en ce point que je rencontrai des obstacles aussi grands que ceux que je voulois éviter, et auxquels je cherchois un remède. N'ayant pas l'industrie de manier le métal et le marteau comme la plume et le compas; et les artisans ayant plus de connoissance de la pratique de leur art que des sciences sur lesquelles il est fondé, je me vis réduit à quitter toute mon entreprise, dont il ne me revenoit que beaucoup de fatigues, sans aucun bon succès. Mais, monseigneur, votre grandeur ayant soutenu mon courage, qui se laissoit aller, et m'ayant fait la grâce de parler du simple crayon que mes amis vous avoient présenté, en des termes qui me le firent voir tout autre qu'il ne m'avoit paru auparavant: avec les nouvelles forces que vos louanges me donnèrent, je fis de nouveaux efforts; et suspendant tout autre exercice, je ne songeai plus qu'à la construction de cette petite machine, que j'ai osé, monseigneur, vous présenter, après l'avoir mise en état de faire, avec elle seule et sans aucun travail d'esprit, les opérations de toutes les parties de l'arithmétique, selon que je me l'étois proposé.

C'est donc à vous, monseigneur, que je devois ce petit essai, puisque c'est vous qui me l'avez fait faire ; et c'est de vous aussi que j'en attends une glorieuse protection. Les inventions qui ne sont pas connues, ont toujours plus de censeurs que d'approbateurs : on blâme ceux qui les ont trouvées, parce qu'on n'en a pas une parfaite intelligence ; et par un injuste préjugé, la difficulté que l'on s'imagine aux choses extraordinaires, fait qu'au lieu de les considérer pour les estimer, on les accuse d'impossibilité, afin de les rejeter ensuite comme impertinentes. D'ailleurs, monseigneur, je m'attends bien que parmi tant de doctes qui ont pénétré jusque dans les derniers secrets des mathématiques, il pourra s'en trouver qui d'abord estiment mon action téméraire, vu qu'en la jeunesse où je suis, et avec si peu de forces, j'ai osé tenter une route nouvelle dans un champ tout hérissé d'épines, et sans avoir de guide pour m'y frayer le chemin. Mais je veux bien qu'ils m'accusent, et même qu'ils me condamnent, s'ils peuvent justifier que je n'ai pas tenu exactement ce que j'avois promis ; et je ne leur demande que la faveur d'examiner ce que j'ai fait, et non pas celle de l'approuver sans le connoître. Aussi, monseigneur, je puis dire à votre grandeur, que j'ai déjà la satisfaction de voir mon petit ouvrage, non-seulement autorisé de l'approbation de quelques-uns des principaux en cette véritable science, qui, par une préférence toute particulière, a l'avantage de ne rien enseigner qu'elle ne démontre, mais encore honoré de leur estime et de leur recommandation ; et que même celui d'entre eux, de qui la plupart des autres admirent tous les jours et recueillent les productions, ne l'a pas jugé indigne de se donner la peine, au milieu de ses grandes occupations, d'en enseigner, et la disposition, et l'usage à ceux qui auront quelque désir de s'en servir. Ce sont là véritablement, monseigneur, de grandes récompenses du temps que j'ai employé, et de la dépense que j'ai faite pour mettre la chose en l'état où je vous l'ai présentée. Mais permettez-moi de flatter ma vanité jusqu'au point de dire, qu'elles ne me satisferaient pas entièrement, si je n'en avois reçu une beaucoup plus importante et plus délicieuse de votre grandeur. En effet, monseigneur, quand je me représente que cette même bouche, qui prononce tous les jours des oracles sur le trône de la justice, a daigné donner des éloges au coup d'essai d'un homme de vingt ans ; que vous l'avez jugé digne d'être plus d'un fois le sujet de votre entretien, et de le voir placé dans votre cabinet parmi tant d'autres choses rares et précieuses dont il est rempli, je suis comblé de gloire, et je ne trouve point de paroles pour faire paroître ma reconnoissance à votre grandeur, et ma joie à tout le monde.

Dans cette impuissance, où l'excès de votre bonté m'a mis, je me contenterai de la révérer par mon silence : et toute la famille dont je porte le nom étant intéressée aussi-bien que moi par ce bienfait et par plusieurs autres à faire tous les jours des vœux pour votre prospérité, nous les ferons d'un cœur si ardent, et si continuels, que personne ne pourra se vanter d'être plus attaché que nous à votre service, ni de porter plus véritablement que moi la qualité, monseigneur, de votre, etc. Pascal.

AVIS

Nécessaire à tous ceux qui auront curiosité de voir la Machine arithmétique, et de s'en servir.

Ami lecteur : cet avertissement servira pour te faire savoir que j'expose au public une petite machine de mon invention, par le moyen de laquelle seule tu pourras, sans peine quelconque, faire toutes les opérations de l'arithmétique, et te soulager du travail qui t'a souventes fois fatigué l'esprit, lorsque tu as opéré par le jeton ou par la plume : je puis, sans présomption, espérer qu'elle ne te déplaira pas, après que M. le chancelier l'a honorée de son estime, et que dans Paris, ceux qui sont le mieux versés aux mathématiques, ne l'ont pas jugée indigne de leur approbation. Néanmoins, pour ne pas paroître négligent à lui faire acquérir aussi la tienne, j'ai cru être obligé de t'éclaircir sur toutes les difficultés que j'ai estimées capables de choquer ton sens, lorsque tu prendras la peine de la considérer.

Je ne doute pas qu'après l'avoir vue, il ne tombe d'abord dans ta pensée que je devois avoir expliqué par écrit, et sa construction, et son usage; et que pour rendre ce discours intelligible, j'étois même obligé, suivant la méthode des géomètres, de représenter par figures les dimensions, la disposition et le rapport de toutes les pièces, et comment chacune doit être placée pour composer l'instrument, et mettre son mouvement en sa perfection. Mais tu ne dois pas croire qu'après n'avoir épargné ni le temps, ni la peine, ni la dépense pour la mettre en état de t'être utile, j'eusse négligé d'employer ce qui étoit nécessaire pour te contenter sur ce point, qui sembloit manquer à son accomplissement, si je n'avois été empêché de le faire par une considération si puissante, que j'espère même qu'elle te forcera de m'excuser. Oui, j'espère que tu approuveras que je me sois abstenu de ce discours, si tu prends la peine de faire réflexion d'une part sur la facilité qu'il y a d'expliquer de bouche, et d'entendre par une briève conférence, la construction et l'usage de cette machine; et d'autre part, sur l'embarras et la difficulté qu'il y eût eu d'exprimer par écrit les mesures, les formes, les propositions, les situations et le surplus des propriétés de tant de pièces différentes. Alors tu jugeras que cette doctrine est du nombre de celles qui ne peuvent être enseignées que de vive voix ; et qu'un discours par écrit en cette matière seroit autant et plus inutile et embarrassant, que celui qu'on emploieroit à la description de toutes les parties d'une montre, dont toutefois l'explication est si facile, quand elle est faite bouche à bouche; et qu'apparemment un tel discours ne pourroit produire d'autre effet qu'un infaillible dégoût en l'esprit de plusieurs, leur faisant concevoir mille difficultés où il n'y en a point du tout.

Maintenant, cher lecteur, j'estime qu'il est nécessaire de t'avertir que je prévois deux choses capables de former quelques nuages en ton esprit. Je sais qu'il y a nombre de personnes qui font profession de trouver à redire partout, et qu'entre ceux-là il pourra s'en trouver qui te diront que cette machine pouvoit être moins composée; c'est là la première vapeur que j'estime nécessaire de dissiper. Cette proposition ne peut t'être faite que par certains esprits qui ont véritablement quelque connoissance de la mécanique ou de la géométrie, mais qui, pour ne les savoir joindre l'une à l'autre, et toutes deux ensemble à la physique, se flattent ou se trompent dans leurs conceptions imaginaires, et se persuadent possibles beaucoup de choses qui ne le sont pas, pour ne posséder qu'une théorie imparfaite des choses en général, laquelle n'est pas suffisante de leur faire prévoir en particulier les inconvéniens qui arrivent, ou de la part de la matière, ou des places que doivent occuper les pièces d'une machine dont les mouvements sont différents, afin qu'ils soient libres et qu'ils ne puissent s'empêcher les uns les autres. Lors donc que ces savants imparfaits te soutiendront que cette machine pouvoit être moins composée, je te conjure de leur faire la réponse que je leur ferois moi-même, s'ils me faisoient une telle proposition, et de les assurer de ma part que je leur ferai voir, quand il leur plaira, plusieurs autres modèles, et même un instrument entier et parfait, beaucoup moins composé, dont je me suis publiquement servi pendant six mois entiers ; et ainsi que je n'ignore pas que la machine ne peut être moins composée, et particulièrement si j'eusse voulu instituer le mouvement de l'opération par la face antérieure, ce qui ne pouvoit être qu'avec une incommodité ennuyeuse et insupportable ; au lieu que maintenant il se fait par la face supérieure avec toute la commodité qu'on sauroit souhaiter, et même avec plaisir : tu leur diras aussi que mon dessein n'ayant jamais visé qu'à réduire en mouvement réglé toutes les opérations de l'arithmétique, je me suis en même temps persuadé que mon dessein ne réussiroit qu'à ma propre confusion, si ce mouvement n'étoit simple, facile, commode et prompt à l'exécution, et que la machine ne fût durable, solide, et même capable de souffrir sans altération la fatigue du transport; et enfin que s'ils avoient autant médité que moi sur cette matière, et passé par tous les chemins que j'ai suivis pour venir à mon but, l'expérience leur auroit fait voir qu'un instrument moins composé ne pouvoit avoir toutes ces conditions que j'ai heureusement données à cette petite machine.

Car pour la simplicité du mouvement des opérations, j'ai fait en sorte qu'encore que les opérations de l'arithmétique soient en quelque façon opposées l'une à l'autre, comme l'addition à la soustraction, et la multiplication à la division, néanmoins elles se pratiquent toutes sur cette machine par un seul et unique mouvement.

Pour la facilité de ce même mouvement des opérations, elle est toute apparente, en ce qu'il est aussi facile de faire mouvoir mille et dix mille roues toutes à la fois, si elles y étoient, quoique toutes achèvent leur mouvement très-parfait, que d'en faire mouvoir une seule,(je ne sais si après le principe sur lequel j'ai fondé cette facilité, il en reste un autre dans la nature). Que si tu veux, outre la facilité du mouvement de l'opération, savoir quelle est la facilité de l'opération même, c'est-à-dire, la facilité qu'il y a en l'opération par cette machine, tu le peux, si tu prends la peine de la comparer avec les méthodes d'opérer par le jeton et par la plume. Tu sais comme en opérant par le jeton, le calculateur

(surtout lorsqu'il manque d'habitude), est souvent obligé, de peur de tomber en erreur, de faire une longue suite et extension de jetons, et comme la nécessité le contraint après d'abréger et de relever ceux qui se trouvent inutilement étendus; en quoi tu vois deux peines inutiles, avec la perte de deux temps. Cette machine facilite et retranche en ses opérations tout ce superflu; le plus ignorant y trouve autant d'avantage que le plus expérimenté; l'instrument supplée au défaut de l'ignorance ou du peu d'habitude; et par des mouvements nécessaires, il fait lui seul, sans même l'intention de celui qui s'en sert, tous les abrégés possibles à la nature, toutes les fois que les nombres s'y trouvent disposés. Tu sais de même, comme en opérant par la plume, on est à tout moment obligé de retenir ou d'emprunter les nombres nécessaires, et combien d'erreurs se glissent dans ces rétentions et emprunts, à moins d'une très-longue habitude, et en outre d'une attention profonde et qui fatigue l'esprit en peu de temps. Cette machine délivre celui qui opère par elle, de cette vexation; il suffit qu'il ait le jugement, elle le relève du défaut de la mémoire, et sans rien retenir, ni emprunter; elle fait d'elle-même ce qu'il désire, sans même qu'il y pense. Il y a cent autres facilités que l'usage fait voir, dont le discours pourroit être ennuyeux.

Quant à la commodité de ce mouvement, il suffit de dire qu'il est insensible, allant de gauche à droite, et imitant notre méthode vulgaire d'écrire, fors qu'il procède circulairement.

Et enfin quant à sa promptitude, elle paroît de même, en la comparant avec celle des autres deux méthodes du jeton et de la plume: et si tu veux encore une plus parfaite explication de sa vitesse, je te dirai qu'elle est pareille à l'égalité de la main de celui qui opère : cette promptitude est fondée, non-seulement sur la facilité des mouvements qui ne font aucune résistance, mais encore sur la petitesse des roues que l'on meut à la main, qui fait que le chemin étant plus court, le moteur peut le parcourir en moins de temps; d'où il arrive encore cette commodité, que par ce moyen la machine se trouvant réduite en plus petit volume, elle en est plus maniable et portative.

Et quant à la durée et solidité de l'instrument, la seule dureté du métal dont il est composé pourroit en donner à quelque autre la certitude: mais d'y prendre une assurance entière, et la donner aux autres, je n'ai pu le faire qu'après en avoir fait l'expérience, par le transport de l'instrument durant plus de deux cent cinquante lieues de chemin, sans aucune altération.

Ainsi, cher lecteur, je te conjure encore une fois de ne point prendre pour imperfection que cette machine soit composée de tant de pièces, puisque sans cette composition, je ne pouvois lui donner toutes les conditions ci-devant déduites, qui toutefois lui étoient toutes nécessaires; en quoi tu pourras remarquer une espèce de paradoxe, que pour rendre le mouvement de l'opération plus simple, il a fallu que la machine ait été construite d'un mouvement plus composé.

La seconde cause que je prévois capable de te donner de l'ombrage, ce sont, cher lecteur, les mauvaises copies de cette machine qui pourroient être produites par la présomption des artisans: en ces occasions, je te conjure d'y porter soigneusement l'esprit de distinction, te garder de la surprise, distinguer entre la copie et la copie, et ne pas juger des véritables originaux, par les productions imparfaites de l'ignorance et de la témérité des ouvriers: plus ils sont excellents en leur art, plus il est à craindre que la vanité ne les enlève par la persuasion qu'ils se donnent trop légèrement d'être capables d'entreprendre et d'exécuter d'eux-mêmes des ouvrages nouveaux, desquels ils ignorent, et les principes, et les règles; puis enivrés de cette fausse persuasion, ils travaillent en tâtonnant, c'est-à-dire, sans mesures certaines et sans proportions réglées par art: d'où il arrive qu'après beaucoup de temps et de travail, où ils ne produisent rien qui revienne à ce qu'ils ont entrepris; ou, au plus, ils font paroître un petit monstre auquel manquent les principaux membres, les autres étant informes et sans aucune proportion: ces imperfections le rendant ridicule, ne manquent jamais d'attirer le mépris de tous ceux qui le voient, desquels la plupart rejettent, sans raison, la faute sur celui qui, le premier, a eu la pensée d'une telle invention; au lieu de s'en éclaircir avec lui, et puis blâmer la présomption de ces artisans, qui, par une fausse hardiesse d'oser entreprendre plus que leurs semblables, produisent ces inutiles avortons. Il importe au public de leur faire connoître leur foiblesse, et leur apprendre que pour les nouvelles inventions, il faut nécessairement que l'art soit aidé par la théorie, jusqu'à ce que l'usage ait rendu les règles de la théorie si communes, qu'il les ait enfin réduites en art, et que le continuel exercice ait donné aux artisans l'habitude de suivre et pratiquer ces règles avec assurance. Et tout ainsi qu'il n'étoit pas en mon pouvoir, avec toute la théorie imaginable, d'exécuter moi seul mon propre dessein, sans l'aide d'un ouvrier qui possédât parfaitement la pratique du tour, de la lime et du marteau, pour réduire les pièces de la machine dans les mesures et proportions que par les règles de la théorie je lui prescrivois : il est de même absolument impossible à tous les simples artisans, si habiles qu'ils soient en leur art, de mettre en perfection une pièce nouvelle qui consiste, comme celle-ci, en mouvements compliqués, sans l'aide d'une personne qui, par les règles de la théorie, lui donne les mesures et les proportions de toutes les pièces dont elle doit être composée.

Cher lecteur, j'ai sujet particulier de te donner ce dernier avis, après avoir vu de mes yeux une fausse exécution de ma pensée, faite par un ouvrier de la ville de Rouen, horloger de profession, lequel, sur le simple récit qui lui fut fait de mon premier modèle que j'avois fait quelques mois auparavant, eut assez de hardiesse pour en entreprendre un autre, et qui plus est, par une autre espèce de mouvement; mais comme le bon-homme n'a autre talent que celui de manier adroitement ses outils, et qu'il ne sait pas seulement si la géométrie et la mécanique sont au monde : aussi (quoiqu'il soit très-habile en son art, et même très-industrieux en plusieurs choses qui n'en sont point) ne fit-il qu'une pièce inutile, propre véritablement, polie et très-bien limée par le dehors, mais tellement imparfaite au dedans, qu'elle n'est d'aucun usage. Toutefois à cause seulement de sa nouveauté, elle ne fut pas sans estime parmi ceux qui n'y connoissent rien, et nonobstant tous les défauts essentiels que l'épreuve y fit reconnoître, ne laissa pas de trouver place dans le cabinet d'un curieux de la même ville, rempli de plusieurs autres pièces rares et ingénieuses. L'aspect de ce petit avorton me déplut au dernier point, et refroidit tellement l'ardeur avec laquelle je faisois alors travailler à l'accomplissement de mon modèle, qu'à l'instant même je donnai congé à tous mes ouvriers, résolu de quitter entièrement mon entreprise, par la juste appréhension que je conçus qu'une pareille hardiesse ne prît à plusieurs autres, et que les fausses copies qu'ils pouvoient produire de cette nouvelle pensée, n'en ruinassent l'estime dès sa naissance, avec l'utilité que le public pouvoit en recevoir. Mais quelque temps après, M. le chancelier ayant daigné honorer de sa vue mon premier modèle, et donner le témoignage de l'estime qu'il faisoit de cette invention, me fit commandement de la mettre en sa perfection; et pour dissiper la crainte qui m'avoit retenu quelque temps, il lui plut de retrancher le mal dès sa racine, et d'empêcher le cours qu'il pouvoit prendre au préjudice de ma réputation et au désavantage du public, par la grâce qu'il me fit de m'accorder un privilége, qui n'est pas ordinaire, et qui étouffe avant leur naissance tous ces avortons illégitimes qui pourroient être engendrés d'ailleurs que de la légitime et nécessaire alliance de la théorie avec l'art.

Au reste, si quelquefois tu as exercé ton esprit à l'invention des machines, je n'aurai pas grand peine à te persuader que la forme de l'instrument, en l'état où il est à présent, n'est pas le premier effet de l'imagination que j'ai eue sur ce sujet : j'avois commencé l'exécution de mon projet par une marche très-différente de celle-ci, et en sa matière, et en sa forme, laquelle (bien qu'en état de satisfaire à plusieurs) ne me donna pas pourtant la satisfaction entière; ce qui fit qu'en la corrigeant peu à peu, j'en fis insensiblement une seconde, en laquelle, rencontrant encore des inconvénients que je ne pus souffrir, pour y apporter le remède, j'en composai une troisième, qui va par ressorts, et qui est très-simple en sa construction. C'est celle de laquelle, comme j'ai déjà dit, je me suis servi plusieurs fois, au vu et su d'une infinité de personnes, et qui est encore en état de servir autant que jamais. Cependant, en la perfectionnant toujours, je trouvai des raisons de la changer; et enfin reconnoissant dans toutes, ou de la difficulté d'agir, ou de la rudesse aux mouvements, ou de la disposition à se corrompre trop facilement par le temps ou par le transport, j'ai pris la patience de faire jusqu'à plus de cinquante modèles, tous différents, les uns de bois, les autres d'ivoire et d'ébène, et les autres de cuivre, avant que d'être venu à l'accomplissement de la machine que maintenant je fais paroître, laquelle, bien que composée de tant de petites pièces différentes, comme tu pourras voir, est toutefois tellement solide, qu'après l'expérience dont j'ai parlé ci-devant, j'ose te donner assurance que tous les efforts qu'elle pourroit recevoir en la transportant si loin que tu voudras, ne sauroient la corrompre, ni lui faire souffrir la moindre altération.

Enfin, cher lecteur, maintenant que j'estime l'avoir mise en état d'être vue, et que même tu peux, si tu en as la curiosité, la voir et t'en servir, je te prie d'agréer la liberté que je prends d'espérer que la seule pensée à trouver une troisième méthode pour faire toutes les opérations arithmétiques, totalement nouvelle, et qui n'a rien de commun avec les deux méthodes vulgaires de la plume et du jeton, recevra de toi quelque estime; et qu'en approuvant le dessein que j'ai eu de te plaire, en te soulageant, tu me sauras gré du soin que j'ai pris pour faire que toutes les opérations qui, par les précédentes méthodes, sont pénibles, composées, longues et peu certaines, deviennent faciles, simples, promptes et assurées.

LETTRE DE PASCAL

A LA REINE CHRISTINE,

EN LUI ENVOYANT LA MACHINE ARITHMÉTIQUE (1650).

MADAME,

Si j'avois autant de santé que de zèle, j'irois moi-même présenter à Votre Majesté un ouvrage de plusieurs années, que j'ose lui offrir de si loin; et je ne souffrirois pas que d'autres mains que les miennes eussent l'honneur de le porter aux pieds de la plus grande princesse du monde. Cet ouvrage, MADAME, est une machine pour faire les règles d'arithmétique sans plume et sans jetons. Votre Majesté n'ignore pas la peine et le temps que coûtent les productions nouvelles, surtout lorsque les inventeurs veulent les porter eux-mêmes à la dernière perfection : c'est pourquoi il seroit inutile de dire combien il y a que je travaille à celle-ci ; et je ne pourrois mieux l'exprimer qu'en disant, que je m'y suis attaché avec autant d'ardeur que si j'eusse prévu qu'elle devoit paroître un jour devant une personne si auguste. Mais, MADAME, si cet honneur n'a pas été le véritable motif de mon travail, il en sera du moins la récompense ; et je m'estimerai trop heureux, si, à la suite de tant de veilles, il peut donner à Votre Majesté une satisfaction de quelques moments. Je n'importunerai pas non plus Votre Majesté du particulier de ce qui compose cette machine : si elle en a quelque curiosité, elle pourra se contenter dans un discours (*) que j'ai adressé à M. de Bourdelot (**) ; j'y ai touché en peu de mots toute l'histoire de cet ouvrage, l'objet de son invention, l'occasion de sa recherche, l'utilité de ses ressorts, les difficultés de son exécution, les degrés de son progrès, le succès de son accomplissement et les règles de son usage. Je dirai donc seulement ici le sujet qui me porte à l'offrir à Votre Majesté, ce que je considère comme le couronnement et le dernier bonheur de son aventure. Je sais,

(*) Ce discours paroît être celui de la page 11 ci-dessus, avec quelques additions qu'on n'a pu retrouver.

(**) Médecin de la reine Christine.

Madame, que je pourrai être suspect d'avoir recherché de la gloire, en le présentant à Votre Majesté, puisqu'il ne sauroit passer que pour extraordinaire, quand on verra qu'il s'adresse à elle ; et qu'au lieu qu'il ne devroit lui être offert que par la considération de son excellence, on jugera qu'il est excellent, par cette seule raison qu'il lui est offert. Ce n'est pas néanmoins cette espérance qui m'a inspiré un tel dessein. Il est trop grand, Madame, pour avoir d'autre objet que Votre Majesté même. Ce qui m'y a véritablement porté, est l'union qui se trouve en sa personne sacrée, de deux choses qui me comblent également d'admiration et de respect, qui sont l'autorité souveraine et la science solide ; car j'ai une vénération toute particulière pour ceux qui sont élevés au suprême degré, ou de puissance, ou de connoissances. Les derniers peuvent, si je ne me trompe, aussi-bien que les premiers, passer pour des souverains. Les mêmes degrés se rencontrent entre les génies qu'entre les conditions ; et le pouvoir des rois sur les sujets n'est, ce me semble, qu'une image du pouvoir des esprits sur les esprits qui leur sont inférieurs, sur lesquels ils exercent le droit de persuader, ce qui est parmi eux ce que le droit de commander est dans le gouvernement politique. Ce second empire me paroît même d'un ordre d'autant plus élevé, que les esprits sont d'un ordre plus élevé que les corps ; et d'autant plus équitable, qu'il ne peut être départi et conservé que par le mérite, au lieu que l'autre peut l'être par la naissance ou par la fortune. Il faut donc avouer que chacun de ces empires est grand en foi ; mais, MADAME, que Votre Majesté me permette de le dire, elle n'y est pas blessée ; l'un sans l'autre me paroît défectueux. Quelque puissant que soit un monarque, il manque quelque chose à sa gloire, s'il n'a la prééminence de l'esprit ; et quelque éclairé que soit un sujet, sa condition est toujours rabaissée par sa dépendance. Les hommes qui désirent naturellement ce qui est le plus parfait, avoient jusqu'ici continuellement aspiré à rencontrer ce souverain par excellence. Tous les rois et tous les savants en étoient autant d'ébauches, qui ne remplissoient qu'à demi leur attente ; ce chef-d'œuvre étoit réservé à notre siècle. Et afin que cette grande merveille parût accompagnée de tous les sujets possibles d'étonnement, le degré où les hommes n'avoient pu atteindre est rempli par une jeune reine, dans laquelle se rencontrent ensemble l'avantage de l'expérience avec la tendresse de l'âge ; le loisir de l'étude avec l'occupation d'une royale naissance ; et l'éminence de la science avec la foiblesse du sexe. C'est Votre Majesté, MADAME, qui fournit à l'univers cet unique exemple qui lui manquoit ; c'est elle en qui la puissance est dispensée par les lumières de la science, et la science relevée par l'éclat de l'autorité. C'est cette union si merveilleuse, qui fait que comme

Votre Majesté ne voit rien qui soit au-dessus de sa puissance, elle ne voit rien aussi qui soit au-dessus de son esprit, et qu'elle sera l'admiration de tous les siècles. Régnez donc, incomparable princesse, d'une manière toute nouvelle; que votre génie vous assujettisse tout ce qui n'est pas soumis à vos armes: régnez par le droit de la naissance, par une longue suite d'années, sur tant de triomphantes provinces; mais régnez toujours par la force de votre mérite sur toute l'étendue de la terre. Pour moi, n'étant pas né sous le premier de vos empires, je veux que tout le monde sache que je fais gloire de vivre sous le second; et c'est pour le témoigner, que j'ose lever les yeux jusqu'à ma reine, en lui donnant cette première preuve de ma dépendance. Voilà, MADAME, ce qui me porte à faire à Votre Majesté ce présent, quoique indigne d'elle. Ma foiblesse n'a pas arrêté mon ambition. Je me suis figuré, qu'encore que le seul nom de Votre Majesté semble éloigner d'elle tout ce qui lui est disproportionné, elle ne rejette pas néanmoins tout ce qui lui est inférieur; autrement sa grandeur seroit sans hommages, et sa gloire sans éloges. Elle se contente de recevoir un grand effort d'esprit, sans exiger qu'il soit l'effort d'un esprit grand comme le sien. C'est par cette condescendance qu'elle daigne entrer en communication avec le reste des hommes: et toutes ces considérations jointes, me font lui protester avec toute la soumission dont l'un des plus grands admirateurs de ses héroïques qualités est capable, que je ne souhaite rien avec tant d'ardeur que de pouvoir être adopté, MADAME, de Votre Majesté, pour son très-humble, très-obéissant et très-fidèle serviteur, BLAISE PASCAL.

PRIVILÉGE DU ROI,

POUR LA MACHINE ARITHMÉTIQUE (1649).

LOUIS, par la grâce de Dieu, roi de France et de Navarre, etc.; salut. Notre très-cher et bien-amé le sieur PASCAL nous a fait remontrer qu'à l'imitation du sieur Pascal, son père, notre conseiller en nos conseils, et président en notre cour des aides d'Auvergne, il auroit eu, dès ses plus jeunes années, une inclination particulière aux sciences mathématiques, dans lesquelles, par ses études et ses observations, il a inventé plusieurs choses, et particulièrement une machine, par le moyen de laquelle on peut faire toutes sortes de supputations, additions, soustractions, multiplications, divisions, et toutes les autres règles arithmétiques, tant en nombres entiers que rompus, sans se servir de plume, ni jetons, par une méthode beaucoup plus simple, plus facile à apprendre, plus prompte à l'exécution, et moins pénible à l'esprit que les autres façons de calculer qui ont été en usage jusqu'à présent; et qui, outre ces avantages, a celui d'être hors de tout danger d'erreur, qui est la condition la plus importante de toutes dans les calculs. De laquelle machine il auroit fait plus de cinquante modèles, tous différents, les uns composés de verges ou lamines droites, d'autres de courbes, d'autres avec des chaînes; les uns avec des rouages concentriques, d'autres avec des excentriques, les uns mouvants en ligne droite, d'autres circulairement, les uns en cônes, d'autres en cylindres, et d'autres tous différents de ceux-là, soit pour la matière, soit pour la figure, soit pour le mouvement : de toutes lesquelles manières différentes, l'invention principale et le mouvement essentiel consistent en ce que chaque roue ou verge d'un ordre faisant un mouvement de dix figures arithmétiques, fait mouvoir la prochaine d'une figure seulement. Après tous lesquels essais, auxquels il a employé beaucoup de temps et de frais, il seroit enfin arrivé à la construction d'un modèle achevé qui a été reconnu infaillible par les plus doctes mathématiciens de ce temps, qui l'ont universellement honoré de leur approbation, et estimé très-utile au public. Mais, d'autant que ledit instrument peut être aisément contrefait par des ouvriers, et qu'il est néanmoins impossible qu'ils parviennent à l'exécuter dans la justesse et perfection nécessaires pour s'en servir utilement, s'ils n'y sont conduits expressément par ledit Pascal, ou par une personne qui ait une entière intelligence de l'artifice de son mouvement, il seroit à craindre que, s'il étoit permis à toutes sortes de personnes de tenter d'en construire de semblables, les défauts qui s'y rencontreroient infailliblement par la faute des ouvriers, ne rendissent cette invention aussi inutile qu'elle doit être profitable étant bien exécutée. C'est pourquoi il désireroit qu'il nous plût faire défenses à tous artisans et autres personnes, de faire ou faire faire ledit instrument sans son consentement, nous suppliant, à cette fin, de lui accorder nos lettres sur ce nécessaires; et parce que ledit instrument est à présent à un prix excessif qui le rend, par sa cherté, comme inutile au public, et qu'il espère le réduire à moindre prix et tel qu'il puisse avoir cours, ce qu'il prétend faire par l'invention d'un mouvement plus simple et qui opère néanmoins le même effet, à la recherche duquel il travaille continuellement, et en y stylant peu à peu les ouvriers encore peu habitués, lesquelles choses dépendent d'un temps qui ne peut être limité.

A CES CAUSES, désirant gratifier et favorablement traiter ledit Pascal fils, en considération de sa capacité en plusieurs sciences, et surtout aux mathématiques, et pour l'exciter d'en communiquer de plus en plus les fruits à nos sujets, et ayant égard au notable soulagement que cette machine doit apporter à ceux qui ont de grands calculs à faire, et à raison de l'excellence de cette invention, nous avons permis et permettons par ces présentes signées de notre main, audit sieur Pascal fils, et à ceux qui auront droit de lui, dès à présent et à toujours, de faire construire ou fabriquer par tels ouvriers, de telle matière et en telle forme qu'il avisera bon être, en tous les lieux de notre obéissance, ledit instrument par lui inventé, pour compter, calculer, faire toutes additions, soustractions, multiplications, divisions et autres règles d'arithmétique, sans plume, ni jetons; et faisons très-expresses défenses à toutes personnes, artisans et autres, de quelque qualité et condition qu'ils soient, d'en faire, ni faire faire, vendre, ni débiter dans aucun lieu de notre obéissance, sans le consentement dudit sieur Pascal fils, ou de ceux qui auront droit de lui, sous prétexte d'augmentation, changement de matière, forme ou figure, ou diverses manières de s'en servir, soit qu'ils fussent composés de roues excentriques, ou concentriques, ou parallèles, de verges ou bâtons et autres choses, où que les roues se meuvent seulement d'une part ou de toutes deux, ni pour quelque déguisement que ce puisse être, même à tous étrangers, tant marchands que d'autres professions, d'en exposer ni vendre en ce royaume, quoiqu'ils eussent été faits hors d'icelui : le tout à peine de trois mille liv. d'amende, payables sans déport par chacun des contrevenants, et applicables un tiers à nous, un tiers à l'Hôtel-Dieu de Paris, et l'autre tiers audit sieur Pascal, ou à ceux qui auront son droit; de confiscation des instruments contrefaits, et de tous dépens, dommages et intérêts. Enjoignons à cet effet à tous ouvriers qui construiront ou fabriqueront lesdits instruments en vertu des présentes, d'y faire apposer par ledit sieur Pascal ou par ceux qui auront son droit, telle contre-marque qu'ils auront choisie, pour témoigner qu'ils auront visité lesdits instruments, et qu'ils les auront reconnus sans défaut. Voulons que tous ceux où ces formalités ne seront pas gardées, soient confisqués, et que ceux qui les auront faits ou qui en seront trouvés saisis soient sujets aux peines et amendes susdites; à quoi ils seront contraints en vertu des présentes, ou de copies d'icelles duement collationnées par l'un de nos amés et féaux conseillers-secrétaires, auxquelles foi sera ajoutée comme à l'original : du contenu duquel nous vous mandons que vous le fassiez jouir et user pleinement et paisiblement, et ceux auxquels il pourra transporter son droit, sans souffrir qu'il leur soit donné aucun empêchement. Mandons au premier notre huissier ou sergent sur ce requis, de faire, pour l'exécution des présentes, tous les exploits nécessaires, sans demander autre permission. Car tel est notre plaisir : nonobstant tous édits, ordonnances, déclarations, arrêts, réglements, priviléges, statuts et confirmation d'iceux, clameur de haro, charte normande, et autres lettres à ce contraires, auxquelles et aux dérogatives y contenues, nous dérogeons par ces présentes. Donné à Compiègne, le vingt-deuxième jour de mai, l'an de grâce mil six cent quarante-neuf, et de notre règne le septième. *Signé* **LOUIS.** *Et plus bas,* la Reine régente, sa mère, présente. Par le roi, Phélypeaux, *gratis.* L'original en parchemin scellé du grand sceau de cire jaune.

DESCRIPTION

DE LA MACHINE ARITHMÉTIQUE DE PASCAL,

PAR M. DIDEROT (*).

Dans la figure 1, N O P R est une plaque de cuivre qui forme la surface supérieure de la machine. On voit à la partie inférieure de cette plaque une rangée N O de cercles Q, Q, Q, etc. tous mobiles, autour de leurs centres Q : le premier à la droite a douze dents ; le second, en allant de droite à gauche, en a vingt ; et tous les autres en ont dix. Les pièces qu'on aperçoit en S, S, S, etc. et qui s'avancent sur les disques des cercles mobiles Q, Q, Q, etc. sont des étochios ou arrêts, qu'on appelle *potences*. Ces étochios sont fixes et immobiles ; ils ne posent point sur les cercles qui peuvent se mouvoir librement sous leurs pointes ; ils ne servent qu'à arrêter un stylet qu'on appelle *directeur*, qu'on tient à la main, et dont on place la pointe entre les dents des cercles mobiles Q, Q, Q, etc. pour les faire tourner dans la direction 6, 5, 4, 3, etc. quand on se sert de la machine.

Il est évident, par le nombre des dents des cercles mobiles Q, Q, Q, etc. que le premier à droite marque les deniers ; le second, en allant de droite à gauche, les sous ; le troisième, les unités de livres ; le quatrième, les dixaines ; le cinquième, les centaines ; le sixième, les mille ; le septième, les dixaines de mille ; le huitième, les centaines de mille ; et quoiqu'il n'y en ait que huit, on auroit pu, en agrandissant la machine, pousser plus loin le nombre de ses cercles.

La ligne YZ est une rangée de trous, à travers lesquels on aperçoit

(*) Cette excellente description est tirée du premier volume de l'Encyclopédie. La machine dont il s'agit étant aujourd'hui peu connue, et nullement en usage, le seul moyen d'en donner une idée suffisante au lecteur étoit de la décrire ; les raisons que Pascal a alléguées ci-dessus pour se dispenser lui même de ce travail, n'ont plus lieu.

des chiffres. Les chiffres aperçus ici sont 4368091. 15 s. 10 d.; mais on verra par la suite qu'on peut en faire paroître d'autres à discrétion par les mêmes ouvertures.

La bande P, R est mobile de bas en haut : on peut, en la prenant par ses extrémités P, R, la faire descendre sur la rangée des ouvertures 4368091. 15 s. 10 d. qu'elle couvriroit; mais alors on apercevroit une autre rangée parallèle de chiffres à travers des trous placés directement au-dessus des premiers.

La même bande P, R porte de petites roues gravées de plusieurs chiffres, toutes avec une aiguille au centre, à laquelle la petite roue sert de cadran : chacune de ces roues porte autant de chiffres que les cercles mobiles Q, Q, Q, etc. auxquels elles correspondent perpendiculairement. Ainsi V 1 porte douze chiffres ou plutôt a douze divisions; V 2 en a vingt; V 3 en a dix; V 4 dix, et ainsi de suite.

On voit (*fig.* 2) la machine entière. On a découvert la roue des deniers, pour faire voir l'effet de cette roue sur les autres. Il en est de même pour l'effet de toute autre roue.

ABCD (*fig.* 3) est une coupe verticale de la machine. 1 Q 2 représente un des cercles mobiles Q de la *fig.* 1; ce cercle entraîne par son axe Q 3 la roue à chevilles 4, 5. Les chevilles de la roue 4, 5 font mouvoir la roue 6, 7, la roue 8, 9, et la roue 10, 11, qui sont toutes fixées sur un même axe. Les chevilles de la roue 10, 11 engrènent dans la roue 12, 13, et la font mouvoir, et avec elle le barillet 14, 15.

Sur le barillet 14, 15 sont tracées l'une au-dessus de l'autre, deux rangées de chiffres de la manière qu'on va dire. Si l'on suppose que ce barillet soit celui de la tranche des deniers, soient tracées les deux rangées :

0, 11, 10, 9, 8, 7, 6, 5, 4, 3, 2, 1,
11, 0, 1, 2, 3, 4, 5, 6, 7, 8, 9, 10.

Si le barillet 14, 15 est celui de la tranche des sous, soient tracées les deux rangées :

0, 19, 18, 17, 16, 15, 14, 13, 12, 11, 10,
19, 0, 1, 2, 3, 4, 5, 6, 7, 8, 9.

9, 8, 7, 6, 5, 4, 3, 2, 1.
10, 11, 12, 13, 14, 15, 16, 17, 18.

Si le barillet 14, 15 est celui de la tranche des unités de livres, soient tracées les deux rangées :

0, 9, 8, 7, 6, 5, 4, 3, 2, 1.
9, 0, 1, 2, 3, 4, 5, 6, 7, 8.

Il est évident, 1°. que c'est de la rangée inférieure des chiffres tracés sur les barillets, que quelques-uns paroissent à travers les ouvertures de la ligne YZ (*fig.* 1), et que ceux qui paroîtroient à travers les ouvertures couvertes de la bande mobile P, R, sont de la rangée supérieure.

2°. Qu'en tournant (*fig.* 1) le cercle mobile Q, on arrêtera, sous une des ouvertures de la ligne YZ, tel chiffre que l'on voudra; et que le chiffre retranché de 11 sur le barillet des deniers, donnera celui qui lui correspond dans la rangée supérieure des deniers; retranché de 19 sur le barillet des sous, il donnera celui qui lui correspond dans la rangée supérieure des sous; retranché de 9 sur le barillet des unités de livres, il donnera celui qui lui correspond dans la rangée supérieure des unités de livres, et ainsi de suite.

3°. Que pareillement celui de la bande supérieure du barillet des deniers retranché de 11, donnera celui qui lui correspond dans la rangée inférieure, etc.

La pièce *abcdefghikl* qu'on entrevoit (même *fig.* 3), est celle qu'on appelle *sautoir*. Il est important de bien en considérer la figure, la position et le jeu; car, sans une connoissance très-exacte de ces trois choses, il ne faut pas espérer d'avoir une idée précise de la machine. Aussi avons-nous répété cette pièce en quatre figures différentes. *abcdefghikl* (*fig.* 3) est le sautoir, comme nous venons d'en avertir: 12345678 *xy* *Tzu* l'est aussi (*fig.* 4); et 123456789 l'est encore (*fig.* 6). Voyez également la *fig.* 5.

Le sautoir (*fig.* 3) a deux anneaux ou portions de douilles, dans lesquelles passe la portion *fk* et *gl* de l'axe de la roue à chevilles 8, 9; il est mobile sur cette partie d'axe. Le sautoir (*fig.* 4) a une concavité ou partie échancrée 3, 4, 5; un coude μ, pratiqué pour laisser passer les chevilles attachées à la roue 8, 9; deux anneaux dont on voit un en C, l'autre est couvert par une portion de la roue 6, 7; en 2, une espèce de coulisse dans laquelle le cliquet 1, 2 est suspendu par le tenon 2, et pressé par un ressort entre les chevilles de la roue 8, 9. Ce ressort est représenté par *zu*; en appuyant sur le talon du cliquet, il pousse son extrémité 1 entre les chevilles de la roue 8, 9.

On a représenté (*fig.* 5) le sautoir avec tous ses développements, pour en faire mieux sentir la figure et le jeu. Comparez cette figure, lettre à lettre, avec la fig. 4.

Ce qui précède bien entendu, nous pouvons passer au jeu de la machine. Soit (*fig.* 3) le cercle mobile 1 Q 2, mu dans la direction 1 Q 2: la roue à chevilles 4, 5 sera mue, et la roue à chevilles 6, 7; et (*fig.* 6) la roue VIII, IX, car c'est la même que la roue 8, 9 de la *fig.* 3. Cette roue VIII, IX sera mue dans la direction VIII, VIII, IX, IX. La première de ses deux chevilles *r*, *s*, entrera dans l'échancrure du sautoir; le sautoir continuera d'être élevé, à l'aide de la seconde cheville *s*. Dans ce mouvement, l'extrémité 1 du cliquet sera entraînée; et, se trouvant à la hauteur de l'entre-deux de deux chevilles immédiatement supérieur à celui où elle étoit, elle y sera poussée par le ressort. Mais la machine est construite de manière que ce premier échappement n'est pas plus tôt fait, qu'il s'en fait un autre, celui de la seconde cheville *s*, de dessous la partie 3, 4 du sautoir : ce second échappement laisse le sautoir abandonné à lui-même : le poids de sa partie 4 5 6 7 fait agir l'extrémité 1 du cliquet contre la cheville de la roue 6, 7, sur laquelle elle vient de s'appuyer par le premier échappement; fait tourner la roue 8, 9 dans le sens 8, 8, 9, 9, et par conséquent aussi dans le même sens la roue 10, 11, 11, et la roue 12, 13, 13, en sens contraire, ou dans la direction 13, 13, 12; et dans le même sens que la roue 12, 13, 13, le barillet 14, 15. Mais telle est encore la construction de la machine, que, quand par le second échappement, celui de la cheville *s* de dessous la partie 3, 4 du sautoir, ce sautoir se trouve abandonné à lui-même, il ne peut descendre et entraîner la roue 8, 9 que d'une certaine quantité déterminée. Quand il est descendu de cette quantité, la partie T (*fig.* 4) de la coulisse rencontre l'étochio R, qui l'arrête.

Maintenant (I.) si l'on suppose, 1°. que la roue VIII, IX a douze chevilles, la roue X, XI autant, et la roue XII, XIII autant encore; 2°. que la roue 8, 9 a vingt chevilles, la roue 10, 11 vingt, et la roue 12, 13 autant; 3°. que l'extrémité T du sautoir (*fig.* 4) rencontre l'étochio R précisément quand la roue 8, 9 (*fig.* 6) a tourné d'une vingtième partie, il s'ensuivra évidemment que le barillet XIV, XV fera un tour sur lui-même, tandis que le barillet 14, 15 ne tournera sur lui-même que de sa vingtième partie.

(II.) Si l'on suppose, 1°. que la roue VIII, IX a vingt chevilles, la roue X, XI autant, et la roue XII, XIII autant; 2°. que la roue 8, 9 ait dix chevilles, la roue 10, 11 autant, et la roue 12, 13 autant; 3°. que l'extrémité T du sautoir ne soit arrêtée (*fig.* 3) par l'étochio R que quand la roue 8, 9 (*fig.* 6) a tourné d'une dixième partie, il s'ensuivra évidemment que le barillet XIV, XV fera un tour entier sur lui-même, tandis que le barillet 14, 15 ne tournera sur lui-même que de sa dixième partie.

(III.) Si l'on suppose, 1°. que la roue VIII, IX ait dix chevilles, la roue X, XI autant, et la roue XII, XIII autant; 2°. que la roue 8, 9 ait pareillement 10 chevilles, la roue 10, 11 autant, et la roue XII, XIII autant aussi; 3°. que l'extrémité T du sautoir (*fig.* 4) ne soit arrêtée par l'étochio R que quand la roue 8, 9 (*fig.* 6) aura tourné d'un dixième, il s'ensuivra évidemment que le barillet XIV, XV fera un tour entier sur lui-même, tandis que le barillet 14, 15 ne tournera sur lui-même que d'un dixième.

On peut donc, en général, établir tel rapport qu'on voudra entre un tour entier du barillet XIV, XV, et la partie dont le barillet 14, 15 tournera dans le même temps.

Donc, si l'on écrit sur le barillet XIV, XV les deux rangées de nombre suivantes, l'une au-dessus de l'autre, comme on le voit :

0, 11, 10, 9, 8, 7, 6, 5, 4, 3, 2, 1.
11, 0, 1, 2, 3, 4, 5, 6, 7, 8, 9, 10.

et sur le barillet 14, 15, les deux rangées suivantes, comme on les voit :

0, 19, 18, 17, 16, 15, 14, 13, 12, 11, 10.
19, 0, 1, 2, 3, 4, 5, 6, 7, 8, 9.

9, 8, 7, 6, 5, 4, 3, 2, 1.
10, 11, 12, 13, 14, 15, 16, 17, 18.

et que les zéros des deux rangées inférieures des barillets correspondent exactement aux intervalles A, B, il est clair qu'au bout d'une révolution du barillet XIV, XV, le zéro correspondra encore à l'intervalle B ; mais que ce sera le chiffre 1 du barillet 14, 15, qui correspondra dans le même temps à l'intervalle A.

Donc, si l'on écrit sur le barillet XIV, XV les deux rangées suivantes, comme on les voit :

0, 19, 18, 17, 16, 15, 14, 13, 12, 11, 10.
19, 0, 1, 2, 3, 4, 5, 6, 7, 8, 9.

9, 8, 7, 6, 5, 4, 3, 2, 1,
10, 11, 12, 13, 14, 15, 16, 17, 18.

et sur le barillet 14, 15, les deux rangées suivantes, comme on les voit :

0, 9, 8, 7, 6, 5, 4, 3, 2, 1.
9, 0, 1, 2, 3, 4, 5, 6, 7, 8.

et que les zéros des deux rangées inférieures des barillets correspondent en même temps aux intervalles A, B, il est clair que dans ce cas, de même que dans le premier, lorsque le zéro du barillet XIV, XV correspondra, après avoir fait un tour, à l'intervalle B, le barillet 14, 15 présentera à l'ouverture ou espace A le chiffre 1.

Il en sera toujours ainsi, quelles que soient les rangées de chiffres que l'on trace sur le barillet XIV, XV, et sur le barillet 14, 15. Dans le premier cas, le barillet XIV, XV tournera sur lui-même, et présentera les douze caractères à l'intervalle B, quand le barillet 14, 15 n'ayant tourné que d'un vingtième, présentera à l'intervalle A le chiffre 1. Dans le second cas, le barillet 14, 15 tournera sur lui-même, et présentera ses vingt caractères à l'ouverture ou intervalle B, pendant que le barillet 14, 15 n'ayant tourné que d'un dixième, présentera à l'ouverture ou intervalle A le chiffre 1. Dans le troisième cas, le barillet XIV, XV tournera sur lui-même, et aura présenté ses dix caractères à l'ouverture B, quand le barillet 14, 15 n'ayant tourné que d'un dixième, présentera à l'ouverture ou intervalle A le chiffre 1.

Mais au lieu de faire toutes ces suppositions sur 2 barillets, je peux les faire sur un grand nombre de barillets, tous assemblés les uns avec les autres, comme on voit ceux de la fig. 6. Rien n'empêche de supposer à côté du barillet 14, 15 un autre barillet placé par rapport à lui, comme il est placé par rapport au barillet XIV, XV, avec les mêmes roues, un sautoir et tout le reste de l'assemblage : rien n'empêche que je ne puisse supposer douze chevilles à la roue VIII, IX, et deux rangées 0, 11, 10, 9, etc.
11, 0, 1, 2, etc.
tracées sur le barillet XIV, XV; vingt chevilles à la roue 8, 9, et les deux rangées 0, 19, 18, 17, 16, etc.
19, 0, 1, 2, 3, etc.
tracées sur le barillet 14, 15; dix chevilles à la première, pareille à la roue 8, 9, et les deux rangées 0, 9, 8, 7, 6, etc.
9, 0, 1, 2, 3, etc. sur le troisième barillet; dix chevilles à la seconde, pareille de 8, 9, et les deux rangées 0, 9, 8, 7, 6, etc.
9, 0, 1, 2, 3, etc. sur le quatrième barillet; dix chevilles à la troisième, pareille de 8, 9, et les deux rangées
0, 9, 8, 7, 6, etc.
9, 0, 1, 2, 3, etc. sur le cinquième barillet, et ainsi de suite.

Rien n'empêche non plus de supposer que tandis que le premier barillet présentera ses douze chiffres à son ouverture, le second ne présentera plus que le chiffre 1 à la sienne; que tandis que le second barillet présentera ses vingt chiffres à son ouverture ou intervalle, le troisième ne présentera que le chiffre 1; que tandis que le troisième barillet présentera ses dix caractères à son ouverture, le quatrième n'y présentera que le chiffre 1; que tandis que le quatrième barillet présentera ses dix caractères à son ouverture, le cinquième ne présentera à la sienne que le chiffre 1, et ainsi de suite.

D'où il s'ensuivra, 1°. qu'il n'y aura aucun nombre qu'on ne puisse écrire avec ces barillets; car, après les deux échappements, chaque équipage de barillet demeure isolé, est indépendant de celui qui le précède du côté de la droite, peut tourner sur lui-même tant qu'on voudra dans la direction VIII, VIII, IX, IX, et par conséquent offrir à son ouverture celui des chiffres de sa rangée inférieure qu'on jugera à propos; mais les intervalles A, B sont aux cylindres nus XIV, XV, 14, 15, ce que leur sont les ouvertures de la ligne Y, Z (*fig.* 1), quand ils sont couverts de la plaque N O R P.

2°. Que le premier barillet marquera des deniers, le second des sous, le troisième des unités de livres, le quatrième des dixaines, le cinquième des centaines, etc.

3°. Qu'il faut un tour du premier barillet pour un vingtième du second; un tour du second pour un dixième du troisième; un tour du troisième pour un dixième du quatrième; et que par conséquent les barillets suivent entre leurs mouvements la proportion qui règne entre les chiffres de l'arithmétique, quand ils expriment des nombres; que la proportion des chiffres est toujours gardée dans les mouvements des barillets, quelle que soit la quantité de tours qu'on fasse faire au premier, ou au second, ou au troisième, et que par conséquent de même qu'on fait les opérations de l'arithmétique avec des chiffres, on peut les faire avec les barillets et les rangées de chiffres qu'ils ont.

4°. Que, pour cet effet, il faut commencer par mettre tous les barillets de manière que les zéros de leur rangée inférieure correspondent en même temps aux ouvertures de la bande Y, Z et de la plaque N O R P; car si tandis que le premier barillet, par exemple, présente o à son ouverture, le second présente 4 à la sienne, il est à présumer que le premier barillet a fait déjà quatre tours; ce qui n'est pas vrai.

5°. Qu'il est assez indifférent de faire tourner les barillets dans la direction VIII, VIII, IX; que ce mouvement ne dérange rien à l'effet de la machine; mais qu'il ne faut pas qu'ils aient la liberté de rétrograder; et c'est aussi la fonction du cliquet supérieur G de la leur ôter.

Il permet, comme on voit, aux roues de tourner dans le sens VIII, VIII, IX; mais il les empêche de tourner dans le sens contraire.

6°. Que les roues ne pouvant tourner que dans la direction VIII, VIII, IX, c'est de la ligne ou rangée de chiffres inférieure des barillets, qu'il faut se servir pour écrire un nombre; par conséquent pour faire l'addition; par conséquent encore pour faire la multiplication; et que, comme les chiffres des rangées sont dans un ordre renversé, la soustraction doit se faire sous la rangée supérieure, et par conséquent aussi la division.

Tous ces corollaires s'éclairciront davantage par l'usage de la machine, et la manière de faire les opérations.

Mais, avant que de passer aux opérations, nous ferons observer encore une fois que chaque roue 6, 7 (*fig.* 6) a sa correspondante 4, 5 (*fig.* 2), et chaque roue 4, 5 son cercle mobile Q: que chaque roue 8, 9 a son cliquet supérieur et son cliquet inférieur; que ces deux cliquets ont une de leurs fonctions commune; c'est d'empêcher les roues VIII, IX, 8, 9, etc., de rétrograder; enfin que le talon 1, pratiqué au cliquet inférieur, lui est essentiel.

Usage de la machine arithmétique pour l'addition.

Commencez par couvrir de la bande P, R la rangée supérieure d'ouvertures, en sorte que cette bande soit dans l'état où vous la voyez (*fig.* 1); mettez ensuite toutes les roues de la bande inférieure ou rangée à zéro; et soient les sommes à ajouter,

69	7	8
584	15	6
342	12	9

Prenez le conducteur; portez sa pointe dans la huitième denture du cercle Q, le plus à la droite; faites tourner ce cercle jusqu'à ce que l'arrêt ou la potence S vous empêche d'avancer.

Passez à la roue des sous ou au cercle Q, qui suit immédiatement celui sur lequel vous avez opéré, en allant de la droite à la gauche; portez la pointe du conducteur dans la septième denture, à compter depuis la potence; faites tourner ce cercle jusqu'à ce que la potence S vous arrête; passez aux livres, aux dixaines, et faites la même opération sur leurs cercles Q.

En vous y prenant ainsi, votre première somme sera évidemment écrite; opérez sur la seconde précisément comme vous avez fait sur la première, sans vous embarrasser des chiffres qui se présentent aux ouvertures; puis sur la troisième. Après votre troisième opération, remarquez les chiffres qui paroîtront aux ouvertures de la ligne Y Z: ils marqueront la somme totale de vos trois sommes partielles.

Démonstration. Il est évident que si vous faites tourner le cercle Q des deniers de huit parties, vous aurez 8 à l'ouverture correspondante à ce cercle; il est encore évident que si vous faites tourner le même cercle de six autres parties, comme il est divisé en douze, c'est la même chose que si vous l'aviez fait tourner de douze parties, plus 2; mais, en le faisant tourner de douze, vous auriez remis à zéro le barillet des deniers correspondant à ce cercle de deniers, puisqu'il eût fait un tour exact sur lui-même: il n'a pu faire un tour sur lui-même, que le second barillet, ou celui des sous, n'ait tourné d'un vingtième; et par conséquent mis le chiffre 1 à l'ouverture des sous. Le chiffre des deniers n'a pu rester à 0; car ce n'est pas seulement de douze parties que vous l'avez fait tourner, mais de douze parties, plus deux. Vous avez donc fait en sus comme si le barillet des deniers étant à 0, et celui des sous à 1, vous eussiez fait tourner le cercle Q des deniers de deux dentures; mais en faisant tourner le cercle Q des deniers de deux dentures, on met le barillet des deniers à 2, où ce barillet présente 2 à son ouverture. Donc le barillet des deniers offrira 2 à son ouverture, et celui des sous 1; mais 8 deniers et 6 deniers font 14 deniers, ou un sous, plus 2 deniers; ce qu'il falloit en effet ajouter, et ce que la machine a donné. La démonstration sera la même pour tout le reste de l'opération.

Exemple de soustraction.

Commencez par baisser la bande P, R sur la ligne Y Z d'ouvertures inférieures ; écrivez la plus grande somme sur les ouvertures de la ligne supérieure, comme nous l'avons prescrit pour l'addition, par le moyen du conducteur ; faites l'addition de la somme à soustraire, ou de la plus petite avec la plus grande, comme nous l'avons prescrit à l'exemple de l'addition ; cette addition faite, la soustraction le sera aussi. Les chiffres qui paroîtront aux ouvertures marqueront la différence des deux sommes, ou l'excès de la grande sur la petite ; ce que l'on cherchoit.

	l.	s.	d.
Soit	9121	9	2
dont il faut soustraire.	8989	16	11
	l.	s.	d.
Si vous exécutez ce que nous avons prescrit, vous trouverez aux ouvertures . .	131	12	3

Démonstration. Quand j'écris le nombre 9121 l. 9 s. 2 d. : pour faire paroître 2 à l'ouverture des deniers, je suis obligé de faire passer avec le directeur onze dentures du cercle Q des deniers ; car il y a à la rangée supérieure du barillet des deniers onze termes depuis 0 jusqu'à 2 ; si à ce 2 j'ajoute encore 11, je tomberai sur 3 ; car il faut encore que je fasse faire onze dentures au cercle Q ; or, comptant 11 depuis 2, on tombe sur 3. La démonstration est la même pour le reste. Mais remarquez que le barillet des deniers n'a pu tourner de 22, sans que le barillet des sous n'ait tourné d'un vingtième ou de douze deniers. Et comme à la rangée d'en-haut les chiffres vont en rétrogradant dans le sens que les barillets tournent, à chaque tour du barillet des deniers, les chiffres du barillet des sous diminuent d'une unité ; c'est-à-dire que l'emprunt que l'on fait pour un barillet est acquitté sur l'autre, ou que la soustraction s'exécute comme à l'ordinaire.

Exemple de multiplication.

Revenez aux ouvertures inférieures ; faites remonter la bande P, R sur les ouvertures supérieures ; mettez toutes les roues à zéro, par le moyen du conducteur, comme nous avons dit plus haut. Ou le multiplicateur n'a qu'un caractère, ou il en a plusieurs ; s'il n'a qu'un caractère, on écrit, comme pour l'addition, autant de fois le multiplicande qu'il y a d'unités dans ce chiffre du multiplicateur ; ainsi la somme de 1245 l. étant à multiplier par 3, j'écris ou pose trois fois cette somme à l'aide de mes roues et des cercles Q ; après la dernière fois, il paroît aux ouvertures 3735 l. qui est en effet le produit de 1245 l. par 3.

Si le multiplicateur a plusieurs caractères, il faut multiplier tous les chiffres du multiplicande par chacun de ceux du multiplicateur, les écrire de la même manière que pour l'addition ; mais il faut observer au second multiplicateur de prendre pour première roue celle des dixaines.

La multiplication n'étant qu'une espèce d'addition, et cette règle se faisant évidemment ici par voie d'addition, l'opération n'a pas besoin de démonstration.

Exemple de division.

Pour faire la division, il faut se servir des ouvertures supérieures : faites donc descendre la bande P, R sur les inférieures ; mettez à zéro toutes les roues fixées sur cette bande, et qu'on appelle *roues de quotient ;* faites paroître aux ouvertures votre nombre à diviser, et opérez comme nous allons dire. Soit la somme de 65 à diviser par cinq ; vous dites, en six, cinq y est, et vous ferez tourner votre roue comme si vous vouliez additionner 5 et 6; cela fait, les chiffres des roues supérieures allant toujours en rétrogradant, il est évident qu'il ne paroîtra plus que 1 à l'ouverture où il paroissoit 6 ; car dans 0, 9, 8, 7, 6, 5, 4, 3, 2, 1; 1 est le cinquième terme après 6.

Mais le diviseur 5 n'est plus que dans 1 ; marquez donc 1 sur la roue des quotiens, qui répond à l'ouverture des dixaines; passez ensuite à l'ouverture des unités, ôtez-en 5 autant de fois qu'il sera possible, en ajoutant 5 au caractère qui paroît à travers cette ouverture, jusqu'à ce qu'il vienne à cette ouverture, ou zéro, ou un nombre plus petit que 5, et qu'il n'y ait que des zéros aux ouvertures qui précèdent : à chaque addition, faites passer l'aiguille de la roue des quotients qui est au-dessous de l'ouverture des unités, du chiffre 1 sur le chiffre 2, sur le chiffre 3, en un mot sur un chiffre qui ait autant d'unités que vous ferez de soustractions : ici, après avoir ôté trois fois 5 du chiffre qui paroissoit à l'ouverture des unités, il est venu 0 ; donc 5 est treize fois en 65.

Il faut observer qu'en ôtant ici une fois 5 du chiffre qui paroît aux unités, il vient tout de suite 0 à cette ouverture ; mais que pour cela l'opération n'est pas achevée, parce qu'il reste une unité à l'ouverture des dixaines, qui fait, avec le 0 qui suit, 10, qu'il faut épuiser ; or, il évident que 5 ôté deux fois de 10, il ne restera plus rien ; c'est-à-dire que, pour exhaustion totale, ou que pour avoir 0 à toutes les ouvertures, il faut encore 5 deux fois.

Il ne faut pas oublier que la soustraction se fait exactement comme l'addition, et que la seule différence qu'il y ait, c'est que l'une se fait sur les nombres d'en-bas, et l'autre sur les nombres d'en-haut.

Mais si le diviseur a plusieurs caractères, voici comment on opérera. Soit 9989 à diviser par 124, on ôtera 1 de 9, chiffre qui paroît à l'ouverture des mille ; 2 du chiffre qui paroît à l'ouverture des centaines ; 4 du chiffre qui paroîtra à l'ouverture des dixaines, et l'on mettra l'aiguille des cercles de quotient, qui répond à l'ouverture des dixaines, sur le chiffre 1. Si le diviseur 124 peut s'ôter encore une fois de ce qui paroîtra, après la première soustraction, aux ouvertures des mille, des centaines et des dixaines, on l'ôtera, et on tournera l'aiguille du même cercle de quotient sur 2, et on continuera jusqu'à l'exhaustion la plus complète qu'il sera possible : pour cet effet, il faudra réitérer ici la soustraction huit fois sur les trois mêmes ouvertures ; l'aiguille du cercle du quotient qui répond aux dixaines sera donc sur 8, et il ne se trouvera plus aux ouvertures que 69, qui ne peut plus se diviser par 124 ; on mettra donc l'aiguille du cercle de quotient, qui répond à l'ouverture des unités, sur 9 : ce qui marquera que 124 ôté 80 fois de 9989, il reste ensuite 69.

Manière de réduire les livres en sous, et les sous en deniers.

Réduire les livres en sous, c'est multiplier par 20 les livres données ; et réduire les sous en deniers, c'est multiplier par 12. Voyez *Multiplication.*

Convertir les sous en livres et les deniers en sous, c'est diviser dans le premier cas par 20, et dans le second par 12. Voyez *Division.*

Convertir les deniers en livres, c'est diviser par 240. Voyez *Division.*

Il parut en 1725 une autre machine arithmétique d'une composition plus simple que celle de M. Pascal, et que celles qu'on avoit déjà faites à l'imitation : elle est de M. de l'Épine ; et l'Académie des Sciences a jugé qu'elle contenoit plusieurs choses nouvelles et ingénieusement pensées. On la trouvera dans le Recueil des Machines approuvées par cette Académie ; on y en verra encore une autre de M. de Boitissendeau, dont l'Académie fait aussi l'éloge. Le principe de ces machines une fois connu, il y a peu de mérite à les varier ; mais il falloit trouver ce principe ; il falloit s'apercevoir que si l'on fait tourner verticalement de droite à gauche un barillet chargé de deux suites de nombres placées l'une au-dessus de l'autre en cette sorte : 0, 9, 8, 7, 6, etc.
9, 0, 1, 2, 3, etc.
l'addition se faisoit sur la rangée supérieure, et la soustraction sur l'inférieure, précisément de la même manière.

NOUVELLES EXPÉRIENCES

TOUCHANT LE VIDE * (1647).

AU LECTEUR.

Mon cher lecteur : quelques considérations m'empêchant de donner à présent un Traité entier, où j'ai rapporté quantité d'expériences nouvelles que j'ai faites touchant le vide, et les conséquences que j'en ai tirées ; j'ai voulu faire un récit des principales dans cet abrégé, où vous verrez par avance le dessein de tout l'ouvrage.

L'occasion de ces expériences est telle. « Il y

(*) Cet ouvrage parut en 1647 sous ce titre : « Expériences » touchant le vide, faites dans des tuyaux, seringues, souf- » flets et siphons de plusieurs longueurs et figures, avec » diverses liqueurs, comme vif-argent, eau, vin, huile, » air, etc. ; avec un discours sur le même sujet, où est » montré qu'un vaisseau, si grand qu'on pourra le faire, » peut être rendu vide de toutes les matières connues en la » nature, et qui tombent sous nos sens ; et quelle force est » nécessaire pour faire admettre ce vide : dédié à M. Pascal, » conseiller du roi en ses conseils d'état et privé, par le sieur » B. Pascal, son fils ; le tout réduit en abrégé et donné par » avance d'un plus grand traité sur le même sujet. (*Paris*, » 1647). »

» a environ quatre ans qu'en Italie on éprouva » qu'un tuyau de verre de quatre pieds, dont » un bout est ouvert, et l'autre scellé herméti- » quement, étant rempli de vif-argent, puis » l'ouverture bouchée avec le doigt ou autre- » ment, et le tuyau disposé perpendiculairement » à l'horizon, l'ouverture bouchée étant vers le » bas, et plongée deux ou trois doigts dans d'au- » tre vif-argent, contenu en un vaisseau moitié » plein de vif-argent, et l'autre moitié d'eau; si » on débouche l'ouverture, demeurant toujours » enfoncée dans le vif-argent du vaisseau, le vif- » argent du tuyau descend en partie, laissant au » haut du tuyau un espace vide en apparence, » le bas du même tuyau demeurant plein du » même vif-argent jusqu'à une certaine hauteur. » Et si on hausse un peu le tuyau jusqu'à ce que » son ouverture, qui trempoit auparavant dans » le vif-argent du vaisseau, sortant de ce vif-ar- » gent, arrive à la région de l'eau, le vif-argent » du tuyau monte jusqu'en-haut avec l'eau, et » ces deux liqueurs se brouillent dans le tuyau; » mais enfin tout le vif-argent tombe, et le tuyau » se trouve tout plein d'eau. »

Cette expérience ayant été mandée de Rome au révérend père Mersenne, minime à Paris, il la divulgua en France en l'année 1644, non sans l'admiration de tous les savants et curieux, par la communication desquels étant devenue fameuse de toutes parts, je l'appris de M. Petit, intendant des fortifications, et très-versé en toutes les belles-lettres, qui l'avoit apprise du révérend père Mersenne même. Nous la fîmes donc ensemble à Rouen, ledit sieur Petit et moi, de la même sorte qu'elle avoit été faite en Italie, et nous trouvâmes de point en point ce qui avoit été mandé de ce pays-là, sans y avoir pour lors rien remarqué de nouveau.

Depuis, faisant réflexion en moi-même sur les conséquences de cette expérience, elle me confirma dans la pensée où j'avois toujours été, que le vide n'étoit pas une chose impossible dans la nature, et qu'elle ne le fuyoit pas avec tant d'horreur que plusieurs se l'imaginent.

Ce qui m'obligeoit à cette pensée, étoit le peu de fondement que je voyois à la maxime si reçue, que la nature ne souffre point le vide, qui n'est appuyée que sur des expériences dont la plupart sont très-fausses, quoique tenues pour très-constantes : et des autres, les unes sont entièrement éloignées de contribuer à cette preuve, et montrent que la nature abhorre la trop grande plénitude, et non pas qu'elle fuit le vuide : et les plus favorables ne font voir autre chose, sinon que la nature a horreur pour le vide, ne montrant pas qu'elle ne peut le souffrir.

A la foiblesse de ce principe, j'ajoutois les observations que nous faisons journellement de la raréfaction et condensation de l'air, qui, comme quelques-uns ont éprouvé, peut se condenser jusqu'à la millième partie de la place qu'il sembloit occuper auparavant, et qui se raréfie si fort, que je trouvois comme nécessaire, ou qu'il y eût un grand vide entre ses parties, ou qu'il y eût pénétration de dimensions. Mais comme tout le monde ne recevoit pas cela pour preuve, je crus que cette expérience d'Italie étoit capable de convaincre ceux-là mêmes qui sont les plus préocupés de l'impossibilité du vide.

Néanmoins la force de la prévention fit encore trouver des objections qui lui ôtèrent la croyance qu'elle méritoit. Les uns dirent que le haut de la sarbacane étoit plein des esprits du mercure; d'autres, d'un grain imperceptible d'air raréfié; d'autres, d'une matière qui ne subsistoit que dans leur imagination : et tous conspirant à bannir le vide, exercèrent à l'envi cette puissance de l'esprit, qu'on nomme subtilité dans les écoles, et qui, pour solution des difficultés véritables, ne donne que de vaines paroles sans fondement. Je me résolus donc de faire des expériences si convaincantes, qu'elles fussent à l'épreuve de toutes les objections qu'on pourroit y faire; j'en fis au commencement de cette année un grand nombre, dont il y en a qui ont quelque rapport avec celle d'Italie, et d'autres qui en sont entièrement éloignées, et n'ont rien de commun avec elle. Elles ont été si exactes et si heureuses, que j'ai montré par leur moyen, qu'un vaisseau si grand qu'on pourra le faire, peut être rendu vide de toutes les matières qui tombent sous les sens, et qui sont connues dans la nature; et quelle force est nécessaire pour faire admettre ce vide. C'est aussi par là que j'ai éprouvé la hauteur nécessaire à un siphon, pour faire l'effet qu'on en attend, après laquelle hauteur limitée, il n'agit plus : contre l'opinion si universellement reçue dans le monde durant tant de siècles; comme aussi le peu de force nécessaire pour attirer le piston d'une seringue, sans qu'il y succède aucune matière, et beaucoup d'autres choses que vous verrez dans l'ouvrage entier, dans lequel j'ai dessein de montrer quelle force la nature emploie pour éviter le vide, et qu'elle l'admet et le souffre effectivement dans un grand espace, que l'on rend facilement vide de toutes les matières qui tombent sous le sens. C'est pourquoi j'ai divisé le traité entier en deux parties, dont la première comprend le récit au long de toutes mes expériences avec les figures, et une récapitulation de ce qui s'y voit, divisée en plusieurs maximes; et la seconde, les conséquences que j'en ai tirées, divisées en plusieurs propositions, où j'ai montré que l'espace vide en apparence, qui a paru dans les expériences, est vide en effet de toutes les matières qui tombent sous les sens, et qui sont connues dans la nature. Dans la conclusion, je donne mon sentiment sur le sujet du vide, et je réponds aux objections qu'on peut y faire. Ainsi, je me contente de montrer un grand espace vide, et je laisse à des personnes savantes et curieuses à éprouver ce qui se fait dans un tel espace : comme, si les animaux y vivent ; si le verre en diminue sa réfraction ; et tout ce qu'on peut y faire : n'en faisant nulle mention dans ce traité, dont j'ai jugé à propos de vous donner cet abrégé par avance, parce qu'ayant fait ces expériences avec beaucoup de frais, de peine et de temps, j'ai craint qu'un autre qui n'y auroit employé le temps, l'argent, ni la peine, me prévenant, ne donnât au public des choses qu'il n'auroit pas vues, et lesquelles par conséquent il ne pourroit pas rapporter avec l'exactitude et l'ordre nécessaire pour les déduire comme il faut : n'y ayant personne qui ait eu des tuyaux et des siphons de la longueur des miens, et peu qui voulussent se donner la peine nécessaire pour en avoir.

Et comme les honnêtes gens joignent à l'inclination générale qu'ont tous les hommes de se maintenir dans leurs justes possessions, celle de refuser l'honneur qui ne leur est pas dû, vous approuverez sans doute, que je me défende également, et de ceux qui voudroient m'ôter quelques-unes des expériences que je vous donne ici, et que je vous promets dans le traité entier, puisqu'elles sont de mon invention ; et de ceux qui m'attribueroient celle d'Italie dont je vous ai parlé, puisqu'elle n'en est pas. Car encore que je l'aie faite en plus de façons qu'aucun autre, et avec des tuyaux de douze et même de quinze pieds de long, néanmoins je n'en parlerai pas seulement dans ces écrits, parce que je n'en suis pas l'inventeur ; n'ayant dessein de donner que celles qui me sont particulières et de mon propre génie.

Abrégé de la première partie, dans laquelle sont rapportées les expériences.

EXPÉRIENCES.

I. Une seringue de verre avec un piston bien juste, plongée entièrement dans l'eau, et dont on bouche l'ouverture avec le doigt, en sorte qu'il touche au bas du piston, mettant pour cet effet la main et le bras dans l'eau ; on n'a besoin que d'une force médiocre pour le retirer, et faire qu'il se désunisse du doigt, sans que l'eau y entre en aucune façon (ce que les philosophes ont cru ne pouvoir se faire avec aucune force finie) : et ainsi le doigt se sent fortement attiré et avec douleur ; le piston laisse un espace vide en apparence, et où il ne paroît qu'aucun corps ait pu succéder, puisqu'il est tout entouré d'eau qui n'a pu y avoir d'accès, l'ouverture en étant bouchée : si on tire le piston davantage, l'espace vide en apparence devient plus grand ; mais le doigt ne sent pas plus d'attraction : et si on le tire presque tout entier hors de l'eau, et en sorte qu'il n'y reste que son ouverture et le doigt qui la bouche ; alors ôtant le doigt, l'eau, contre sa nature, monte avec violence, et remplit entièrement tout l'espace que le piston avoit laissé.

II. Un soufflet bien fermé de tous côtés, fait le même effet avec une pareille préparation, contre le sentiment des mêmes philosophes.

III. Un tuyau de verre de quarante-six pieds, dont un bout est ouvert, et l'autre scellé hermétiquement, étant rempli d'eau, ou plutôt de vin bien rouge, pour être plus visible, puis bouché, et élevé en cet état, et porté perpendiculairement à l'horizon, l'ouverture bouchée en bas, dans un vaisseau plein d'eau, et enfoncé dedans environ d'un pied; si l'on débouche l'ouverture, le vin du tuyau descend jusqu'à une certaine hauteur, qui est environ de trente-deux pieds depuis la surface de l'eau du vaisseau, et se vide, et se mêle parmi l'eau du vaisseau qu'il teint insensiblement, et se désunissant d'avec le haut du verre, laisse un espace d'environ treize pieds vide en apparence, où de même, il ne paroît qu'aucun corps ait pu succéder : si on incline le tuyau, comme alors la hauteur du vin du tuyau devient moindre par cette inclinaison, le vin remonte jusqu'à ce qu'il vienne à la hauteur de trente-deux pieds : et enfin si on l'incline jusqu'à la hauteur de trente-deux pieds, il se remplit entièrement, en ressuçant ainsi autant d'eau qu'il avoit rejeté de vin : si bien qu'on le voit plein de vin depuis le haut jusqu'à treize pieds près du bas, et rempli d'eau teinte insensiblement dans les treize pieds inférieurs qui restent.

IV. Un siphon scalène, dont la plus longue jambe est de cinquante pieds, et la plus courte de quarante-cinq, étant rempli d'eau, et les deux ouvertures bouchées étant mises dans deux vaisseaux pleins d'eau, et enfoncées environ d'un pied, en sorte que le siphon soit perpendiculaire à l'horizon, et que la surface de l'eau d'un vaisseau soit plus haute que la surface de l'autre de cinq pieds : si l'on débouche les deux ouvertures, le siphon étant en cet état, la plus longue jambe n'attire point l'eau de la plus courte, ni par conséquent celle du vaisseau où elle est, contre le sentiment de tous les philosophes et artisans; mais l'eau descend de toutes les deux jambes dans les deux vaisseaux, jusqu'à la même hauteur que dans le tuyau précédent, en comptant la hauteur depuis la surface de l'eau de chacun des vaisseaux; mais ayant incliné le siphon au-dessous de la hauteur d'environ trente-un pieds, la plus longue jambe attire l'eau qui est dans le vaisseau de la plus courte; et quand on le rehausse au-dessus de cette hauteur, cela cesse, et tous les deux côtés dégorgent chacun dans son vaisseau; et quand on le rabaisse, l'eau de la plus longue jambe attire l'eau de la plus courte comme auparavant.

V. Si l'on met une corde de près de quinze pieds avec un fil attaché au bout (laquelle on laisse long-temps dans l'eau, afin que s'imbibant peu à peu, l'air qui pourroit y être enclos, en sorte) dans un tuyau de quinze pieds, scellé par un bout comme dessus, et rempli d'eau, de façon qu'il n'y ait hors du tuyau que le fil attaché à la corde, afin de l'en tirer, et l'ouverture ayant été mise dans du vif-argent : quand on tire la corde peu à peu, le vif-argent monte à proportion, jusqu'à ce que la hauteur du vif-argent, jointe à la quatorzième partie de la hauteur qui reste d'eau, soit de deux pieds trois pouces : car après, quand on tire la corde, l'eau quitte le haut du verre, et laisse un espace vide en apparence, qui devient d'autant plus grand, que l'on tire la corde davantage : que si on incline le tuyau, le vif-argent du vaisseau y rentre, en sorte que si on l'incline assez, il se trouve tout plein de vif-argent et d'eau qui frappe le haut du tuyau avec violence, faisant le même bruit et le même éclat que s'il cassoit le verre, qui court risque de se casser en effet : et pour ôter le soupçon de l'air que l'on pourroit dire être demeuré dans la corde, on fait la même expérience avec quantité de petits cylindres de bois, attachés les uns aux autres avec du fil de laiton.

VI. Une seringue avec un piston parfaitement juste, étant mise dans le vif-argent, en sorte que son ouverture y soit enfoncée pour le moins d'un pouce, et que le reste de la seringue soit élevé perpendiculairement au dehors : si l'on retire le piston, la seringue demeurant en cet état, le vif-argent entrant par l'ouverture de la seringue, monte et demeure uni au piston jusqu'à ce qu'il soit élevé dans la seringue deux pieds trois pouces; mais après cette hauteur, si l'on retire davantage le piston, il n'attire pas le vif-argent plus haut, qui, demeurant toujours à cette hauteur de deux pieds trois pouces, quitte le piston : de sorte qu'il se fait un espace vide en apparence, qui devient d'autant plus grand, que l'on tire le piston davantage : il est vraisemblable que la même chose arrive dans une pompe par aspiration, et que l'eau n'y monte que jusqu'à la hauteur de trente-un pieds, qui répond à celle de deux pieds trois pouces de vif-argent. Et ce qui est plus remarquable, c'est que la seringue pesée en cet état sans la retirer du vif-argent, ni la bouger en aucune façon, pèse autant (quoique l'espace vide, en apparence, soit si petit que l'on voudra) que quand, en retirant le piston davantage, on le fait si grand qu'on voudra, et qu'elle pèse toujours autant que le corps de la seringue avec le vif-argent qu'elle contient de la hauteur de deux pieds trois pouces, sans qu'il y ait encore aucun espace vide en apparence; c'est-à-dire, lorsque le piston n'a pas encore quitté le vif-argent de la seringue, mais qu'il est prêt à s'en désunir, si on le tire tant soit peu. De sorte que l'espace vide en apparence, quoique tous les corps qui l'environnent tendent à le remplir, n'apporte aucun changement à son poids, et que quelque différence de grandeur qu'il y ait entre ces espaces, il n'y en a aucune entre les poids.

VII. Ayant rempli un siphon de vif-argent, dont la plus longue jambe a dix pieds, et l'autre neuf et demi, et mis les deux ouvertures dans deux vaisseaux de vif-argent, enfoncées environ d'un pouce chacune, en sorte que la surface du vif-argent de l'un soit plus haute de demi-pied que la surface du vif-argent de l'autre : quand le siphon est perpendiculaire, la plus longue jambe n'attire pas le vif-argent de la plus courte; mais le vif-argent se rompant par le haut, descend dans chacune des jambes, et regorge dans les vaisseaux, et tombe jusqu'à la hauteur ordinaire de deux pieds trois pouces, depuis la surface du vif-argent de chaque vaisseau : que si on incline le siphon, le vif-argent des vaisseaux remonte dans les jambes, les remplit et commence de couler de la jambe la plus courte dans la plus longue, et ainsi vide son vaisseau; car cette inclinaison dans les tuyaux où est ce vide apparent, lorsqu'ils sont dans quelque liqueur, attire toujours les liqueurs des vaisseaux, si les ouvertures des tuyaux ne sont point bouchées, ou attire le doigt, s'il bouche ces ouvertures.

VIII. Le même siphon étant rempli d'eau entièrement, et ensuite d'une corde, comme ci-dessus, les deux ouvertures étant aussi mises dans les deux mêmes vaisseaux de vif-argent, quand on tire la corde par une de ces ouvertures, le vif-argent monte des vaisseaux dans toutes les deux jambes : en sorte que la quatorzième partie de la hauteur de l'eau d'une jambe avec la hauteur du vif-argent qui y est monté, est égale à la quatorzième partie de la hauteur de l'eau de l'autre, jointe à la hauteur du vif-argent qui y est monté; ce qui arrivera tant que cette quatorzième partie de la hauteur de l'eau, jointe à la hauteur du vif-argent de chaque jambe, soit de la hauteur de deux pieds trois pouces : car après, l'eau se divisera par le haut, et il s'y trouvera un vide apparent.

Desquelles expériences et de plusieurs autres rapports dans le livre entier, où se voient des tuyaux de toutes longueurs, grosseurs et figures, chargés de différentes liqueurs, enfoncés diversement dans des liqueurs différentes, transportés des unes dans les autres, pesés en plusieurs façons, et où sont remarquées les attractions différentes que ressent le doigt qui bouche le tuyau où est le vide apparent, on déduit manifestement ces maximes.

MAXIMES.

I. Que tous les corps ont de la répugnance à se séparer l'un de l'autre, et à admettre ce vide apparent dans leur intervalle, c'est-à-dire, que la nature abhorre ce vide apparent.

II. Que cette horreur ou cette répugnance qu'ont tous les corps n'est pas plus grande pour admettre un grand vide apparent qu'un petit, c'est-à-dire, à s'éloigner d'un grand intervalle que d'un petit.

III. Que la force de cette horreur est limitée, et pareille à celle avec laquelle de l'eau d'une certaine hauteur, qui est environ de trente-un pieds, tend à couler en bas.

IV. Que les corps qui bornent ce vide apparent ont inclination à le remplir.

V. Que cette inclination n'est pas plus forte pour remplir un grand vide apparent qu'un petit.

VI. Que la force de cette inclination est limitée, et toujours pareille à celle avec laquelle de l'eau d'une certaine hauteur, qui est environ de trente-un pieds, tend à couler en bas.

VII. Qu'une force plus grande, de si peu que l'on voudra, que celle avec laquelle l'eau de la hauteur de trente-un pieds tend à couler en bas, suffit pour faire admettre ce vide apparent, et même si grand que l'on voudra; c'est-à-dire, pour faire désunir les corps d'un si grand intervalle que l'on voudra, pourvu qu'il n'y ait point d'autre obstacle à leur séparation, ni à leur éloignement, que l'horreur que la nature a pour ce vide apparent.

Abrégé de la deuxième partie, dans laquelle sont rapportées les conséquences de ces expériences, touchant la matière qui peut remplir cet espace vide en apparence, divisée en plusieurs propositions, avec leurs démonstrations.

PROPOSITIONS.

I. Que l'espace vide en apparence n'est pas rempli de l'air extérieur qui environne le tuyau, et qu'il n'y est point entré par les pores du verre.

II. Qu'il n'est pas plein de l'air que quelques philosophes disent être enfermé dans les pores de tous les corps, qui se trouveroit, par ce moyen, au dedans de la liqueur qui remplit les tuyaux.

III. Qu'il n'est pas plein de l'air que quelques-uns estiment être entre le tuyau et la liqueur qui le remplit, et enfermé dans les interstices des corpuscules ou atomes qui composent ces liqueurs.

IV. Qu'il n'est pas plein d'un grain d'air imperceptible, resté par hasard entre la liqueur et le verre, ou porté par le doigt qui le bouche, ou entré par quelque autre façon, qui se raréfieroit extraordinairement, et que quelques-uns soutiendroient pouvoir se raréfier assez pour remplir tout le monde, plutôt que d'admettre du vide.

V. Qu'il n'est pas plein d'une petite portion du vif-argent ou de l'eau, qui, étant tirée d'un côté par les parois du verre, et de l'autre par la force de la liqueur, se raréfie et se convertit en vapeurs; en sorte que cette attraction réciproque fasse le même effet que la chaleur qui convertit ces liqueurs en vapeur, et les rend volatiles.

VI. Qu'il n'est pas plein des esprits de la liqueur qui remplit le tuyau.

VII. Qu'il n'est pas plein d'un air plus subtil

mêlé parmi l'air extérieur, qui, en étant détaché et entré par les pores du verre, tendroit toujours à y retourner, ou y seroit sans cesse attiré.

VIII. Que l'espace vide en apparence n'est rempli d'aucune des matières qui sont connues dans la nature, et qui tombent sous aucun des sens.

Abrégé de la conclusion, dans laquelle je donne mon sentiment.

Après avoir démontré qu'aucune des matières qui tombent sous nos sens, et dont nous avons connoissance, ne remplissent cet espace vide en apparence, mon sentiment sera, jusqu'à ce qu'on m'ait montré l'existence de quelque matière qui le remplisse, qu'il est véritablement vide, et destitué de toute matière.

C'est pourquoi je dirai du vide véritable ce que j'ai montré du vide apparent, et je tiendrai pour vraies les maximes posées ci-dessus, et énoncées du vide absolu comme elles l'ont été de l'apparent, savoir en cette sorte.

MAXIMES.

I. Que tous les corps ont de la répugnance à se séparer l'un de l'autre, et à admettre du vide dans leur intervalle; c'est-à-dire, que la nature abhorre le vide.

II. Que cette horreur ou répugnance qu'ont tous les corps n'est pas plus grande pour admettre un grand vide qu'un petit, c'est-à-dire, pour s'éloigner d'un grand intervalle que d'un petit.

III. Que la force de cette horreur est limitée, et pareille à celle avec laquelle de l'eau d'une certaine hauteur, qui est à peu près de trente-un pieds, tend à couler en bas.

IV. Que les corps qui bornent ce vide ont inclination à le remplir.

V. Que cette inclination n'est pas plus forte pour remplir un grand vide qu'un petit.

VI. Que la force de cette inclination est limitée, et toujours égale à celle avec laquelle l'eau d'une certaine hauteur, qui est environ de trente-un pieds, tend à couler en bas.

VII. Qu'une force plus grande, de si peu que l'on voudra, que celle avec laquelle l'eau de la hauteur de trente-un pieds tend à couler en bas, suffit pour faire admettre du vide, et même si grand que l'on voudra; c'est-à-dire, à faire désunir les corps d'un si grand intervalle que l'on voudra, pourvu qu'il n'y ait point d'autre obstacle à leur séparation, ni à leur éloignement, que l'horreur que la nature a pour le vide.

Ensuite je réponds aux objections qu'on peut faire, dont voici les principales :

OBJECTIONS.

I. Que cette proposition, qu'un espace est vide, répugne au sens commun.

II. Que cette proposition, que la nature abhorre le vide, et néanmoins l'admet, l'accuse d'impuissance, ou implique contradiction.

III. Que plusieurs expériences, et même journalières, montrent que la nature ne peut souffrir de vide.

IV. Qu'une matière imperceptible, inouïe et inconnue à tous les sens, remplit cet espace.

V. Que la lumière étant un accident, ou une substance, il n'est pas possible qu'elle se soutienne dans le vide, si elle est un accident; et qu'elle remplisse l'espace vide en apparence, si elle est une substance.

PREMIÈRE LETTRE

DU PÈRE NOËL, JÉSUITE,

A PASCAL (*1647).

Monsieur,

J'ai lu vos *Expériences touchant le vide*, que j'estime fort belles et ingénieuses; mais je n'entends pas ce *vide apparent* qui paroît dans le tube après la descente, soit de l'eau, soit du vif-argent. Je dis que c'est un corps, puisqu'il a les actions d'un corps, qu'il transmet la lumière avec réfraction et réflexion, qu'il apporte du retardement au

(*) On demande pardon au lecteur si on lui présente, dans le Recueil des OEuvres de Pascal, cette lettre et quelques autres écrits du père Noël, qui ne contiennent qu'une physique détestable; mais ces pièces sont nécessaires pour l'intelligence de notre auteur.

mouvement d'un autre corps, ainsi qu'on peut remarquer en la descente du vif-argent, quand le tube plein de ce vide par le haut, est renversé; c'est donc un corps qui prend la place du vif-argent. Il faut maintenant voir quel est ce corps.

Présupposons que comme le sang qui est dans les veines d'un corps vivant, est mélangé de bile, de pituite, de mélancolie et de sang, qui, pour la plus notable quantité, donne à ce mélange le nom de *sang;* de même l'air que nous respirons, est mélangé de feu, d'eau, de terre et d'air, qui, pour la plus grande quantité, lui donne le nom d'*air*. C'est le sens commun des physiciens, qui enseignent que les éléments sont mélangés.

Or, tout ainsi que ce mélange qui est dans vos veines est un mélange naturel au corps humain, fait et entretenu par le mouvement et action du cœur qui le rétablit, s'il est altéré, par exemple, de crainte ou de honte; de même ce mélange qui est dans notre air, est un mélange naturel au monde, fait et entretenu par le mouvement et action du soleil, qui le rétablit, s'il est empêché par quelque violence. Donc tout ainsi que la séparation des parties qui composent notre sang, peut se faire dans les veines par quelque accident, comme elle se fait ès-ébullitions qui séparent le plus subtil dans le grossier; de même la séparation des parties qui composent notre air peut se faire dans le monde par quelque violence. J'appelle *violence* tout ce qui sépare ces corps naturellement unis et mêlés par ensemble, laquelle ôtée, les parties se rejoignent et se mêlent comme auparavant, si leur naturel n'est changé par la force et longueur de cette violence.

Je dis donc que dans le mélange naturel du corps que nous respirons, il y a du feu, qui est de sa nature plus subtil et plus rare que l'air; et de l'air, lequel étant séparé de l'eau et de la terre, est plus subtil et plus rare que mélangé avec l'un et l'autre, et partant peut pénétrer des corps et passer à travers les pores, étant séparé, qu'il ne pourroit pas, étant mélangé. Si donc il se trouve une cause de cette séparation, la même pourra faire passer l'air séparé par des pores trop petits pour son passage, étant mélangé. Présupposons une chose vraie, que le verre a grande quantité de pores que nous colligeons non-seulement de la lumière qui pénètre le verre plus que dans d'autres corps moins solides, dont les pores sont moins fréquents, quoique plus grands; mais aussi une infinité de petits corps différents du verre que vous remarquez dans ces triangles qui font paroître les iris, et de ce qu'une bouteille de verre bouchée hermétiquement ne se casse point en un feu lent sur des cendres chaudes.

Or, ces pores du verre si fréquents sont si petits, que l'air mélangé ne sauroit passer à travers; mais étant séparé et plus épuré de la terre et de l'eau, il pourra pénétrer le verre, comme le fil de fer, tandis qu'il est un peu trop gros, ne peut passer à travers le petit trou de filière, mais étant par force et violence menuisé, passe facilement : l'eau boueuse ne passera pas à travers un linge bien tissu, où elle passe facilement étant séparée. La chausse d'Hippocrate et la filtration nous font toucher au doigt cette séparation des corps mélangés. Or, voici la force et la violence qui tirent l'air de son mélange naturel, et le font pénétrer le verre ; le vif-argent qui remplit le tube et touche l'air subtil et igné que la fournaise a mis dans le verre, et dont les pores sont remplis, descendant par sa gravité, tire après soi quelques corps ; autrement il ne descend pas, comme il appert au vif-argent, qui est retenu jusques à deux pieds, et à l'eau qui ne descend pas même au trentième, leur gravité n'étant pas suffisante pour tirer l'air hors de son mélange naturel. Si donc le vif-argent descend, il tire après soi un autre corps, selon votre première maxime, p. 54, que tous les corps ont de la répugnance à se séparer l'un de l'autre. Ce corps tiré et suivant, n'est pas le verre, puisqu'il demeure à sa place et ne casse point ; l'air qui est dans ses pores, contigu au vif-argent, peut suivre, mais il ne suit pas qu'il n'en tire un autre qui passe par les pores du verre et les remplit : pour y passer, il faut qu'il soit épuré ; c'est l'ouvrage de cet air subtil qui remplissoit les petits pores du verre, lequel étant tiré par une force majeure et suivant le vif-argent, tire après soi par continuité et connexité son voisin, l'épurant du plus grossier qui reste dehors dans une même constitution, constitution violentée par la séparation du plus subtil, et demeure autour du verre attaché à celui qui est entré, lequel étant dans une dilatation violente à l'état naturel qui lui est dû dans ce monde, est toujours poussé par le mouvement et dépendance du soleil, à se rejoindre à l'autre et reprendre son mélange naturel, se joignant à cet autre qui le hérisse, poussé du même principe ; et partant l'un et l'autre sitôt que la violence est ôtée, reprend son mélange et sa place : ainsi, quand on bande un arc, on en fait sortir des esprits qui lui sont naturels par sa partie concave qui est pressée, et en fait-on entrer d'autres qui ne lui sont pas naturels par sa partie convexe qui est dilatée ; les unes et les autres, demeurant à l'air, cherchent leur place naturelle ; et aussitôt que la violence qui tient l'arc tendu est ôtée, les naturels rentrent, les étrangers sortent, et l'arc se redresse.

Nous avons une séparation et réunion sensible en une éponge pleine d'eau dans le fond de quelque bassin, qui naît de l'eau qui est dans l'éponge. Si vous pressez cette éponge avec violence, vous en faites sortir de l'eau qui demeure auprès d'elle séparée ; sitôt que vous ôtez cette compression, le mélange se fait de l'éponge avec l'eau par la dilatation naturelle de l'éponge, laquelle se remplit de l'eau qui lui est présentée.

Si donc on me demande quel corps entre dans le tube, le mercure descendant, je dirai que c'est un air épuré qui entre par les petits pores du verre, contraint à cette séparation du grossier par la pesanteur du vif-argent descendant et tirant après soi l'air subtil qui remplissoit les pores du verre, et celui-ci tiré par violence, traînant après soi le plus subtil qui lui est joint et contigu, jusques à remplir la partie abandonnée par le vif-argent.

Or cette séparation étant violente à l'autre air, à celui qui demeure dehors, tiré et attaché au verre et à celui qui est entré dans le tube, l'un et l'autre reprend son mélange aussitôt que cette pesanteur est ôtée : mais tandis que cette pesanteur du vif-argent continue son effet, cette attraction et épuration de l'air, continue aussi, comme le poids d'une balance élevé par un autre plus pesant, ne descend pas que cet autre poids qui l'empêche de descendre, ne soit ôté.

Ce discours combat votre proposition VII, page 56, où vous dites que l'espace vide en apparence, n'est pas plein d'un air pur, subtil, mêlé parmi l'air extérieur, qui en étant détaché, et entré par les pores du verre, tendroit toujours à y retourner, ou y seroit sans cesse attiré; et votre proposition VIII, que l'espace vide en apparence n'est rempli d'aucune des matières qui sont connues dans la nature, et qui tombent sous aucun des sens. Si mon discours, que je vous laisse à considérer, est vrai, ces deux propositions ne le sont pas. L'air épuré est une matière connue dans la nature; et cet air prend la place du vif-argent.

Venons aux objections que vous avez mises en la page 58, contre vos sentiments. Je dis que la première est très-considérable. En effet, cette proposition, qu'un espace est vide, prenant le vide pour une privation de tout corps, non-seulement répugne au sens commun, mais de plus se contredit manifestement : elle dit que ce vide est espace, et ne l'est pas, ou présuppose qu'il est espace; or s'il est espace, il n'est pas ce vide qui est privation de tout corps, puisque tout espace est nécessairement corps : qui entend ce qui est corps, comme corps, entend un composé de parties les unes hors les autres, les unes hautes, les autres basses, les unes à droite, les autres à gauche, un composé long, large, profond, figuré, grand ou petit; qui entend ce qui est espace comme espace, entend, quoi qu'on dise, un composé de parties, les unes hors les autres, basses, hautes, à gauche, à droite, d'une telle longueur, largeur, profondeur, figuré entre les extrémités dont il est intervalle : de sorte que l'espace ou intervalle n'est pas seulement corps, mais corps entre deux ou plusieurs corps. Si donc par ce mot vide, nous entendons une privation de tout corps, ce qui est le sens de l'objection, cette présupposition qu'un espace est vide, se détruit soi-même et se contredit; mais ce mot de vide comme il se prend communément, est un espace invisible, tel qu'est l'air : ainsi disons-nous d'une bourse, d'un tonneau, d'une cave, d'une chambre et autres semblables, que tout cela est vide quand il n'y a que l'air; tellement que l'air, à cause qu'il est invisible, se prend pour un espace vide; mais d'autant qu'il est espace, nous concluons qu'il est corps, grand, petit, rond, carré, et ces différences ne s'attachent point au vide, pris pour une privation de tout corps, et par conséquent pour un néant dont Aristote parle, quand il dit, *Non entis non sunt differentiæ.*

Votre deuxième objection ne vous donnera pas grand'peine : vous avouez facilement que la nature, non pas en son total, mais en ses parties, souffre violence par le mouvement des unes qui surmontent la résistance des autres; c'est de quoi Dieu se sert pour l'ornement et la variété du monde.

La troisième, que les expériences journalières font paroître que la nature ne souffre point de vide, est forte. Je ne crois pas que la quatrième soit d'aucun physicien.

La cinquième est une preuve péremptoire du plein, puisque la lumière, ou plutôt l'illumination, est un mouvement luminaire des rayons, composés des corps lucides qui remplissent les corps transparents, et ne sont mus luminairement que par d'autres corps lucides, comme la poudre Daris n'est remuée magnétiquement que par l'aimant : or cette illumination se trouve dans l'intervalle abandonné du vif-argent; il est donc nécessaire que ces intervalles soient un corps transparent. En effet c'en est un, puisqu'il est un air raréfié.

Voilà, monsieur, ce que j'ai cru devoir à votre curiosité si obligeante, qui semble demander quel corps est ce vide apparent, plutôt qu'assurer qu'il n'est pas corps : ce que j'ai dit de la violence faite par la pesanteur du vif-argent ou de l'eau, doit s'entendre de toutes les autres violences qui se rencontrent dans toutes vos autres expériences, où l'entrée subite de ces petits corps d'air et de feu qui sont partout, paroissant moins aux sens qu'à la raison, font conjecturer un vide qui soit une privation de tout corps. Quoi qu'il en soit, vous avez examiné une vérité très-importante à ceux qui font la recherche des choses naturelles, et par cet examen, obligé le public, et moi particulièrement qui suis, monsieur, votre, etc. ÉTIENNE NOEL, de la compagnie de Jésus.

RÉPONSE DE PASCAL,

AU PÈRE NOËL (1647).

MON TRÈS-RÉVÉREND PÈRE,

L'honneur que vous m'avez fait de m'écrire, m'engage à rompre le dessein que j'avois formé de ne résoudre aucune des difficultés que j'ai rapportées dans mon *Abrégé*, que dans le Traité entier auquel je travaille; car puisque les civilités de votre lettre sont jointes aux objections que vous m'y faites, je ne puis partager ma réponse, ni reconnoître les unes, sans satisfaire aux autres.

Mais, pour le faire avec plus d'ordre, permettez-moi de vous rapporter une règle universelle, qui s'applique à tous les sujets particuliers, où il s'agit de reconnoître la vérité. Je ne doute pas que vous n'en demeuriez d'accord, puisqu'elle est reçue généralement de tous ceux qui envisagent les choses sans préoccupation; qu'elle est la principale, de la façon dont on traite les sciences dans les écoles; et qu'elle est en usage parmi les personnes qui recherchent ce qui est véritablement solide, et qui remplit et satisfait pleinement l'esprit : c'est qu'on ne doit jamais porter un jugement décisif de la négative ou de l'affirmative d'une proposition, que ce que l'on affirme ou nie, n'ait une de ces deux conditions ; savoir, ou qu'il paroisse si clairement et si distinctement de soi-même aux sens ou à la raison, suivant qu'il est sujet à l'un ou à l'autre, que l'esprit n'ait aucun moyen de douter de sa certitude, et c'est ce que nous appelons *principe* ou *axiome ;* comme, par exemple, *si à choses égales on ajoute choses égales, les tous seront égaux ;* ou qu'il se déduise par des conséquences infaillibles et nécessaires de principes ou axiomes, de la certitude desquels dépend toute celle des conséquences qui en sont bien tirées ; comme cette proposition, *les trois angles d'un triangle sont égaux à deux angles droits*, qui, n'étant pas visible d'elle-même, est démontrée évidemment par des conséquences infaillibles de pareils axiomes. Tout ce qui a une de ces deux conditions, est certain et véritable, et tout ce qui n'en a aucune, passe pour douteux et incertain. Nous portons un jugement décisif des choses de la première sorte : nous laissons les autres dans l'indécision, si bien que nous les appelons, suivant leur mérite, tantôt *vision*, tantôt *caprice*, parfois *fantaisie*, quelquefois *idée*, et tout au plus *belle pensée ;* et parce qu'on ne peut les affirmer sans témérité, nous penchons plutôt vers la négative : prêts néanmoins de revenir à l'autre, si une démonstration évidente nous en fait voir la vérité. Nous réservons pour les mystères de la foi, que le Saint-Esprit a lui-même révélés, cette soumission d'esprit qui porte notre croyance à des mystères cachés aux sens et à la raison.

Cela posé, je viens à votre lettre, dans les premières lignes de laquelle, pour prouver que le vide apparent est un corps, vous vous servez de ces termes : « Je dis que c'est un corps, puis-» qu'il a les actions d'un corps, qu'il transmet » la lumière avec réfraction et réflexion, qu'il » apporte du retardement au mouvement d'un » autre corps ; » où je remarque que dans le dessein que vous avez de prouver que c'est un corps, vous prenez pour principes deux choses : la première, qu'il transmet la lumière avec réfraction et réflexion ; la seconde, qu'il retarde le mouvement d'un corps. De ces deux principes, le premier n'a paru véritable à aucun de ceux qui ont voulu l'éprouver ; nous avons toujours remarqué, au contraire, que le rayon qui pénètre le verre et cet espace, n'a point d'autre réfraction que celle que lui cause le verre, et qu'ainsi si quelque matière le remplit, elle ne rompt en aucune sorte le rayon, ou sa réfraction n'est pas perceptible. De sorte que comme il est sans doute que vous n'avez rien éprouvé de contraire, je vois que le sens de vos paroles est que le rayon réfléchi, ou rompu par le verre, passe à travers cet espace ; et que de là et de ce que les corps y tombent avec temps, vous voulez conclure qu'une matière le remplit, qui porte cette lumière et cause ce retardement.

Mais, mon révérend père, si nous rapportons cela à la méthode de raisonner, dont nous avons parlé, nous trouverons qu'il faudroit auparavant être demeuré d'accord de la définition de l'espace vide, de la lumière et du mouvement, et montrer par la nature de ces choses, une contradiction manifeste dans ces propositions: « Que la lumière pénètre un espace vide, et » qu'un corps s'y meut avec le temps. » Jusque là votre preuve ne pourra subsister: et puisque la nature de la lumière est inconnue, et à vous, et à moi; que de toutes les définitions qu'on a essayé d'en donner, aucune n'a satisfait ceux qui cherchent les vérités palpables, et qu'elle nous demeurera peut-être éternellement inconnue, je vois que cet argument sera long-temps sans recevoir la force qui lui est nécessaire pour devenir convaincant.

Car considérez, je vous prie, comment il est possible de conclure infailliblement que la nature de la lumière est telle, qu'elle ne peut subsister dans le vide, lorsque l'on ignore la nature de la lumière. Si nous la connoissions aussi parfaitement que nous l'ignorons, nous connoîtrions, peut-être, qu'elle subsisteroit dans le vide avec plus d'éclat que dans aucun autre *medium*, comme nous voyons qu'elle augmente sa force suivant que le *medium* où elle est, devient plus rare, et ainsi en quelque sorte plus approchant du néant. De même si nous savions celle du mouvement, je ne fais aucun doute qu'il ne nous parût qu'il dût se faire dans le vide avec presque autant de temps que dans l'air, dont le peu de résistance paroît dans l'égalité de la chute de corps différents en pesanteur.

C'est pourquoi dans le peu de connoissance que nous avons de la nature des choses, si, par une liberté semblable à la vôtre, je conçois une pensée, que je donne pour principe, je puis dire avec autant de raison : la lumière se soutient dans le vide, et le mouvement s'y fait avec temps : or la lumière pénètre l'espace vide en apparence, et le mouvement s'y fait avec temps ; donc il peut être vide en effet.

Ainsi remettons cette preuve au temps où nous aurons l'intelligence de la nature de la lumière. Jusque-là je ne puis admettre votre principe, et il vous sera difficile de le prouver ; ne tirons point, je vous prie, de conséquence infaillible de la nature d'une chose, lorsque nous l'ignorons : autrement je craindrois que vous ne fussiez pas d'accord avec moi des conditions nécessaires pour rendre une démonstration parfaite, et que vous n'appellassiez certain, ce que nous n'appelons que douteux.

Dans la suite de votre lettre, comme si vous aviez établi invinciblement que cet espace vide est un corps, vous ne vous mettez plus en peine que de chercher quel est ce corps ; et pour décider affirmativement quelle matière le remplit, vous commencez par ces termes : « Présupposons » que, comme le sang est mêlé de plusieurs li» queurs qui le composent, ainsi l'air est com» posé d'air et de feu, et des quatre éléments » qui entrent en la composition de tous les » corps de la nature. » Vous *présupposez* ensuite que ce feu peut être séparé de l'air, et qu'en étant séparé, il peut pénétrer les pores du verre ; vous *présupposez* encore qu'en étant séparé, il a inclination à y retourner, et encore qu'il en est sans cesse attiré ; et vous expliquez ce discours, assez intelligible de soi-même, par des comparaisons que vous y ajoutez.

Mais, mon père, je crois que vous donnez cela pour une pensée, et non pas pour une démonstration : et quelque peine que j'aie d'accommoder la pensée que j'en ai avec la fin de votre lettre, je crois que si vous vouliez donner des preuves, elles ne seroient pas si peu fondées. Car en ce temps où un si grand nombre de personnes savantes cherchent avec tant de soin quelle matière remplit cet espace ; que cette difficulté agite aujourd'hui tant d'esprits : j'aurois peine à croire que pour apporter une solution si désirée, à un si grand et si juste doute, vous ne donnassiez autre chose qu'une matière, dont vous supposez non-seulement les qualités, mais encore l'existence même ; de sorte que qui *présupposera* le contraire, tirera une conséquence contraire aussi nécessairement. Si cette façon de prouver est reçue, il ne sera pas difficile de résoudre les plus grandes difficultés. Le flux de la mer et l'attraction de l'aimant, deviendront aisés à comprendre, s'il est permis de faire des matières et des qualités exprès. Car toutes les choses de cette nature, dont l'existence ne se manifeste à aucun des sens, sont aussi difficiles à croire, qu'elles sont faciles à inventer. Beaucoup de personnes et des plus savantes de ce temps, m'ont objecté cette même matière avant vous, mais comme une simple pensée, et non pas comme une vérité constante; et c'est pourquoi je n'en ai pas fait mention dans mes propositions. D'autres, pour remplir de quelque matière l'espace vide, s'en sont figuré une dont ils ont rempli tout l'univers, parce que l'imagination a cela de propre, qu'elle produit avec aussi peu de peine et de temps, les plus grandes choses que les plus petites; quelques-uns l'ont faite de même substance que le ciel et les éléments; les autres, d'une substance différente, suivant leur fantaisie, parce qu'ils en disposoient comme de leur ouvrage.

Que si on leur demande, comme à vous, qu'ils nous fassent voir cette matière, ils répondent qu'elle n'est pas visible: si l'on demande qu'elle rende quelque son, ils disent qu'elle ne peut point être ouïe, et ainsi de tous les autres sens. Ils pensent avoir beaucoup fait, quand ils ont pris les autres dans l'impuissance de montrer qu'elle n'est pas, en s'ôtant à eux-mêmes tout pouvoir de leur montrer qu'elle est.

Mais nous trouvons plus de sujet de nier son existence, parce qu'on ne peut pas la prouver, que de la croire, par la seule raison qu'on ne peut montrer qu'elle n'est pas.

Car on ne peut pas croire toutes ces choses ensemble, sans faire de la nature un monstre; et comme la raison ne peut pencher plus vers une que vers l'autre, à cause qu'elle les trouve également éloignées, elle les refuse toutes, pour se défendre d'un injuste choix.

Je sais que vous pouvez dire que vous n'avez pas fait tout seul cette matière, et que quantité de physiciens y avoient déjà travaillé; mais sur les sujets de cette matière, nous ne faisons aucun fondement sur les autorités: quand nous citons les auteurs, nous citons leurs démonstrations, et non pas leurs noms; nous n'y avons nul égard que dans les matières historiques. Si les auteurs que vous alléguez, disoient qu'ils ont vu ces petits corps ignés, mêlés parmi l'air, je déférerois assez à leur sincérité et à leur fidélité, pour m'en rapporter à leur témoignage, et je les croirois comme historiens; mais puisqu'ils disent seulement qu'ils pensent que l'air en est composé, vous me permettrez de demeurer dans mon premier doute.

Enfin, mon père, considérez, je vous prie, que tous les hommes ensemble ne sauroient démontrer qu'aucun corps succède à celui qui quitte l'espace vide en apparence, et qu'il n'est pas possible encore à tous les hommes de montrer que quand l'eau y remonte, quelque corps en soit sorti. Cela ne suffiroit-il pas, suivant vos maximes, pour assurer que cet espace est vide ? Cependant je dis simplement que mon sentiment est qu'il est vide. Jugez si ceux qui parlent avec tant de retenue d'une chose où ils ont droit de parler avec tant d'assurance, pourront faire un jugement décisif de l'existence de cette matière ignée, si douteuse et si peu établie.

Après avoir supposé cette matière avec toutes les qualités que vous avez voulu lui donner, vous rendez raison de quelques-unes de mes expériences. Ce n'est pas une chose bien difficile d'expliquer comment un effet peut être produit, en supposant la matière, la nature et les qualités de sa cause : cependant il est difficile que ceux qui se les figurent, se défendent d'une vaine complaisance, et d'un charme secret qu'ils trouvent dans leur invention, principalement quand ils les ont si bien ajustées, que des imaginations qu'ils ont supposées, ils concluent nécessairement des vérités déjà évidentes. Mais je me sens obligé de vous dire deux mots sur ce sujet ; c'est que toutes les fois que pour trouver la cause de plusieurs phénomènes connus, on pose une hypothèse, cette hypothèse peut être de trois sortes.

Car quelquefois on conclut une absurdité manifeste de sa négation, et alors l'hypothèse est véritable et constante : ou bien on conclut une absurdité manifeste de son affirmation, et alors l'hypothèse est tenue pour fausse; et lorsqu'on n'a pu encore tirer d'absurdité, ni de sa négation, ni de son affirmation, l'hypothèse est douteuse. De sorte que pour faire qu'une hypothèse soit évidente, il ne suffit pas que tous les phénomènes s'en ensuivent; au lieu que s'il s'ensuit quelque chose de contraire à un des phénomènes, cela suffit pour assurer de sa fausseté.

Par exemple, si on trouve une pierre chaude sans savoir la cause de sa chaleur, celui-là seroit-il tenu en avoir trouvé la véritable, qui raisonneroit de cette sorte? Présupposons que cette pierre ait été mise dans un grand feu, dont on l'ait retirée depuis peu de temps; donc cette pierre doit être encore chaude : or elle est chaude; par conséquent elle a été mise au feu. Il faudroit pour cela que le feu fût l'unique cause de sa chaleur; mais comme elle peut procéder du soleil et de la friction, la conséquence seroit sans force. Car comme une même cause peut produire plusieurs effets différents, un même effet peut être produit par plusieurs causes différentes. C'est ainsi que quand on discourt humainement du mouvement, ou de la stabilité de la terre, tous les phénomènes du mouvement et des rétrogradations des planètes, s'ensuivent parfaitement des hypothèses de *Ptolémée*, de *Tycho*, de *Copernic* et de beaucoup d'autres qu'on peut faire, de toutes lesquelles une seule peut être véritable. Mais qui osera faire un si grand discernement, et qui pourra, sans danger d'erreur, soutenir l'une au préjudice des autres : comme dans la comparaison de la pierre, qui pourra, avec opiniâtreté, maintenir que le feu ait causé sa chaleur, sans se rendre ridicule ?

Vous voyez par là qu'encore que de votre hypothèse s'ensuivissent tous les phénomènes de mes expériences, elle seroit de la nature des autres ; et que demeurant toujours dans les termes de la vraisemblance, elle n'arriveroit jamais à ceux de la démonstration. Mais j'espère vous faire un jour voir plus au long, que de son affirmation s'ensuivent absolument des choses contraires aux expériences. Et pour vous en toucher ici une en peu de mots, s'il est vrai, comme vous le supposez, que cet espace soit plein de cet air, plus subtil, igné, et qu'il ait l'inclination que vous lui donnez, de rentrer dans l'air d'où il est sorti, et que cet air extérieur ait la force de le retirer *comme une éponge pressée*, et que ce soit par cette attraction mutuelle, que le vif-argent se tienne suspendu, et qu'elle le fait remonter même quand on incline le tuyau : il s'ensuit nécessairement que quand l'espace vide en apparence sera plus grand, une plus grande hauteur de vif-argent doit être suspendue (contre ce qui paroît dans les expériences). Car puisque toutes les parties de cet air intérieur et extérieur, ont cette qualité attractive, il est constant, par toutes les règles de la mécanique, que leur quantité augmentée à même mesure que l'espace, doit nécessairement augmenter leur effet, comme une grande éponge pressée attire plus d'eau qu'une petite.

Que si, pour résoudre cette difficulté, vous faites une seconde supposition; et si, pour sauver cet inconvénient, vous faites encore une qualité exprès, qui, ne se trouvant pas encore assez juste, vous oblige d'en figurer une troisième pour sauver les deux autres, sans aucune preuve, sans aucun établissement : je n'aurai jamais autre chose à vous répondre, que ce que je vous ai déjà dit, ou plutôt je croirai vous avoir déjà répondu.

Mais, mon père, quand je dis ceci, et que je préviens en quelque sorte ces dernières suppositions, je fais moi-même une supposition fausse : ne doutant pas que s'il part quelque chose de vous, il sera appuyé sur des raisons convaincantes, puisque autrement ce seroit imiter ceux qui veulent seulement faire voir qu'ils ne manquent pas de paroles.

Enfin, mon père, pour reprendre toute ma réponse, quand il seroit vrai que cet espace fût un corps (ce que je suis très-éloigné de vous accorder), et que l'air seroit rempli d'esprits ignés (ce que je ne trouve pas seulement vraisemblable), et que ces esprits auroient les qualités que vous leur donnez (ce qui n'est qu'une pure pensée, qui ne paroît évidente, ni à vous, ni à personne) : il ne s'ensuivroit pas de là que l'espace en fût rempli. Et quand il seroit vrai encore qu'en supposant qu'il en fût plein (ce qui ne paroît en façon quelconque), on pourroit en déduire tout ce qui paroît dans les expériences : le plus favorable jugement que l'on pourroit faire de cette opinion, seroit de la mettre au rang des vraisemblances. Mais comme on en conclut nécessairement des choses contraires aux expériences, jugez quelle place elle doit tenir entre les trois sortes d'hypothèses dont nous avons parlé tantôt.

Vers la fin de votre lettre, pour définir le corps, vous n'en expliquez que quelques accidents, et encore respectifs, comme de *haut*, de *bas*, de *droite*, de *gauche*, qui font proprement la définition de l'espace, et qui ne conviennent au corps, qu'en tant qu'il occupe de l'espace. Car, suivant vos auteurs mêmes, le corps est défini, ce qui est composé de matière et de forme; et ce que nous appelons un *espace vide*, est un espace ayant longueur, largeur et profondeur, immobile et capable de recevoir et de contenir un corps de pareille longueur et figure; c'est ce qu'on appelle *solide* en géométrie, où l'on ne considère que les choses abstraites et immatérielles. De sorte que la différence essentielle qui se trouve entre l'espace vide et le corps, qui a longueur, largeur, profondeur, est que l'un est immobile et l'autre mobile; et que l'on peut recevoir au dedans de soi un corps qui pénètre ses dimensions, au lieu que l'autre ne le peut; car la maxime que la pénétration de dimensions est impossible, s'entend seulement des dimensions de deux corps matériels : autrement elle ne seroit pas universellement reçue. D'où l'on peut voir qu'il y a autant de différence entre le néant et l'espace vide, qu'entre l'espace vide et le corps matériel ; et qu'ainsi l'espace vide tient le milieu entre la matière et le néant. C'est pourquoi la maxime d'Aristote dont vous parlez, *que les non-êtres ne sont point différents*, s'entend du véritable néant, et non pas de l'espace vide.

Je finis avec votre lettre, où vous dites que vous ne voyez pas que la quatrième de mes objections, qui est qu'une matière inouïe et inconnue à tous les sens, remplit cet espace, *soit d'aucun physicien.* A quoi j'ai à vous répondre, que je puis vous assurer du contraire, puisqu'elle est d'un des plus célèbres de notre temps, et que vous avez pu voir dans ses écrits, qu'il établit dans tout l'univers une matière universelle, imperceptible et inouïe, de pareille substance que le ciel et les éléments ; et de plus, qu'en examinant la vôtre, j'ai trouvé qu'elle est si imperceptible, et qu'elle a des qualités si inouïes, c'est-à-dire, qu'on ne lui avoit jamais données, que je trouve qu'elle est de même nature.

La période qui précède vos dernières civilités, définit la lumière en ces termes : *La lumière est un mouvement luminaire de rayons composés de corps lucides, c'est-à-dire, lumineux ;* où j'ai à vous dire qu'il me semble qu'il faudroit avoir premièrement défini ce que c'est que *luminaire*, et ce que c'est que *corps lucide*, ou *lumineux :* car jusque-là je ne puis entendre ce que c'est que lumière. Et comme nous n'employons jamais dans les definitions le terme du *défini*, j'aurois peine à m'accommoder à la vôtre, qui dit la lumière est un mouvement luminaire des corps lumineux. Voilà, mon père, quels sont mes sentiments, que je soumettrai toujours aux vôtres.

Au reste, on ne peut vous refuser la gloire d'avoir soutenu la physique péripatéticienne, aussi bien qu'il est possible de le faire; et je trouve que votre lettre n'est pas moins une marque de la foiblesse de l'opinion que vous défendez, que de la vigueur de votre esprit. Et certainement l'adresse avec laquelle vous avez défendu l'impossibilité du vide dans le peu de force qui lui reste, fait aisément juger qu'avec un pareil effort, vous auriez invinciblement établi le sentiment contraire dans les avantages que les expériences lui donnent.

Une même indisposition m'a empêché d'avoir l'honneur de vous voir et de vous écrire de ma main. C'est pourquoi je vous prie d'excuser les fautes qui se rencontreront dans cette lettre, surtout à l'orthographe. Je suis de tout mon cœur, mon très-révérend père, votre, etc. PASCAL.

RÉPLIQUE

DU PÈRE NOËL (1647).

MONSIEUR,

Celle dont il vous a plu m'honorer, me fut rendue jeudi au soir entre cinq et six, par un de nos péres. Je l'ai lue avec admiration, qu'en si peu de temps et incommodé de votre santé, vous ayez répondu de point en point à toute ma lettre; et avec un singulier contentement, que vous procédiez à la recherche de la vérité si généreusement et si méthodiquement, et m'ayez, avec tant de civilité, fait part de vos pensées touchant le vide; je vous remercie très-humblement et de tout mon cœur; j'aime la vérité, et la recherche sans préoccupation, dans vos sentiments, de la façon dont on traite les sciences dans les écoles, et de celle qui est en usage parmi les personnes qui veulent voir, et non pas croire ce qui peut se savoir. Je me sens obligé à vous dire ce qui m'est venu en l'esprit après les lumières que m'a données la lecture de votre lettre vraiment docte, claire et courtoise : et pour commencer par la définition de l'espace vide, qui semble être le fondement de tout le reste, je rapporterai vos paroles.

Ce que nous appelons un espace vide, est un espace ayant longueur, largeur et profondeur, immobile et capable de recevoir et de contenir un corps de pareille longueur et figure; c'est ce qu'on appelle solide en géométrie, où l'on ne considère que les choses abstraites et immatérielles. De sorte que la différence essentielle qui se trouve entre l'espace vide et le corps matériel qui a longueur, largeur et profondeur, est que l'un est immobile et l'autre mobile, et que l'un peut recevoir au dedans de soi un corps qui pénètre ses dimensions, au lieu que l'autre ne le peut; car la maxime, que la pénétration de dimensions est impossible, s'entend seulement des dimensions de deux corps matériels, autrement elle ne seroit pas universellement reçue. D'où l'on peut voir qu'il y a autant de différence entre le néant et l'espace vide, qu'entre l'espace vide et le corps matériel; et qu'ainsi l'espace vide tient le milieu entre la matière et le néant.

Voilà, monsieur, votre pensée de l'espace vide fort bien expliquée; je veux croire que tout cela vous est évident, et en avez l'esprit convaincu et pleinement satisfait, puisque vous l'affirmez, ayant dit auparavant, qu'on ne doit jamais porter un jugement définitif de l'affirmative ou négative d'une proposition, que ce que l'on affirme ou nie n'ait une de ces deux conditions, ou qu'il paroisse si clairement et si invinciblement de lui-même à la raison ou aux sens suivant qu'il est sujet à l'un ou à l'autre, que l'esprit n'ait aucun moyen de douter de sa certitude; et c'est ce que nous appelons principes ou axiomes; ou qu'il se déduise par des conséquences infaillibles et nécessaires de tels principes ou axiomes. Ce sont, monsieur, vos sentimens touchant les conditions nécessaires pour assurer une vérité. Or quand je disois dans ma lettre, que tout ce qui est espace est corps, je croyois dire une chose évidente et convaincante d'elle-même en matière de vide apparent ou véritable, que je présupposois, comme chose évidente, n'être, ni esprit, ni accident d'aucun corps, d'où il se déduit nécessairement qu'il est corps; je vois maintenant la défectuosité de mon discours : le vide n'est, ni corps matériel, ni accident du corps matériel, mais un espace qui a longueur, largeur et profondeur, immobile et capable de recevoir et de contenir un corps. Mais si je nie qu'il y ait aucun espace réel et capable de soutenir la lumière, de la transmettre et d'apporter du retardement au mouvement local d'un corps, qui ne soit corps matériel, je ne vois pas comment on puisse me convaincre du contraire : ma négative est appuyée sur ce que l'astronomie ne se sert point de cet espace pour expliquer les parties et mouvements de ce grand monde, ni la médecine pour l'intelligence des parties, mouvements et maladies du petit monde, ni l'art pour ses ouvrages, ni la nature pour ses opérations naturelles; et suivant la maxime, que la nature ne fait rien en vain, il faut, ou rejeter ce vide, ou s'il est dans le monde, avouer que ces grands espaces qui sont entre nous et les cieux, ne sont pas corps matériels, et que le vide véritable peut suffire à tout cela. Nous disons qu'il y a de l'eau, parce que nous la voyons et la touchons; nous disons qu'il y a de l'air dans un ballon enflé, parce que nous sentons sa résistance; qu'il y a du feu, parce que nous sentons sa chaleur. Mais le vide véritable ne touche aucun des sens : et pour dire qu'on le sent dans un tube où le vif-argent ne paroît point, j'en attends une preuve qui me détrompe; et la plupart de ceux qui cherchent la vérité curieusement, ont cru jusqu'à présent, fondés sur plusieurs expériences et bonnes raisons, que dans le monde un espace vide est naturellement impossible. Cet espace et l'air seroient de natures bien différentes, celui-ci étant mobile et impénétrable, et celui-là immobile et pénétrable; et néanmoins on ne sauroit connoître aucune différence entre la lumière qu'on dit passer par le vide seul, et celle qui passeroit par le vide et l'air joints ensemble : si le vide suffit, c'est en vain que la nature y emploie l'air. Voyez, monsieur, lequel de nous deux est plus croyable, ou vous qui affirmez un espace qui ne tombe pas sous les sens, et qui ne sert, ni à l'art, ni à la nature, et ne l'employez que pour décider une question fort douteuse; ou moi qui le nie pour ne l'avoir jamais senti, pour le connoître inutile et impossible, par ce raisonnement, que cet espace ne seroit pas corps matériel, et le seroit, ayant l'essence et les propriétés du corps matériel. Mais ce vide ne seroit-il point l'intervalle de ces anciens philosophes qu'Aristote a tâché de réfuter, ou bien l'espace imaginaire de quelques modernes, ou bien l'immensité de Dieu qu'on ne peut nier, puisque Dieu est partout? A la vérité, si ce vide véritable n'est autre chose que l'immensité de Dieu, je ne puis nier son existence; mais aussi ne peut-on pas dire que cette immensité n'étant autre chose que Dieu même, esprit très-simple, ait des parties les unes hors des autres, qui est la définition que je donne aux corps, et non pas celle que vous dites être de mes auteurs, prise de la composition de matière et de forme? Les corps simples sont corps, et néanmoins, au jugement des plus intelligents, n'ont point cette composition : j'avoue que les mixtes l'ont; mais je la tiens trop obscure pour être employée à la définition des corps : c'est pourquoi je définis le corps, ce qui est composé de parties les unes hors des autres, et dis que tout corps est espace, quand on le considère entre les extrémités, et que tout espace est corps, puisque tout espace est composé de parties les unes hors les autres, et que tout ce qui est composé de parties les unes hors les autres, est corps.

Si vous me dites que les espèces du Saint-Sacrement ont des parties les unes hors des autres, et néanmoins ne sont pas corps, je répondrai: premièrement, par le composé des parties les unes hors des autres, on entend ce que nous appelons ordinairement long, large et profond. Secondement, que l'on peut fort bien expliquer la doctrine de l'Église catholique et romaine, touchant les espèces du Saint-Sacrement, en disant que les petits corps qui restent dans les espèces ne sont pas la substance du pain. C'est pourquoi le concile de Trente ne se sert jamais du mot d'accident, parlant du Saint-Sacrement, quoiqu'en effet ces petits corps soient vraiment les accidents du pain, selon la définition de l'accident, reçue de tout le monde : ce qui ne détruit point le sujet, soit présent, soit absent. Troisièmement, que, sans miracles, tout composé de parties les unes hors des autres, est corps; et je crois que, pour décider la question du vide, il n'est pas besoin de recourir aux miracles, vu que nous présupposons que toutes vos expériences n'ont rien par-dessus les forces de la nature. Mais revenons à votre espace, où je ne vois ni parties, ni longueur, ni largeur, ni profondeur effective et réelle. S'il est l'immensité de Dieu, qui est pur esprit, je sais bien que, dans l'imagination du géomètre, séparant la quantité de toutes ses conditions individuelles par une abstraction d'entendement, je trouve un espace immobile; mais un tel espace ainsi dénué de toutes ces circonstances, n'est que dans l'esprit du géomètre, et ne peut être ce vide que vous dites paroître dans le tube, ni l'immensité de Dieu, quoiqu'on se la figure longue, large et profonde, selon notre façon d'entendre jointe et attachée au corps. Je pense en avoir assez dit pour douter s'il y a de l'espace vide, et si; entre la matière et le corps, il y a d'autre différence qu'entre le corps qui est dans l'espace du géomètre, et celui qui est dans le monde; celui-ci est matière matérielle, mobile, effectif et réel; et l'objet de celui-là qui n'a qu'un être inventionnel, et n'est que la ressemblance de l'autre, est par conséquent sans effet et sans mouvement. Néanmoins, puisque vous assurez l'existence de cet espace vide, et m'apprenez dans votre lettre que l'on ne doit rien assurer sans des convictions, ou des sens, ou de la raison, je me persuade que vous en avez, lesquelles je ne vois pas, et partant je présuppose l'existence de cet espace vide, et ne trouve pas qu'il me serve pour expliquer vos expériences, qu'en disant quatre choses. La première, qu'à la descente du vif-argent pas un corps n'entre dans le verre. La deuxième, que le vide tient la place du vif-argent descendu. La troisième, qu'il sontient la lumière qui passe au travers. La quatrième, qu'il retarde le mouvement des corps matériels, quoiqu'il n'ait aucune résistance, étant pénétrable et immobile. Je ne doute point que vous n'ayez prévu les difficultés qu'enferment ces quatre propositions. Je m'arrête à la première, qui est la source des autres, et sur cela je propose mes difficultés, dont j'espère être satisfait par vos profondes spéculations et courtoisies. Donc, pour la première, vous dites que « tous les hommes » ensemble ne sauroient démontrer qu'aucun corps succède à l'espace » vide en apparence, et qu'il n'est pas possible encore à tous les hommes » de montrer que, quand l'eau y remonte, quelque corps en soit sorti. » Là-dessus vous me demandez si cela ne suffiroit pas, suivant mes maximes, pour assurer que cet espace est vide. Je réponds ingénument que non. Si à moins d'une démonstration mathématique, c'est-à-dire, évidente et convaincante, qu'une matière entre dans le verre à la descente du vif-argent, je dis qu'il n'y a qu'un espace vide, je pourrai, par même raison, nier que, depuis notre terre jusqu'au firmament, il y ait aucune matière, et conclure en cette sorte : Tous les hommes ensemble ne sauroient démontrer mathématiquement que ces grands espaces soient remplis d'aucun corps, et partant je dis que ces grands espaces ne sont qu'un vide immobile et pénétrable, suffisant à soutenir et à transmettre la lumière des astres, et à montrer leurs mouvements. Si tel étoit mon discours et mon sentiment, que diriez-vous ? Or, tout ainsi que les naturalistes croient avoir assez de preuves et de raisons physiques pour assurer que ces grands espaces sont remplis d'un corps impénétrable et mobile, quoiqu'ils n'aient pour cela aucune démonstration mathématique; de même, quoique je n'aie point de semblables convictions, je pense néanmoins avoir assez de preuves naturelles pour dire que par les pores du verre passe et entre dans le verre une matière qui s'appelle air subtil.

Venons aux expériences, qui me font servir de vos termes, et dire simplement que mon sentiment est que l'air subtil entre par les pores du verre. Comme ces pores sont fort petits, l'air qui les remplit doit être fort subtil et séparé du plus grossier, et dans son mélange doit avoir moins de terre et moins d'eau. Que dans tout ce que nous appelons air, il y ait de la terre, nous l'expérimentons en hiver, dans un froid fort; les mains, exposées à l'air, contractent une crasse composée de ces petits atomes terrestres qui le remplissent et le refroidissent; que dans ce même tout il y ait de l'eau; cela se voit manifestement en la canne à vent dont elle sort, quand vous la chargez avec vitesse; qu'il y ait aussi du feu élémentaire, c'est-à-dire, de ce feu qui, pour sa petitesse et sa rareté, est invisible, et par suite fort différent de la flamme et du charbon allumé qui est entouré d'étincelles ou petites flammes qui s'éteignent dans l'eau, et non pas le feu élémentaire incorruptible; qu'il y ait, dis-je, de ce feu-là dans l'air, on peut le connoître au foyer d'un miroir ardent qui brûle par le concours des rayons qui sont dans l'air, et par un mouchoir où se ramassent les esprits ignés, que l'air qui est autour du feu lui apporte; d'où l'on voit sortir des étincelles dans un lieu obscur, quand, après l'avoir étendu et bien échauffé, et resserré tout chaud, on l'étend et passe la main par-dessus un peu rudement; que si les feux de nos cheminées remplissent d'esprits ignés l'air d'alentour, le soleil, qui brûle par réfractions et réflexions, pourra bien épandre ses esprits solaires en tout l'air du monde, et par conséquent y avoir du feu, que M. Descartes appelle *petite matière*.

L'expérience nous apprend aussi que, dans le mélange que nous appelons *eau*, il y a de l'air; en voici une preuve convaincante :

Faites une chambre carrée de cinq ou six pieds en tout sens, à la chaussée d'un ruisseau de même hauteur; mettez au milieu de la voûte un canal rond de trois ou quatre pouces de diamètre, long de quatre pieds, qui descende en la chambre perpendiculairement au pavé, fait au niveau par où l'eau du ruisseau coule à plomb sur le milieu d'une pierre fort dure, plate, ronde et à un pied de diamètre, plus haute que le reste du pavé de trois pouces; faites à côté, dans l'une des quatre murailles, à fleur du pavé, un trou par où l'eau s'écoule; faites-en un autre, à un pied du pavé, dans la muraille qui est vis-à-vis de ce trou; mettez en dehors un canal rond et long de trois pieds qui le remplisse parfaitement, et aille s'étrécissant depuis sa naissance de la muraille, où il a neuf à dix pouces de diamètre, jusqu'au bout qui sera de deux à trois pouces : l'air sortira sans cesse par ce canal avec autant d'impétuosité qu'il sort de ces grands soufflets de forge où se fond le fer des mines; cet air, mêlé, confondu et comme perdu dans ce tout, que nous appelons *eau*, et qui tombe à plomb par le canal de la voûte, se retrouve, et se sépare de l'eau grandement pressée entre la pierre qui la reçoit, et l'autre eau suivante qui la pousse; et cet air, ne trouvant en toute la chambre rien d'ouvert que ce canal qui est dans la muraille à un pied du pavé, poussé par le suivant, s'engonfle dans ce canal, et sort de même vitesse que celui de ces grands soufflets, longs de plus de quinze pieds. Voilà une preuve péremptoire de l'air mélangé avec l'eau, et de leur séparation artificielle et violente : l'eau séparée et plus grossière s'écoule par le trou d'en-bas à fleur du pavé, et l'air séparé sort par son canal un pied plus haut.

Je remarque ici une différence fort notable, entre l'air qui est dans l'eau (c'est le même des autres éléments), et l'air qui est mêlé avec l'eau, faisant une partie du tout, ou mélange, que nous appelons *eau;* l'air dans l'eau fait un tout à part, que nous appelons *air,* et monte toujours au-dessus de l'eau : l'air mêlé avec l'eau fait un tout avec les autres éléments; que nous appelons *eau*, et ne s'en sépare point que par quelque violence

Le feu élémentaire se trouve aussi dans l'eau, mêlé comme les autres éléments, et ne s'en sépare que quand il est fort contraint par la compression de l'eau; celle qui est chaude, et principalement celle qui bout, est pleine d'esprits ignés, que nos charbons et nos flammes lui envoient; disons de même du soleil à l'égard des eaux du monde : c'est pourquoi la nuit on voit des flammes sur la mer, que les vaisseaux et autres corps font sortir de l'eau quand ils la froissent.

Qu'il y ait de la terre dans l'eau, cela se voit dans les canaux des fontaines, et dans certaines pierres qui s'encroûtent au courant de l'eau par les atomes terrestres qui se séparent d'elle étant pressés.

Les mouvements sensibles de l'eau dans le thermomètre, me semblent ne pouvoir s'expliquer intelligiblement que par l'entrée ou le mouvement des esprits ignés de l'air chaud ou de la main échauffée. Voici ma pensée, que je propose tout simplement : les esprits de feu qui transpirent sans cesse de la main chaude qui touche la bouteille du thermomètre, meuvent l'air qui est dans les pores du verre par leur toucher; et cet air mu, meut son voisin, et celui-ci son voisin, qui est dans l'eau beaucoup moins mobile, comme si vous aviez dans une coupe d'argent plusieurs parties, dont les unes fussent carrées et les autres rondes, mêlées par ensemble, et que vous remuassiez tout ce mélange en remuant la coupe; les parties rondes, comme plus mobiles, se sépareroient des carrées qui auroient moins de mouvement.

L'air donc, par son mouvement, se sépare de l'eau, et l'eau, par cette séparation de l'air, tient moins de place, et nous semble, à cause qu'elle se ramasse vers le bas, qu'elle descend, et à cause qu'elle quitte une partie de son rare, qui est l'air, qu'elle se condense.

Or, plus grande est la chaleur de la main, le mouvement est plus grand, et de plus de parties qui roulent les unes sur les autres; et plus grand est le mouvement, plus grande est la séparation de l'air et de l'eau.

Ces roulades ne sont pas sensibles; mais la raison nous les apprend par cet axiome, que le mouvement d'un corps arrêté par l'une de ses parties, et mu par les autres, tient du circulaire. Otez ce mouvement accidentaire des parties de l'air, et conséquemment des parties de l'eau; l'air et l'eau reprennent leur mélange naturel, et par ce mélange, l'eau s'enfle, tient plus de place, et semble monter. Si l'eau descend effectivement sans que l'air s'en sépare, nous dirons probablement que les esprits ignés entrent dans le thermomètre, et que quelques autres en sortent; car je suis l'opinion de ceux qui veulent qu'un corps simple occupe toujours un même espace dans le monde, jamais ni plus grand ni plus petit; autrement il y auroit ou de la pénétration des corps, ou du vide: pénétration, s'il occupoit une plus grande place; du vide, s'il en tenoit une plus petite: ainsi, ou le monde regorgeroit, ou ne seroit pas toujours plein. On ne peut pas nier qu'entre les corps simples, il n'y en ait de plus rares, qui, avec pareil nombre d'atomes sensibles, tiennent plus de place, et de plus denses qui en tiennent moins: le feu élémentaire est, de sa nature, plus rare et moins dense que la terre, et la terre, de sa nature, plus dense et moins rare que le feu élémentaire: le feu simple jamais moins rare, la terre simple jamais moins dense; les mixtes sont plus ou moins rares, plus ou moins denses, selon qu'ils sont plus ou moins participants du feu ou de la terre; d'où s'ensuit que le corps mêlé de terre ou de feu est en partie dense, en partie rare: si vous lui ôtez de son feu, ou lui donnez de la terre, vous le condensez; ou si vous diminuez sa terre, ou augmentez son feu, vous le raréfiez; et si vous séparez totalement le feu de la terre et la terre du feu, vous aurez du rare dans un espace du monde, et dans l'autre du dense. Faisons que celui-ci soit d'un pied et celui-là de quatre, avec pareil nombre d'atomes naturels, les deux joints ensemble sans se mêler, tiendront une place de cinq pieds: qu'ils soient mêlés et confondus par ensemble, et prenez toutes les petites places que tient le feu, elles ne feront jamais toutes ensemble qu'une place de quatre pieds; prenez toutes celles que tient la terre, elles n'en feront qu'une d'un pied, et toutes deux ensemble une de cinq pieds.

Ce qui fait croire qu'un même corps, sans rien perdre ou acquérir, ait tantôt plus, tantôt moins de place, est l'insensibilité du corps qu'il perd ou acquiert; le sens est trompé, mais il est corrigé par la raison: nous ne sentons pas ce qui est dans un ballon; toutefois nous jugeons qu'il est plein de quelques corps, à cause qu'il résiste quand on le presse; et puis, cherchant quel peut être ce corps, nous trouvons que c'est celui que nous appelons air; de même, voyant que la lumière passe à travers une bouteille de verre, nous jugeons qu'elle contient en soi un corps transparent. Or, tout ainsi que le ballon s'enfle quand l'air y entre, de même un corps mêlé tient plus de place quand il se remplit d'un autre invisible, et moins quand il le quitte.

Ces expériences ci-dessus montrent que les éléments sont mêlés, et la comparaison des liqueurs, qu'on appelle humeurs, mêlées dans nos veines, artères et autres concavités de notre corps, fait entendre ce mélange des éléments du grand monde, où les actions et mouvements du firmament, des étoiles et des planètes, et principalement du soleil, font voir que les éléments doivent y être mêlés, en sorte que vous ne saurez prendre aucune partie sensible de l'un que les autres n'y soient. Le soleil envoie continuellement et par tout le monde ses esprits solaires, qui, sans cesse et insensiblement, meuvent et mêlent tout pour le bien du monde, comme le cœur envoie par tout le corps ses esprits de vie, qui remuent sans cesse et mêlent tout pour le bien du corps.

L'expérience nous apprend que les corps se tiennent les uns aux autres. Premièrement, les homogènes, s'il y en a de continus, et à faute de ceux-ci les hétérogènes contigus, et entre ceux-ci les plus faciles à mouvoir. Donc le vif-argent, mu de sa pesanteur, en descendant tirera l'air qui est dans les pores, comme le plus mobile des corps hétérogènes contigus, et l'air qui est dans les pores celui qui lui est congné et contigu, comme l'eau tire l'eau.

Il me semble qu'en voilà suffisamment pour dire, avec le commun, que les éléments sont mêlés, que l'air se sépare de l'eau, et quitte, quand il y est contraint, son plus grossier, et qu'il passe dans le tube par les pores du verre, et que le vide véritable n'est appuyé ni sur la raison, ni sur l'expérience.

Disons maintenant pourquoi le vif-argent, le tube étant bouché, descend, et ne descend qu'à la hauteur de deux pieds trois pouces. Comparons le vif-argent qui est dans le tube avec celui qui est dans la cuvette, comme le poids qui est dans un bassin de la balance, avec le poids qui est dans l'autre : si celui qui est dans la cuvette pèse plus que celui qui est dans le tube, il descendra et fera monter celui qui est dans le tube, comme le poids d'une balance le plus pesant descend et fait monter l'autre; au contraire, si celui qui est dans le tube est plus pesant que celui de la cuvette, il descendra, et fera monter celui de la cuvette jusqu'à l'égalité de pesanteur qui, dans l'inégalité de surface perpendiculaire à l'horizon, se rencontre en celle qui est dans la cuvette, plus basse de deux pieds trois pouces que celle du tube; et cette inégalité de surface arrive de ce que le vif-argent qui est dans le tube n'a pas assez de pesanteur pour s'égaler de surface à celui de la cuvette, s'approchant du centre autant que lui, celui-ci montant et l'autre descendant, l'avantage qu'a celui de la cuvette par-dessus l'autre se prend de l'air qui pèse sur celui de la cuvette, et ne pèse pas sur celui du tube.

Cela veut dire que l'air commun que nous respirons soit pesant: on n'en doute pas, après avoir pesé une canne à vent devant et après l'avoir chargée. L'air qui couvre la surface du vif-argent dans le tube ne descend pas, soit pour être retenu par le verre qui demeure, soit pour avoir quitté son plus grossier qui le rendoit pesant: d'où s'ensuit qu'il ne pèse ni ne charge point le vif-argent; petit ou grand, il n'importe, ne pesant non plus grand que petit, puisqu'il ne pèse point; mais celui qui est sur la surface de la cuvette pèse et la charge; et partant il est, à l'égard de celui qui est dans le tube, trop pesant pour monter, le laissant descendre: si vous ôtez cet équilibre, qui est dans cette inégalité de surface, l'un monte et l'autre descend: pour exemple, si vous inclinez le tube en sorte que la surface du vif-argent qui est dans le tube ne soit plus élevée sur celle qui est dans la cuvette de deux pieds trois pouces, le vif-argent de la cuvette descend, et fait monter celui qui est dans le tube. Cette réponse est commune à l'eau d'environ trente-trois pieds.

Venons maintenant à l'expérience de la seringue. Nous avons montré que dans l'eau il y a de l'air, et partant l'air peut en être séparé, et l'air épuré peut entrer en la seringue par ses pores, quand, par la traction du piston, celui qui est dans les pores du verre est contraint de suivre; et ne pouvant suivre que tirant après soi l'eau contiguë, la serre contre le verre, dont les pores sont trop petits pour son passage, et la serrant, il en sépare et tire l'air qui le suit. La résistance qu'on ressent à la première séparation du piston, vient, et de l'air des pores qui n'est point encore dans le mouvement pour les quitter et suivre un corps qui le tire dans le verre, et de l'air qui est dans l'eau, dont la séparation résiste au mouvement qui les sépare: la difficulté diminue peu à peu, ne restant plus que la seconde résistance. La main de l'ouvrier qui tire avec une tenaille le fil de fer par la filière, sent beaucoup plus de résistance au commencement qu'à la suite: la raison physique de cette difficulté est, que ce qui repose est plus éloigné du mouvement que ce qui est déjà dans le mouvement.

L'air qui est dans la seringue, subtil et mobile extrêmement, est toujours dans l'agitation par les esprits solaires qui surviennent sans cesse, comme les vitaux dans toutes les parties du corps, sort avec impétuosité sitôt que vous ôtez le doigt, et l'eau entre par la même ouverture tirée par celui qui reste, et par ce mouvement de l'air et de l'eau se fait le mélange comme auparavant.

L'expérience de la corde s'entend assez bien, si nous disons qu'à mesure qu'elle sort du tuyau, l'eau prend sa place, et n'ayant point d'autre corps contigu plus mobile que le vif-argent, elle le fait monter jusqu'à la hauteur nécessaire à l'équilibre de celui qui est dans le tube avec celui qui est dans la cuvette.

Vous voyez, monsieur, que toutes vos expériences ne sont point contrariées par cette hypothèse, qu'un corps entre dans le verre, et peuvent s'expliquer aussi probablement par le plein que par le vide, par l'entrée d'un corps subtil que nous connoissons, que par un espace qui n'est, ni Dieu, ni créature, ni corps, ni esprit, ni substance, ni accident, qui transmet la lumière sans être transparent, qui résiste sans résistance, qui est immobile et se transporte avec le tube, qui est partout et nulle part, qui fait tout et ne fait rien : ce sont les admirables qualités de l'espace vide en tant qu'espace : il est et fait merveille en tant que vide; il n'est et ne fait rien en tant qu'espace; il est long, large et profond en tant que vide; il exclut la longueur, la largeur et la profondeur en tant qu'espace : s'il est besoin, je montrerai toutes ces belles propriétés et conséquences.

Sur la fin de votre lettre, vous accusez d'obscurité ma définition de la lumière. Permettez-moi que je l'explique en deux mots. Par un corps lucide, que je distingue du lumineux, en tant que le corps lumineux est ce que nous voyons, et le corps lucide ne se voit pas, mais il touche la vue par son mouvement, c'est-à-dire, qu'il fait voir, et ce qui fait voir est ce qui figure la partie du cerveau vivant, qui termine les nerfs optiques tous remplis de ces petits corps, qu'on appelle esprits *lucides*; ou si ce mot vous semble moins françois, *lumineux*; et cette partie du cerveau vivant est la puissance que nous appelons vue : le mouvement qui fait cette figure, est celui que j'appelle luminaire, et ne convient qu'à ces petits corps qui sont capables de figurer la vue; le corps, que nous appelons transparent, est toujours rempli de ces petits corps ou esprits lucides; mais ces petits corps n'ont pas toujours un mouvement luminaire, c'est-à-dire, un mouvement capable de figurer la vue : il n'y a que le corps lumineux comme la flamme, qui puisse donner ce mouvement luminaire, comme il n'y a que l'aimant qui puisse donner le mouvement magnétique à la limaille de fer; et comme l'aimant donne ce mouvement à cette poudre de fer sans la donner au corps voisin, de même la flamme au corps lumineux ne donne son mouvement luminaire qu'aux esprits lucides, et non pas aux autres voisins. Ceci est court, mais suffisant pour des personnes capables et intelligentes, comme celle à qui j'ai l'honneur d'écrire.

Cette définition, qui dit que l'illumination est un mouvement luminaire (c'est-à-dire, capable de toucher et de figurer la vue) des rayons composés d'esprits lucides, ne peut convenir à la lumière qui passe par le vide, si le vide n'a les qualités d'un corps transparent.

Quand j'ai dit que la lumière pénétroit ce vide apparent avec réfractions et réflexions, je n'ai point dit qu'il y en eût d'autres sensibles que celle du verre. Je sais bien que les optiques mettent des réfractions dans l'air à la sortie du verre; mais comme elles ne peuvent être sensibles en notre vide apparent; je ne m'y arrête pas.

Au reste, monsieur, vous pouvez, en cette réponse, voir ma franchise et docilité, que je ne suis point opiniâtre, et que je ne cherche que la vérité. Votre objection m'a fait quitter mes premières idées; prêt à quitter ce qui est dans la présente, contraire à vos sentiments, si vous m'en faites paroître le défaut: vous m'avez extrêmement obligé par vos expériences, me confirmant en mes pensées, fort différentes de la plupart de celles qui s'enseignent aux écoles: il me semble qu'elles s'ajusteroient bien aux vôtres, excepté le vide, que je ne saurois encore goûter. Si je n'étois incommodé d'une jambe, je me donnerois l'honneur de vous voir, et de vous assurer de bouche ce que je fais par écrit, que je suis de tout mon cœur, monsieur, votre, etc. Étienne Noël.

LE PLEIN DU VIDE (*),

PAR LE PÈRE NOËL (1648).

A MONSEIGNEUR LE PRINCE DE CONTI.

Monseigneur,

La nature est aujourd'hui accusée de vide, et j'entreprends de l'en justifier en la présence de votre altesse: elle en avoit bien été auparavant soupçonnée; mais personne n'avoit encore eu la hardiesse de mettre des soupçons en fait, et de lui confronter les sens et l'expérience. Je fais voir ici son intégrité, et montre la fausseté des faits

(*) Cet ouvrage du père Noël, imprimé en 1648, contient à peu près les mêmes choses que ses lettres; mais on verra que nous avons été obligés de l'insérer ici, pour la parfaite intelligence de notre auteur.

dont elle est chargée, et les impostures des témoins qu'on lui oppose. Si elle étoit connue de chacun comme elle est de votre altesse, à qui elle a découvert tous ses secrets, elle n'auroit été accusée de personne, et on se seroit bien gardé de lui faire un procès sur de fausses dépositions, et sur des expériences mal reconnues et encore plus mal avérées. Elle espère, monseigneur, que vous lui ferez justice de toutes ces calomnies. Et si, pour une plus entière justification, il est nécessaire qu'elle paye d'expérience, et qu'elle rende témoin pour témoin, alléguant l'esprit de votre altesse, qui remplit toutes ses parties, et qui pénètre les choses du monde les plus obscures et les plus cachées, il ne se trouvera personne, monseigneur, qui ose assurer qu'au moins, à l'égard de votre altesse, il y ait du vide dans la nature. Cette raison ne laisse rien à faire à toutes les expériences produites et à produire: et je ne doute point que nos adversaires n'en demeurent d'accord avec moi, qui en suis aussi persuadé que personne, et qui, par cette persuasion universelle, ajoutée à mes devoirs particuliers, suis aussi parfaitement que nul autre, monseigneur, de votre altesse, le très-humble, très-obéissant et très-obligé serviteur, Étienne Noel, de la compagnie de Jésus.

§. I. *Expérience venue d'Italie.*

Un tuyau de verre de quatre pieds, dont un bout est ouvert, et l'autre scellé hermétiquement, étant rempli de vif-argent, puis l'ouverture bouchée avec le doigt ou autrement, et le tuyau disposé perpendiculairement à l'horizon, l'ouverture bouchée étant vers le bas, et plongée deux ou trois doigts dans l'autre vif-argent, contenu en un vaisseau moitié plein de vif-argent, et moitié d'eau; si on débouche l'ouverture, demeurant toujours enfermée dans le vif-argent du vaisseau, le vif-argent du tuyau descend en partie, laissant au haut du tuyau un espace vide en apparence, le bas du même tuyau demeurant plein du même vif-argent jusqu'à certaine hauteur. Et si on hausse un peu le tuyau jusqu'à ce que son ouverture, qui trempoit auparavant dans le vif-argent du vaisseau, sortant de ce vif-argent arrive à la région de l'eau, le vif-argent du tuyau monte jusqu'en haut avec l'eau, et ces deux liqueurs se brouillent dans le tuyau; mais enfin tout le vif-argent tombe, et le tuyau se trouve tout plein d'eau. Voilà l'expérience, comme l'a couchée M. Pascal, le fils, dans son livre des *Expériences nouvelles touchant le vide*, que nous rapporterons ci-après.

§. II. *Discours sur cette expérience.*

Le révérend père Valerianus Magnus, en son traité qu'il appelle, *Demonstratio ocularis loci sine locato*, raisonnant sur ce fait, avance trois propositions : la première, que l'espace qui se trouve dans le tuyau sur le vif-argent, est vide; la seconde, que la lumière passe à travers; la troisième, que le vif-argent emploie du temps, soit à monter, soit à descendre, par cet espace. On ne doute point de ces deux dernières; on les voit à l'œil : toute la preuve de la première est, que pas un corps n'a pris la place que le vif-argent a quittée; d'où se conclut en première instance, que cet espace est vide, et de cette conséquence, jointe aux autres deux propositions, se déduit nécessairement, que le mouvement d'un corps par le vide ne se fait pas en un instant, mais par succession; et que la lumière n'est ni corps, ni dans un corps; et qu'un corps lumineux tire la lumière du néant, puisque le vide est un néant. Je ne combats point toutes ces conséquences; elles suivent par nécessité cet antécédent, qu'aucun corps n'est entré, ni demeuré dans l'espace qu'a quitté le vif-argent. Mais quantité d'autres expériences nous faisant voir que les corps se poussent ou se tirent si fort les uns les autres, que le vide entre eux est impossible sans miracle (et même absolument, selon ceux qui ne peuvent se figurer aucun espace environné de corps, que composé de parties les unes hors des autres, long, large et profond, qui sont l'essence et les propriétés d'une dimension réelle et effective; et selon ceux qui disent que le corps n'étant que parties les unes hors des autres, et la nature des parties étant de composer et faire un tout, les individus corporels différents d'espèces, composent immédiatement un tout corporel, qui est le monde); tout cela me rend tel antécédent fort suspect, en général, pour le vide; et en particulier, pour celui dont il est question : voici des expériences qui le contrarient. Les yeux nous font voir que cet espace a quasi deux pieds de long; qu'il est rond, qu'il reçoit sa figure du verre, comme l'eau de son vase; qu'il fait monter le vif-argent, comme un corps qui s'enfuyant le pousseroit en sa place; qu'il l'arrête, comme un piston bien juste arrête l'eau dans une seringue; qu'il ne retarde pas moins le mouvement naturel du vif-argent quand le tube est renversé, que l'air; qu'il transmet la lumière, comme un corps transparent; que d'un soufflet plein de ce vide apparent, on fait sortir un corps tout semblable à notre air en ses effets, quand on le presse débouchant son ouverture : tout cela ne peut se nier; on le voit à l'œil. Ajoutez qu'on ne sait ce que devient ce corps, qui remplissoit tout cet espace de vide apparent; est-il anéanti? Non, c'est le vif-argent qui entre dans la cuvette. Mais quelle place a pris ce vif-argent? Celle de l'air en montant. Et l'air dont il a pris la place, qu'est-il devenu? Vous me direz qu'il est condensé; cette condensation ne peut être sans chasser et exclure quelque corps, ou remplir quelque vide. Si quelque corps est chassé, où est-il allé, puisque tout est plein? Si le vide est rempli, le vide sera le lieu de cet air condensé; et voilà ce pauvre air hors du monde, privé de toute communication avec les corps, tant célestes que terrestres. De plus, même avant que le vif-argent fût descendu, le vide, où s'est placé l'air épaissi, étoit autour du tuyau. Voilà donc du vide, et dedans, et dehors le tuyau : du vide rempli au dehors, qui étoit vide auparavant et sans corps ; et du vide dans le tuyau, vide véritable et sans matière. Cette expérience pouvant se faire partout, dans de longs et gros tuyaux, il y aura du vide véritable partout, et dedans, et dehors le tuyau ; rempli tantôt dehors, tantôt dedans ; tantôt sans corps au dedans, tantôt sans corps au dehors. Je ne m'arrête pas à réfuter la condensation vide et sans exclusion de corps, que quelques-uns attribuent à Aristote. Une partie ne sauroit être plus voisine du centre qu'auparavant, si elle ne prend la place d'un autre corps, qu'elle chasse ; ou si elle n'entre dans le vide ou dans un corps : il n'y a que ces trois façons de joindre davantage une partie à une autre. La pénétration des dimensions est impossible naturellement ; faut-il donc, pour s'approcher davantage, ou entrer dans le vide, ou chasser un corps qui servoit d'entre-deux ?

§. III. *Conclusion de ce que dessus.*

Tout ce que dessus mûrement considéré, je crois qu'il faut plutôt conclure pour l'entrée ou la demeure de quelque corps qui remplisse tout cet espace, et qui ait le pouvoir de retenir et faire monter le vif-argent, de retarder son mouvement, de soutenir et transmettre la lumière ; que pour le vide, qui n'est que la ruine des corps, étant leur privation, qui n'est qu'un vrai néant, et par suite nécessaire, sans différences, sans parties, sans longueur, sans largeur, sans profondeur, sans mouvement, sans action. C'est pourquoi je trouve beaucoup plus raisonnable d'avouer qu'en cet espace il y a un corps, quoique sa nature nous soit cachée, que de nier qu'il y en ait, pour ne pas savoir quel il est : je ne sais pas quelle distance il y a entre Saturne et les étoiles ; donc il n'y en a point : cette conséquence est mal tirée. De même, je ne connois pas le corps qui est entré ou demeuré dans cet espace qu'a quitté le vif-argent ; donc il n'y en a point : cette conséquence n'est pas meilleure. Je ne doute point, fondé sur l'expérience et sur l'union mutuelle des corps dans le monde, que dans cet espace apparemment vide (pas plus néanmoins que quand l'air y est) il n'y ait un corps. Il faut chercher quel il est, et par où il est entré. La considération de cette première expérience venue d'Italie m'y conduit : j'y trouve trois choses dignes d'être considérées.

La première, que le vif-argent, dont est rempli le tuyau de verre de quatre pieds, scellé hermétiquement par le haut, plongé et débouché dans le vif-argent d'un vaisseau, élevé pourtant à quelque distance du fond, et perpendiculairement à l'horizon, quitte le haut du tube, et descend.

La seconde, qu'il ne descend qu'à certaine hauteur.

La troisième, que l'ouverture ayant quitté le vif-argent du vaisseau et passé à la région de l'eau, le vif-argent monte jusqu'au haut du tuyau avec l'eau, puis descend, et descendant se mêle dans le tube avec l'eau, qui monte en sorte qu'elle prend la place du vif-argent, et le tuyau se trouve plein d'eau. Pour donner raison de tout cela, je commence par le mélange des éléments, et dis :

§ IV. *Que les autres éléments se trouvent dans l'air.*

Que dans ce tout, que nous appelons *air*, il y ait de la terre, nous l'expérimentons en hiver dans un froid sec : les mains exposées à l'air, contractent une crasse composée de ces petits atomes terrestres, qui le remplissent et le refroidissent. Que dans ce même tout il y ait de l'eau, cela se voit clairement en la canne à vent dont elle sort, quand vous la chargez avec vitesse et long-temps ; et sur la surface des marbres, au dégel et au temps humide. Qu'il y ait aussi du feu élémentaire (je veux dire, de ce feu qui, pour sa petitesse et rareté, est invisible, et par suite fort différent de la flamme et du charbon allumé, qui est entouré d'étincelles ou petites flammes qui s'éteignent dans l'eau, et non pas le feu élémentaire) ; qu'il y ait, dis-je, de ce feu dans l'air, on peut le connoître au foyer d'un miroir ardent, qui brûle par le concours des rayons qui sont dans l'air, et par un mouchoir où se ramassent les esprits ignés, que l'air qui est autour du feu lui apporte ; et ce feu est même si grossier, qu'il est visible, car on voit en un lieu froid et obscur, sortir les étincelles de ce mouchoir, quand, après l'avoir étendu et bien chauffé, et puis resserré tout chaud, on l'étend et passe-t-on la main par-dessus un peu rudement.

Si les feux de nos cheminées remplissent d'esprits ignés l'air d'alentour, le soleil, qui enflamme par réflexions et réfractions, pourra bien épandre ses esprits solaires en tout l'air du monde, et par suite y avoir du feu ; comme en effet il y en a qui s'en sépare, quand l'air est pressé par les corps solides et durs qui sont mus dans l'air avec vitesse. La chaleur que nous sentons au froissement de l'air, vient de cette séparation. Ce feu, séparé et réuni par ensemble, est plus fort que divisé, mêlé et confondu avec l'air. Quand un charpentier fait un trou dans le bois avec sa tarrière, il l'échauffe grandement ; pressant bien fort ce peu d'air qui est dans son trou, il en fait sortir ce feu subtil et invisible, qui entre par sa grande mobilité et subtilité presque inconcevable dans le fer, et l'échauffe. Quand d'une main vous frappez l'autre un peu rudement, vous froissez l'air intercepté ; vous en séparez les esprits ignés, et sentez leur chaleur. Cette union de ce feu subtil et invisible, est bien plus facile en l'air qu'aux autres corps, où il est moins fréquent, moins libre, plus petit, et plus serré ; c'est pourquoi les corps solides et durs, jetés par l'air, se meuvent facilement, pressant l'air devant et autour d'eux, d'où suit l'expression et l'union des esprits ignés entre l'air et le corps mu par jet. Ces esprits se retrouvant unis en la place que le corps a quittée par son avancement en l'air, se roulant vers ce corps jeté qui empêchoit leur mouvement, s'enfonçant dans l'air, le poussent et lui font pénétrer l'air précédent; où la compression de l'air, la séparation, l'union du feu et le mouvement du corps se continuent autant que la force est grande suffisamment pour surmonter la pesanteur, qui résiste toujours tant qu'elle peut, et se rend enfin la maîtresse.

On connoît d'ici pourquoi la balle que vous laissez choir de la portière d'un carrosse qui roule, ne tombe pas à plomb, mais s'avance tant soit peu vers le devant, et d'autant plus, que le carrosse va vite. Tout l'air qui précède et environne le carrosse est pressé; les esprits ignés s'en séparent, et, roulant où va le carrosse, poussent la balle qu'on a laissé choir, prenant la place où la balle, par son changement de place, les a poussés. La lumière, qui est dans l'air, nous est un grand argument pour nous persuader les esprits solaires et ignés, qui sont lucides, et dont le mouvement par le corps lumineux est ce que nous appelons *lumière*. Je m'explique. Par un corps lucide (que je distingue du lumineux, en tant que ce corps lumineux est celui que nous voyons, et le corps lucide ne se voit pas), j'entends le corps qui touche la vue par son mouvement, c'est-à-dire, qui fait voir; et ce qui fait voir est ce qui figure la partie du cerveau vivant, qui termine les nerfs optiques, tous remplis de ces petits corps qu'on appelle *esprits lucides :* cette partie du cerveau vivant est la puissance que nous appelons *vue*. Le mouvement qui fait cette figure est celui que nous appelons *luminaire*, et ne convient qu'à ces petits corps qui sont capables de figurer la vue. Le corps que nous appelons *transparent* est toujours rempli de ces petits corps ou esprits lucides fort mobiles; mais ces petits corps n'ont pas toujours un mouvement luminaire, c'est-à-dire, un mouvement capable de figurer la vûe : et il n'y a que le corps lumineux, par exemple, la flamme, qui puisse donner ce mouvement luminaire. Comme l'aimant donne le mouvement magnétique à la limaille de fer sans le donner aux sables voisins, de même la flamme ou le corps lumineux donne son mouvement luminaire aux esprits lucides, et non pas aux autres. D'ici je conclus que dans l'air il y a quantité d'esprits lucides et fort mobiles, puisqu'il est transparent; et ces esprits étant ignés, qu'il y a dans l'air du feu, que j'appelle *élémentaire*, et qu'il s'en sépare; et séparé, je l'appelle *éther*.

§. V. *Que l'eau est mêlée avec les autres éléments.*

L'expérience nous apprend aussi que, dans le mélange que nous appelons *eau*, il y a de l'air; en voici une preuve convaincante.

Faites une chambre carrée de cinq ou six pieds en tout sens, à la chute d'un ruisseau de même hauteur; mettez au milieu de la voûte un canal d'une embouchure un peu grande, comme d'un entonnoir; que ce canal soit rond, de trois ou quatre pouces de diamètre, long de quatre pieds; qu'il descende en la chambre perpendiculairement au pavé fait au niveau, par où l'eau du ruisseau coule à plomb sur le milieu d'une pierre fort dure, plate, ronde, et d'un pied de diamètre, plus haute que le reste du pavé de trois pouces; faites à côté dans l'une des quatre murailles, à fleur du pavé, une ouverture par où l'eau s'écoule; faites-en une autre à un pied du pavé dans la muraille qui est vis-à-vis: de cette ouverture naisse en dehors un canal rond, et long de quatre pieds, qui la remplisse parfaitement, et aille se rétrécissant depuis la naissance de la muraille, où il a neuf ou dix pouces de diamètre, jusqu'au bout, qui sera de deux à trois pouces. L'air sortira sans cesse de ce canal avec autant d'impétuosité qu'il sort de ces grands soufflets de forge où se fond le fer de mine. Cet air mêlé, confondu et comme perdu dans ce tout que nous appelons *eau*, et qui tombe à plomb par le canal de la voûte, se sépare de l'eau grandement pressée entre la pierre qui la reçoit, et l'autre eau suivante qui la pousse; et cet air ne trouvant en toute la chambre, qui en est déjà pleine, rien d'ouvert que ce canal qui est dans la muraille à un pied du pavé, pressé par l'air suivant, s'engouffre dans ce canal, et sort de même vitesse que celui de ces grands soufflets longs de plus de quinze pieds. Voilà une preuve péremptoire de l'air mélangé avec l'eau, et de leur séparation par une compression artificielle et violente au mélange naturel au monde. L'eau séparée et plus grossière s'écoule par l'ouverture d'en bas à fleur du pavé, et l'air séparé sort par son canal un pied plus haut.

Un autre effet de la séparation de l'air et de l'éther par la compression de l'eau, paroît dans ces ronds qui se font au jet d'une petite pierre sur une eau claire sans mouvement; car alors l'éther, se séparant de l'eau par la compression qu'en fait la pierre en la pénétrant, se roule dans la place abandonnée par la pierre, et là communique son mouvement à l'éther, qui est suivi d'un éloignement du centre à la circonférence, d'une élévation et d'une dépression qui paroissent même à nos yeux, et qui vont s'étendant à mesure qu'ils approchent de la circonférence par une communication à plus grand nombre d'esprits, et se ralentissant à mesure qu'ils s'éloignent de leur principe. La dilatation et l'élévation viennent de la légèreté et mobilité de l'air, et la dépression se fait par la pesanteur de l'eau.

Je remarque ici une différence fort notable entre l'air qui est dans l'eau (c'est le même des autres éléments) et l'air qui est mêlé avec l'eau, faisant partie de ce tout ou mélange que nous appelons *eau*. L'air, dans l'eau, fait un tout à part que nous appelons *air*, et monte toujours au-dessus de l'eau : l'air mêlé avec l'eau fait un tout avec les autres éléments que nous appelons *eau*, et ne s'en sépare que par quelque violence.

Le feu élémentaire se trouve aussi dans l'eau, mêlé comme les autres éléments, et ne s'en sépare que quand il est trop fort, ou contraint par la compression de l'eau. Celle qui est chaude, et principalement celle qui bout, est pleine d'esprits ignés, que nos charbons et nos flammes lui envoient. Disons-le même du soleil à l'égard des eaux du monde : c'est pourquoi la nuit on voit des flammes sur la mer, que les vaisseaux et autres corps font sortir de l'eau quand ils la froissent.

Qu'il y ait de la terre dans l'eau, cela se voit dans les canaux des fontaines, et dans certaines pierres qui s'encroûtent au courant de l'eau, par les atomes terrestres qui se séparent d'elle, étant pressés.

§. VI. *Du Thermomètre.*

Les mouvements sensibles de l'eau dans le thermomètre me semblent ne pouvoir s'expliquer intelligiblement que par l'entrée ou le mouvement des esprits ignés de l'air chaud ou de la main échauffée.

Voici ma pensée, que je propose tout simplement. Les esprits de feu qui transpirent sans cesse de la main chaude qui touche la bouteille du thermomètre, meuvent l'air qui est dans les pores du verre par leur toucher; et cet air mu, meut son voisin qui est dans l'eau, et, par ce mouvement, cet air se sépare de l'eau beaucoup moins mobile. Comme si vous aviez, dans une coupe d'argent, plusieurs particules de même matière et pesanteur, dont les unes fussent carrées et les autres rondes, mêlées par ensemble, et que vous remuassiez tout ce mélange en remuant la coupe; les particules rondes, comme plus mobiles, se sépareroient des carrées, qui auroient moins de mouvement. L'air donc, par ce mouvement, se sépare de l'eau, et l'eau, par cette séparation, tient moins de place; et il nous semble, à cause qu'elle se ramasse vers le bas, qu'elle descend, et à cause qu'elle quitte une partie de son rare, qu'elle se condense. Or, plus grande est la chaleur de la main, le mouvement est et plus grand, et de plus de parties qui se roulent les unes sur les autres; et plus grand est le mouvement, plus grande est la séparation de l'air et de l'eau. Ces roulades ne sont pas sensibles; mais la raison nous les apprend par cet axiome, que *le mouvement d'un corps arrêté par l'une de ses parties, et mu par les autres, tient du circulaire.* Otez ce mouvement accidentaire des parties de l'air, et conséquemment des parties de l'eau, l'air et l'eau reprennent leur mélange naturel et propre au monde ; et, par ce mélange, l'eau s'enfle, tient plus de place, et paroît monter. Si l'eau descend effectivement sans que l'air s'en sépare, nous dirons probablement que les esprits ignés entrent dans le thermomètre, et que quelques autres en sortent.

Ce que dessus doit s'entendre d'un thermomètre qui seroit bouché hermétiquement ; car les mouvements de ceux qui sont ouverts par en-bas, s'entendent facilement par l'entrée des esprits ignés qui repoussent et font enfler l'eau, qui remonte et se ramasse à leur sortie.

§. VII. *De la Raréfaction et Condensation.*

Je suis l'opinion de ceux qui veulent qu'un corps simple occupe toujours un même espace dans le monde, jamais plus grand, jamais plus petit. Autrement il y auroit de la pénétration des corps ou du vide : pénétration, s'il occupoit plus grande place ; du vide, s'il en occupoit une plus petite. Ainsi le monde, ou regorgeroit, ou ne seroit pas toujours plein. On ne peut nier qu'entre les corps simples, il n'y en ait de plus rares, lesquels, avec pareil nombre d'atomes sensibles, tiennent plus de place ; et de plus denses, qui en tiennent moins. Le feu élémentaire est de sa nature plus rare et moins dense que la terre, et la terre est de sa nature moins rare et plus dense que le feu élémentaire : le feu simple jamais moins rare, la terre simple jamais moins dense : les mixtes sont plus ou moins rares, plus ou moins denses, selon qu'ils sont plus ou moins participants du feu ou de la terre. D'où s'ensuit que le corps qui est mêlé de terre et de feu, est en partie rare, en partie dense : si vous lui ôtez de son feu, ou lui donnez de la terre, vous le condensez ; et si vous séparez totalement le feu de la terre, et la terre du feu, vous avez du rare dans un espace du monde, et dans l'autre du dense. Faisons que celui-ci soit d'un pied et celui-là de quatre, avec pareil nombre d'atomes naturels : les deux joints ensemble sans se mêler, tiendront un espace de cinq pieds ; qu'ils soient mêlés et confondus ensemble, toutes les petites places que tient le feu ne feront jamais ensemble qu'un espace de quatre pieds ; toutes celles que tient la terre n'en feront qu'un d'un pied, et toutes deux ensemble un de cinq pieds. Ce qui fait croire qu'un même corps, sans rien perdre ou acquérir, a tantôt plus, tantôt moins de place, est l'insensibilité du corps qu'il perd ou acquiert. Le sens est trompé ; mais nous le corrigeons par la raison : nous ne sentons pas ce qui est dans un ballon enflé ; toutefois nous jugeons qu'il est plein de quelque corps, à cause qu'il résiste quand on le presse ; et puis nous cherchons quel peut être ce corps, et nous trouvons celui que nous appelons *air*. De même, voyant que la lumière passe à travers d'une bouteille de verre, nous jugeons qu'elle contient en soi un corps transparent.

Or, comme le ballon s'enfle quand l'air qu'on ne voit point y entre, et se désenfle quand il en sort; de même un corps mêlé tient plus de place quand il se remplit d'un autre invisible, et moins quand il le quitte.

Si les parties matérielles d'un même corps pouvoient être tantôt plus, tantôt moins voisines les unes des autres sans perdre ou acquérir quelque entre-deux, ou la rareté produiroit toujours au corps voisin de la densité, et la densité de la rareté; ou dans le monde il y auroit du vide ou de la pénétration de dimensions.

Les expériences rapportées ci-dessus, montrent que les éléments sont mêlés; et la comparaison des liqueurs qu'on appelle *humeurs*, mêlées dans nos veines, artères et autres concavités de notre corps, fait entendre ce mélange des éléments dans le grand monde, où les mouvements du firmament, des étoiles, des planètes, et principalement du soleil, font voir que les éléments doivent y être mêlés en sorte que vous ne sauriez prendre aucune partie sensible de l'un, que les autres n'y soient plus ou moins. Le soleil envoie continuellement par tout le monde ses esprits solaires, qui, sans cesse et invisiblement, meuvent et mêlent tout pour le bien du monde; comme le cœur envoie par tout le corps les esprits de vie, qui remuent incessamment et mêlent tout pour le bien du corps. Un corps fluide, si toutes ses parties étoient de même nature, n'auroit qu'un mouvement local en même temps; ce qui est contre l'expérience.

§. VIII. *Que les corps ont des pores.*

Ce mélange des éléments montre qu'ils ont quantité de pores; l'or même, qui est si dense, fait paroître les siens grands, quand on le voit dans une lunette à puce. Le son du verre est une preuve infaillible que dans ses pores il y a de l'air : et ce trémoussement qui est ou fait le son, qu'il y est fort mobile. Or, ces pores étant fort petits, il est nécessaire que l'air qu'ils enferment soit fort subtil; et le feu du fourneau où se fond le verre étant si ardent, montre que cet air doit être accompagné d'esprits ignés.

§. IX. *Quand un corps quitte sa place, il y en pousse un autre.*

Nous connoissons aussi, par expérience, qu'un corps changeant de place par sa pesanteur ou légèreté naturelle, en pousse toujours un autre en la place qu'il abandonne : (tout corps qui change de place dans le monde, presse et fait sortir un corps du lieu où il va, dilate et fait entrer un corps au lieu d'où il sort.) Cette expérience est familière en un poudrier, quand l'air, par sa légèreté mouvante, pousse le sable en la bouteille où il étoit; et le sable, par sa pesanteur effective, pousse l'air en la bouteille supérieure, qui étoit sa place. Il faut, pour tout changement de place, qu'en même temps un corps quitte la sienne, et qu'un autre la remplisse; le corps n'est poussé naturellement que quand on lui fait place, et le corps n'est poussé effectivement qu'où il y a place; autrement il ne bouge, et ne bougeant il arrête l'autre, dont il devroit prendre la place, comme celui-ci, en le poussant et le faisant sortir, auroit pris la sienne. S'il y avoit du vide, cela n'arriveroit pas; un corps empliroit un vide, et en videroit un autre sans pousser un autre corps, et le faire sortir de sa place immédiatement, ou par l'entremise d'autres interposés et participants de ce mouvement, contre l'expérience journalière des corps qui se poussent. Outre que tout espace, que nous appelons *place* ou *lieu*, seroit vide, et par suite nécessaire, le vide seroit partout; car les corps changent, et peuvent changer de place partout.

Cette mutuelle acception et donation de place dans le monde, vient de sa plénitude et capacité finie, qui ne permet pas qu'un même corps ait naturellement deux lieux, ni qu'un lieu soit sans corps.

§. X. *Que le monde est plein.*

Cette plénitude et perfection de ce tout corporel, que nous appelons *monde*, se prouve de la nature des éléments, qui n'auroient aucun vide, s'ils composoient tout ce grand *monde* sans mélange, et selon leur ordre naturel. Les parties de chaque élément seroient jointes et unies d'elles-mêmes, sans entre-deux, par leur inclination naturelle d'être en leur *tout*. Les tous se toucheroient de leurs extrémités, par l'inclination naturelle d'être chacun en sa place, qui est à l'eau immédiatement sur la terre, et immédiatement sous l'air; et à l'air immédiatement sous le feu élémentaire ou *éther*, et immédiatement sur l'eau : ainsi le monde seroit parfaitement plein. Or, ni les corps mixtes composés des quatre éléments, ni le mélange des éléments que font et maintiennent les astres et planètes, et notamment le soleil, par leur mouvement et distribution de leurs esprits, n'empêchent pas qu'ils ne tiennent autant, ni plus, ni moins de place dans le monde, joints et mêlés que séparés; comme deux verres de même grandeur et capacité, l'un d'eau, l'autre de vin, ont toujours une place de même grandeur unis et séparés. Je sais bien que trois verres de même grandeur et capacité, dont l'un soit plein d'eau, l'autre de sel ammoniac, le troisième de nitre, pourront se mêler ensemble et ne remplir qu'un verre; mais cela vient, non pas des petits vides semés par-ci par-là, qui se remplissent (un corps dans le vide n'auroit aucune communication avec les autres corps, tant célestes que terrestres, et n'en sortiroit jamais : qui l'en tireroit?) si bien des petits esprits lunaires, solaires, saturniens et autres dont ce bas monde est rempli, qui sortent mis en liberté par la jonction de l'eau et des sels, et donnent place aux particules des corps joints, y poussées immédiatement ou médiatement, par ces esprits qui ont changé de place, et pris la leur hors du verre. D'où s'ensuit que les particules de ces trois corps sont plus jointes qu'auparavant.

§. XI. *Réponses aux difficultés de cette première expérience.*

De ce mélange des éléments, de la petitesse des pores du verre et autres semblables matières; de l'air subtil, ou plutôt feu élémentaire, que j'appelle *éther*, qui les remplit; de la pulsion des corps en leurs places :

Je conclus que le vif-argent descendant du tuyau par sa pesanteur effective, fait monter celui du vaisseau; celui-ci, l'air qui est autour du tuyau. dont la première partie pressée contre les parties suivantes, fait sortir ce qu'elle a de plus subtil, qui est l'éther; car presser un corps, est joindre et approcher ses parties, par l'exclusion d'un corps qui les dilatoit et les séparoit. L'éther, sorti de l'air, est poussé dans la place vidée par celui qui étoit dans les pores; et celui qui étoit dans les pores, dans la place abandonnée par le vif-argent : et tout cela se fait en même temps à la descente du vif-argent.

Le corps qui est entré dans le tuyau est l'éther; il y est entré par les pores du verre, poussé par le vif-argent porté en bas par sa pesanteur effective; tellement que le principe de tout ce changement de place est la pesanteur effective du vif-argent qui est dans le tube. Voilà pour la première chose à considérer en cette expérience.

Venons à la seconde. Pourquoi l'éther, ayant suivi le vif-argent jusqu'à deux pieds trois pouces par-dessus la surface de celui qui est dans le vaisseau, s'arrête. L'inclination de l'éther est de monter par-dessus l'air et tous les autres éléments : c'est pourquoi, n'y étant jamais dans le monde, il est toujours dans l'essai et dans l'effort de monter, et monte aussitôt qu'il trouve place abandonnée par quelque corps plus voisin du ciel, ou poussé par l'éther même, ou par quelque autre corps, ou mu par son principe intérieur. Quand il prend de soi une place vide et voisine, à côté ou en bas, c'est toujours pour monter, et ne le fait qu'étant empêché de son droit chemin. En quelque part qu'il aille, porté de sa légèreté, il pousse les autres; et, s'il n'est pas assez fort pour les pousser et prendre leur place, et les contraindre à prendre celle qu'il leur quitteroit, il ne bouge. De même le vif-argent ne descend point qu'il ne contraigne un autre à prendre sa place; et, s'il ne peut, il demeure. Voilà justement l'état où sont l'éther et le vif-argent, quand ni l'un ni l'autre n'a la force de contraindre son voisin, le poussant à prendre sa place. L'éther, enfermé dans le tuyau, ne peut monter par sa légèreté mouvante qu'il ne prenne la place de l'air supérieur son voisin. Cet air supérieur ne quitte point sa place qu'en prenant celle qu'un autre abandonne; cette place est le bas, c'est-à-dire, vers celle que l'éther quitte : si donc l'air ne peut prendre place vers celle que quitteroit le vif-argent, l'éther demeure, et le vif-argent ne l'arrête que par sa pesanteur effective, qui ne donne point de place à l'air qui devroit la prendre, au cas qu'il fût poussé de la sienne par l'éther, changeant de place par sa légèreté mouvante. Si d'ailleurs le vif-argent n'est pas assez fort pour pousser l'éther dans le tube, la place étant occupée par celui qui est dedans, et ne la quitte point, il demeurera, non pas arrêté par sa pesanteur, mais par la légèreté mouvante de l'éther conservant sa place, n'en ayant point d'autre pour monter, et n'étant pas contraint de descendre par la pulsion du vif-argent.

Comparons aussi le vif-argent qui est dans le tube avec celui qui est dans la cuvette, comme le poids qui est dans un bassin d'une balance avec le poids qui est dans l'autre. Si celui qui est dans la cuvette pèse plus que celui qui est dans le tube, il descendra, et fera monter celui du tube, comme le poids d'une balance le plus pesant descend et fait monter l'autre. Au contraire, si celui qui est dans le tube est plus pesant que celui qui est dans la cuvette, il descendra, et fera monter celui de la cuvette jusqu'à l'égalité de pesanteur et équilibre, qui, dans l'inégalité de surface perpendiculaire à l'horizon, se rencontre en celle qui est dans la cuvette plus basse de deux pieds trois pouces que celle du tube.

Et cette inégalité de surface arrive de ce que le vif-argent qui est dans le tube n'a pas assez de pesanteur pour s'égaler de surface à celui de la cuvette.

L'avantage qu'a celui de la cuvette par-dessus l'autre, se prend de l'air qui pèse sur celui de la cuvette, et ne pèse pas sur celui du tube, celui-ci n'étant que sous l'éther qui ne charge point. Que l'air commun que nous respirons, et qui est sur la surface du vif-argent qui est dans la cuvette, soit pesant, on n'en doute pas, après avoir pesé la canne à vent devant et après l'avoir chargée.

Quand on hausse le tuyau sans quitter le vif-argent du vaisseau, l'air dont le tuyau prend la place est poussé vers le bas; une partie entre dans le tube, l'autre prend la place du vif-argent de la cuvette qui est descendu. Quand on l'enfonce, le vif-argent du tuyau pousse l'éther, qui prend la place que le tuyau quitte en descendant. La place que tient le tube dans l'air et dans le vif-argent doit être considérée.

On demande ici pourquoi un grand tuyau plein d'éther ne fait pas plus monter le vif-argent qu'un petit. Je réponds que l'éther d'un grand tube n'a pas plus de légèreté mouvante que l'éther d'un petit, quand il n'a point de place où aller : il n'en a point qu'il ne pousse et fasse entrer son voisin le plus mobile en celle qu'il abandonne. Le seul vif-argent a ces deux conditions de voisinage et plus grande mobilité. Si donc l'éther monte et change de place, il doit, par le moyen de l'air dont il prend la place immédiatement, le faisant descendre, faire monter le vif-argent, cet air poussé par l'éther ne trouvant point de place que celle que quitteroit le vif-argent en montant, poussé dans la place abandonnée par l'éther. Le vif-argent donc, si sa pesanteur effective est trop grande pour être surmontée par la légèreté mouvante de l'éther, demeurera et empêchera le mouvement de l'éther, ne lui quittant point la place. Or, tout ainsi qu'une planche peut soutenir un poids plus grand que celui qui est nécessaire pour la tenir droite et en état, de même la pesanteur effective du vif-argent dans le tube est suffisante pour empêcher le mouvement d'un éther plus grand que celui qui est nécessaire pour l'arrêter. Mais comme ce poids, si la pesanteur venoit tellement à croître, ou la force de la planche tellement à diminuer, qu'il ne pût être soutenu par cette planche, descendroit en la rompant, de même l'éther, si sa légèreté mouvante venoit tellement à croître par l'union d'autres parties, ou si la pesanteur du vif-argent tellement à décroître, qu'il ne pût être empêché de changer de place par la pesanteur du vif-argent, il le feroit monter en sa place.

Comme il arrive quand l'ouverture du tube trempe dans l'eau (qui est la troisième chose considérable en cette expérience); car alors l'éther pousse l'air sur l'eau, et l'eau sur le vif-argent, et le vif-argent en la place qu'il abandonne.

Mais comme le vif-argent est plus pesant que l'eau, n'étant plus poussé que de l'eau, il la pousse en sa place vers le haut, et prend la sienne vers le bas: ainsi le tuyau demeure plein d'eau.

Que l'éther ait la force de pousser en haut et contraindre les choses pesantes à prendre sa place, nous le connoissons de ces instruments de chirurgie qu'on appelle *ventouses*, où le feu, sortant par les pores du verre, contraint l'air d'alentour de descendre, et pousser la chair et le sang après la scarification dans la ventouse.

On fait la même expérience avec un verre de table : si vous y allumez un peu de papier, et le renversez sur une assiette couverte d'eau, ce petit feu invisible, et presque insensible en sortant par les pores du verre, pousse l'air sur l'assiette; et l'air poussé, pousse l'eau sous le verre. Son mouvement n'est pas plus grand, à cause que l'eau est trop pesante pour monter plus haut.

Cette expérience est venue d'Italie; celles qui suivent ont été faites et données au public par M. Pascal le fils, dont la première est couchée en ces termes.

§. XII. *Première expérience faite par M. Pascal le fils.*

Une seringue de verre avec un piston bien juste, plongée entièrement dans l'eau, et dont on bouche l'ouverture avec le doigt, en sorte qu'il touche au bas du piston, mettant pour cet effet la main et le bras dans l'eau, on n'a besoin que d'une force médiocre pour le retirer, et faire qu'il se désunisse du doigt, sans que l'eau y entre en aucune façon (ce que les philosophes ont cru ne pouvoir se faire avec aucune force finie) : ainsi le doigt se sent fortement attiré et avec douleur ; et le piston laisse un espace vide en apparence, et où il ne paroît qu'aucun corps ait pu succéder, puisqu'il est tout entouré d'eau qui n'a pu y avoir d'accès, l'ouverture en étant bouchée : si on tire le piston davantage, l'espace, vide en apparence, devient plus grand, mais le doigt ne sent pas plus d'attraction : et si on le tire presque tout entier hors de l'eau, en sorte qu'il n'y reste que son ouverture et le doigt qui la bouche ; alors ôtant le doigt, l'eau, contre sa nature, monte avec violence, et remplit entièrement tout l'espace que le piston avoit laissé.

§. XIII. *Raison de cette expérience.*

Cette expérience dit quatre choses : la première, que l'eau n'entre point dans la seringue ; la seconde, qu'on sent de la douleur au doigt qui bouche l'ouverture, quand on commence à tirer le piston ; la troisième, que cette douleur ne se sent pas davantage quand on le tire beaucoup ; la quatrième, quand la seringue est tirée hors de l'eau, excepté le bout où est l'ouverture, et qu'on ôte le doigt qui la bouchoit, l'eau y monte contre sa nature, et la remplit.

Pour la première, il faut se souvenir de ce qui a été dit et montré, que dans l'eau il y a de l'air, et dans l'air du feu élémentaire qui peuvent être séparés de l'eau et rendus éther, qui passe dans la seringue par ses pores, quand le piston, montant et prenant la place du corps qui est au-dessus, le pousse ; et ce corps poussé, pousse l'eau vers la seringue, et l'eau serrée contre le verre par les parties suivantes, poussées et poussantes, fait sortir l'éther, et le pousse où il y a place abandonnée par le piston.

Voilà donc la matière dont la seringue se remplit, qui est la première des quatre choses à considérer en cette expérience. Voici mon raisonnement pour la seconde et la troisième : la douleur qu'on sent à la première séparation du piston, vient de ce que le doigt est poussé dans la seringue par l'eau comme le reste : cette douleur cesse, quand le corps qui entre, poussé dans la seringue pour y trouver place, trouve passage par d'autres endroits ; ce qui arrive quand le piston est bien avancé dans la seringue, et éloigné du doigt qui bouche son ouverture.

Venons maintenant à la quatrième difficulté de l'eau qui monte, contre sa nature, dans la seringue ; en voici la raison. L'éther, qui est dans la seringue, subtil et mobile extrêmement par sa légèreté naturelle, et toujours dans l'agitation par les esprits solaires qui surviennent sans cesse, comme les vitaux dans toutes les parties du corps vivant, sort avec impétuosité par les pores du verre, sitôt que vous lui donnez moyen de changer de place, et prendre celle d'un autre qu'il pousse dans la sienne. Et cela se fait en ôtant le doigt ; car alors l'éther fait entrer l'eau dans l'espace qu'il abandonne, l'y poussant, et prenant sa place par sa légèreté mouvante, plus grande que la pesanteur effective de l'eau. La parenthèse insérée dans la description de cette expérience (que les philosophes ont cru ne pouvoir se faire avec aucune force finie) n'est pas universellement reçue. Qui sait le mélange des éléments, la subtilité de l'air épuré et la quantité des petits pores du verre, la plénitude et perfection du monde, l'impénétration des dimensions, se persuade aisément qu'un air subtil peut être poussé dans la seringue du premier au dernier par le piston, qui, dans elle, change de lieu. Le raisonnement, que pas un corps n'est entré dans la seringue, puisqu'elle est dans l'eau, et que l'eau n'y est pas entrée, présuppose que rien ne peut entrer dans un corps qui soit dans l'eau, qui ne soit eau : cette hypothèse ne passe pas pour vraie dans un esprit qui connoît tout ce mélange, la subtilité des corps et l'horreur que la nature a du vide, et par suite son impossibilité naturelle, ou plutôt l'impénétration des dimensions.

§. XIV. *Seconde expérience.*

La seconde expérience est d'un soufflet bien fermé de tous côtés, qui a le même effet avec la même préparation, et qui est une preuve manifeste que ce vide apparent est un corps, puisque le soufflet qui en est rempli souffle comme celui qui est plein d'air.

Cette expérience nous apprend que dans le cuir il y a des pores ; ce qui est si vrai, qu'il n'y a corps au monde qui n'en ait : ils paroissent bien grands dans l'or, quand on le voit dans ces petites lunettes, qu'on appelle à puce. La plupart des philosophes ne se trouvent pas dans des sentiments contraires.

§. XV. *Troisième expérience.*

La troisième expérience : Un tuyau de verre de quarante-six pieds, dont un bout est ouvert, et l'autre scellé hermétiquement, étant rempli d'eau, ou plutôt de vin bien rouge, pour être plus visible, puis bouché, et élevé en cet état, et porté perpendiculairement à l'horizon, l'ouverture bouchée en bas, dans un vaisseau plein d'eau, et enfoncé dedans environ un pied, si l'on débouche l'ouverture, le vin du tuyau descend jusqu'à une certaine hauteur, qui est environ de trente-deux pieds depuis la surface de l'eau du vaisseau, et se vide et se mêle parmi l'eau du vaisseau, qu'il teint insensiblement, et se désunissant d'avec le haut du verre, laisse un espace d'environ treize pieds vide en apparence, où de même il ne paroît qu'aucun corps ait pu succéder : et si on incline le tuyau, comme alors la hauteur du vin du tuyau devient moindre par cette inclinaison, le vin remonte jusqu'à ce qu'il vienne à la hauteur de trente-deux pieds : et enfin si on l'incline jusqu'à la hauteur de trente-deux pieds, il se remplit entièrement, en ressuçant ainsi autant d'eau qu'il avoit rejeté de vin : si bien qu'on le voit plein de vin depuis le haut jusqu'à treize pieds près du bas, et rempli d'eau teinte insensiblement dans les treize pieds inférieurs qui restent.

Cette expérience est fondée, comme celle du vif-argent, sur la proportion de la pesanteur effective de l'eau, avec la grande légèreté et activité de l'éther dans le tube. Quelques pouces par-dessus deux pieds, suffisent pour mettre en équilibre l'éther et le vif-argent; et pour y mettre l'eau et l'éther, l'eau dans le tube doit avoir de hauteur par-dessus la surface de celle qui est dans le vaisseau, trente-deux pieds. Quand cette proportion est ôtée par l'augmentation ou la diminution de la hauteur de l'eau du tuyau par-dessus l'autre partie qui est dans le vaisseau, l'éther descend ou monte, poussant en bas, ou poussé en haut.

§. XVI. *Quatrième expérience.*

La quatrième expérience : Un siphon scalène, dont la plus longue jambe est de cinquante pieds, et la plus courte de quarante-cinq, étant rempli d'eau, et les deux ouvertures bouchées étant mises dans deux vaisseaux pleins d'eau, et enfoncées environ d'un pied, en sorte que le siphon soit perpendiculaire à l'horizon, et que la surface de l'eau d'un vaisseau soit plus haute que la surface de l'autre de cinq pieds : si l'on débouche les deux ouvertures, le siphon étant dans cet état, la plus longue jambe n'attire point l'eau de la plus courte, ni par conséquent celle du vaisseau où elle est, contre le sentiment de tous les philosophes et artisans; mais l'eau descend de toutes les deux jambes dans les deux vaisseaux, jusqu'à la même hauteur que dans le tuyau précédent, en comptant la hauteur depuis la surface de l'eau de chacun des vaisseaux; mais ayant incliné le siphon au-dessous de la hauteur d'environ trente-un pieds, la plus longue jambe attire l'eau qui est dans le vaisseau de la plus courte; et quand on le rehausse au-dessus de cette hauteur, cela cesse, et tous les deux côtés dégorgent chacun dans son vaisseau; et quand on le rabaisse, l'eau de la plus longue jambe attire l'eau de la plus courte comme auparavant.

Cette expérience n'a rien par-dessus la précédente, que l'attraction de l'eau d'une jambe du siphon dans l'autre, qui arrive quand le siphon est incliné au-dessous de la hauteur d'environ trente-un pieds, ce qui n'appartient point aux expériences nouvellement faites. La descente et montée de l'eau par un siphon, est une vieille expérience, dont voici la raison fondée sur l'inclination naturelle des parties à leur tout, et du tout à sa place naturelle dans l'univers.

§. XVII. *Raisonnements sur les mouvements de l'eau dans un siphon.*

Les parties d'un tout liquide et fluide par pesanteur comme l'eau, dont la surface libre (c'est-à-dire, immédiatement soumise à l'air) soit également distante du centre de la terre, se contre-pèsent tellement, qu'elles sont en repos à leur égard mutuel, et ne font qu'une pesanteur effective de leur tout, qui ne soit pas en sa place naturelle, comme les parties d'un corps solide, roide et pesant, qui se meut par sa gravité naturelle, ne font qu'une pesanteur effective dans une même ligne de direction. Mais si quelque partie de ce tout, fluide et pesant, est sous une surface plus éloignée du centre que les autres, elle a de la pesanteur effective à leur égard; elle est plus en l'air, et moins en son tout qu'elles : et partant elle descend; elle sort de l'air, elle entre en son tout, et le fait croître jusqu'à l'égalité de surface libre, ne pouvant pas changer par son accroissement les autres parties de la figure, comme il paroît dans l'eau qui est dans un vase; d'où il s'ensuit que les parties plus basses montent à la descente de la plus haute, jusqu'à l'égalité de surface libre, commune aux parties et propre au tout. Ainsi dans le corps solide mu de sa pesanteur, la partie qui tire le centre de gravité hors de sa ligne de direction, se change et fait changer les autres, les fait monter en descendant, fait croître la pesanteur effective du tout, mettant son centre de gravité dans sa ligne droite au centre de la terre. Si donc les parties d'un tout fluide, comme l'eau, sont en mouvement d'elles-mêmes, et sans y être contraintes par le mouvement d'un corps extérieur, il y en aura dont la surface libre sera plus éloignée du centre que celle des autres, et qui auront la force de pousser les autres jusqu'à l'égalité de surface libre; et celles qui monteront, poussées par les descendantes, pousseront l'air en leur place.

Outre ce mouvement des parties de l'eau, dont les unes poussent et font monter les autres, il s'en trouve encore un de quelque corps différent de l'eau, qui la fait descendre et monter.

Pour entendre ces mouvements de l'eau par les siphons, je m'en figure de deux sortes : les uns, dont les jambes ouvertes soient vers le haut et la pointe en bas; les autres, dont les jambes ouvertes sont vers le bas et la pointe en haut. Pour les premiers, je n'y trouve pas de difficulté, l'eau d'une jambe ayant sa surface plus haute que celle de l'autre, fera monter la plus basse sortant de l'air, entrant dans son tout, le faisant croître jusqu'à l'égalité de surface. Ainsi l'eau monte autant qu'elle descend, faisant d'elle-même un tout homogène sous une même surface libre; l'autre siphon, comme il a plus de mouvement, aussi est-il plus difficile à entendre. Il faut se figurer deux endroits par où cette eau descendante et continue passe : elle est mue par sa pesanteur naturelle et effective; elle descend donc et passe d'un lieu plus éloigné du centre de la terre à un autre plus voisin : mais passant d'un lieu plus haut au plus bas, elle descend, puis elle monte, et puis elle descend. Les deux endroits où elle se change de descendante en montante, et de montante en descendante, sont aux deux bouts de la jambe courte, où elle entre par le bout d'en bas, et d'où elle sort par le bout d'en haut. Au premier endroit, qui est le bout d'en bas, se trouve une particule d'eau arrêtée par le siphon, qui l'empêche de descendre, et poussée par sa voisine, qui descend et la fait changer de place; qu'elle ne change pas en descendant, le siphon l'en empêche, ni retournant d'où elle vient, c'est de là qu'elle est poussée; elle monte donc pressée entre sa suivante et le siphon, et puis repoussée par l'air exprimé d'elle par sa compression; lequel air se trouvant entre elle, et le siphon solide et immobile, la pousse au lieu plus facile, qui est dans cette rencontre le haut. Ce qui est dit de cette partie, doit s'entendre des suivantes, qui prennent incessamment sa place, et la font monter jusqu'à l'endroit d'où elle descend. Si cet endroit est plus haut que la surface libre de toute l'eau qui la pousse, elle n'y montera pas qu'elle n'y soit poussée par quelque autre corps qui pousse toute l'eau vers ce point-là; comme quand l'eau monte par aspiration, l'air ou autre corps mu par le corps qui aspire, étant poussé, pousse l'eau et la fait monter, depuis le point où elle est poussée par la gravité de la suivante, jusqu'à la pointe du siphon, d'où elle descend par son inclination naturelle, si elle n'est empêchée par l'union naturelle avec les autres, qui soit plus forte que l'autre à descendre, ou faute de place où elle descende. Si ce mouvement continue jusqu'au lieu plus bas que la surface du tout, le mouvement par tout le siphon sera naturel à l'eau, et continuera tant que la surface de cette partie descendante par la plus longue jambe du siphon, sera plus basse que celle de l'eau qui abreuve l'autre plus courte. Je dis que tout ce mouvement est naturel à l'eau, d'autant qu'il se fait à raison de l'union naturelle, quoique diversement : une partie pousse immédiatement, et l'autre par l'entremise d'un corps, dont elle prend la place en descendant. L'eau dans laquelle trempe la petite jambe, pousse immédiatement jusqu'à l'égalité de sa surface par ce principe : *Que les parties d'un tout liquide et fluide se rangent par leur pesanteur sous une surface libre du tout, également distante du centre de la terre.* L'eau qui est dans la jambe longue, descend par ce principe : *Que toute eau qui a sous soi l'air immédiatement, descend par l'air.*

Deux principes particuliers, tirés des deux universels : *Que la partie est naturellement en son tout, et que le tout se porte, autant qu'il peut, à sa place naturelle*, qui est à l'eau sous l'air.

Ajoutons à ces principes cette proposition, tirée de l'expérience, et prouvée ci-dessus : *Qu'un corps ne quitte point sa place dans le monde, qu'il n'y en pousse un autre.* D'où se déduit que le tout d'eau qui est en tout le siphon changeant de place, et la quittant par le bout qui termine la plus longue jambe, un autre tout doit succéder; et ce tout est l'air, qui, poussé par l'eau descendante, pousse l'eau du vaisseau, et descend en poussant à même que l'eau qui le pousse, descend. Donc tout ce mouvement de l'eau qui coule par le siphon, est causé par sa pesanteur naturelle avec l'union de ses parties : il lui est donc naturel.

Or, si une partie de ce tout monte et une autre descend, il faut qu'une autre partie du même tout suive, soit en montant, soit en descendant; ou que ce tout s'arrête, ou bien qu'il se divise en deux par l'interposition d'un autre corps de nature si différente, qu'il ne puisse être une de ses parties. Nous ferons incontinent voir comment et pourquoi ce dernier arrive.

Je considère donc au siphon, dont la pointe est en haut, un tout qui change de place, non-seulement en son total, mais aussi en ses parties, dont les unes montent, les autres descendent; les unes et les autres sont suivies, mais en sorte que celles qui montent, soient suivies et précédées de celles qui descendent, et partant le mouvement de cette eau commence et finit par la descente, et l'une est poussée par l'autre, la plus haute par la plus basse. Les parties qui montent sont poussées par la pesanteur des suivantes, jusqu'à l'égalité de surface avec l'eau, qui les pousse dans la plus courte jambe du siphon; et de là tirées, à raison de l'union naturelle, et poussées aussi du premier au dernier par la pesanteur de l'eau qui descend par la plus longue jambe, jusqu'à la cime du siphon; d'où chaque particule descend comme balancée, et trébuchante vers l'ouverture de la longue jambe par où l'eau coule.

Considérons donc en cette jambe une partie d'eau, qui fasse équilibre avec celle qui est dans la jambe courte, à pareille distance de l'horizon. Pour maintenir cet équilibre, il est nécessaire que l'union des parties de l'eau soit plus forte à les tenir unies et comme suspendues, que n'est leur pesanteur à les porter en bas et les séparer. Si la pesanteur effective de ces deux parties qui se balançent et contre-pésent dans le siphon, est plus grande que leur union, la séparation se fera. Si deux poids attachés à un même filet soutenu par une poulie, se balançoient également l'un l'autre dans l'air, ils demeureroient suspendus en pareille distance de l'horizon, tant et si long-temps que le filet auroit assez de force pour les tenir en cet état, et résister à leur pesanteur;

mais à même que le filet seroit trop foible et se romproit, les deux poids tomberoient, l'un de-çà, l'autre de-là, s'ils n'étoient retenus d'ailleurs: de même, tandis que l'union des parties de l'eau qui tient en équilibre celles qui sont d'égale pesanteur effective sous la cime du siphon, est assez forte pour empêcher, même dans la rencontre de pesanteur et de mouvement, leur séparation, l'équilibre demeure, et le mouvement de l'autre partie qui est voisine de l'ouverture de la jambe longue, se fait de haut en bas; et l'équilibre est continué par le mouvement des parties, qui passent de l'ouverture de la jambe courte à l'ouverture de la jambe longue; et ce passage conserve et continue l'équilibre, substituant celle-ci en la place de celles qui le faisoient en coulant et les précédoient: mais sitôt que la pesanteur effective de ces deux parties balancées par leurs poids, et attachées par l'inclination naturelle qu'elles ont à faire un tout, est plus forte que cette union, l'un coule d'un côté et l'autre de l'autre, si elles ne sont arrêtées d'ailleurs.

§. XVIII. *Pourquoi l'eau ne descend pas plus bas que trente-deux pieds.*

Ce qui arrive quand la pesanteur effective passe trente-deux pieds; car elle surmonte l'union de ces deux parties, et partant elles descendent, l'une de-çà, l'autre de-là, suivies de quelque autre corps poussé en leur place par leur pesanteur et mouvement; et ce corps est l'éther, ce composé d'air subtil et d'esprits solaires ou ignés, séparé et tiré de l'air que nous respirons, et tiré de son mélange naturel au monde (c'est-à-dire, pour le bien du monde), par la pesanteur effective de l'eau qui la fait changer de place, et prendre celle du corps qu'elle pousse en la sienne, qui est du premier au dernier l'éther. Si la résistance à quitter sa place qu'a le corps, qui devroit être poussé par l'eau descendant en la place qu'elle abandonneroit, est plus grande que la vertu mouvante de l'eau qui, sans cette résistance, changeroit de place, tout demeure, il n'y a ni changement de place, ni pulsion. Mais si la pesanteur de l'eau est plus forte, et que l'union de ses parties, et que la résistance du corps qui doit être poussé à quitter sa place, l'eau descendra et se divisera: c'est pourquoi la pesanteur de l'eau par-dessus trente-deux pieds dans le siphon, la fait descendre et prendre la place du corps qu'elle pousse en la sienne; qui est du premier au dernier l'éther, pas un autre corps ne pouvant, dans cette rencontre, prendre la place de l'eau descendant dans le siphon. Mais si la pesanteur de l'eau est moindre que la résistance de l'autre corps qu'elle devroit pousser en sa place à quitter la sienne, elle ne descendra pas; et si la légèreté de l'éther est moindre que la résistance du corps dont il devroit prendre la place, en le poussant immédiatement ou médiatement en la sienne, il ne montera pas. En cette rencontre, qui se trouve à trente-deux pieds de l'eau qui est dans le tube, par-dessus celle qui est dans le vaisseau, rien ne monte, rien ne descend : l'eau ne descend pas, empêchée par l'éther, qui devroit prendre sa place, et ne peut à cause de sa légèreté. L'éther ne monte pas, l'eau ne pouvant prendre sa place à raison de sa pesanteur. De ce discours, il est facile de répondre aux questions qu'on fait sur le mouvement de l'eau qui coule par le siphon.

La première : pourquoi l'eau qui est dans la jambe courte, monte jusqu'à la pointe du siphon ? Réponse : parce qu'elle y est tirée et poussée par celle qui est dans la jambe longue.

La deuxième : pourquoi y est-elle tirée et poussée ? Réponse : elle y est tirée, parce que l'eau de la jambe longue descend en bas, et en descendant tire après soi l'autre qui lui est unie ; elle y est poussée, d'autant que l'eau de la jambe longue en descendant, prend la place de l'air, et l'air poussé, pousse l'eau qui est dans le vaisseau, et celle-ci pousse l'eau qui est dans la petite jambe.

La troisième : pourquoi l'eau qui est dans la jambe longue descend-elle plutôt que celle qui est dans la courte ? Réponse, d'autant que sa pesanteur effective est plus grande.

La quatrième : pourquoi sa pesanteur effective est-elle plus grande ? Réponse, parce que sa longueur de surface contrainte perpendiculaire à l'horizon, est plus grande que celle de l'eau, qui est depuis la surface libre jusqu'au haut du siphon.

La cinquième : pourquoi cette longueur est-elle plus grande ? Réponse : il y a plus loin de la pointe du siphon jusqu'à l'ouverture de la jambe longue, que de la surface libre à la pointe du siphon ; et plus grande est cette longueur de surface contrainte perpendiculaire à l'horizon, plus grande est la gravité mouvante, comme l'expérience nous l'apprend, et la raison qui nous montre une ligne de direction, qui est la mesure de la gravité mouvante, plus grande en un corps fluide, pesant, continu et de même nature. Voilà où nous a portés cette expérience du siphon scalène, qui est la quatrième de M. Pascal le fils ; venons maintenant à la cinquième.

§. XIX. *Cinquième expérience.*

Si l'on met une corde de près de quinze pieds avec un fil attaché au bout (laquelle on laisse long-temps dans l'eau, afin que s'imbibant peu à peu, l'air qui pourroit y être enclos en sorte), dans un tuyau de quinze pieds, scellé par un bout comme dessus, et rempli d'eau ; de façon qu'il n'y ait hors du tuyau que le fil attaché à la corde, afin de l'en tirer, et l'ouverture ayant été mise dans du vif-argent : quand on tire la corde peu à peu, le vif-argent monte à proportion, jusqu'à ce que la hauteur du vif-argent, jointe à la quatorzième partie de la hauteur qui reste d'eau soit de deux pieds trois pouces : car après, quand on tire la corde, l'eau quitte le haut du verre, et laisse un espace vide en apparence, qui devient d'autant plus grand, que l'on tire la corde davantage ; que si on incline le tuyau, le vif-argent du vaisseau y rentre, en sorte que si on l'incline assez il se trouve tout plein de vif-argent et d'eau qui frappe le haut du tuyau avec violence, faisant le même bruit et le même éclat que s'il cassoit le verre, qui court risque de se casser en effet : et pour ôter le soupçon de l'air, que l'on pourroit dire être demeuré dans la corde, on fait la même expérience avec quantité de petits cylindres de bois, attachés les uns aux autres avec du fil de laiton.

§. XX. *Raison de cette expérience.*

Cette expérience de la corde s'entend assez bien, si nous disons qu'à mesure qu'elle sort du tuyau, elle pousse l'eau et lui fait prendre sa place, et n'ayant point d'autre corps contigu plus facile à prendre la sienne que le vif-argent, elle la fait monter jusqu'à la hauteur nécessaire à l'égalité de résistance entre l'air, qui est autour du tuyau, et les corps dont il est rempli, à se quitter la place les uns aux autres : si vous tirez davantage la corde hors du tuyau, vous ôtez la proportion, et vous rendez la pesanteur des corps qu'il contient plus forte à changer de place et pousser, que l'air qui est dehors à résister; partant il cède, s'épure, se subtilise, devient éther, passe à travers les pores du verre, et prend la place du corps descendant. Si vous inclinez le tube, le vif-argent perdant une partie de sa pesanteur effective, n'étant plus si haut par-dessus les autres parties de son tout, cède à la légèreté de l'éther qui monte, pousse en bas l'air qui est autour du tuyau, et cet air poussé en bas, pousse le corps voisin en la place de l'éther; si vous l'inclinez beaucoup, l'éther pousse tellement par sa grande légèreté, qu'il fait frapper le corps qui est dans le tube contre le haut du tuyau.

§. XXI. *Sixième expérience.*

La sixième expérience : Une seringue avec un piston parfaitement juste, étant mise dans le vif-argent, en sorte que son ouverture y soit enfoncée pour le moins d'un pouce, et que le reste de la seringue soit élevé perpendiculairement au dehors : si l'on retire le piston, la seringue demeurant en cet état, le vif-argent entrant par l'ouverture de la seringue, monte et demeure uni au piston, jusqu'à ce qu'il soit élevé dans la seringue deux pieds trois pouces : mais après cette hauteur, si l'on retire davantage le piston, il n'attire pas le vif-argent plus haut, qui, demeurant toujours à cette hauteur de deux pieds trois pouces, quitte le piston : de sorte qu'il se fait un espace vide en apparence, qui devient d'autant plus grand, que l'on tire le piston davantage : il est vraisemblable que la même chose arrive dans une pompe par aspiration, et que l'eau n'y monte que jusqu'à la hauteur de trente-un pieds, qui répond à celle de deux pieds trois pouces de vif-argent. Et ce qui est plus remarquable, c'est que la seringue pesée en cet état sans la retirer du vif-argent, ni la bouger en aucune façon, pèse autant (quoique l'espace vide en apparence soit si petit que l'on voudra) que quand, en retirant le piston davantage, on le fait si grand qu'on voudra : et qu'elle pèse toujours autant que le corps de la seringue avec le vif-argent qu'elle contient de la hauteur de deux pieds trois pouces, sans qu'il y ait encore aucun espace vide en apparence; c'est-à-dire, lorsque le piston n'a pas encore quitté le vif-argent de la seringue, mais qu'il est prêt à s'en désunir, si on le tire tant soit peu. De sorte que l'espace vide en apparence, quoique tous les corps qui l'environnent tendent à le remplir, n'apporte aucun changement à son poids; et quelque différence de grandeur qu'il y ait entre ces espaces, il n'y en a aucune entre les poids.

Cette expérience est une confirmation de ce qui a été dit jusqu'à présent, et n'a rien de nouveau que le même poids de la seringue, avec un petit et grand espace d'éther, qui ne pèse point et ne change pas le poids. Sa légèreté ne paroît qu'au mouvement, et n'est pas sensible en ce poids, qu'on fait de la seringue.

§. XXII. *Septième expérience.*

La septième expérience : Ayant rempli un siphon de vif-argent, dont la plus longue jambe a dix pieds, et l'autre neuf et demi, et mis les deux ouvertures dans deux vaisseaux de vif-argent, enfoncées environ d'un pouce chacune, en sorte que la surface du vif-argent de l'un soit plus haute de demi-pied que la surface du vif-argent de l'autre : quand le siphon est perpendiculaire, la plus longue jambe n'attire pas le vif-argent de la plus courte; mais le vif-argent se rompant par le haut, descend dans chacune des jambes, et regorge dans les vaisseaux, et tombe jusqu'à la hauteur ordinaire de deux pieds trois pouces, depuis la surface du vif-argent de chaque vaisseau : que si on incline le siphon, le vif-argent des vaisseaux remonte dans les jambes, les remplit et commence de couler de la jambe la plus courte dans la plus longue, et ainsi vide son vaisseau; car cette inclinaison dans les tuyaux où est ce vide apparent, lorsqu'ils sont dans quelque liqueur, attire toujours les liqueurs des vaisseaux, si les ouvertures des tuyaux ne sont point bouchées; ou attire le doigt, s'il bouche ces ouvertures.

Cette expérience est la même que la quatrième; elle change seulement l'eau en vif-argent.

§. XXIII. *Huitième expérience.*

La huitième expérience : Le même siphon étant rempli d'eau entièrement, et ensuite d'une corde, comme ci-dessus, les deux ouvertures étant aussi mises dans les deux mêmes vaisseaux de vif-argent, quand on tire la corde par une de ces ouvertures, le vif-argent monte des vaisseaux dans toutes les deux jambes : en sorte que la quatorzième partie de la hauteur de l'eau d'une jambe avec la hauteur du vif-argent qui y est monté, est égale à la quatorzième partie de la hauteur de l'eau de l'autre, jointe à la hauteur du vif-argent, qui y est monté ; ce qui arrivera tant que cette quatorzième partie de la hauteur de l'eau, jointe à la hauteur du vif-argent dans chaque jambe, soit de la hauteur de deux pieds trois pouces ; car après l'eau se divisera par le haut, et il s'y trouvera un vide apparent.

Cette expérience a si grand rapport avec la cinquième, que qui a l'intelligence et la raison de l'une, l'a de l'autre.

Tout ce discours est une confirmation de l'opinion commune, que dans le monde il n'y a point de vide. Tous les corps, en tant que corps, s'y entretouchent pour faire un tout plein et parfait. La diversité des formes substantielles et matérielles, causées par l'union et proportion du rare et du dense, comme les tableaux et images, par l'union et proportion du blanc et du noir, n'empêche pas cette union corporelle.

Et parce que nous avons parlé souvent, en ce petit traité, du rare et du dense, et que la différence des deux semble moins connue à quelques-uns, je mettrai, pour la conclusion de ce petit ouvrage, une hypothèse possible et probable pour aider cette connoissance.

Présupposons donc, par manière de simple hypothèse, que Dieu, voulant faire le monde, ait créé une masse de corps extrêmement rare, plus ample que n'est tout ce grand monde ; que cette masse, par sa mobilité et fluidité consécutive à sa rareté, soit réduite à un globe qui soit l'espace du monde. Le mouvement qui resserre à cette capacité et figure toute cette masse, aura fait une différence entre les parties qui seront vers la circonférence et celles qui seront vers le centre, celles-ci étant beaucoup plus serrées que celles-là. Disons ensuite que ces parties conservent cet état sans le changer dans le monde, et divisons tout ce globe en quatre parties concentriques, dont l'intérieure soit la terre la plus dense, la plus consistante, la moins rare, la moins fluide et la moins mobile de toutes : celle d'après, soit l'eau, dense à proportion ; la troisième, soit l'air ; et la quatrième, l'éther, ou le feu élémentaire. Que ces parties soient la matière du monde inaltérable et incorruptible ; que leur mélange serve à tous les composés mixtes qui s'y retrouvent ; ainsi conséquemment des corps matériels. Voilà une différence claire entre le rare et le dense, qui peut servir de principe à la physique, prouve le plein, et servira de fin à ce discours.

LETTRE DE PASCAL

A M. LE PAILLEUR,

AU SUJET DU PÈRE NOEL, JÉSUITE * (1647).

MONSIEUR,

Puisque vous désirez de savoir ce qui m'a fait interrompre le commerce de lettres, où le révérend père Noël m'avoit fait l'honneur de m'engager, je veux vous satisfaire promptement; et je ne doute pas que si vous avez blâmé mon procédé avant que d'en savoir la cause, vous ne l'approuviez lorsque vous saurez les raisons qui m'ont retenu.

La plus forte raison de toutes est, que le révérend père Talon, lorsqu'il prit la peine de m'apporter la dernière lettre du père Noël, me fit entendre, en présence de trois de vos bons amis, que le père Noël compatissoit à mon indisposition, qu'il craignoit que ma première

---

(*) La plus grande partie de cette lettre a été écrite avant que le livre du père Noël, *le Plein du vide, etc*, parût. Il est parlé de ce livre vers la fin de cette même lettre.

lettre n'eût intéressé ma santé, et qu'il me prioit de ne pas la hasarder par une deuxième ; en un mot, de ne pas lui répondre; que nous pourrions nous éclaircir de bouche des difficultés qui nous restoient, et qu'au reste il me prioit de ne montrer sa lettre à personne ; que comme il ne l'avoit écrite que pour moi, il ne souhaitoit pas qu'aucun autre la vît, et que les lettres étant choses particulières, elles souffroient quelque violence quand elles n'étoient pas secrètes.

J'avoue que si cette proposition me fût venue d'une autre part que de celle de ces bons pères, elle m'auroit été suspecte, et j'eusse craint que celui qui me l'eût faite, n'eût voulu se prévaloir d'un silence où il m'auroit engagé par une prière captieuse. Maïs je doutai si peu de leur sincérité, que je leur promis tout sans réserve et sans crainte, avec un soin très-particulier. C'est de là que plusieurs personnes, et même de ces pères, qui n'étoient pas bien informées de l'intention du père Noël, ont pris sujet de dire qu'ayant trouvé dans sa lettre la ruine de mes sentiments, j'en ai dissimulé les beautés, de peur de découvrir ma honte ; et que ma seule foiblesse m'a empêché de lui repartir.

Voyez, monsieur, combien cette conjecture m'étoit contraire, puisque je n'ai pu cacher la lettre du père Noël sans désavantage, ni la publier sans infidélité ; et que mon honneur étoit également menacé par ma réponse et par mon silence, en ce que l'une trahissoit ma promesse, et l'autre mon intérêt.

Cependant j'ai gardé religieusement ma parole; et j'avois remis de repartir à sa lettre dans le traité où je dois répondre précisément à toutes les objections qu'on a faites contre cette proposition que j'ai avancée dans mon abrégé, que l'espace vide en apparence n'est plein d'aucune des matières qui tombent sous les sens, et qui sont connues dans la nature. Ainsi j'ai cru que rien ne m'obligeoit de précipiter ma réponse, que je voulois rendre plus exacte, en la différant pour un temps. A ces considérations, je joins que comme tous les différends de cette sorte demeurent éternels, si quelqu'un ne les interrompt, et qu'ils ne peuvent être achevés, si l'une des deux parties ne commence à finir, j'ai cru que l'âge, le mérite et la condition du père Noël m'obligeoient à lui céder l'avantage d'avoir écrit le dernier sur ce sujet. Mais outre toutes ces raisons, j'avoue que sa lettre seule suffisoit pour me dispenser de lui répondre, et je m'assure que vous trouverez qu'elle semble avoir été exprès conçue en termes qui ne m'obligeoient point à lui repartir.

Pour le montrer, je vous ferai remarquer les points qu'il a traités, mais par un ordre différent du sien, et tel qu'il eût choisi, sans doute, dans un ouvrage plus travaillé, mais qu'il n'a pas jugé nécessaire dans la naïveté d'une lettre; car chacun de ces points se trouve épars dans tout le corps de son discours, et couché presque en toutes ses parties.

Il a dessein de déclarer que ma lettre lui a fait quitter son premier sentiment, sans qu'il puisse néanmoins s'accommoder au mien. Tellement que nous pouvons considérer sa lettre comme divisée en deux parties, dont l'une contient les choses qui l'empêchent de suivre ma pensée, et l'autre celles qui appuient son second sentiment. C'est sur chacune de ces parties que j'espère vous faire voir combien peu j'étois obligé de répondre.

Pour la première, qui regarde les choses qui l'éloignent de mon opinion, ses premières difficultés sont que cet espace ne peut être autre chose qu'un corps, puisqu'il soutient et transmet la lumière, et qu'il retarde le mouvement d'un autre corps. Mais je croyois lui avoir assez montré, dans ma lettre, le peu de force de ces mêmes objections que sa première contenoit; car je lui ai dit en termes assez clairs, qu'encore que des corps tombent avec le temps dans cet espace, et que la lumière le pénètre, on ne doit pas attribuer ces effets à une matière qui le remplisse nécessairement, puisqu'ils peuvent appartenir à la nature du mouvement et de la lumière, et que tant que nous demeurerons dans l'ignorance où nous sommes de la nature de ces choses, nous ne devons en tirer aucune conséquence; car elle ne seroit appuyée que sur l'incertitude; et comme le père Noël conclut de l'apparence de ces effets qu'une matière remplit cet espace qui soutient la lumière et cause ce retardement, on peut, avec autant de raison, conclure de ces mêmes effets que la lumière se soutient dans le vide, et que le mouvement s'y fait avec le temps ; vu que tant d'autres choses favorisoient cette dernière opinion, qu'elle étoit, au jugement des savants, sans comparaison plus vraisemblable que l'autre, avant même qu'elle reçût les forces que ces expériences lui ont apportées.

Mais s'il a montré en cela d'avoir peu remarqué cette partie de ma lettre, il témoigne n'en avoir pas entendu une autre, par la seconde des choses qui le choque dans mon sentiment ; car il m'impute une pensée contraire aux termes de ma lettre et de mon imprimé, et entièrement opposée au fondement de toutes mes maximes. C'est qu'il se figure que j'ai assuré, en termes décisifs, l'existence réelle de l'espace vide : et sur cette imagination, qu'il prend pour une vérité constante, il exerce sa plume pour montrer la foiblesse de cette assertion.

Cependant il a pu voir que j'ai mis dans mon imprimé, que ma conclusion est simplement que mon sentiment sera que cet espace est vide, jusqu'à ce que l'on m'ait montré qu'une matière le remplit ; ce qui n'est pas une assertion réelle du vide. Il a pu voir aussi que j'ai mis dans ma lettre ces mots qui me semblent assez clairs : « Enfin, mon révérend père, considérez, je

» vous prie, que tous les hommes ensemble ne » sauroient démontrer qu'aucun corps succède » à celui qui quitte l'espace vide en apparence, » et qu'il n'est pas possible encore à tous les » hommes de montrer que quand l'eau y re- » monte, quelque corps en soit sorti. Cela ne » suffiroit-il pas, suivant vos maximes, pour » assurer que cet espace est vide? Cependant je » dis simplement que mon sentiment est qu'il » est vide. Jugez si ceux qui parlent avec tant » de retenue d'une chose où ils ont droit de » parler avec tant d'assurance, pourront faire » un jugement décisif de l'existence de cette » matière ignée, si douteuse et si peu établie? »

Aussi je n'aurois jamais imaginé ce qui lui avoit fait naître cette pensée, s'il ne m'en avertissoit lui-même dans la première page, où il rapporte fidèlement la distinction que j'ai donnée de l'espace vide dans ma lettre, qui est telle. « Ce que nous appelons espace vide, est » un espace ayant longueur, largeur et profon- » deur, immobile, capable de recevoir et de » contenir un corps de pareille longueur et » figure; et c'est ce qu'on appelle *solide* en géo- » métrie, où l'on ne considère que les choses » abstraites et immatérielles. » Après avoir rapporté mot à mot cette définition, il en tire immédiatement cette conséquence. « Voilà, mon- » sieur, votre pensée de l'espace vide fort bien » expliquée; je veux croire que tout cela vous » est évident, et en avez l'esprit convaincu et

» pleinement satisfait, puisque vous l'affir- » mez. »

S'il n'avoit pas rapporté mes propres termes, j'aurois cru qu'il ne les avoit pas bien lus, ou qu'ils avoient été mal écrits, et qu'au lieu du premier mot, *j'appelle*, il auroit trouvé celui-ci, *j'assure;* mais puisqu'il a rapporté ma période entière, il ne me reste qu'à penser qu'il conçoit une conséquence nécessaire de l'un de ces termes à l'autre, et qu'il ne met point de différence entre définir une chose et assurer son existence.

C'est pourquoi il a cru que j'ai assuré l'existence réelle du vide, par les termes mêmes dont je l'ai défini. Je sais que ceux qui ne sont pas accoutumés de voir les choses traitées dans le véritable ordre, se figurent qu'on ne peut définir une chose, sans être assuré de son être; mais ils devroient remarquer que l'on doit toujours définir les choses, avant que de chercher si elles sont possibles ou non, et que les degrés qui nous mènent à la connoissance des vérités, sont la définition, l'axiome et la preuve; car d'abord nous concevons l'idée d'une chose; ensuite nous donnons un nom à cette idée, c'est-à-dire, que nous la définissons; et enfin nous cherchons si cette chose est véritable ou fausse. Si nous trouvons qu'elle est impossible, elle passe pour une fausseté; si nous démontrons qu'elle est vraie, elle passe pour vérité; et tant qu'on ne peut prouver sa possibilité, ni son impossibilité, elle passe pour imagination. D'où il est évident qu'il n'y a point de liaison nécessaire entre la définition d'une chose et l'assurance de son être; et que l'on peut aussi bien définir une chose impossible, qu'une véritable. Ainsi l'on peut appeler un triangle rectiligne et rectangle celui qu'on s'imagineroit avoir deux angles droits, et montrer ensuite qu'un tel triangle est impossible: ainsi Euclide définit d'abord les parallèles, et montre après qu'il peut y en avoir; ainsi la définition du cercle précède le *postulatum* qui en propose la possibilité; ainsi les astronomes ont donné des noms aux cercles concentriques, excentriques, etc., qu'ils ont imaginés dans les cieux, sans être assurés que les astres décrivent en effet de tels cercles par leurs mouvements; ainsi les péripatéticiens ont donné un nom à cette sphère du feu, dont il seroit difficile de démontrer la vérité.

C'est pourquoi quand je me suis voulu opposer aux décisions du père Noël, qui excluoient le vide de la nature, j'ai cru ne pouvoir entrer dans cette recherche, ni même en dire un mot, avant que d'avoir déclaré ce que j'entends par le mot de *vide*, où je me suis senti plus obligé, par quelques endroits de la première lettre de ce père, qui me faisoient juger que la notion qu'il en avoit n'étoit pas conforme à la mienne. J'ai vu qu'il ne pouvoit distinguer les dimensions d'avec la matière, ni l'immatérialité d'avec le néant ; et que cette confusion lui faisoit conclure, que quand je donnois à cet espace la longueur, la largeur et la profondeur, je m'engageois à dire qu'il étoit un corps ; et qu'aussitôt que je le faisois immatériel, je le réduisois au néant. Pour débrouiller toutes ces idées, je lui en ai donné cette définition, où il peut voir que la chose que nous concevons et que nous exprimons par le mot d'*espace vide*, tient le milieu entre la matière et le néant, sans participer ni à l'un ni à l'autre ; qu'il diffère du néant par ses dimensions ; et que son irrésistance et son immobilité le distinguent de la matière : tellement qu'il se maintient entre ces deux extrêmes, sans se confondre avec aucun des deux.

Vers la fin de sa lettre, le père Noël ramasse dans une période toutes ses difficultés, pour leur donner plus de force en les joignant. Voici ses termes : « Cet espace qui n'est, ni Dieu, ni » créature, ni corps, ni esprit, ni substance, ni » accident, qui transmet la lumière sans être » transparent, qui résiste sans résistance, qui » est immobile et se transporte avec le tube, » qui est partout et nulle part, qui fait tout et » ne fait rien : ce sont les admirables qualités » de l'espace vide ; en tant qu'espace, il est et » fait merveilles ; en tant que vide, il n'est et » ne fait rien ; en tant qu'espace, il est long, » large et profond ; en tant que vide, il exclut » la longueur, la largeur et la profondeur. S'il est besoin, je montrerai toutes ces belles propriétés, en conséquence de l'espace vide. »

Comme une grande suite de belles choses devient enfin ennuyeuse par sa propre longueur, je crois que le père Noël s'est ici lassé d'en avoir tant produit; et que prévoyant un pareil ennui à ceux qui les auroient vues, il a voulu descendre d'un style plus grave, dans un moins sérieux, pour les délasser par cette raillerie, afin qu'après leur avoir fourni tant de choses qui exigeoient une admiration pénible, il leur donnât, par charité, un sujet de divertissement. J'ai senti le premier l'effet de cette bonté; et ceux qui verront sa lettre ensuite, l'éprouveront de même: car il n'y a personne qui, après avoir lu ce que je lui avois écrit, ne rie des conséquences qu'il en tire, et de ces antithèses opposées avec tant de justesse, qu'il est aisé de voir qu'il s'est bien plus étudié à rendre ses termes contraires les uns aux autres, que conformes à la raison et à la vérité.

Car pour examiner ses objections en particulier, *cet espace*, dit-il, *n'est ni Dieu*, *ni créature.* Les mystères qui concernent la Divinité, sont trop saints pour les profaner par nos disputes; nous devons en faire l'objet de nos adorations, et non pas le sujet de nos entretiens: si bien que, sans en discourir en aucune sorte, je me soumets entièrement à ce qu'en décideront ceux qui ont droit de le faire.

Ni corps, ni esprit. Il est vrai que l'espace

n'est ni corps, ni esprit; mais il est espace: ainsi le temps n'est ni corps, ni esprit; mais il est temps: et comme le temps ne laisse pas d'être, quoiqu'il ne soit aucune de ces choses, ainsi l'espace vide peut bien être, sans pour cela être ni corps, ni esprit.

Ni substance, ni accident. Cela sera vrai, si l'on entend par le mot de *substance* ce qui est corps ou esprit; car en ce sens, l'espace ne sera ni substance, ni accident; mais il sera espace, comme en ce même sens le temps n'est ni substance, ni accident; mais il est temps, parce que pour être, il n'est pas nécessaire d'être substance ou accident : comme plusieurs de leurs pères soutiennent que Dieu n'est ni l'un ni l'autre, quoiqu'il soit le souverain Être.

Qui transmet la lumière sans être transparent. Ce discours a si peu de lumière, que je ne puis l'apercevoir : car je ne comprends pas quel sens ce père donne à ce mot *transparent*, puisqu'il trouve que l'espace vide ne l'est pas. S'il entend par la transparence, comme tous les opticiens, la privation de tout obstacle au passage de la lumière, je ne vois pas pourquoi il en frustre notre espace, qui la laisse passer librement : si bien que parlant sur ce sujet avec mon peu de connoissance, je lui eusse dit que ces termes, *transmet la lumière*, qui ne sont propres qu'à sa façon d'imaginer la lumière, ont le même sens que ceux-ci : *laisse passer la lumière;* et qu'*il est transparent* veut dire, qu'il ne lui porte point d'obstacle : en quoi je ne trouve point d'absurdité, ni de contradiction.

Il résiste sans résistance. Comme le père Noël ne juge de la résistance de cet espace que par le temps que les corps y emploient dans leurs mouvements, et que nous avons tant discouru sur la nullité de cette conséquence, on verra qu'il n'a pas raison de dire qu'il résiste : et il se trouvera, au contraire, que cet espace ne résiste point ou qu'il est sans résistance, où je ne vois rien que de très-conforme à la raison.

Qui est immuable et qui se transporte avec le tube. Ici le père Noël montre combien peu il pénètre dans le sentiment qu'il veut réfuter; et j'aurois à le prier de remarquer sur ce sujet, que quand un sentiment est embrassé par plusieurs personnes savantes, on ne doit pas faire d'estime des objections qui semblent le ruiner, quand elles sont très-faciles à prévoir, parce qu'on doit croire que ceux qui le soutiennent y ont déjà pris garde, et qu'étant facilement découvertes, ils en ont trouvé la solution, puisqu'ils continuent dans cette pensée. Or, pour examiner cette difficulté en particulier, si ces antithèses ou contrariétés n'avoient autant ébloui son esprit que charmé ses imaginations, il auroit pris garde sans doute que, quoi qu'il en paroisse, le vide ne se transporte pas avec le tuyau, et que l'immobilité est aussi naturelle à l'espace que le mouvement l'est au corps. Pour rendre cette vérité évidente, il faut remarquer que l'espace, en général, comprend tous les corps de la nature, dont chacun en particulier en occupe une certaine partie; mais qu'encore qu'ils soient tous mobiles, l'espace qu'ils remplissent ne l'est pas : car quand un corps est mu d'un lieu à l'autre, il ne fait que changer de place, sans porter avec soi celle qu'il occupoit au temps de son repos. En effet, que fait-il autre chose que de quitter sa première place immobile, pour en prendre successivement d'autres aussi immobiles? Mais celle qu'il a laissée, demeure toujours ferme et inébranlable : si bien qu'elle devient, ou pleine d'un autre corps, si quelqu'un lui succède, ou vide, si pas un ne s'offre pour y succéder : mais, soit vide ou plein, toujours dans un pareil repos, ce vaste espace, dont l'amplitude embrasse tout, est aussi stable et immobile en chacune de ses parties, comme il l'est en son total. Ainsi je ne vois pas comment le père Noël a pu prétendre que le tuyau communique son mouvement à l'espace vide, puisque n'ayant nulle consistance pour être poussé, n'ayant nulle prise pour être tiré, et n'étant susceptible, ni de la pesanteur, ni d'aucune des facultés attractives, il est visible qu'on ne peut le faire changer. Ce qui l'a trompé, est que quand on a porté le tuyau d'un lieu à un autre, il n'a vu aucun changement au dedans; c'est pourquoi il a pensé que cet espace étoit toujours le même, parce qu'il étoit toujours pareil à lui-même. Mais il devoit remarquer que l'espace que le tuyau enferme dans une situation, n'est pas le même que celui qu'il comprend dans la seconde; et que dans la succession de son mouvement, il acquiert continuellement de nouveaux espaces : si bien que celui qui étoit vide dans la première des suppositions, devient plein d'air, quand il en part pour prendre la seconde, dans laquelle il rend vide l'espace qu'il rencontre, au lieu qu'il étoit plein d'air auparavant; mais l'un et l'autre de ces espaces alternativement pleins et vides, demeurent toujours également immobiles. D'où il est évident qu'il est hors de propos de croire que l'espace vide change de lieu; et ce qui est le plus étrange, est que la matière dont le père le remplit est telle, que, suivant son hypothèse même, elle ne sauroit se transporter avec le tuyau; car comme elle entreroit et sortiroit par les pores du verre avec une facilité tout entière, sans lui adhérer en aucune sorte, comme l'eau dans un vaisseau percé de toutes parts, il est visible qu'elle ne se porteroit pas avec lui, comme nous voyons que ce même tuyau ne transporte pas la lumière, parce qu'elle le perce sans peine et sans engagements, et que notre espace même exposé au soleil, change de rayons quand il change de place, sans porter avec soi, dans sa seconde place, la lumière qui le remplissoit dans la première, et que dans les différentes situations, il reçoit des rayons différents, aussi-bien que des espaces divers.

Enfin, le père Noël s'étonne qu'*il fasse tout et*

ne fasse rien; qu'il soit partout et nulle part; qu'il soit et fasse merveilles, bien qu'il ne soit point; qu'il ait des dimensions sans en avoir. Si ce discours a du sens, je confesse que je ne le comprends pas; c'est pourquoi je ne me tiens pas obligé d'y répondre.

Voilà, monsieur, quelles sont les difficultés et les choses qui choquent le père Noël dans mon sentiment; mais comme elles témoignent plutôt qu'il n'entend pas ma pensée, que non pas qu'il la contredise, et qu'il semble qu'il y trouve plutôt de l'obscurité que des défauts, j'ai cru qu'il en trouveroit l'éclaircissement dans ma lettre, s'il prenoit la peine de la voir avec plus d'attention; et qu'ainsi je n'étois pas obligé de lui répondre, puisqu'une seconde lecture suffiroit pour résoudre les doutes que la première auroit fait naître.

Pour la deuxième partie de sa lettre, qui regarde le changement de sa première pensée et l'établissement de la seconde, il déclare d'abord le sujet qu'il a de nier le vide. La raison qu'il en rapporte est que ce vide ne tombe sous aucun des sens; d'où il prend sujet de dire que comme je nie l'existence de la matière, par cette seule raison qu'elle ne donne aucune marque sensible de son être, et que l'esprit n'en conçoit aucune nécessité, il peut, avec autant de force et d'avantage, nier le vide, parce qu'il a cela de commun avec elle, que pas un des sens ne l'aperçoit. Voici ses termes : « Nous disons qu'il y a de

» l'eau, parce que nous la voyons et la touchons ; » nous disons qu'il y a de l'air dans un ballon » enflé, parce que nous sentons la résistance ; » qu'il y a du feu, parce que nous sentons la » chaleur ; mais le vide véritable ne touche au- » cun sens. »

Mais je m'étonne qu'il fasse un parallèle de choses si inégales, et qu'il n'ait pas pris garde que comme il n'y a rien de si contraire à l'être que le néant, ni à l'affirmation que la négation, on procède aux preuves de l'un et de l'autre par des moyens contraires ; et que ce qui fait l'établissement de l'un, est la ruine de l'autre. Car que faut-il pour arriver à la connoissance du néant, que de connoître une entière privation de toutes sortes de qualités et d'effets ; au lieu que s'il en paroissoit un seul, on concluroit, au contraire, l'existence réelle d'une cause qui le produiroit ?

Ensuite il dit : « Voyez, monsieur, lequel de » nous deux est le plus croyable, ou vous qui » affirmez un espace qui ne tombe point sur les » sens, et qui ne sont ni à l'art ni à la nature, » et ne l'employez que pour décider une question » fort douteuse, etc. »

Mais, monsieur, je vous laisse à juger, lorsqu'on ne voit rien, et que les sens n'aperçoivent rien dans un lieu, lequel est mieux fondé, ou de celui qui affirme qu'il y a quelque chose, quoiqu'il n'aperçoive rien, ou de celui qui pense qu'il n'y a rien, parce qu'il ne voit aucune chose ?

Après que le père Noël a déclaré, comme nous venons de le voir, la raison qu'il a d'exclure le vide, et qu'il a pris sujet de le nier sur cette même privation de qualités qui donne si justement lieu aux autres de le croire, et qui est le seul moyen sensible de parvenir à sa preuve, il entreprend maintenant de montrer que c'est un corps. Pour cet effet, il s'est imaginé une définition du corps qu'il a conçue exprès, en sorte qu'elle convienne à notre espace, afin qu'il pût en tirer sa conséquence avec facilité. Voici ses termes : « Je définis le corps ce qui est composé » de parties les unes hors les autres, et dis que » tout corps est espace, quand on le considère » entre les extrémités, et que tout espace est » corps, parce qu'il est composé de parties les » unes hors les autres. »

Mais il n'est pas ici question, pour montrer que notre espace n'est pas vide, de lui donner le nom de corps, comme le père Noël a fait, mais de montrer que c'est un corps, comme il a prétendu faire. Ce n'est pas qu'il ne lui soit permis de donner à ce qui a des parties les unes hors les autres, tel nom qu'il lui plaira; mais il ne tirera pas grand avantage de cette liberté; car le mot de *corps*, par le choix qu'il en a fait, devient équivoque : si bien qu'il y aura deux sortes de choses entièrement différentes, et même hétérogènes, que l'on appellera *corps* : l'une, ce qui a des parties les unes hors les autres; car on l'appellera *corps*, suivant le père Noël; l'autre, une substance matérielle, mobile et impénétrable; car on l'appellera *corps* dans l'ordre. Mais il ne pourra pas conclure de cette ressemblance de nom, une ressemblance de propriétés entre ces choses, ni montrer, par ce moyen, que ce qui a des parties les unes hors les autres, soit la même chose qu'une substance matérielle, immobile et impénétrable, parce qu'il n'est pas en son pouvoir de les faire convenir de nature aussi-bien que de nom. De même que s'il avoit donné à ce qui a des parties les unes hors les autres, le nom d'*eau*, d'*esprit*, de *lumière*, comme il auroit pu faire aussi aisément que celui de corps, il n'en auroit pu conclure que notre espace fût aucune de ces choses : ainsi quand il a nommé *corps* ce qui a des parties les unes hors les autres, et qu'il dit en conséquence de cette définition, *je dis que tout espace est corps*, on doit prendre le mot de *corps* dans le sens qu'il vient de lui donner : de sorte que si nous substituons la définition à la place du défini, ce qui peut toujours se faire, sans altérer le sens d'une proposition, il se trouvera que cette conclusion, que tout espace est corps, n'est autre chose que celle-ci : que tout espace a des parties les unes hors les autres; mais non pas que tout espace est matériel, comme le père Noël s'est figuré. Je ne m'arrêterai pas davantage sur une conséquence dont la foiblesse est si évidente, puisque je parle à un excellent géomètre, et que vous avez autant d'adresse pour découvrir les fautes de raisonnement, que de force pour les éviter.

Le père Noël passant plus avant, veut montrer quel est ce corps ; et pour établir sa pensée, il commence par un long discours, dans lequel il prétend prouver le mélange continuel et nécessaire des éléments, et où il ne montre autre chose, sinon qu'il se trouve quelques parties d'un élément parmi celles d'un autre, et qu'ils sont brouillés plutôt par accident que par nature : de sorte qu'il pourroit arriver qu'ils se sépareroient sans violence, et qu'ils reviendroient d'eux-mêmes dans leur première simplicité; car le mélange naturel de deux corps est lorsque leur séparation les fait tous deux changer de nom et de nature, comme celui de tous les métaux et de tous les mixtes ; parce que quand on a ôté de l'or, le mercure qui entre en sa composition, ce qui reste n'est plus or. Mais dans le mélange que le père Noël nous figure, on ne voit qu'une confusion violente de quelques vapeurs éparses parmi l'air, qui s'y soutiennent comme la poussière, sans qu'il paroisse qu'elles entrent dans la composition de l'air : et de même dans les autres mélanges. Et pour celui de l'eau et de l'air, qu'il donne pour le mieux démontré, et qu'il dit prouver péremptoirement par ces soufflets qui se font par le moyen de la chute de l'eau dans une chambre close presque de toutes parts, et que vous voyez expliquée au long dans sa lettre : il est étrange que ce père n'ait pas pris garde que cet air qu'il dit sortir de l'eau, n'est autre chose que l'air extérieur qui se porte avec l'eau qui tombe, et qui a une facilité tout entière d'y entrer par la même ouverture, parce qu'elle est plus grande que celle par où l'eau s'écoule : si bien que l'eau qui s'écarte en tombant dans cette ouverture, y entraîne tout l'air qu'elle rencontre et qu'elle enveloppe, dont elle empêche la sortie par la violence de sa chute et par l'impression de son mouvement; de sorte que l'air qui entre continuellement dans cette ouverture sans jamais pouvoir en sortir, fuit avec violence par celle qu'il trouve libre. Comme cette expérience est la seule par laquelle il cherche à prouver le mélange de l'eau et de l'air, et qu'elle ne le montre en aucune sorte, il se trouve qu'il ne le prouve nullement.

Le mélange qu'il prouve le moins, et dont il a le plus à faire, est celui du feu avec les autres éléments; car tout ce qu'on peut conclure de l'expérience du mouchoir et du chat, est que quelques-unes de leurs parties les plus grasses et les plus huileuses s'enflamment par la friction, y étant déjà disposées par la chaleur. Ensuite il nous déclare que son sentiment est que notre espace est plein de cette matière ignée, dilatée et mêlée, comme il suppose sans preuves, parmi tous les éléments, et étendue dans tout l'univers. Voilà la matière qu'il met dans le tuyau; et pour la suspension de la liqueur, il l'attribue au poids de l'air extérieur. J'ai été ravi de le voir en cela entrer dans le sentiment de ceux qui ont examiné ces expériences avec le plus de pénétration ; car vous savez que la lettre du grand Toricelli, écrite au seigneur Ricchi il y a plus de quatre ans, montre qu'il étoit dès lors dans cette pensée, et que tous nos savants s'y accordent et s'y confirment de plus en plus. Nous en attendons néanmoins l'assurance de l'expérience qui doit s'en faire sur une de nos hautes montagnes ; mais je n'espère la recevoir que dans quelque temps, parce que sur les lettres que j'en ai écrites il y a plus de six mois, on m'a toujours mandé que les neiges rendent leurs sommets inaccessibles.

Voilà donc quelle est sa seconde pensée ; et quoiqu'il semble qu'il y ait peu de différence entre cette matière et celle qu'il y plaçoit dans sa première lettre, elle est néanmoins plus grande qu'il ne paroît : voici en quoi.

Dans sa première pensée, la nature abhorroit le vide, et en faisoit ressentir l'horreur ; dans la seconde, la nature ne donne aucune marque de l'horreur qu'elle a pour le vide, et ne fait aucune chose pour l'éviter. Dans la première, il établissoit une adhérence mutuelle entre tous les corps de la nature ; dans la deuxième, il ôte toute cette adhérence et tout le désir d'union. Dans la première il donnoit une faculté attractive à cette matière subtile et à tous les autres corps ; dans la deuxième, il abolit toute cette attraction active et passive. Enfin il lui donnoit beaucoup de propriétés dans sa première, dont il la frustre dans la deuxième : si bien que s'il y a quelques degrés pour tomber dans le néant, elle est maintenant au plus proche, et il semble qu'il n'y ait que quelque reste de préoccupation qui l'empêche de l'y précipiter.

Mais je voudrois bien savoir de ce père d'où lui vient cet ascendant qu'il a sur la nature, et cet empire qu'il exerce si absolument sur les éléments qui lui servent avec tant de dépendance, qu'ils changent de propriétés à mesure qu'il change de pensées, et que l'univers accommode ses effets à l'inconstance de ses intentions. Je ne comprends pas quel aveuglement peut être à l'épreuve de cette lumière, et comment l'on peut donner quelque croyance à des choses que l'on fait naître et que l'on détruit avec une pareille facilité.

Mais la plus grande difficulté que je trouve entre ces deux opinions, est que le père Noël assuroit affirmativement la vérité de la première, et qu'il ne propose la seconde que comme une simple pensée. C'est ce que ma première lettre a obtenu de lui, et le principal effet qu'elle a eu sur son esprit : si bien que comme j'avois répondu à sa première opinion que je ne croyois pas qu'elle eût les conditions nécessaires pour l'assurance d'une chose, je dirai sur la deuxième, que puisqu'il ne la donne que comme une pensée, et qu'il n'a ni la raison ni le sens pour témoins de la matière qu'il établit, je le laisse dans son sentiment, comme je laisse dans leur sentiment ceux qui pensent qu'il y a des habitants dans la lune, et que dans les terres polaires et inaccessibles il se trouve des hommes entièrement différents des autres.

Ainsi, monsieur, vous voyez que le père Noël place dans le tuyau une matière subtile répandue par tout l'univers, et qu'il donne à l'air extérieur la force de soutenir la liqueur suspendue. D'où il est aisé de voir que cette pensée n'est en aucune chose différente de celle de M. Descartes, puisqu'il convient dans la cause de la suspension du vif-argent, aussi-bien que dans la matière qui remplit cet espace, comme il se voit par ses propres termes (ci-dessus p. 83), où il dit que cette matière qu'il appelle *air subtil*, est la même que celle que M. Descartes nomme *matière subtile*. C'est pourquoi j'ai cru être moins obligé de lui repartir, puisque je dois rendre cette réponse à celui qui est l'inventeur de cette opinion.

Comme j'écrivois ces dernières lignes, le père Noël m'a fait l'honneur de m'envoyer son livre (*) sur le même sujet, qu'il intitule, *le Plein du vide*; il a donné charge à celui qui a pris la peine de l'apporter, de m'assurer qu'il n'y avoit rien contre moi, et que toutes les paroles qui paroissoient aigres, ne s'adressoient pas à moi, mais au révérend père *Valerianus*

(*) *Voyez* ci-dessus, pag. 91 et suiv.

Magnus, capucin ; et la raison qu'il m'en a donnée, est que ce père soutient affirmativement le vide, au lieu que je fais seulement profession de m'opposer à ceux qui décident sur ce sujet. Mais le père Noël m'en auroit mieux déchargé, s'il avoit rendu ce témoignage aussi public que le soupçon qu'il a donné.

J'ai parcouru ce livre, et j'ai trouvé qu'il y prend une nouvelle pensée, et qu'il place dans notre tuyau une matière approchante de la première ; mais qu'il attribue la suspension du vif-argent à une qualité qu'il lui donne, qu'il appelle *légèreté mouvante*, et non pas au poids de l'air extérieur, comme il faisoit dans sa lettre.

Pour faire succintement un petit examen du livre, le titre promet d'abord la démonstration du plein par des expériences nouvelles, et sa confirmation par les miennes. A l'entrée du livre, il s'érige en défenseur de la nature, et par une allégorie peut-être un peu trop continuée, il fait un procès dans lequel il la fait plaindre de l'opinion du vide, comme d'une calomnie ; et sans qu'elle lui en ait témoigné son ressentiment, ni qu'elle lui ait donné charge de la défendre, il fait fonction de son avocat ; et en cette qualité, il assure de montrer l'imposture et les fausses dépositions des témoins qu'on lui confronte. C'est ainsi qu'il appelle nos expériences : il promet de donner témoins contre témoins, c'est-à-dire, expériences pour expériences, et de démontrer que les nôtres ont été mal reconnues, et encore plus mal avérées. Mais dans le corps du livre, quand il est question d'acquitter ces grandes promesses, il ne parle plus qu'en doutant; et après avoir fait espérer une si haute vengeance, il n'apporte que des conjectures au lieu de convictions : car dans le troisième chapitre, où il veut établir que le vide apparent est un corps, il dit simplement qu'il trouve beaucoup plus raisonnable de dire que c'est un corps. Quand il est question de montrer le mélange des éléments, il n'ajoute que des choses très-foibles à celles qu'il avoit dites dans sa lettre; quand il est question de montrer la plénitude du monde, il n'en donne aucune preuve; et sur ces vaines apparences, il établit son *éther* imperceptible à tous les sens, avec la légèreté imaginaire qu'il lui donne.

Ce qui est étrange, c'est qu'après avoir donné des doutes, pour appuyer son sentiment, il le confirme par des expériences fausses; il les propose néanmoins avec une hardiesse telle qu'elles seroient reçues pour véritables de tous ceux qui n'ont point vu le contraire; car il dit que les yeux le font voir; que tout cela ne peut se nier; qu'on le voit à l'œil, quoique les yeux nous fassent voir le contraire. Ainsi il est évident qu'il n'a vu aucune des expériences dont il parle; et il est étrange qu'il ait parlé avec tant d'assurance de choses qu'il ignoroit, et dont on lui a fait un rapport très-peu fidèle. Car je veux croire qu'il ait été trompé lui-même, et non pas qu'il ait voulu tromper les autres; l'estime que je fais de lui me fait juger plutôt qu'il a été trop crédule, que peu sincère : et certainement il a sujet de se plaindre de ceux qui lui ont dit qu'un soufflet plein de ce vide apparent étant débouché et pressé avec promptitude, pousse au dehors une matière aussi sensible que l'air; qu'un tuyau plein de vif-argent et de ce même vide, étant renversé, le vif-argent tombe aussi lentement dans ce vide que dans l'air, ou que ce vide retarde son mouvement naturel autant que l'air, et enfin beaucoup d'autres choses qu'il rapporte; car je l'assure, au contraire, que l'air y entre, et que le vif-argent tombe dans ce vide avec une extrême impétuosité, etc.

Enfin, pour vous faire voir que le père Noël n'entend pas les expériences de mon imprimé, je vous prie de remarquer ce trait-ci entre autres : J'ai dit dans les premières de mes expériences qu'il a rapportées, « qu'une seringue » de verre avec un piston bien juste, plongée » entièrement dans l'eau, et dont on bouche » l'ouverture avec le doigt, en sorte qu'il touche » au bas du piston, mettant pour cet effet la » main et le bras dans l'eau, on n'a besoin que » d'une force médiocre pour le retirer, et faire » qu'il se désunisse du doigt sans que l'eau y » entre en aucune façon (ce que les philoso- » phes ont cru ne pouvoir se faire avec aucune » force finie); et ainsi le doigt se sent forte-

» ment attiré et avec douleur ; le piston laisse
» un espace vide en apparence, et où il ne pa-
» raît qu'aucun corps ait pu succéder, puisqu'il
» est tout entouré d'eau qui n'a pu y avoir d'ac-
» cès, l'ouverture en étant bouchée ; si on tire
» le piston davantage, l'espace vide en appa-
» rence devient plus grand, mais le doigt n'en
» sent pas plus d'attraction. » Il a cru que ces mots, *n'en sent pas plus d'attraction*, ont le même sens que ceux-ci, *n'en sent plus aucune attraction ;* au lieu que, suivant toutes les règles de la grammaire, ils signifient que le doigt ne sent pas une attraction plus grande. Et comme il ne connoît les expériences que par écrit, il a pensé qu'en effet le doigt ne sentoit plus aucune attraction, ce qui est absolument faux ; car on la ressent toujours également. Mais l'hypothèse de ce père est si accommodante, qu'il a démontré, par une suite nécessaire de ses principes, pourquoi le doigt ne sent plus aucune attraction, quoique cela soit absolument faux. Je crois qu'il pourra rendre aussi facilement la raison du contraire par les mêmes principes. Mais je ne sais quelle estime les personnes judicieuses feront de sa façon de montrer, qu'il prouve avec une pareille force, l'affirmative et la négative d'une même proposition.

Vous voyez par là, monsieur, que le père Noël appuie cette matière invisible sur des expériences fausses, pour en expliquer d'autres qu'il a mal entendues. Aussi étoit-il bien juste qu'il se servît d'une matière que l'on ne sauroit voir et qu'on ne peut comprendre, pour répondre à des expériences qu'il n'a pas vues et qu'il n'a pas comprises. Quand il en sera mieux informé, je ne doute pas qu'il ne change de pensée, et surtout pour sa légèreté mouvante; c'est pourquoi il faut remettre la réponse à ce livre au temps où ce père l'aura corrigé, et qu'il aura reconnu la fausseté des faits et l'imposture des témoins qu'il oppose, et qu'il ne fera plus le procès à l'opinion du vide sur des expériences mal reconnues et encore plus mal avérées.

En écrivant ces mots, je viens de recevoir un feuillet imprimé de ce père, qui renverse la plus grande partie de son livre: il révoque la légèreté mouvante de l'*éther*, en rappelant le poids de l'air extérieur pour soutenir le vif-argent. De sorte que je trouve qu'il est assez difficile de réfuter les pensées de ce père, puisqu'il est le premier plus prompt à les changer, qu'on ne peut être à lui répondre; et je commence à voir que sa façon d'agir est bien différente de la mienne, parce qu'il produit ses opinions à mesure qu'il les conçoit: mais leurs contrariétés propres suffisent pour en montrer l'insolidité, puisque le pouvoir avec lequel il dispose de cette matière, témoigne assez qu'il en est l'auteur, et partant qu'elle ne subsiste que dans son imagination.

Tous ceux qui combattent la vérité sont sujets à une semblable inconstance de pensées, et ceux qui tombent dans cette variété sont suspects de la contredire. Aussi est-il étrange de voir parmi ceux qui soutiennent le plein, le grand nombre d'opinions différentes qui s'entrechoquent : l'un soutient l'*éther*, et exclut toute autre matière ; l'autre, les esprits de la liqueur, au préjudice de l'*éther ;* l'autre, l'air enfermé dans les pores des corps, et bannit toute autre chose ; l'autre, de l'air raréfié et vide de tout autre corps. Enfin il s'en est trouvé qui, n'ayant pas osé y placer l'immensité de Dieu, ont choisi parmi les hommes une personne assez illustre par sa naissance et par son mérite, pour y placer son esprit et le faire remplir toutes choses. Ainsi chacun d'eux a tous les autres pour ennemis ; et comme tous conspirent à la perte d'un seul, il succombe nécessairement. Mais comme ils ne triomphent que les uns des autres, ils sont tous victorieux, sans que pas un puisse se prévaloir de sa victoire, parce que tout cet avantage naît de leur propre confusion. De sorte qu'il n'est pas nécessaire de les combattre pour les ruiner : il suffit de les abandonner à eux-mêmes, parce qu'ils composent un corps divisé, dont les membres contraires les uns aux autres, se déchirent intérieurement ; au lieu que ceux qui favorisent le vide, demeurent dans une unité toujours égale à elle-même, qui, par ce moyen, a tant de rapport avec la vérité, qu'elle doit être suivie jusqu'à ce qu'elle nous paroisse à découvert.

Car ce n'est pas dans cet embarras, dans ce tumulte qu'on doit la chercher ; et l'on ne peut la trouver hors de cette maxime, qui ne permet que de décider des choses évidentes, et qui défend d'assurer ou de nier celles qui ne le sont pas. C'est ce juste milieu et ce parfait tempérament dans lequel vous vous tenez avec tant d'avantage, et où, par un bonheur que je ne puis assez reconnoître, j'ai été toujours élevé avec une méthode singulière et des soins plus que paternels.

Voilà, monsieur, quelles sont les raisons qui m'ont retenu, que je n'ai pas cru devoir vous cacher davantage ; et quoiqu'il semble que je les donne ici plutôt à mon intérêt qu'à votre curiosité, j'espère que ce doute n'ira pas jusqu'à vous, puisque vous savez que j'ai bien moins d'inquiétude pour ces fantasques points d'honneur, que de passion pour vous entretenir, et que je trouve bien moins de charme à défendre mes sentiments, qu'à vous assurer que je suis de tout mon cœur, monsieur, votre, etc., PASCAL.

LETTRE

DE M. PASCAL LE PÈRE,

AU PÈRE NOËL (1648).

Mon révérend père,

Il y a quelques mois que mon fils m'apprit l'honneur que vous lui aviez fait de lui écrire sur ses expériences touchant le vide ; il m'envoya votre lettre et sa réponse : depuis je n'avois plus ouï parler de vos entretiens; mais il y a environ un mois qu'un homme de condition de cette ville de Rouen, me faisant l'honneur de me rendre visite, à son retour d'un voyage de Paris, me dit qu'il y avoit vu votre livre intitulé : *Le Plein du Vide*, dédié à monseigneur le prince de Conti, dans lequel il est fait mention d'une seconde lettre que vous avez écrite à mon fils sur le même sujet.

La curiosité de la voir m'obligea de lui écrire que j'en désirerois avoir part, et de lui demander raison, premièrement, de ce qu'il ne me l'avoit point envoyée, et secondement, de ce qu'il ne s'étoit point donné l'honneur d'y repartir. A cette lettre, il me fit une réponse assez ample, par laquelle il me rend raison de ce que je désirois savoir, et me fait entendre que votre seconde lettre, ou plutôt votre réplique à sa réponse, lui fut rendue par le père Talon, l'un des pères de votre société, lequel, en présence de personnes dignes de foi, lui fit prière, de votre part, de ne point faire de repartie à cette réplique, disant que s'il restoit des difficultés entre vous, on pourroit s'en éclaircir de vive voix, et que vous ne désiriez pas que cette réplique (laquelle n'étoit écrite que pour lui seul) fût communiquée à personne : vu même qu'on ne peut publier le secret des lettres, qui sont des entretiens particuliers, sans le violer en même temps; il ajoute ensuite qu'un de mes intimes amis, depuis trente ans et plus, plein d'honneur, de doctrine et de vertus, lui avoit, quelques jours avant ma lettre, fait les deux mêmes questions; que cela lui avoit donné lieu de faire réponse par écrit à cet ami, par laquelle il ne s'est pas contenté de satisfaire à sa curiosité sur ses deux demandes, mais qu'il y a de plus, par la même pièce, reparti à votre seconde lettre, laquelle il a estimé ne devoir tenir secrète plus long-temps; qu'il n'a fait aucun scrupule de la publier, après avoir vu que vous l'aviez vous-même rendue publique par votre petit livre, dans lequel vous avez pris la peine de copier et faire imprimer très-fidèlement les mêmes mots et les mêmes périodes que vous avez employés en cette seconde lettre, pour vous expliquer de tout ce qui regarde la question du vide; et qu'il n'a fait aussi aucun scrupule d'y repartir, ni de communiquer aussi cette repartie à tous ses amis, après avoir appris que quelques-uns des pères de votre société, faute peut-être d'avoir la connoissance de la prière qui lui avoit été, de votre part, portée par le père Talon, donnoient une très-rude interprétation à son silence; et, pour prévenir la question que je pouvois lui faire, pourquoi ce n'est pas à vous-même qu'il adresse sa repartie, il me fait entendre qu'ayant lu la lettre dédicatoire de votre livret, il y a vu des discours si désobligeants, et, qui plus est, si injurieux, qu'il a cru ne pouvoir y repartir, et vous adresser sa repartie, sinon, ou en repoussant vos injures non attendues par des discours de même catégorie, ou en pratiquant le précepte de l'Évangile, de faire notre plainte et correction fraternelle à ceux-là mêmes qui nous en donnent sujet; et voyant que la première de ces deux manières étoit tout-à-fait contraire à son inclination, et reconnoissant aussi que la seconde pouvoit être accusée de présomption en sa personne, eu égard à la disparité de votre âge et du sien, il a estimé plus à propos d'adresser à cet ami sa repartie toute simple et toute naïve, et sans témoignage d'avoir aucun ressentiment de ce que vous avez écrit; de me supplier, comme il a fait, de prendre la peine de pratiquer moi-même ce précepte de l'Évangile, de vous faire entendre sa juste plainte de l'avoir, sans occasion quelconque, provoqué, et le peu de convenance qu'il y a entre le genre d'écrire dont vous avez usé, et la condition que vous professez, jugeant que vous recevrez cela avec plus d'agrément de ma part que de la sienne; mais surtout il me prie de vous faire comparoir le peu d'estime qu'il pourroit espérer de vous, s'il avoit été si crédule que d'ajouter foi au compliment hors de saison que vous lui avez envoyé faire, par lequel vous avez voulu lui persuader que les paroles insérées dans ce livret, qui paroissent aigres et inutiles, n'étoient pas pour lui, mais bien pour le père Valerianus Magnus, capucin. A la fin de sa lettre, il promet de me faire tenir dans peu votre livret avec les copies de votre réplique ou seconde lettre, et la repartie qu'il y a faite dans la lettre qu'il a écrite à cet ami dont j'ai déjà parlé. En effet, j'ai reçu ces trois pièces. Pour les voir exactement comme j'ai fait, et pour prendre le loisir d'écrire la présente, j'ai été obligé de dérober à mon repos de quelques nuits, le temps que je n'aurois pu dérober à mon travail de jour, sans faire tort à mon devoir.

Par la réponse que je fis à sa lettre, je lui mandai qu'agréant la prière qu'il me fait, je prenois sur moi la charge de vous faire sa plainte sans aigreur, sans injure, sans invective, et en des termes sans doute plus convenables à ma plume qu'à la sienne : joint que je me trouvois obligé de vous écrire, par la curiosité que j'avois de tirer de vous la lumière d'un certain passage de votre seconde lettre qui me paroissoit obscur et fort embarrassé; que j'approuvois qu'il ne vous eût point fait l'adresse de sa repartie, vu les raisons qu'il en avoit; que j'approuvois aussi qu'il eût communiqué à nos amis tous vos entretiens particuliers, et même votredite réplique et sa dernière repartie; que je désirois néanmoins qu'il différât jusqu'au prochain mois de mettre au jour cette repartie; qu'en ce temps j'espérois faire, avec l'aide de Dieu, un petit voyage à Paris, où je demeurerois huit ou dix jours pour affaires domestiques; que, pendant ce temps, je voulois lui proposer quelques difficultés qui m'empêchoient d'acquiescer, comme il semble faire, à l'opinion touchant la suspension du vif-argent dans le tube par la pesanteur de la colonne d'air. C'est une opinion que tout le monde sait avoir été proposée par Toricelli; et je ne sais pourquoi, vous servant de cette pensée, vous ne faites pas mention qu'elle est de Toricelli. Je veux aussi proposer mes difficultés à quelques autres personnes dont la doctrine et le profond raisonnement me sont connus depuis longues années, que je vois de même incliner à cette opinion, et de laquelle je ne suis pas moi-même peu persuadé, bien que je ne le sois pas entièrement. Je ne sais pas quel sera l'événement des difficultés que j'ai à proposer; mais comme ce n'est ni l'opiniâtreté, ni l'ambition de l'empire des connoissances qui règnent dans leur esprit ni dans le mien, je sais avec assurance que la raison l'emportera. Quoi qu'il en arrive, je ne ferai plus d'obstacle après cela à la publication de cette repartie, dont j'ai déjà fait voir le manuscrit, et de toutes vos autres communications, en cette ville de Rouen, à tous ceux qui en ont eu curiosité, comme chose déjà publique dans Paris.

Après cela, mon père, s'il vous reste quelque doute de la raison pourquoi cette dernière repartie à votre réplique n'a point encore vu le grand jour, et comment il est arrivé que, sans avoir l'honneur d'être connu de vous, je me sois donné celui de vous écrire; je vous supplie, en un mot, d'attribuer le premier à l'obéissance du fils, et le second à la condescendance du père.

Mais, avant que de m'acquitter de la charge que j'ai prise, je vous dirai, mon père, que quand mon fils me fait remarquer, par sa lettre, que votre livret est une copie très-fidèle des mêmes dictions que vous avez employées dans la seconde lettre qu'il a reçue de vous, pour expliquer votre pensée sur la question du vide, il ne le fait pas pour vous en faire plainte; et quand je réitère ici cette remarque, ce n'est simplement que par forme d'histoire, et non par forme de plainte. Au contraire, je paroîtrois ingrat au dernier point, si je ne vous rendois très-humblement grâce d'avoir voulu rendre cet honneur à mon fils, de lui présenter une pièce que vous avez sans doute incroyablement estimée, puisque vous avez jugé que vous pouviez, sans incivilité, en présenter une partie, quatre ou cinq mois après, à un prince très-illustre, et par sa naissance, et par son mérite personnel; et certainement s'il y avoit lieu de plainte, ce seroit à son altesse, de laquelle vous êtes obligé de reconnoître la grâce qu'elle vous a faite, d'avoir daigné recevoir de vous une pièce qui n'étoit plus entièrement vôtre, et que vous lui avez rendue peu considérable par l'usage que vous en aviez déjà fait.

Le véritable sujet de la plainte que mon fils fait de votre procédé, ne consiste donc pas en cette fidèle copie; mais il consiste, mon père, en ce que, par le titre de votre livret, par la lettre dédicatoire à son altesse, vous avez usé d'une façon d'écrire tellement injurieuse, qu'il n'y a que vos seuls ennemis capables de l'approuver, pour vous accoutumer peu à peu à l'usage d'un style impropre à toutes choses, sinon à causer des déplaisirs sans nombre. Et certainement, mon père, quoique je ne sois pas assez heureux pour avoir le bien de votre connoissance, je ne puis vous dissimuler que vous l'avez été beaucoup d'avoir entrepris, à si bon marché, de vous commettre en style d'injures comme un jeune homme, qui, se voyant provoqué sans sujet, je dis sans aucun sujet, pouvoit, par l'amertume de l'injure et par la témérité de l'âge, se porter à repousser vos invectives, de soi très-mal établies, en termes capables de vous causer un éternel repentir. Vous me direz peut-être que vous n'eussiez pas demeuré sans repartie. Mais estimez-vous qu'il fût de sa part demeuré dans le silence? et ainsi où eût été le bout de ce beau combat? Vous n'avez donc pas été malheureux d'avoir eu affaire à un jeune homme, lequel, par une modération de nature, qui ne s'accorde pas toujours avec cet âge, au lieu d'en venir à ces extrémités désavantageuses à l'un et à l'autre, mais beaucoup plus à vous, a pris une autre voie pour vous faire entendre sa plainte. C'est par la juste condescendance que j'ai rendue à sa prière que je vous la porte; mais sans injure, sans invective, sans user des termes de *faussetés*, d'*impostures*, d'*expériences mal reconnues* et encore *plus mal avérées*, etc. Toutefois, sur tous les passages de votre ouvrage, où je trouverai qu'il a eu sujet de se plaindre de vous, je prendrai la liberté de le faire sans dissimulation, et de vous donner des avis, qu'en cas pareil (si Dieu avoit permis que je m'y fusse précipité) je serois prêt à recevoir de tout le monde. En tout ce discours, vous ne trouverez rien qui touche la question du vide; je suis, il y a long-temps, très-persuadé de l'opinion que j'en ai; et, comme elle m'est indifférente (sinon en ce qu'il importe à tous les hommes que la vérité soit connue), j'en laisse à vous deux, si vous avez agréable, la contestation, et le jugement aux savants du siècle présent, sauf l'appel à la postérité. Je ne m'expliquerai avec vous que de vos mépris et de vos invectives, que j'ai jugé si peu préjudiciables à celui qui en est l'objet, que je n'ai fait difficulté quelconque de les insérer ici en leur entier, pour puis après les examiner en détail. Voici le titre de votre livre : *le Plein du Vide, ou le corps dont le vide apparent des expériences nouvelles est rempli, trouvé par d'autres expériences, confirmé par les mêmes, et démontré par raisons physiques.*

Commençons, s'il vous plaît, à examiner votre titre : *le Plein du Vide.* Le livret de mon fils, contre lequel vous écrivez, est ainsi intitulé : *Expériences nouvelles touchant le vide, faites dans des tuyaux, seringues, soufflets et siphons de plusieurs longueurs et figures*, etc. A ce titre simple, naïf, ingénu, sans artifice et tout naturel, vous opposez cet autre titre, *le Plein du Vide*, subtil, artificieux, orné, ou plutôt composé d'une figure qu'on appelle *antithèse*, si j'ai bonne mémoire.

En conscience, mon père, comment pouviez-vous mieux débuter pour faire un abrégé de dérision ? On voit bien que ç'a été là tout votre but, sans vous soucier beaucoup des termes de cette antithèse, laquelle peut véritablement passer dans l'École, où il est non-seulement permis, mais aussi nécessaire (tant la nature de l'homme est imparfaite) de commencer par faire mal, pour apprendre peu à peu à faire bien; mais certainement dans le monde, où l'on n'excuse rien, elle ne sauroit passer, puisque par elle-même elle n'a point de sens parfait; et je ne doute pas que vous ne l'ayez reconnu vous-même, et que ce ne soit peut-être pourquoi vous y avez ajouté un commentaire, sans lequel, quoique françoise de nation et d'habillement, elle pouvoit passer par toute la France pour *incognito*, et aussi mystérieuse que les nombres pythagoriciens, qu'un auteur moderne dit être pleins de mystères si cachés, que personne jusqu'ici n'a su en découvrir le secret.

Si j'osois, mon père, prendre la liberté de parler ici de grammaire, et d'établir quelques principes pour l'antithèse, je vous dirois, premièrement, que l'antithèse doit contenir en soi-même un sens accompli, comme quand nous disons que servir Dieu c'est régner; que la prudence humaine n'est que folie; que la mort est le commencement de la vie véritable, et mille autres de cette nature. La raison de ceci est que l'antithèse, pour avoir bonne grâce, doit, par la seule énonciation de ses termes, découvrir non-seulement le sens qu'elle contient, mais aussi sa pointe et sa subtilité. Que si l'antithèse est de telle nature que, combien que son sens soit parfait, il ne soit pourtant pas intelligible universellement à tous, il faut, en ce cas, faire précéder un discours qui en donne l'intelligence à tout le monde, afin qu'au même temps qu'on l'entend prononcer, on en conçoive le sens et la force. C'est avec cette précaution qu'un excellentissime auteur de ce temps en a fait une très-belle, en laquelle il a, comme vous, employé le plein et le vide, en parlant des prêtres. Après avoir fait voir comme ils devoient se vider et dépouiller de toutes les affections de la terre pour être remplis de l'abondance de la grâce, il ajoute ensuite que c'est en ce sens qu'un grand saint a dit : *in apostolis multum erat pleni quia multum erat vacui ;* mais cette précaution ne peut pas servir pour les titres des ouvrages qui ne sont précédés d'aucun discours.

Secondement, je vous dirois qu'il est impossible qu'une antithèse consistant en deux adjectifs contraires, puisse contenir un sens parfait, quand l'un est énoncé par un nominatif et l'autre par le génitif, comme la vôtre, le plein du vide, qui a tout aussi peu de sens, comme celles qui seroient contenues en ces termes, le foible du fort, le petit du grand, le riche du pauvre. La raison pour laquelle ces antithèses n'ont point de sens accompli, est que dans leurs termes il n'y a ni sujet ni attribut.

Vous avez grand intérêt, mon père, d'empêcher, si vous pouvez, que cette antithèse ingénieuse dont vous vous servez pour frapper et rendre ridicule un ouvrage étranger, ne fasse une dangereuse répercussion contre le vôtre.

L'explication de votre antithèse est suivie d'une addition qui contient trois belles promesses, dont vous n'avez accompli une seule. Soyez assuré d'un ample remercîment, quand vous y aurez satisfait ; mais jusqu'à présent de tout votre titre, compris son explication et son addition, l'on ne peut en recueillir autre chose, sinon que lorsque vous l'avez composé, vous étiez en très-belle humeur, sans autre pensée que de rire et de vous jouer. Mais la lecture de votre Épître dédicatoire m'apprend que vous avez intention de mordre en riant, et d'égratigner en vous jouant. En voici la teneur : *La nature est aujourd'hui accusée*, etc. (*).

Dieu vous maintienne longues années, mon révérend père, dans la joie que vous ont donnée ces belles pensées, et vous ôte de l'esprit les nuages qui pourroient la troubler, par une solide réflexion que vous pourrez quelque jour faire sur tous ces beaux discours ! Quel pouvez-vous imaginer être le jugement de tous les savants, sur l'entreprise que vous faites, de vouloir faire passer pour ridicules, et tourner en raillerie des expériences qu'ils ont tous très-sérieusement examinées durant plusieurs mois, et qu'ils considèrent encore tous les jours avec toute la force et toute l'attention de leur esprit ? La nature, dites vous, est aujourd'hui accusée de vide, et vous entreprenez de l'en jus-

(*) *Voyez* ci-dessus, page 91.

tifier, et tout le surplus de cette Épître n'est rien qu'une continuation de cette allégorie pointue, ou plutôt piquante, et pleine de pointes satiriques et de reproches de hardiesse, de fausseté de faits, d'impostures de témoins, de fausses dépositions, d'expériences mal reconnues, et encore plus mal avérées. Ensuite de cette allégorie vous détruisez l'effet de toutes ces expériences par une seule hyperbole, dont nous nous expliquerons, s'il vous plaît, après que nous nous serons entretenus de votre allégorie et de ses pointes.

Je ne crois pas vous avoir encore entièrement expliqué la plainte de mon fils : en un mot, mon père, il se plaint seulement de la mauvaise volonté que vous avez fait paroître contre lui ; mais il ne se plaint aucunement de l'effet. Il ne faut pas de raisonnement, pour faire paroître le dessein et la volonté que vous avez eu de le provoquer ; mais pour faire paroître que l'effet de votre intention n'a été capable d'offenser que vous-même et non pas lui, je suis obligé par nécessité de vous faire remarquer beaucoup de choses, que sans doute vous n'avez pas observées, afin qu'en même temps vous jugiez que votre discours n'est pas si énergique que vous avez pensé, ni assez puissant pour produire l'effet que vous vous étiez imaginé. Enfin il a, dites-vous, accusé la nature de vide : n'est-ce pas une entreprise bien dangereuse, d'avoir osé accuser la nature de vide ? Car si admettre le vide n'étoit pas un crime métaphorique, l'opinion de l'admission du vide ne seroit pas une accusation métaphorique ; et vous n'entreprendriez pas de l'en justifier métaphoriquement, et tout le surplus de votre allégorie, fondée sur cette métaphore de crime, ne subsisteroit pas. Car à quoi pourroit-on rapporter la hardiesse, qu'à votre dire, les accusateurs de la nature ont prise, de lui confronter les sens et l'expérience ? Comment expliqueroit-on la peine que vous vous donnez de la justifier et de faire voir son intégrité, de montrer la fausseté des faits dont elle est chargée, et les impostures des témoins qu'on lui oppose ? Quel sens donneroit-on à ce que vous ajoutez, que si la nature étoit connue d'un chacun comme elle l'est de son altesse, on se seroit bien gardé de lui faire un procès sur de fausses dépositions ? Et à quel propos demanderiez-vous justice à son altesse, de toutes ces calomnies ? Tous ces discours auroient aussi peu de sens que l'antithèse de votre titre, si l'admission du vide n'étoit un crime métaphorique.

En vérité, mon père, quand vous aurez perdu la joie que vous avez conçue, d'avoir trouvé cette allégorie, c'est-à-dire, dans quelque temps, que la production que vous ferez d'autres ouvrages de plus grande conséquence, vous aura fait oublier que vous êtes l'auteur de celui-ci, et que vous serez en état de le considérer comme un ouvrage d'autrui, j'ai grand'peine à croire que vous en faisiez la même estime que vous en faites à présent. Vous ferez alors une réflexion sur les règles de la métaphore ; vous en remarquerez au moins la principale, capable toute seule de vous ôter la bonne opinion que vous avez conçue de celle sur laquelle vous avez fondé cette allégorie, et vous reconnoîtrez qu'il faut que le terme métaphorique soit comme une figure, ou une image du terme subtil, réel et véritable qu'on veut représenter par sa métaphore; ce qui fait que le terme métaphorique ne peut point être adapté au terme subtil, qui est directement contraire au premier : ainsi nous appelons par métaphore, une *langue serpentine*, quand nous parlons d'une langue médisante, parce que le venin de la langue du serpent est comme l'image et le symbole du mal et du dommage que la langue médisante apporte à l'honneur et à la réputation de celui dont elle a médit; ce qui fait que le même terme métaphorique de langue serpentine ne peut être adapté au sujet contraire, c'est-à-dire, à la langue, qui chante les louanges d'autrui : c'est ainsi que l'Église est appelée, par une sainte métaphore, *l'épouse de Jésus-Christ*, et c'est sur cette métaphore que roule tout le Cantique des cantiques; c'est ainsi que la Vierge dit dans le sien, qu'en elle le Seigneur a fait paroître *la puissance de son bras ;* et l'Écriture en est toute remplie, parce que les divins mystères nous étant tellement inconnus, que nous n'en savons pas seulement les véritables noms, nous sommes obligés d'user de termes métaphoriques pour les exprimer ; c'est ainsi que l'Église dit que *le fils est assis à la droite de son père ;* que l'Écriture se sert si souvent du mot de royaume des cieux ; que David dit : *Lavez-moi, Seigneur, et je serai plus blanc que la neige;* mais en toutes ces métaphores, il est très-certain que tous ces termes métaphoriques sont les symboles et les images des choses que nous voulons signifier, et dont nous ignorons les véritables noms. Et pour venir à votre métaphore du crime dont vous dites que la nature est accusée, considérez, je vous prie, celle que Cicéron a faite très à propos d'un autre crime, dont aussi il accuse métaphoriquement la nature : il dit que c'est une marâtre et mille fois pire qu'une marâtre; il insulte contre elle comme contre une mère criminelle qui tourmente sans cesse, et puis qui fait criminellement mourir les plus parfaits de ses enfants. Mais ne voyez-vous pas que le crime et la cruauté d'une mère qui tourmente sans cesse, et fait enfin mourir le plus parfait de ses enfants, est une image qui exprime et représente naïvement, quoique par métaphore, l'action de la nature en sa misère perpétuelle, et en la mort même qu'elle cause à tous les hommes, qui sont les plus accomplis de ses ouvrages? En un mot, mon père, la métaphore n'est autre chose qu'un abrégé de similitude ou comparaison; et la plus universelle règle de la métaphore est qu'elle ne peut être valable, si elle ne peut, par le changement de phrase, être convertie en comparaison. Considérons ensuite votre métaphore, et jugez, s'il vous plaît, vous-même que ce terme métaphorique de crime que vous avez pris pour fondement, n'a aucun rapport à l'admission du vide, n'est point crime, ni réellement, ni métaphoriquement, parce que l'admission du vide n'a aucun rapport avec le crime, et ne peut lui être raisonnablement comparé. De là il s'ensuit deux notables inconvénients, qui font remarquer que votre métaphore a cela de commun avec votre antithèse, qu'elle ne peut passer que dans l'école, et non pas dans le monde. Le premier inconvénient est, que ce même terme métaphorique de crime que vous avez improprement adapté à l'admission du vide, peut être également adapté au sujet directement contraire, c'est-à-dire, à l'admission de la plénitude. Le second est, comme vous avez adapté le terme de crime à l'admission du vide, on peut également adapter le terme de justice ou de vertu directement contraire à celui de crime, au même sujet de l'admission du vide; tellement qu'il seroit aussi-bien qu'à vous permis à quiconque voudroit se jouer comme vous, et tourner en raillerie votre allégorie, de tenir le vide pour une éminente vertu, et, au contraire, tenir la plénitude pour un infâme crime; et sur ces beaux fondements bâtir une autre allégorie toute pareille à la vôtre; il pourroit introduire un chevalier métaphorique qui se présenteroit les armes à la main devant son altesse, pour défendre l'intégrité de la nature contre la plume du père Noël, qui, sous prétexte de la justifier du crime prétendu de vide (qu'il soutiendroit, au contraire, être la plus éminente de ses vertus) l'a injurieusement accusée de celui d'une plénitude si monstrueuse, qu'elle en crève de toutes parts; il feroit (en continuant l'allégorie) que ce cavalier prendroit les armes par le commandement de son altesse, qu'il se métamorphoseroit, comme vous, en avocat métaphoriquement pour justifier la nature; il parleroit hautement de l'imposture des témoins qu'on lui oppose; il diroit que la matière subtile, la matière ignée, la sphère du feu, l'éther, les esprits solaires, et la légèreté mouvante, sont tous faux témoins, de la fausse déposition desquels le père Noël prétend se servir pour faire le procès à cette vertueuse dame, prenant la hardiesse (ce que personne n'avoit encore osé) de lui confronter tous ces imposteurs gens de néant, gens inconnus au ciel et à la terre, et contre lesquels toutefois la pauvre dame ne pourra, dans la confrontation, alléguer d'autres reproches, sinon qu'elle, qui a tout produit et qui connoît toutes choses, ne les connoît point et ne les connut jamais; alors il auroit aussi bonne grâce que vous à demander justice de toutes ces calomnies à son altesse, laquelle, considérant que, ni le vide, ni la plénitude ne sont, ni perfection, ni imperfection, ni vice, ni vertu, ni crime, ni injure à la nature, mettroit sans doute les parties hors de cour et de procès.

Je vous supplie très-humblement, mon père, et tous ceux qui verront ce discours, de s'assurer que je n'ignore pas combien cette façon d'écrire est peu digne de votre condition et de la mienne, et que si j'ai fait ici une très-mauvaise copie de votre allégorie, je ne l'ai faite qu'avec une répugnance extrême, et sans autre dessein qu'afin que vous puissiez, sur mon ouvrage, faire une réflexion que vous n'avez pu faire sur la vôtre.

Aussi certainement je me résoudrois à supprimer dans le reste de ce discours le mot même d'allégorie, si je n'avois à m'expliquer des invectives que vous avez tellement entrelacées dans la vôtre, qu'il est difficile à juger si vous avez inventé les invectives, pour trouver expédient de continuer l'allégorie, ou si vous avez inventé l'allégorie, pour prendre sujet d'y faire glisser ces invectives inventées. Le dernier toutefois me semble plus vraisemblable : la conclusion de l'allégorie me le fait ainsi juger ; car, après avoir doctement étendu en termes de Tournelle (pour faire voir que vous savez un peu de tout), cette criminelle allégorie, vous concluez par la justification de la nature, contre ceux qui veulent lui faire son procès sur de fausses dépositions, et sur des expériences *mal reconnues* et encore *plus mal avérées;* ensuite *vous demandez justice* à son altesse de toutes ces *calomnies*. En bon françois, mon père, tout ce discours ne signifie autre chose, sinon que toutes ces expériences sont fausses et mal entendues. Partant, je vous dirai, mon père, que si son altesse vous fait justice, et qu'il veuille se donner la peine de faire réitérer ces expériences en sa présence, on lui fera voir qu'elles sont très-véritables, et que de plus elles sont très-bien entendues, si ce n'est que vous ayez en ce point entendu parler de vous-même, auquel cas je ne crois pas qu'il se trouve personne en disposition de vous contredire.

Je sais bien que vous ne dites pas dans votre Épître dédicatoire que ce soit des expériences de mon fils dont vous parlez ; et je sais bien aussi (comme je vous ai dit ci-devant) que vous lui en avez envoyé faire civilité, et lui dire que ce n'est pas lui dont vous entendez parler dans les paroles fâcheuses qui y sont insérées, mais bien du père Valerianus Magnus, capucin, qui a écrit en Pologne sur le même sujet. Mais trouviez-vous en lui sujet de croire qu'il fût si peu intelligent, que de ne pas connoître l'artifice de votre civilité à contre-temps ? Et aviez-vous lieu d'espérer qu'il pût en être persuadé, après que la tissure entière de votre livret a fait voir si clairement que c'est lui et non un autre que vous avez voulu provoquer, après que vous avez employé tout ce que vous avez d'industrie pour tâcher à détruire les huit expériences qu'il a faites ; et qu'après votre prétendue destruction de ces huit expériences, vous avez mis fin et terminé votre livre sans plus traiter d'autres matières ? Trouvez-vous que la charité soit plus offensée en la personne de mon fils, qu'en celle du père Valerianus, qui, peut-être, ne vous vit jamais, ni jamais n'ouïra parler de vous ? Et trouvez-vous que l'offense que vous avez commise (car enfin vous avouez d'avoir piqué et provoqué) soit légitiment excusée par l'accusation, que de votre propre mouvement vous faites contre vous-même, d'avoir offensé le père Valerianus ? Non, mon père, ne vous abusez point ; on voit votre intention à découvert : vous avez pensé que ce ne vous seroit pas peu de gloire, de tâcher seulement (sans y parvenir) à détruire des expériences qui avoient été par tant d'honnêtes gens, jugées dignes d'être considérées ; et vous n'avez pas estimé de vous être dignement acquitté de votre tâche, si vous ne traitiez du haut en bas, et, qui plus est, injurieusement, et les expériences, et celui qui les a faites, et tous ceux qui les ont considérées, en les produisant à son altesse comme ridicules, fausses et mal entendues : vous vous êtes imaginé que son altesse jugeroit par la hardiesse de votre procédure et du ton que vous avez pris, que vous étiez l'oracle à qui l'on doit avoir recours en ces matières ; car à moins de cela, vous n'auriez pas eu l'assurance de démentir, par une liberté qui ne vous appartient pas, les yeux et le jugement de tous les curieux et savants de Paris, qui ont vu et passé tant de fois par l'examen de leur raisonnement, des choses que par trop de chaleur et de précipitation, vous avez osé appeler fausses et mal entendues. Mais quoi que vous en ayez dit dans votre épître, le lecteur de votre livre entier ne peut s'assurer et demeure en suspens de votre jugement propre ; il a peine à le découvrir : car, d'un côté, dit-il, si le père Noël jugeoit en soi-même ces expériences aussi ridicules, fausses et mal entendues, comme il a voulu nous le faire croire dans son Épître dédicatoire, pourquoi dans tout son livre a-t-il employé toute son industrie et toute la capacité que Dieu lui a données, à les réfuter toutes les unes après les autres si sérieusement ? et pourquoi n'a-t-il pas essayé à les faire paroître telles, lorsqu'il travailloit de propos délibéré à cette réfutation ? Et, d'autre part, si le père Noël a jugé en soi-même que ces expériences fussent considérables et dignes d'une si sérieuse réfutation, pourquoi dans son Épître a-t-il voulu les faire passer pour ridicules, fausses et mal entendues ? et pourquoi leur a-t-il donné toutes ces fameuses épithètes en un lieu qui n'étoit pas destiné à cette réfutation ? C'est à vous, mon père, d'éclaircir le lecteur sur ce doute ; mais, en attendant, vous me permettrez de vous dire que ces expériences si fausses, si mal entendues et si ridicules que vous ayez voulu les figurer, vous ont désarçonné, c'est-à-dire, sans plus allégoriser, contraint de sortir hors de l'école et de la philosophie que l'on enseigne dans le collége de Clermont ; vous l'avez trouvée dans l'impuissance de pouvoir résoudre les conséquences nécessaires de ces ridicules expériences ; il a fallu avoir recours à des forces étrangères : il faut avouer que vous avez de fidèles amis ; car en très-peu de temps, vous avez tiré secours de bien loin ; on a vu, en très-peu de temps, venir à votre assistance la sphère de feu d'Aristote, la matière subtile de Descartes, la matière ignée, l'éther, les esprits solaires et la légèreté mouvante. Voilà bien des puissances qui viennent à votre assistance, desquelles, si vous en étiez pris à serment, je m'assure que vous n'oseriez affirmer en connoître une seule. Il faut assurément que vous ne soyez pas de ces humains défiants, qui ne prennent confiance en qui que ce soit : vu que vous vous êtes jeté ainsi aveuglément entre les bras d'un secours inconnu. Je ne sais pourquoi vous n'avez pas voulu dire dans votre imprimé, que cette matière subtile soit de l'invention de M. Descartes ; je ne sais si c'est afin que quelqu'un pût s'imaginer que vous en étiez l'auteur, ou si vous avez voulu, par cette dissimulation affectée du nom de M. Descartes, persuader à tous ceux qui liront votre livret, que cette matière subtile n'est pas une chose nouvellement inventée. Quoi qu'il en soit, vous avez, 1°. fort artistement (peut-être pour faire dire que vos pensées sont détachées de celles d'Aristote et de M. Descartes, et de qui que ce soit) fort artistement, dis-je, mélangé la sphère du feu avec la matière subtile et la matière ignée. En second lieu, vous avez encore plus industrieusement mélangé ce mélange avec un autre mélange que vous avez composé de l'éther et des esprits solaires. En troisième lieu, vous avez, à tous ces mélanges, ajouté une certaine qualité merveilleuse que vous appelez *légèreté mouvante* (je ne sais si elle n'est pas de votre invention) à laquelle vous attribuez la puissance de soutenir et suspendre, par sa propre vertu, les corps les plus pesants : tellement que pour vous débrouiller des conséquences de ces expériences puériles, vous avez été contraint de brouiller toutes ces substances inconnues à vous-même par une qualité miraculeuse. Après cela, mon père, je vous conjure de nous dire par quel droit vous avez pris la liberté de publier que ces expériences étoient mal reconnues et encore plus avérées, et de tâcher ainsi à faire passer celui qui les a produites pour tout autre chose qu'il n'est assurément ? Est-ce par le droit de votre âge ou de votre condition, que vous avez pris la liberté d'invectiver ainsi ? Si vous avez cru que ces choses aient été assez puissantes pour vous en donner l'autorité, votre imagination vous a fait malheureusement chopper contre la maxime générale de la société civile, qui veut qu'il n'y ait point d'autorité d'âge, point de condition, point de robe, point de magistrature, point d'érudition, point de vertu qui puisse nous donner la liberté d'invectiver contre qui que ce soit. Quand nous avons été si malheureux que d'avoir été provoqués par invectives, la même loi ne trouve pas qu'il soit contre les bonnes mœurs de repousser les auteurs publiquement, si l'invective est publique ; mais elle ne nous permet jamais de nous servir d'injures réciproques. Certainement quand vous aurez sérieusement examiné ce que c'est que le style d'invective, vous trouverez qu'il n'est ni fort, ni persuadant, ni charitable, ni propre pour acquérir la gloire qu'on se propose pour fin. En effet, quelle gloire un homme d'honneur peut-il prétendre de l'art d'invectiver, qui, de soi-même, n'est rien qu'une pure foiblesse, et tellement naturelle à l'homme, que tant s'en faut qu'il ait besoin d'étude pour y devenir docte, il lui en faut, au contraire, beaucoup pour y devenir ignorant; et toutefois si facile qu'il soit, et quelque application que puisse y faire un honnête homme, le plus haut degré d'honneur où il puisse aspirer, est de parvenir à celui de pouvoir un jour prêter le collet à la plus foible écolière de la moins éloquente harangère de la halle?

Vous voyez, mon père, que j'ai moi-même très-soigneusement pratiqué cette maxime générale de la société, que je me suis contenté, en repoussant vos invectives, de vous faire voir que vous les avez entrelacées dans des figures de rhétorique qui ne sont pas dans les règles de la grammaire, afin que de toutes ces choses vous puissiez recueillir que nous n'avons, grâce à Dieu, aucun sujet de nous plaindre de l'effet du mépris et du traitement injurieux que vous avez, sans aucun sujet, voulu rendre à une personne qui ne pensoit point à vous quand vous avez le premier recherché sa connoissance, et qui avoit de sa part, par toutes les civilités et reconnoissances imaginables, cultivé cet honneur; mais j'ai fait tout cela sans invectiver, et sans vous rendre injure pour injure. Après cela, mon père, j'ose vous supplier très-humblement de vous en abstenir désormais, si vous avez dessein de continuer avec mon fils ou avec moi l'honneur de vos communications; autrement je proteste devant Dieu de supporter et oublier nous-mêmes toutes les injures dont une mauvaise inclination ou un mauvais conseil pourroient vous rendre capable, en vous montrant, à la face de toute la France, l'exemple de la modestie, que vous devriez nous avoir enseigné.

J'attends, mon père, cette grâce de vous; et sur cette espérance, je ne veux plus me ressouvenir de division, ni d'allégorie, ni d'invective, ni de tout ce qui tient ou de ce qui approche de ce malheureux nom d'injure. Laissez, s'il vous plaît, ces façons d'écrire ou de parler à ceux à qui Dieu a donné moins de lumière; ou plutôt, par raisons et corrections fraternelles, s'il y échet, et surtout par notre propre exemple, s'il nous est possible, bannissons-les du monde.

LETTRE DE PASCAL

A M. DE RIBEYRE,

Premier président de la Cour des Aides de Clermont-Ferrand, au sujet de ce qui fut dit dans le Prologue des thèses de philosophie soutenues en sa présence dans le Collége des Jésuites de Montferrand, le 25 juin 1651.

MONSIEUR,

Je prends la liberté de vous écrire sur le sujet des thèses qui furent dernièrement proposées dans le collége de Montferrand, et qui vous ont été dédiées, où il se fit un certain prologue, dont le principal dessein étoit d'imposer à toute l'assistance que je m'étois voulu dire l'auteur d'une expérience très-fameuse qui n'est pas de mon invention. Voici les termes de ce prologue, qui furent recueillis à l'heure même, et qui m'ont été envoyés en substance. « Il y a de certaines personnes aimant la nouveauté, qui » veulent se dire les inventeurs d'une certaine » expérience dont Toricelli est l'auteur, qui a » été faite en Pologne; et nonobstant cela, ces » personnes voulant se l'attribuer, après l'avoir » faite en Normandie, sont venues la publier en » Auvergne. » Vous voyez, monsieur, que c'est moi dont on a parlé, et qu'on m'a particulièrement désigné, en spécifiant les provinces de Normandie et d'Auvergne.

Je ne vous cèle point, monsieur, que je fus merveilleusement surpris d'apprendre que ce père, que je n'ai point l'honneur de connoître, dont j'ignore le nom, que je n'ai aucune mémoire d'avoir jamais vu seulement, avec qui je n'ai rien du tout de commun, ni directement, ni indirectement, neuf ou dix mois après que j'ai quitté la province, quand j'en suis éloigné de cent lieues, et lorsque je ne pense à rien moins, m'ait choisi pour le sujet de son entretien.

Je sais bien que ces sortes de contensions sont si peu importantes, qu'elles ne méritent pas une sérieuse réflexion. Néanmoins, monsieur, si vous prenez la peine de considérer toutes les circonstances de ce procédé, dont je n'exprime pas le détail, vous jugerez sans doute qu'il est capable d'exciter quelque ressentiment; car je présume qu'il est difficile que ceux qui ont été présents à cet acte, aient refusé de croire une chose de fait, prononcée publiquement, composée par un père jésuite qu'on ne peut soupçonner d'aucune animosité contre moi. Toutes ces particularités rendent cette supposition très-croyable; mais comme j'aurois un grand déplaisir que vous, monsieur, que j'honore particulièrement, eussiez de moi cette pensée, je m'adresse à vous plutôt qu'à tout autre pour vous éclaircir de la vérité, pour deux raisons: l'une, pour le respect même que je vous porte;

l'autre, parce que vous avez été protecteur de cet acte en tant qu'il vous a été dédié; et que partant c'est à vous, monsieur, à réprimer le dessein de ceux qui ont entrepris d'y blesser la vérité. Ainsi, monsieur, comme vous avez donné une après-dînée entière à l'entretien que ce père vous a fourni, je vous conjure de vouloir donner au mien l'espace d'un quart-d'heure seulement, et d'avoir pour agréable que cette lettre que je vous écris, soit rendue aussi publique que les thèses que vous avez reçues.

Pour vous éclaircir pleinement de tout ce démêlé, vous remarquerez, s'il vous plaît, monsieur, que ce bon père vous a fait entendre deux choses : l'une, que je m'étois dit l'auteur de l'expérience de Toricelli; l'autre, que je ne l'avois faite en Normandie qu'après qu'elle avoit été faite en Pologne.

Si ce bon père avoit dessein de m'imposer quelque chose, il pouvoit avoir fait un choix plus heureux; car il y a de certaines calomnies dont il est difficile de prouver la fausseté, au lieu qu'il se rencontre ici malheureusement pour lui, que j'ai en main de quoi ruiner si certainement tout ce qu'il a avancé, que vous ne pourrez, sans un extrême étonnement, considérer d'une même vue la hardiesse avec laquelle il a débité ses suppositions, et la certitude que je vous donnerai du contraire. C'est ce que vous verrez sur l'un et sur l'autre de ces deux points, s'il vous plaît d'en prendre la patience.

Le premier point donc est, qu'il m'accuse de m'être fait auteur de l'expérience de Toricelli. Pour vous satisfaire sur ce point, il suffiroit, monsieur, de vous dire en un mot, que toutes les fois que l'occasion s'en est présentée, je n'ai jamais manqué de dire que cette expérience est venue d'Italie, et qu'elle est de l'invention de Toricelli. C'est ainsi que j'en ai usé à Paris et en tous les lieux où je me suis trouvé, et particulièrement en Auvergne, où je l'ai publiée, soit dans les discours particuliers, soit dans nos conférences publiques, comme tous ces messieurs avec qui j'avois l'honneur de converser plus familièrement, peuvent le témoigner. Mais pour vous en éclaircir plus à fond, permettez-moi, s'il vous plaît, monsieur, de vous dire comment la chose s'est passée dès son commencement : c'est une histoire que plusieurs seront peut-être bien aise de savoir.

En l'année 1644, on écrivit d'Italie au révérend père Mersenne, minime à Paris, que l'expérience dont nous parlons, y avoit été faite, sans spécifier en aucune sorte qui en étoit l'auteur : si bien que cela demeura inconnu entre nous. Le père Mersenne essaya de la répéter à Paris, et n'y ayant pas entièrement réussi, il la quitta et n'y pensa plus. Depuis, ayant été à Rome pour d'autres affaires, et s'étant exactement informé du moyen de l'exécuter, il en revint pleinement instruit.

Ces nouvelles nous ayant été, en l'année 1646,

portées à Rouen, où j'étois alors, nous y fîmes cette expérience d'Italie sur les Mémoires du père Mersenne, laquelle ayant très-bien réussi, je la répétai plusieurs fois; et par cette fréquente répétition, m'étant assuré de sa vérité, j'en tirai des conséquences, pour la preuve desquelles je fis de nouvelles expériences très-différentes de celle-là, en présence de plus de cinq cents personnes de toutes sortes de conditions, et entre autres de cinq ou six pères jésuites du collége de Rouen.

Le bruit de mes expériences étant répandu dans Paris, on les confondit avec celle d'Italie: et dans ce mélange les uns me faisant un honneur qui ne m'étoit pas dû, m'attribuoient cette expérience d'Italie; et les autres, par une injustice contraire, m'ôtoient celles que j'avois faites.

Pour rendre aux autres et à moi-même la justice qui nous étoit due, je fis imprimer, en l'année 1647, les expériences qu'un an auparavant j'avois faites en Normandie: et afin qu'on ne les confondît plus avec celle d'Italie, j'annonçai celle d'Italie, non pas dans le cours du discours qui contient les miennes, mais à part dans l'avis que j'adresse au lecteur, et de plus en caractères italiques, au lieu que les miennes sont en romain; et ne m'étant pas contenté de la distinguer par toutes ces marques, j'ai déclaré en mots exprès, dans cet avis au lecteur, que *je ne suis pas inventeur de celle-là; qu'elle a été faite en Italie quatre ans avant les miennes*; que même *elle a été l'occasion qui me les a fait entreprendre.* Voici mes propres termes :

Mon cher lecteur : quelques considérations m'empêchant de donner à présent un Traité entier, où j'ai rapporté quantité d'expériences nouvelles que j'ai faites touchant le vide, et les conséquences que j'en ai tirées ; j'ai voulu faire un récit des principales dans cet Abrégé, où vous verrez par avance le dessein de tout l'ouvrage. L'occasion de ces expériences est telle. Il y a environ quatre ans qu'en Italie on éprouva qu'un tuyau de verre de quatre pieds, dont un bout est ouvert, et l'autre scellé hermétiquement, étant rempli de vif-argent, puis l'ouverture bouchée avec le doigt ou autrement, et le tuyau disposé perpendiculairement à l'horizon, l'ouverture bouchée étant vers le bas, et plongée deux ou trois doigts dans d'autre vif-argent, contenu en un vaisseau moitié plein de vif-argent, et l'autre moitié d'eau ; si on le débouche (l'ouverture demeurant enfoncée dans le vif-argent du vaisseau) le vif-argent du tuyau descend en partie, laissant au haut du tuyau un espace vide en apparence, le bas du même tuyau demeurant plein du même vif-argent jusqu'à une certaine hauteur. Et si on hausse un peu le tuyau jusqu'à ce que son ouverture, qui trempoit auparavant dans le vif-argent du vaisseau, sortant de ce vif-argent, arrive à la région de l'eau ; le vif-argent du tuyau monte jusqu'en haut avec l'eau, et ces deux liqueurs se brouillent dans le tuyau ; mais enfin tout le vif-

argent tombe, et le tuyau se trouve tout plein d'eau.

Voilà, monsieur, la même expérience que ce bon père prétend que je me suis attribuée, et laquelle, au contraire, je déclare avoir été faite en Italie quatre ans avant les miennes. Mais les paroles par lesquelles je conclus cet avis au lecteur, sont encore plus expresses; les voici :

Et comme les honnêtes gens joignent à l'inclination générale qu'ont tous les hommes de se maintenir dans leurs justes possessions, celle de refuser l'honneur qui ne leur est pas dû, vous approuverez sans doute, que je me défende également, et de ceux qui voudroient m'ôter quelques-unes des expériences que je vous donne ici, et que je vous promets dans le Traité entier, puisqu'elles sont de mon invention; et de ceux qui voudroient m'attribuer celle d'Italie, dont je vous ai parlé, puisqu'elle n'en est pas. Car encore que je l'aie faite en plus de façons qu'aucun autre, et avec des tuyaux de douze et même quinze pieds de long, néanmoins je n'en parlerai pas seulement dans cet écrit, parce que je n'en suis pas l'inventeur, n'ayant dessein de donner que celles qui me sont particulières et de mon propre génie.

Voyez, monsieur, s'il est possible d'expliquer plus clairement et plus nettement, que je ne suis pas l'auteur de cette expérience d'Italie. Mais afin que vous ne croyiez pas que cette vérité ait été tenue secrète, je ne dois pas vous taire que j'envoyai des exemplaires de ce petit livre à tous nos amis de Paris, et entre autres aux révérends pères jésuites, qui certainement me font l'honneur de me traiter d'une manière tout autre que celui de Montferrand. Quelques-uns même d'entre eux prirent sujet d'en écrire; et le révérend père Noël, alors recteur du collége de Clermont, en fit un livret qu'il intitula, *le Plein du vide*, où il rapporte mot à mot la plupart de mes expériences.

Je ne me contentai pas d'en envoyer à nos amis de Paris ; j'en fis tenir en toutes les villes de France où j'avois l'honneur de connoître des personnes curieuses de ces matières. J'en envoyai même quinze ou trente en la seule ville de Clermont, où je ne doute pas qu'il ne s'en trouve encore : et c'est ce qui me donne lieu de prier M. le conseiller Périer, mon beau-frère, par une lettre que je lui écris, de prendre la peine d'en chercher un pour vous le donner avec la présente ; s'il n'en trouve point, je lui en ferai passer un d'ici pour vous le présenter.

Enfin le père Mersenne ne se contentant pas d'en voir par toute la France, m'en demanda plusieurs pour les envoyer, comme il fit, en Suède, en Hollande, en Pologne, en Allemagne, en Italie et de tous les côtés. De sorte que je crois que ce bon père de Montferrand est le seul entre les curieux de toute l'Europe qui n'en a point eu de connoissance, je ne sais par quel malheur, si ce n'est qu'il fuie le commerce et la communication des savants, pour des raisons que je ne pénètre pas.

Vous voyez, monsieur, que, bien loin de m'attribuer une gloire qui ne m'est pas due, j'ai fait tous mes efforts pour la refuser, lorsqu'on a voulu me la donner. Je crois même que sans cet aveu public que j'en ai fait, l'expérience dont il s'agit auroit passé pour être de mon invention; car les avis qu'on en avoit reçus d'Italie, avoient beaucoup moins éclaté que mes expériences faites à Rouen en présence de tant de personnes.

Que si vous désirez savoir pourquoi je n'ai pas déclaré dans mon petit livre le nom de l'auteur de cette expérience, je vous dirai, monsieur, que la raison en est, que nous n'en avions pas alors eu connoissance, comme je l'ai déjà dit : si bien que n'en sachant pas le véritable auteur, et voulant faire savoir cependant à tout le monde que je ne l'étois pas, je fis ce qui étoit en moi, en déclarant, comme vous avez vu, que *je n'en suis pas l'inventeur, et qu'elle avoit été faite en Italie quatre ans avant mon écrit.*

Mais comme nous étions tous dans l'impatience de savoir qui en étoit l'inventeur, nous en écrivîmes à Rome au cavalier *del Posso*, lequel nous manda, long-temps après mon imprimé, qu'elle est véritablement du grand Toricelli, professeur du duc de Florence aux mathématiques. Nous fûmes ravis d'apprendre qu'elle venoit d'un génie si illustre, et dont nous avions déjà reçu des productions en géométrie, qui surpassent toutes celles de l'antiquité. Je ne crains pas d'être désavoué de cet éloge par aucun de ceux qui sont capables d'en juger.

Depuis que nous avons eu cette connoissance, nous avons tous publié, et moi comme les autres, que Toricelli en est l'auteur; je suis certain que ce bon père n'a jamais ouï dire de moi le contraire. Et véritablement je ne suis pas assez impudent pour m'être attribué cette expérience, ayant moi-même envoyé de toutes parts un si grand nombre d'exemplaires de mon livret, où je dis le contraire si ponctuellement.

Aussi si ce bon père de Montferrand avoit un peu plus de commerce avec Paris, il sauroit que c'est une chose qui est si connue, qu'il seroit aussi peu possible de s'attribuer l'expérience de Toricelli, que l'invention des lunettes d'approche; et qu'il est si peu à craindre que personne prenne cette fantaisie, qu'il est même ridicule d'en soupçonner qui que ce soit.

J'estime, monsieur, que vous êtes maintenant satisfait sur le premier point, et que vous voyez évidemment que je n'ai eu aucun projet de m'attribuer l'invention de cette expérience. Et quant au second point, je vous y satisferai aussi pleinement.

Ce second point est, que ce bon père prétend que cette expérience a été faite en Pologne avant que je la fisse en Normandie : c'est ce qu'il a avancé hardiment et sans hésiter ; mais le bonhomme est aussi mal instruit sur ce point que sur le précédent.

Pour vous le témoigner, monsieur, je mets en fait qu'il ne sait aucune particularité de l'histoire de ces expériences, et que si vous prenez la peine de lui demander seulement le nom de celui qui a fait cette expérience en Pologne, il ne sauroit y répondre ; et que si vous lui demandez encore en quel temps j'ai fait les miennes, et en quel temps ont été faites celles de Pologne, vous verrez un homme très-honteux et très-embarrassé. Cependant il s'ingère d'avancer hardiment que les miennes sont postérieures.

Pour mieux l'en informer, et lui donner moyen de paroître plus intelligent qu'il n'est dans ce qui se passe parmi les personnes de lettres, il saura, en premier lieu, que celui qui a fait en Pologne les expériences dont il a voulu parler, est un père capucin, nommé *Valérien Magni*, et dans les livres latins faits sur ce sujet, *Valerianus Magnus*.

Il saura, en second lieu, que le père Valérien n'a fait aucune chose que répéter l'expérience de Toricelli, sans rien y ajouter de nouveau.

Il saura, en troisième lieu, qu'il n'a fait en Pologne cette expérience que long-temps après moi; et pour lui dire combien de temps après, il saura que je fis cette expérience en l'année 1646;

que cette même année j'y en ajoutai beaucoup d'autres; qu'en 1647 je fis imprimer le récit de toutes; que mon imprimé fut envoyé en Pologne comme ailleurs en la même année 1647; et qu'un an après mon écrit imprimé, le père Valérien fit en Pologne cette expérience de Toricelli. Si ce bon père jésuite a connoissance de mon écrit et de celui du père capucin (ce que je ne crois pas) qu'il prenne la peine de les confronter, il verra la vérité de ce que je dis.

Il saura, en quatrième lieu, que le bon père Valérien fit imprimer le récit de cette expérience qu'il avoit faite; que cet imprimé nous fut envoyé incontinent après sa production; et que nous fûmes très-surpris d'y voir que ce bon père s'attribuoit cette même expérience de Toricelli.

Et enfin, pour comble de conviction, le bon père jésuite saura, en dernier lieu, que la prétention du père Valérien fut incontinent repoussée par chacun de nous, et particulièrement par M. de Roberval, professeur aux mathématiques, qui se servit de mon imprimé comme d'une preuve indubitable pour le convaincre, comme il fit par une belle lettre latine imprimée qu'il lui adressa, par laquelle il lui fit passer cette démangeaison, en lui mandant qu'il ne réussiroit pas dans sa prétention; que dès l'année 1644, on savoit en France que cette expérience avoit été faite en Italie; qu'en 1646 elle avoit été faite en France par plusieurs personnes et en plusieurs lieux; qu'en la même année j'y j'en avois ajouté plusieurs autres ; qu'en 1647 j'en avois fait imprimer le récit, dans lequel j'avois énoncé cette même expérience comme faite en Italie quatre ans auparavant ; que mes imprimés avoient été vus dès la même année 1647 en toute l'Europe, et même en Pologne ; qu'enfin il étoit indubitable qu'il ne l'avoit faite que sur l'énonciation qu'il en avoit vue dans mon imprimé envoyé en Pologne ; et qu'ainsi si long-temps après mon écrit, il n'étoit pas insupportable de s'en dire l'auteur.

Cette lettre lui ayant été envoyée par l'entremise de M. Desnoyers, secrétaire des commandements de la reine de Pologne, homme très-savant et très-digne de la place qu'il tient auprès de cette grande princesse ; ce bon père n'y fit aucune réponse, et se désista de cette prétention, de sorte qu'on n'en a plus ouï parler depuis.

Ainsi, monsieur, vous remarquerez, s'il vous plaît, combien il est peu véritable que j'aie voulu m'approprier l'expérience de Toricelli, ni que je l'aie faite après le père Valérien (qui sont les deux points que le père jésuite m'impose), puisque c'est de mes expériences et de mon écrit où elles sont énoncées, que M. de Roberval a tiré sa principale conviction contre le père Valérien, quand il a voulu s'attribuer la gloire de cette invention.

Si ce père jésuite de Montferrand connoît M. de Roberval, il n'est pas nécessaire que j'accompagne son nom des éloges qui lui sont dus ; et s'il ne le connoît pas, il doit s'abstenir de parler de ces matières, puisque c'est une preuve indubitable qu'il n'a aucune entrée aux hautes connoissances, ni de la physique, ni de la géométrie.

Après tous ces témoignages, j'espère, monsieur, que vous agréerez la très-humble prière que je vous fais, que par votre moyen et par l'autorité que ce bon père jésuite vous a lui-même donnée sur lui en ce sujet, quand il vous a dédié ses thèses, je puisse apprendre d'où lui viennent ces impressions qu'il a prises de moi; car il est indubitable que c'est l'effet du rapport de quelques personnes qu'il a crues dignes de foi, ou que c'est l'ouvrage de son propre esprit. Si c'est le premier, je vous supplierai, monsieur, d'avoir la bonté, pour ce bon père, de lui remontrer l'importance de la légèreté de sa croyance. Et si c'est le second, je prie Dieu dès à présent de lui pardonner cette offense, et je l'en prie d'aussi bon cœur, que je la lui pardonne moi-même; je supplie tous ceux qui en ont été témoins, et vous-même, monsieur, de la lui pardonner pareillement.

Maintenant, monsieur, sans plus parler de tout ce différend, que je veux oublier, je vous acheverai la suite de cette histoire; et je vous dirai que dès l'année 1647 nous fûmes avertis d'une très-belle pensée qu'eut Toricelli touchant la cause de tous les effets qu'on a jusqu'à présent attribués à l'horreur du vide. Mais comme ce n'étoit qu'une simple conjecture, et dont on n'avoit aucune preuve, pour en reconnoître, ou la vérité, ou la fausseté, je méditai dès lors une expérience que vous savez avoir été faite en 1648 par M. Périer au haut et au bas du Puy-de-Dôme, dont on a aussi envoyé des exemplaires de toutes parts, où elle a été reçue avec joie, comme elle avoit été attendue avec impatience.

Il est véritable, monsieur, et je vous le dis hardiment, que cette expérience est de mon invention ; et partant, je puis dire que la nouvelle connoissance qu'elle nous a découverte, est entièrement de moi.

Les conséquences en sont très-belles et très-utiles. Je ne m'arrêterai pas à les déduire en ce lieu, espérant que vous les verrez bientôt, Dieu aidant, dans un Traité que j'achève, et que j'ai déjà communiqué à plusieurs de nos amis, où l'on connoîtra quelle est la véritable cause de tous les effets que l'on a attribués à l'horreur du vide, et où, par occasion, on verra distinctement qui sont les véritables auteurs de toutes les nouvelles vérités qui ont été découvertes en cette matière. Dans ce détail, on trouvera exactement et séparément ce qui est de l'invention de Galilée, ce qui est de celle du grand Toricelli, et ce qui est de la mienne ; et enfin il paroîtra par quels degrés on est arrivé aux connoissances que nous avons maintenant sur ce sujet, et que cette dernière expérience du Puy-de-Dôme fait le dernier de ses degrés.

Et comme je suis certain que Galilée et Toricelli eussent été ravis d'apprendre de leur temps qu'on eût passé outre la connoissance qu'ils ont eue, je vous proteste, monsieur, que je n'aurai jamais plus de joie que de voir que quelqu'un passe outre celle que j'ai donnée.

Aussitôt que ce Traité sera en état, je ne manquerai pas de vous en faire offrir, pour reconnoître en quelque sorte l'obligation que je vous ai, d'avoir souffert l'importunité que je vous donne, et pour vous servir de témoignage de l'extrême désir que j'ai d'être, toute ma vie, monsieur, votre, etc. *Signé*, Pascal.

De Paris, ce 12 juillet 1651.

RÉPONSE

DE M. DE RIBEYRE

A LA LETTRE PRÉCÉDENTE (1651).

Monsieur,

Je vous avoue que ce ne fut pas sans quelque sorte d'étonnement que j'ouïs le préambule qui fut fait par l'écolier qui m'avoit dédié ses thèses sous la direction d'un père jésuite, qui m'étoit jusque alors inconnu, et qu'il ne fut pas malaisé à ceux qui ont l'honneur de vous connoître, de juger par son discours qu'il entendoit parler de vous, en désignant une personne qui, après avoir fait des expériences touchant le vide en Normandie, les avoit encore faites en Auvergne. Mais expliquant bénignement ce discours, auquel d'ailleurs je ne remarquai rien d'offensant, je voulus l'attribuer à une émulation pardonnable entre les savants, plutôt qu'à aucun dessein qu'il eût d'invectiver contre vous. Il est vrai, monsieur, que j'avois intérêt d'excuser cette faute, soit par l'honneur qui m'étoit fait par la dédicace de ces thèses, soit par celle que j'aurois commise en votre endroit, si j'avois souffert qu'en ma présence on donnât quelque atteinte à la réputation d'une personne que j'ai sujet d'honorer par ses propres mérites, et par l'attachement d'une amitié que j'ai contractée avec le père et le fils depuis plusieurs années. Donc, pour éloigner de moi ce reproche, que vous auriez droit de me faire, si j'avois souffert qu'en cette occasion, où j'avois la plus grande part, puisqu'elle m'étoit dédiée, on vous eût fait la moindre injure, je puis vous assurer, monsieur, que, s'il y a eu quelque témérité à vous manquer dans ce discours, au moins ne passa-t-elle pas fort avant, et que ni le maître ni l'écolier n'apportèrent aucune aigreur dans la suite. Et je pense, pour vous dire le vrai, que ce bon père ne fut porté à étaler cette proposition que par une démangeaison qu'il avoit de produire quelques expériences qu'il nous dit, après que l'assemblée fut levée, avoir imaginées, par lesquelles il prétendoit détruire les vôtres. Mais il fut bien trompé; car, ayant exposé à la vue des assistants un tableau qui contenoit quelques figures de ses expériences, et ayant, tant par le tableau que par l'argument de cette action, fait une espèce de défi sur cette matière, il arriva que personne ne l'attaqua sur ce sujet, et qu'il lui fallut garder ce coup de pistolet qu'il avoit préparé, pour en faire la décharge en quelque autre rencontre. Néanmoins, monsieur, j'assurerois qu'il n'a eu aucun dessein malicieux; et cela m'a paru par son ingénuité, lorsque je le suis allé voir après la réception de la vôtre, où il m'a assuré qu'il n'avoit rien fait dans cette action par un dessein prémédité de vous attaquer; qu'il ne vous avoit point accusé d'aucune affectation que vous eussiez eue de vous approprier la gloire d'une invention qui fût d'un autre; qu'il étoit prêt d'en faire telle déclaration que vous désireriez, et qu'au contraire, lorsqu'il avoit donné des écrits à ses écoliers sur cette matière, il avoit parlé de vous fort honorablement en ces termes, comme il me fit voir sur-le-champ : *quam rem multùm auxit et illustravit cum suis amicis dominus Pascalius Claromontensis, ut patet ex libellis hanc in rem ab eo editis*, etc. Et, pour vous dire le vrai, je ne remarquai pas, dans ce préambule, qu'il vous accusât d'introduire des nouveautés, ni de vouloir vous attribuer la gloire des inventions d'autrui; et m'en étant mieux voulu assurer par les témoignages de ceux qui étoient présents à cette dispute, je les ai priés de rappeler leur mémoire là-dessus : ils m'ont assuré qu'ils n'avoient nullement remarqué qu'il s'y fût rien dit à votre désavantage, sinon que ce père pouvoit bien se passer de faire aucune mention de vous en cette déclamation, qui n'étoit pas une chose assez sérieuse pour vous y dénommer ou désigner. De quoi je puis vous assurer, monsieur, c'est que le discours de cet écolier et l'autorité de son régent n'étoient point capables de donner aucune impression à ceux qui les écoutoient, qui pût faire aucun préjudice à l'estime que fait de vous toute la compagnie qui étoit alors présente; et je crois que les paroles qui y furent dites sont plus dignes de mépris, que d'être relevées avec le soin qu'il vous plaît d'y apporter. C'est pour cela que j'ai fait mes efforts auprès de M. le conseiller Périer pour l'empêcher de mettre sous la presse la lettre que vous m'avez fait l'honneur de m'écrire, afin de ne point donner ouverture à une contestation où ce bon père pourroit toujours tirer cet avantage de votre victoire, *quod cùm victus erit, tecum certasse feretur.* Néanmoins j'ai trouvé M. Périer si exact et si ponctuel à suivre les ordres que monsieur votre père et vous lui donnez, que je n'ai pu obtenir cette grâce de lui, quoique je le priasse seulement de différer jusqu'à votre réponse, après laquelle il eût été en liberté de faire ce qui lui eût plu, en cas que vous persévérassiez dans la même volonté; et s'il n'étoit question que de rendre votre justification aussi publique (ainsi que vous témoignez le souhaiter) que cette déclamation, je puis vous assurer, monsieur, que vous avez obtenu en ce point ce que vous désirez, et que votre lettre est venue à la connoissance de plus de personnes que le père n'en avoit informé par ce discours. Que si d'un côté je puis me dire malheureux de m'être trouvé à une action qui a pu vous déplaire, j'en tire d'ailleurs beaucoup d'avantage par l'honneur de la lettre qu'il vous a plu m'écrire, par la satisfaction qui me revient de la beauté de son expression, et de l'espérance que vous me donnez de me faire part de l'ouvrage que vous méditez de mettre en lumière. Mais vous m'auriez fait tort, monsieur, si vous aviez cru que vous eussiez besoin de justification en mon endroit: votre candeur et votre sincérité me sont trop connues pour croire que vous puissiez jamais être convaincu d'avoir fait quelque chose contre la vertu dont vous faites profession, et qui paroît dans toutes vos actions et dans vos mœurs. Je l'honore et la révère en vous plus que votre science; et comme en l'une et l'autre vous égalez les plus fameux du siècle, ne trouvez pas étrange si, ajoutant à l'estime commune des autres hommes l'obligation d'une amitié contractée depuis longues années avec monsieur votre père, je me dis plus que personne, monsieur, votre, etc. RIBEYRE.

De Clermont, 26 juillet 1651.

RÉPLIQUE DE PASCAL

A M. DE RIBEYRE (1651).

MONSIEUR,

Je me sens tellement honoré de la lettre qu'il vous a plu m'écrire, que, bien loin de conserver quelque reste de déplaisir de l'occasion qui m'a procuré cet honneur, je souhaiterois, au contraire, qu'il s'en offrît souvent de pareilles, pourvu qu'elles fussent suivies d'un succès aussi favorable. Je vous proteste, monsieur, que le seul regret que j'en ai, après celui de la peine que vous en avez reçue, est de voir que l'affaire devienne plus publique que vous n'aviez désiré, et que M. Périer et moi en soyons cause, sans toutefois que ni l'un ni l'autre ayons eu le moindre dessein de manquer au respect et à l'obéissance que nous vous devons. Aussi, monsieur, il ne me sera pas difficile d'excuser envers vous l'un et l'autre; et c'est ce que je vous prie d'agréer que je fasse par cette lettre. Avant toutes choses, je vous supplie très-humblement, monsieur, de tenir pour constant qu'il n'y a personne au monde qui puisse vous honorer plus parfaitement que nous faisons, et qu'il faudroit que nous eussions perdu tout respect pour mon père, si contre l'exemple et l'instruction qu'il nous en a toujours donnés, nous manquions jamais à ce devoir.

Sur ce fondement, je vous conjure, monsieur, de considérer, pour ce qui me regarde, que parmi toutes les personnes qui font profession des lettres, ce n'est pas un moindre crime de s'attribuer une invention étrangère, qu'en la société civile d'usurper les possessions d'autrui; et qu'encore que personne ne soit obligé d'être savant non plus que d'être riche, personne n'est dispensé d'être sincère : de sorte que le reproche de l'ignorance, non plus que celui de l'indigence, n'a rien d'injurieux que pour celui qui le profère; mais celui du larcin est de telle nature, qu'un homme d'honneur ne doit point souffrir de s'en voir accusé, sans s'exposer au péril que son silence tienne lieu de conviction.

Ainsi, étant très-ponctuellement averti comme j'étois, non-seulement des paroles, mais encore des gestes et de toutes les circonstances de ces actes, jugez, monsieur, si je pouvois m'en taire à mon honneur; et puisque ces actes avoient été publics, si je ne devois pas repousser cette injure de la même manière?

Je vous avoue, monsieur, que dans le ressentiment où j'étois alors, je n'eus aucune pensée que vous auriez la bonté de désirer que cette affaire fût assoupie : de sorte que laissant agir mon dépit, et considérant d'ailleurs que ma lettre perdroit sa grâce et sa force en différant de la publier, je priai M. Périer, avec grande instance et grande précision, d'en hâter l'impression ; et je fortifiai même ma prière par celle que je fis à mon père d'y joindre la sienne. Mais je puis vous protester véritablement, monsieur, que si j'eusse prévu ce que votre lettre m'a appris, j'eusse agi d'une autre sorte, et que j'aurois donné avec joie mon intérêt à votre satisfaction.

Voilà, monsieur, la vérité naïve, pour ce qui me regarde. Et pour ce qui concerne M. Périer, si vous aviez vu la lettre qu'il nous a écrite, où il témoigne le déplaisir qu'il a eu en cette occasion, je m'assure que vous plaindriez la violence qu'il a soufferte, quand il s'est vu, d'une part, sollicité par la prière d'une personne qu'il honore et qu'il respecte comme vous ; et de l'autre part, engagé à exécuter les ordres qui lui avoient été donnés par une personne qui lui tient lieu d'un autre père.

Après cela, monsieur, j'espère que vous n'imputerez qu'à la distance des lieux et à la difficulté de la communication, cette petite conjoncture. Il ne me reste qu'à vous conjurer de vouloir m'honorer de la continuation des sentiments avantageux que vous témoignez avoir pour moi ; et quoique je n'aie rien en moi qui les mérite, j'en espère néanmoins la durée, parce que je m'assure bien plus sur votre bonté, à qui je les dois, qu'à aucune qualité qui soit en moi ; car je suis également éloigné de pouvoir les mériter et de pouvoir les reconnoître. Mais j'espère, monsieur, que le même esprit qui vous fait voir des vertus dans mes propres défauts, vous fera remarquer l'extrême désir que j'ai de vous honorer toute ma vie dans ce foible témoignage que je vous en donne, en vous assurant que je suis, monsieur, votre, etc. PASCAL.

De Paris, 8 août 1651.

TRAITÉ

DE

L'ÉQUILIBRE DES LIQUEURS (*)

CHAPITRE PREMIER.

Que les liqueurs pèsent suivant leur hauteur.

Si on attache contre un mur plusieurs vaisseaux, l'un tel que celui de la première figure ; l'autre penché, comme en la seconde ; l'autre fort large, comme en la troisième ; l'autre étroit, comme en la quatrième ; l'autre qui ne soit qu'un petit tuyau qui aboutisse à un vaisseau

(*) Les deux traités *de l'Équilibre des Liqueurs* et *de la Pesanteur de la masse de l'air*, ne parurent pour la première fois qu'en 1663, un an après la mort de l'auteur. Mais il paroît qu'ils avoient été composés en 1653. Pascal avoit promis, dans son petit ouvrage qui contient ses *Nouvelles Expériences touchant le Vide*, un grand traité où il devoit examiner à fond toute cette matière. Mais ce traité a été perdu ; ou plutôt, comme il aimoit fort la brièveté, il l'a réduit lui-même aux petits Traités de l'Équilibre des Liqueurs et de la Pesanteur de la masse de l'air : telle est l'opinion des premiers éditeurs de ces ouvrages.

large par en bas, mais qui n'ait presque point de hauteur, comme en la cinquième figure ; et qu'on les remplisse tous d'eau jusqu'à une même hauteur, et qu'on fasse à tous des ouvertures pareilles par en bas, lesquelles on bouche pour retenir l'eau : l'expérience fait voir qu'il faut une pareille force pour empêcher tous ces tampons de sortir, quoique l'eau soit en une quantité toute différente en tous ces différents vaisseaux ; parce qu'elle est à une pareille hauteur en tous : et la mesure de cette force est le poids de l'eau contenue dans le premier vaisseau, qui est uniforme en tout son corps ; car si cette eau pèse cent livres, il faudra une force de cent livres pour soutenir chacun des tampons, et même celui du vaisseau cinquième, quand l'eau qui y est ne pèseroit pas une once.

Pour l'éprouver exactement, il faut boucher l'ouverture du cinquième vaisseau avec une pièce de bois ronde, enveloppée d'étoupe comme le piston d'une pompe, qui entre et coule dans cette ouverture avec tant de justesse, qu'il n'y tienne pas, et qu'il empêche néanmoins l'eau d'en sortir, et attacher un fil au milieu de ce piston, que l'on passe dans ce petit tuyau, pour l'attacher à un bras de balance, et pendre à l'autre bras un poids de cent livres : on verra un parfait équilibre de ce poids de cent livres avec l'eau du petit tuyau qui pèse une once ; et si peu qu'on diminue de ces cent livres, le poids de l'eau fera baisser le piston, et par conséquent baisser le bras de la balance où il est attaché, et hausser celui où pend le poids d'un peu moins de cent livres.

Si cette eau vient à se glacer, et que la glace ne prenne pas au vaisseau, comme en effet elle ne s'y attache pas d'ordinaire, il ne faudra à l'autre bras de la balance qu'une once pour tenir le poids de la glace en équilibre : mais si on approche contre le vaisseau du feu qui fasse fondre la glace, il faudra un poids de cent livres pour contre-balancer la pesanteur de cette glace fondue en eau, quoique nous ne la supposions que d'une once.

La même chose arriveroit, quand ces ouvertures que l'on bouche seroient à côté, ou même en haut; et il seroit même plus aisé de l'éprouver en cette sorte.

(*Fig.* 6.) Il faut avoir un vaisseau clos de tous côtés, et y faire deux ouvertures en haut, une fort étroite, l'autre plus large, et souder sur l'une et sur l'autre des tuyaux de la grosseur chacun de son ouverture; et on verra que si on met un piston au tuyau large, et qu'on verse de l'eau dans le tuyau menu, il faudra mettre sur le piston un grand poids, pour empêcher que le poids de l'eau du petit tuyau ne le pousse en haut : de la même sorte que dans les premiers exemples, il falloit une force de cent livres pour empêcher que le poids de l'eau ne les poussât en bas, parce que l'ouverture étoit en bas; et si elle étoit à côté, il faudroit une pareille force pour empêcher que le poids de l'eau ne repoussât le piston vers ce côté.

Et quand le tuyau plein d'eau seroit cent fois plus large ou cent fois plus étroit (*), pourvu que l'eau y fût toujours à la même hauteur, il faudroit toujours un même poids pour contre-peser l'eau ; et si peu qu'on diminue le poids, l'eau baissera, et fera monter le poids diminué.

Mais si on versoit de l'eau dans le tuyau à une hauteur double, il faudroit un poids double sur le piston, pour contre-peser l'eau; et de même si on faisoit l'ouverture où est le piston, double de ce qu'elle est, il faudroit doubler la force nécessaire pour soutenir le piston double : d'où l'on voit que la force nécessaire pour empêcher l'eau de couler par une ouverture, est proportionnée à la hauteur de l'eau, et non pas à sa largeur; et que la mesure de cette force est toujours le poids de toute l'eau qui seroit contenue dans une colonne de la hauteur de l'eau, et de la grosseur de l'ouverture.

Ce que j'ai dit de l'eau doit s'entendre de toute autre sorte de liqueur.

(*) Cette proposition ne doit être entendue généralement qu'en supposant que ce tuyau ait une certaine grosseur, ou qu'il ne soit pas *capillaire*, c'est-à-dire, d'un diamètre moindre qu'une ou deux lignes. Selon les premiers éditeurs de ce traité, M. Rho, physicien, dont je ne connois d'ailleurs aucun ouvrage, commença à faire en France les expériences touchant les tuyaux capillaires, vers l'année 1663.

CHAPITRE II.

Pourquoi les Liqueurs pèsent suivant leur hauteur.

On voit par tous ces exemples, qu'un petit filet d'eau tient un grand poids en équilibre : il reste à montrer quelle est la cause de cette multiplication de force; nous allons le faire par l'expérience qui suit.

(*Fig.* 7.) Si un vaisseau plein d'eau, clos de toutes parts, a deux ouvertures, l'une centuple de l'autre : en mettant à chacune un piston, qui lui soit juste, un homme poussant le petit piston, égalera la force de cent hommes, qui pousseront celui qui est cent fois plus large, et en surmontera quatre-vingt-dix-neuf.

Et quelque proportion qu'aient ces ouvertures, si les forces qu'on mettra sur les pistons sont comme les ouvertures, elles seront en équilibre. D'où il paroît qu'un vaisseau plein d'eau est un nouveau principe de mécanique, et une machine nouvelle pour multiplier les forces à tel degré qu'on voudra, puisqu'un homme, par ce moyen, pourra enlever tel fardeau qu'on lui proposera.

Et l'on doit admirer qu'il se rencontre en cette machine nouvelle cet ordre constant qui se trouve en toutes les anciennes ; savoir, le levier, le tour, la vis sans fin , etc. , qui est, que le chemin est augmenté en même proportion que la force. Car il est visible que, comme une de ces ouvertures est centuple de l'autre , si l'homme qui pousse le petit piston , l'enfonçoit d'un pouce , il ne repousseroit l'autre que de la centième partie seulement : car comme cette impulsion se fait à cause de la continuité de l'eau, qui communique de l'un des pistons à l'autre , et qui fait que l'un ne peut se mouvoir sans pousser l'autre, il est visible que quand le petit piston s'est mu d'un pouce , l'eau qu'il a poussée poussant l'autre piston, comme elle trouve son ouverture cent fois plus large, elle n'y occupe que la centième partie de la hauteur. De sorte que le chemin est au chemin , comme la force à la force ; ce que l'on peut prendre même pour la vraie cause de cet effet : étant clair que c'est la même chose de faire faire un pouce de chemin à cent livres d'eau, que de faire faire cent pouces de chemin à une livre d'eau ; et qu'ainsi, lorsqu'une livre d'eau est tellement ajustée avec cent livres d'eau, que les cent livres ne puissent se remuer un pouce, qu'elles ne fassent remuer la livre de cent pouces , il faut qu'elles demeurent en équilibre , une livre ayant autant de force pour faire faire un pouce de chemin à cent livres , que cent livres pour faire faire cent pouces à une livre.

On peut encore ajouter, pour plus grand éclaircissement, que l'eau est également pressée sous ces deux pistons; car si l'un a cent fois plus de poids que l'autre, aussi en revanche il touche cent fois plus de parties; et ainsi chacune l'est également : donc toutes doivent être en repos, parce qu'il n'y a pas plus de raison pourquoi l'une cède que l'autre. De sorte que si un vaisseau plein d'eau n'a qu'une seule ouverture large d'un pouce, par exemple, où l'on mette un piston chargé d'un poids d'une livre, ce poids fait effort contre toutes les parties du vaisseau généralement, à cause de la continuité et de la fluidité de l'eau : mais pour déterminer combien chaque partie souffre, en voici la règle. Chaque partie large d'un pouce, comme l'ouverture, souffre autant que si elle étoit poussée par le poids d'une livre (sans compter le poids de l'eau dont je ne parle pas ici, car je ne parle que du poids du piston), parce que le poids d'une livre presse le piston qui est à l'ouverture, et chaque portion du vaisseau plus ou moins grande, souffre précisément plus ou moins à proportion de sa grandeur, soit que cette portion soit vis-à-vis de l'ouverture ou à côté, loin ou près; car la continuité et la fluidité de l'eau rendent toutes ces choses-là égales et indifférentes : de sorte qu'il faut que la matière dont le vaisseau est fait, ait assez de résistance en toutes ses parties pour soutenir tous ces efforts : si sa résistance est moindre en quelqu'une, elle crève; si elle est plus grande, il en fournit ce qui est nécessaire, et le reste demeure inutile en cette occasion : tellement que si on fait une ouverture nouvelle à ce vaisseau, il faudra, pour arrêter l'eau qui en jailliroit, une force égale à la résistance que cette partie devoit avoir, c'est-à-dire, une force qui soit à celle d'une livre, comme cette dernière ouverture est à la première.

Voici encore une preuve qui ne pourra être entendue que par les seuls géomètres, et peut être passée par les autres.

Je prends pour principe, que jamais un corps ne se meut par son poids, sans que son centre de gravité descende. D'où je prouve que les deux pistons figurés en la figure 7, sont en équilibre en cette sorte ; car leur centre de gravité commun est au point qui divise la ligne, qui joint leurs centres de gravité particuliers, en la proportion réciproque de leurs poids ; qu'ils se meuvent maintenant, s'il est possible : donc leurs chemins seront entre eux comme leurs poids réciproquement, comme nous avons fait voir : or, si on prend leur centre de gravité commun en cette seconde situation, on le trouvera précisément au même endroit que la première fois ; car il se trouvera toujours au point qui divise la ligne, qui joint leurs centres de gravité particuliers, en la proportion réciproque de leurs poids ; donc à cause du parallélisme des lignes de leurs chemins, il se trouvera en l'intersection des deux lignes qui joignent les centres de gravité dans les deux situations : donc le centre de gravité commun sera au même point qu'auparavant : donc les deux pistons considérés comme un seul corps, se sont mus, sans que le centre de gravité commun soit descendu ; ce qui est contre le principe: donc ils ne peuvent se mouvoir : donc ils seront en repos, c'est-à-dire, en équilibre ; ce qu'il falloit démontrer.

J'ai démontré par cette méthode, dans un petit Traité de Mécanique (*), la raison de toutes les multiplications de forces qui se trouvent en tous les autres instruments de mécanique qu'on a jusqu'à présent inventés. Car je fais voir en tous, que les poids inégaux qui se trouvent en équilibre par l'avantage des machines, sont tellement disposés par la construction des machines, que leur centre de gravité commun ne sauroit jamais descendre, quelque situation qu'ils prissent : d'où il s'ensuit qu'ils doivent demeurer en repos, c'est-à-dire, en équilibre.

Prenons donc pour très-véritable, qu'un vaisseau plein d'eau ayant des ouvertures et des forces à ces ouvertures qui leur soient proportionnées, elles sont en équilibre ; et c'est le fondement et la raison de l'équilibre des liqueurs, dont nous allons donner plusieurs exemples.

Cette machine de mécanique pour multiplier les forces étant bien entendue, fait voir la raison pour laquelle les liqueurs pèsent suivant

(*) Il y a apparence que cet ouvrage est perdu.

leur hauteur, et non pas suivant leur largeur, dans tous les effets que nous en avons rapportés.

Car il est visible qu'en la figure 6, l'eau d'un petit tuyau contre-pèse un piston chargé de cent livres, parce que le vaisseau du fond est lui-même un vaisseau plein d'eau, ayant deux ouvertures, à l'une desquelles est le piston large, et à l'autre l'eau du tuyau, qui est proprement un piston pesant de lui-même, qui doit contre-peser l'autre, si leurs poids sont entre eux comme leurs ouvertures.

Aussi en la figure 5, l'eau du tuyau menu est en équilibre avec un poids de cent livres, parce que le vaisseau du fond qui est large et peu haut, est un vaisseau clos de toutes parts, plein d'eau, ayant deux ouvertures, l'une en bas, large, où est le piston; l'autre en haut, menue, où est le petit tuyau, dont l'eau est proprement un piston pesant de lui-même, et contre-pesant l'autre, à cause de la proportion des poids aux ouvertures; car il n'importe pas si ces ouvertures sont vis-à-vis ou non, comme il a été dit.

Où l'on voit que l'eau de ces tuyaux ne fait autre chose que ce que feroient des pistons de cuivre également pesants, puisqu'un piston de cuivre pesant une once, seroit aussi-bien en équilibre avec le poids de cent livres, comme le petit filet d'eau pesant une once: de sorte que la cause de l'équilibre d'un petit poids avec un plus grand, qui paroît en tous ces exemples, n'est pas en ce que ces corps qui pèsent si peu, et qui en contre-pèsent de bien plus pesants, sont d'une matière liquide ; car cela n'est pas commun à tous les exemples, puisque ceux où de petits pistons de cuivre en contre-pèsent de si pesants, montrent la même chose ; mais en ce que la matière qui s'étend dans le fond des vaisseaux depuis une ouverture jusqu'à l'autre, est liquide ; car cela est commun à tous, et c'est la véritable cause de cette multiplication.

Aussi dans l'exemple de la figure 5, si l'eau qui est dans le petit tuyau se glaçoit, et que celle qui est dans le vaisseau large du fond demeurât liquide, il faudroit cent livres pour soutenir le poids de cette glace ; mais si l'eau qui est dans le fond se glace, soit que l'autre se gèle ou demeure liquide, il ne faut qu'une once pour la contre-peser.

D'où il paroît bien clairement que c'est la liquidité du corps qui communique d'une des ouvertures à l'autre, qui cause cette multiplication de forces, parce que le fondement en est, comme nous avons déjà dit, qu'un vaisseau plein d'eau est une machine de mécanique pour multiplier les forces.

Passons aux autres effets dont cette machine nous découvre la raison.

CHAPITRE III.

Exemple et raisons de l'équilibre des liqueurs.

Si un vaisseau plein d'eau a deux ouvertures, à chacune desquelles soit soudé un tuyau; si on verse de l'eau dans l'un et dans l'autre à pareille hauteur, les deux seront en équilibre. (*Fig.* 8.)

Car leurs hauteurs étant pareilles, elles seront en la proportion de leurs grosseurs, c'est-à-dire, de leurs ouvertures : donc les deux eaux de ces tuyaux sont proprement deux pistons pesants à proportion des ouvertures; donc ils seront en équilibre par les démonstrations précédentes.

De là vient que si on verse de l'eau dans l'un de ces tuyaux seulement, elle fera remonter l'eau dans l'autre, jusqu'à ce qu'elle soit arrivée à la même hauteur, et alors elles demeureront en équilibre; car alors ce seront deux pistons pesants en la proportion de leurs ouvertures.

C'est la raison pour laquelle l'eau monte aussi haut que sa source.

Que si l'on met des liqueurs différentes dans les tuyaux, comme de l'eau dans un et du vif-argent dans l'autre, ces deux liqueurs seront en équilibre, quand leurs hauteurs seront réciproquement proportionnelles à leurs pesanteurs;

c'est-à-dire, quand la hauteur de l'eau sera quatorze fois plus grande que la hauteur du vif-argent, parce que le vif-argent pèse de lui-même quatorze fois plus que l'eau ; car ce sera deux pistons, l'un d'eau, l'autre de vif-argent, dont les poids seront proportionnés aux ouvertures.

Et même quand le tuyau plein d'eau seroit cent fois plus menu que celui où seroit le vif-argent, ce petit filet d'eau tiendroit en équilibre toute cette large masse de vif-argent, pourvu qu'il eût quatorze fois plus de hauteur.

Tout ce que nous avons dit jusqu'à cette heure des tuyaux, doit s'entendre de quelque vaisseau que ce soit, régulier ou non ; car le même équilibre s'y rencontre : de sorte que si, au lieu de ces deux tuyaux que nous avons figuré à ces deux ouvertures, on y mettoit deux vaisseaux qui aboutissent aussi à ces deux ouvertures, mais qui fussent larges en quelques endroits, étroits en d'autres, et enfin tous irréguliers dans toute leur étendue, en y versant les liqueurs à la hauteur que nous avons dit, ces liqueurs seroient aussi-bien en équilibre dans ces tuyaux irréguliers, que dans les uniformes, parce que les liqueurs ne pèsent que suivant leur hauteur, et non pas suivant leur largeur.

Et la démonstration en seroit facile, en inscrivant en l'un et en l'autre plusieurs petits tuyaux réguliers ; car on feroit voir, par ce que nous avons démontré, que deux de ces tuyaux inscrits, qui se correspondent dans les deux vaisseaux, sont en équilibre : donc tous ceux d'un vaisseau seroient en équilibre avec tous ceux de l'autre. Ceux qui sont accoutumés aux inscriptions et aux circonscriptions de la géométrie, n'auront nulle peine à entendre cela; et il seroit bien difficile de le démontrer aux autres, au moins géométriquement.

(*Fig.* 9.) Si l'on met dans une rivière un tuyau recourbé par le bout d'en bas, plein de vif-argent, en sorte toutefois que le bout d'en haut soit hors de l'eau, le vif-argent tombera en partie, jusqu'à ce qu'il soit baissé à une certaine hauteur, et puis il ne baissera plus, mais demeurera suspendu en cet état; en sorte que sa hauteur soit la quatorzième partie de la hauteur de l'eau au-dessus du bout recourbé; de sorte que si depuis le haut de l'eau jusqu'au bout recourbé, il y a quatorze pieds, le vif-argent tombera jusqu'à ce qu'il soit arrivé à un pied seulement plus haut que le bout recourbé, à laquelle hauteur il demeurera suspendu; car le poids du vif-argent qui pèse au dedans, sera en équilibre avec le poids de l'eau qui pèse au dehors du tuyau, à cause que ces liqueurs ont leurs hauteurs réciproquement proportionnelles à leurs poids, et que leurs largeurs sont indifférentes dans l'équilibre; et il est aussi indifférent par la même raison, que le bout recourbé soit large ou non, et qu'ainsi peu ou beaucoup d'eau y pèse.

Aussi si on enfonce le tuyau plus avant, le vif-argent remonte, car le poids de l'eau est plus grand; et si on le hausse au contraire, le vif-argent baisse, car son poids surpasse l'autre; et si on penche le tuyau, le vif-argent remonte jusqu'à ce qu'il soit revenu à la hauteur nécessaire, qui avoit été diminuée en le penchant; car un tuyau penché n'a pas tant de hauteur que debout.

(*Fig.* 10.) La même chose arrive en un tuyau simple, c'est-à-dire, qui n'est point recourbé; car ce tuyau ouvert par en haut et par en bas étant plein de vif-argent, et enfoncé dans une rivière, pourvu que le bout d'en haut soit hors de l'eau, si le bout d'en bas est à quatorze pieds avant dans l'eau, le vif-argent tombera, jusqu'à ce qu'il n'en reste plus que la hauteur d'un pied; et là il demeurera suspendu par le poids de l'eau: ce qui est aisé à entendre; car l'eau touchant le vif-argent par-dessous, et non pas par-dessus, fait effort pour le pousser en haut, comme pour chasser un piston, et avec d'autant plus de force, qu'elle a plus de hauteur; tellement que le poids de ce vif-argent ayant autant de force pour tomber, que le poids de l'eau a pour le pousser en haut, tout demeure en contre-poids.

Aussi le vif-argent n'y étant pas, il est visible que l'eau entreroit dans ce tuyau, et y monteroit à quatorze pieds de hauteur, qui est celle de son niveau; donc ce pied de vif-argent pesant autant que ces quatorze pieds d'eau, dont il tient la place, il est naturel qu'il tienne l'eau dans le même équilibre où ces quatorze pieds d'eau le tiendroient.

Mais si on mettoit le tuyau si avant dans l'eau, que le bout d'en haut y entrât, alors l'eau entreroit dans le tuyau, et le vif-argent tomberoit; car l'eau pesant aussi-bien au dedans qu'au dehors du tuyau, le vif-argent seroit sans un contrepoids nécessaire pour être soutenu.

CHAPITRE IV.

De l'équilibre d'une Liqueur avec un corps solide.

Nous allons maintenant donner des exemples de l'équilibre de l'eau avec des corps massifs, comme avec un cylindre de cuivre massif; car on le fera nager dans l'eau en cette sorte.

(*Fig.* 11.) Il faut avoir un tuyau fort long, comme de vingt pieds, qui s'élargisse par le bout d'en-bas, comme ce qu'on appelle un entonnoir : si ce bout d'en-bas est rond, et qu'on y mette un cylindre de cuivre fait au tour avec tant de justesse, qu'il puisse entrer et sortir dans l'ouverture de cet entonnoir, et y couler sans que l'eau puisse du tout couler entre deux, et qu'il serve ainsi de piston, ce qui est aisé à faire; on verra qu'en mettant le cylindre et cet entonnoir ensemble dans une rivière, en sorte toutefois que le bout du tuyau soit hors de l'eau, si l'on tient le tuyau avec la main, et qu'on abandonne le cylindre de cuivre à ce qui devra arriver, ce cylindre massif ne tombera point, mais demeurera suspendu, parce que l'eau le touche par-dessous, et non par-dessus (car elle ne peut entrer dans le tuyau), ainsi l'eau le pousse en haut de la même sorte qu'elle poussoit le vif-argent dans l'exemple précédent, et avec autant de force que le poids de cuivre en a pour tomber en bas; et ainsi ces efforts contraires se contre-balancent. Il est vrai qu'il faut pour cet effet qu'il soit assez avant dans l'eau, pour faire qu'elle ait la hauteur nécessaire pour contre-peser le cuivre; de sorte que si ce cylindre a un pied de haut, il faut que depuis le haut de l'eau jusqu'au bas du cylindre, il y ait neuf pieds, à cause que le cuivre pèse de lui-même neuf fois autant que l'eau : aussi si l'eau n'a pas assez de hauteur, comme si on retire le tuyau plus vers le haut de l'eau, son poids l'emporte, et il tombe; mais si on l'enfonce encore plus avant qu'il ne faut, comme à vingt pieds, tant s'en faut qu'il puisse tomber par son poids, qu'au contraire il faudroit employer une grande force pour le séparer et l'arracher d'avec l'entonnoir; car le poids de l'eau le pousse en haut avec une force de vingt pieds de haut. Mais si on perce le tuyau et que l'eau y entre, et pèse aussi-bien sur le cylindre comme par-dessous, alors le cylindre tombera par son poids, comme le vif-argent dans l'autre exemple, parce qu'il n'a plus le contre-poids qu'il faut pour le soutenir.

(*Fig.* 12.) Si ce tuyau, tel que nous venons de le figurer, est recourbé, et qu'on y mette un cylindre de bois, et le tout dans l'eau, en sorte néanmoins que le bout d'en-haut sorte de l'eau, le bois ne remontera pas, quoique l'eau l'environne; mais, au contraire, il s'enfoncera dans le tuyau, à cause qu'elle le touche par-dessus, et non pas par-dessous; car elle ne peut entrer dans le tuyau, et ainsi elle le pousse en bas par tout son poids, et point du tout en haut; car elle ne le touche pas par-dessous.

(*Fig.* 13.) Que si ce cylindre étoit à fleur d'eau, c'est-à-dire qu'il fût enfoncé seulement, en sorte que l'eau ne fût pas au-dessus de lui, mais aussi qu'il n'eût rien hors de l'eau; alors il ne seroit poussé ni en haut, ni en bas par le poids de l'eau; car elle ne le touche ni par-dessus, ni par-dessous, puisqu'elle ne peut entrer dans le tuyau; et elle le touche seulement par tous ses côtés : ainsi il ne remonteroit pas, car rien ne l'élève, et il tomberoit au contraire, mais par son propre poids seulement.

Que si le bout d'en-bas du tuyau étoit tourné de côté, comme une crosse, et qu'on y mît un cylindre, et le tout dans l'eau, en sorte toujours que le bout d'en-haut sorte de l'eau, le poids de l'eau le poussera de côté au-dedans du tuyau, parce qu'elle ne le touche pas du côté qui lui est opposé, et elle agira de cette sorte avec d'autant plus de force, qu'elle aura plus de hauteur.

CHAPITRE V.

Des corps qui sont tout enfoncés dans l'eau.

Nous voyons par là que l'eau pousse en haut les corps qu'elle touche par-dessous ; qu'elle pousse en bas ceux qu'elle touche par-dessus ; et qu'elle pousse de côté ceux qu'elle touche par le côté opposé : d'où il est aisé de conclure que quand un corps est tout dans l'eau, comme l'eau le touche par-dessus, par-dessous et par tous les côtés, elle fait effort pour le pousser en haut, en bas et vers tous les côtés : mais comme sa hauteur est la mesure de la force qu'elle a dans toutes ces impressions, on verra bien aisément lequel de tous ces efforts doit prévaloir. (*Fig.* 14.)

Car il paroît d'abord que comme elle a une pareille hauteur sur toutes les faces des côtés, elles les poussera également ; et partant ce corps ne recevra aucune impression vers aucun côté, non plus qu'une girouette entre deux vents égaux. Mais comme l'eau a plus de hauteur sur la face d'en-bas que sur celle d'en haut, il est visible qu'elle le poussera plus en haut qu'en bas : comme la différence de ces hauteurs de l'eau est la hauteur du corps même, il est aisé d'entendre que l'eau le pousse plus en haut qu'en bas, avec une force égale au poids d'un volume d'eau pareil à ce corps.

De sorte qu'un corps qui est dans l'eau y est porté de la même sorte, que s'il étoit dans un bassin de balance, dont l'autre fût chargé d'un volume d'eau égal au sien.

D'où il paroît que s'il est de cuivre ou d'une autre matière qui pese plus que l'eau en pareil volume, il tombe; car son poids l'emporte sur celui qui le contre-balance.

S'il est de bois, ou d'une autre matière plus légère que l'eau en pareil volume, il monte avec toute la force dont le poids de l'eau le surpasse.

Et s'il pèse également, il ne descend, ni ne monte, comme la cire qui se tient à peu près dans l'eau au lieu où on la met.

De là vient que le seau d'un puits n'est pas difficile à hausser tant qu'il est dans l'eau, et qu'on ne sent son poids que quand il commence à en sortir, de même qu'un seau plein de cire ne seroit non plus difficile à hausser étant dans l'eau. Ce n'est pas que l'eau aussi-bien que la cire ne pèsent autant dans l'eau que dehors; mais c'est qu'étant dans l'eau, ils ont un contre-poids qu'ils n'ont plus quand ils en sont tirés : de même qu'un bassin de balance chargé de cent livres n'est pas difficile à hausser, si l'autre l'est également.

De là vient que quand du cuivre est dans l'eau, on le sent moins pesant précisément du poids d'un volume d'eau égal au sien : de sorte que s'il pèse neuf livres en l'air, il ne pèse plus que huit livres dans l'eau ; parce que l'eau, en pareil volume qui le contre-balance, pèse une livre ; et dans l'eau de la mer il pèse moins, parce que l'eau de la mer pèse plus, à peu prés d'une quarante-cinquième partie.

Par la même raison, deux corps, l'un de cuivre, l'autre de plomb, étant également pesants, et par conséquent de différents volumes, puisqu'il faut plus de cuivre pour faire la même pesanteur ; on les trouvera en équilibre, en les mettant chacun dans un bassin de balance : mais si on met cette balance dans l'eau, ils ne sont plus en équilibre ; car chacun étant contre-pesé par un volume d'eau égal au sien, le volume de cuivre étant plus grand que celui de plomb, il y a un grand contre-poids ; et partant le poids du plomb est le maître.

Ainsi deux poids de différente matière étant ajustés dans un parfait équilibre, de la dernière justesse où les hommes peuvent arriver ; s'ils sont en équilibre quand l'air est fort sec, ils ne le sont plus quand l'air est humide.

C'est par le même principe, que quand un homme est dans l'eau, tant s'en faut que le poids de l'eau le pousse en bas, qu'au contraire elle le pousse en haut : mais il pèse plus qu'elle ; et c'est pourquoi il ne laisse pas de tomber, mais avec bien moins de violence qu'en l'air, parce qu'il est contre-pesé par un volume d'eau pareil au sien, qui pèse presque autant que lui; et s'il pesoit autant, il nageroit. Aussi en donnant un coup à terre, ou faisant le moindre effort contre l'eau, il s'élève et nage : et dans les bains d'eau bourbeuse, un homme ne sauroit enfoncer, et si on l'enfonce, il remonte de lui-même.

Par la même cause, quand on se baigne dans une cuve, on n'a point de peine à hausser le bras, tant qu'il est dans l'eau; mais quand on le sort de l'eau, on sent qu'il pèse beaucoup, à cause qu'il n'a plus le contre-poids d'un volume d'eau pareil au sien, qu'il avoit étant dans l'eau.

Enfin, les corps qui nagent sur l'eau, pèsent précisément autant que l'eau dont ils occupent la place; car l'eau les touchant par-dessous, et non par-dessus, les pousse seulement en haut.

Et c'est pourquoi une platine de plomb étant mise en figure convexe, elle nage, parce qu'elle occupe une grande place dans l'eau par cette figure; au lieu que si elle étoit massive, elle n'occuperoit jamais dans l'eau que la place d'un volume d'eau égal au volume de sa matière, qui ne suffiroit pas pour la contre-peser.

CHAPITRE VI.

Des corps compressibles qui sont dans l'eau.

On voit par tout ce que j'ai montré, de quelle sorte l'eau agit contre tous les corps qui y sont, en les pressant par tous les côtés : d'où il est aisé à juger, que si un corps compressible y est enfoncé, elle doit le comprimer en-dedans vers le centre ; et c'est aussi ce qu'elle fait, comme on va voir dans les exemples suivants.

(*Fig.* 15.) Si un soufflet qui a le tuyau fort long, comme de vingt pieds, est dans l'eau, en sorte que le bout du fer sorte hors de l'eau, il sera difficile à ouvrir, si on a bouché les petits trous qui sont à l'une des ailes ; au lieu qu'on l'ouvriroit sans peine, s'il étoit en l'air, à cause que l'eau le comprime de tous côtés par son poids : mais si on y emploie toute la force qui y est nécessaire, et qu'on l'ouvre ; si peu qu'on relâche de cette force, il se referme avec violence, (au lieu qu'il se tiendroit tout ouvert, s'il étoit dans l'air) à cause du poids de la masse de l'eau qui le presse. Aussi plus il est avant dans l'eau, plus il est difficile à ouvrir, parce qu'il y a une plus grande hauteur d'eau à supporter.

(*Fig.* 16.) C'est ainsi que si on met un tuyau dans l'ouverture d'un ballon, et qu'on lie le ballon autour du bout du tuyau long de vingt pieds, en versant du vif-argent dans le tuyau jusqu'à ce que le ballon en soit plein, le tout étant mis dans une cuve pleine d'eau, en sorte que le bout du tuyau sorte hors de l'eau, on verra le vif-argent monter du ballon dans le tuyau, jusqu'à une certaine hauteur, à cause que le poids de l'eau pressant le ballon de tous côtés, le vif-argent qu'il contient étant pressé également en tous ses points, hormis en ceux qui sont à l'entrée du tuyau (car l'eau n'y a point d'accès, le tuyau qui sort de l'eau l'empêchant), il est poussé des lieux où il est pressé, vers celui où il ne l'est pas; et ainsi il monte dans le tuyau jusqu'à une hauteur à laquelle il pèse autant que l'eau qui est au dehors du tuyau.

En quoi il arrive la même chose, que si on pressoit le ballon entre les mains; car on feroit sans difficulté remonter sa liqueur dans le tuyau, et il est visible que l'eau qui l'environne le presse de la même sorte.

(*Fig.* 17.) C'est par la même raison, que si un homme met le bout d'un tuyau de verre, long de vingt pieds, sur sa cuisse, et qu'il se mette en cet état dans une cuve pleine d'eau, en sorte que le bout d'en-haut du tuyau soit hors de l'eau, sa chair s'enflera à la partie qui est à l'ouverture du tuyau, et il s'y formera une grosse tumeur avec douleur, comme si sa chair y étoit sucée et attirée par une ventouse; parce que le poids de l'eau comprimant son corps de tous côtés, hormis en la partie qui est la bouche du tuyau qu'elle ne peut toucher, à cause que le tuyau où elle ne peut entrer empêche qu'elle n'y arrive ; la chair est poussée des lieux où il y a de la compression, au lieu où il n'y en a point ; et plus il y de hauteur d'eau, plus cette enflure est grosse : et quand on ôte l'eau, l'enflure cesse ; et de même si on fait entrer l'eau dans le tuyau ; car le poids de l'eau affectant aussi-bien cette partie que les autres, il n'y a pas plus d'enflure en celle-là qu'aux autres.

Cet effet est tout conforme au précédent ; car le vif-argent en l'un, et la chair de cet homme en l'autre, étant pressés en toutes leurs parties excepté en celles qui sont à la bouche des tuyaux, ils sont poussés dans le tuyau autant que la force du poids de l'eau peut le faire.

Si l'on met au fond d'une cuve pleine d'eau un ballon, où l'air ne soit pas fort pressé, on verra qu'il sera comprimé sensiblement ; et à mesure qu'on ôtera l'eau, il s'élargira peu à peu, parce que le poids de la masse de l'eau qui est au-dessus de lui le comprime de tous côtés vers le centre, jusqu'à ce que le ressort de cet air comprimé soit aussi fort que le poids de l'eau qui le presse.

Si l'on met au fond de la même cuve pleine d'eau un ballon plein d'air pressé extrêmement, on n'y remarquera aucune compression : ce n'est pas que l'eau ne le presse ; car le contraire paroît dans l'autre ballon, et dans celui où étoit le vif-argent, dans le soufflet et dans tous les autres exemples; mais c'est qu'elle n'a pas la force de le comprimer sensiblement, parce qu'il l'étoit déjà beaucoup : de la même sorte que quand un ressort est bien roide, comme celui d'une arbalète, il ne peut être plié sensiblement par une force médiocre, qui en comprimeroit un plus foible bien visiblement.

Et qu'on ne s'étonne pas de ce que le poids de l'eau ne comprime pas ce ballon visiblement, et que néanmoins on le comprime d'une façon fort considérable, en appuyant seulement le doigt dessus, quoiqu'on le presse alors avec moins de force que l'eau. La raison de cette différence est, que quand le ballon est dans l'eau, elle le presse de tous côtés; au lieu que quand on le presse avec le doigt, il n'est pressé qu'en une partie seulement : or, quand on le presse avec le doigt en une partie seulement, on l'enfonce beaucoup et sans peine, d'autant que les parties voisines ne sont pas pressées, et qu'ainsi elles reçoivent facilement ce qui est ôté de celle qui l'est; de sorte que comme la matière qu'on chasse du seul endroit pressé, se distribue à tout le reste, chacune en a peu à recevoir; et ainsi il y a un enfoncement en cette partie, qui devient fort visible par la comparaison de toutes les parties qui l'environnent, et qui en sont exemptes.

Mais si on venoit à presser aussi-bien toutes les autres parties comme celle-là, chacune rendant ce qu'elle avoit reçu de la première, elle reviendroit à son premier état, parce qu'elles seroient pressées elles-mêmes aussi-bien qu'elle: et comme il n'y auroit plus qu'une compression générale de toutes les parties vers le centre, on ne verroit plus de compression en aucun endroit particulier; et l'on ne pourroit juger de cette compression générale, que par la comparaison de l'espace qu'il occupe à celui qu'il occupoit; et comme ils seroient très-peu différents, il seroit impossible de le remarquer. D'où l'on voit combien il y a de différence entre presser une partie seulement, ou presser généralement toutes les parties.

Il en est de même d'un corps dont on presse toutes les parties, hors une seulement; car il s'y fait une enflure par le regorgement des autres, comme il a paru en l'exemple d'un homme dans l'eau, avec un tuyau sur sa cuisse. Aussi si l'on presse le même ballon entre les mains, quoiqu'on tâche de toucher chacune de ses parties, il y en aura toujours quelqu'une qui s'échappera entre les doigts; où il se formera une grosse tumeur: mais s'il étoit possible de le presser partout également, on ne le comprimeroit jamais sensiblement, quelque effort qu'on y employât, pourvu que l'air du ballon fût déjà bien pressé de lui-même; et c'est ce qui arrive quand il est dans l'eau; car elle le touche de tous côtés.

CHAPITRE VII.

Des animaux qui sont dans l'eau.

Tout cela nous découvre pourquoi l'eau ne comprime point les animaux qui y sont, quoiqu'elle presse généralement tous les corps qu'elle environne, comme nous l'avons fait voir par tant d'exemples : car ce n'est pas qu'elle ne les presse, mais c'est que, comme nous avons déjà dit, comme elle les touche de tous côtés, elle ne peut causer ni d'enflure, ni d'enfoncement en aucune partie en particulier, mais seulement une condensation générale de toutes les parties vers le centre, qui ne sauroit être visible, si elle n'est grande, et qui ne peut être qu'extrêmement légère, à cause que la chair est bien compacte.

Car si elle ne le touchoit qu'en une partie seulement, ou si elle le touchoit en toutes, excepté en une, pourvu que ce fût en une hauteur considérable, l'effet en seroit remarquable, comme nous l'avons fait voir; mais le pressant en toutes, rien ne paroît.

Il est aisé de passer de là à la raison pour laquelle les animaux qui sont dans l'eau n'en sentent pas le poids.

Car la douleur que nous sentons, quand quelque chose nous presse, est grande, si la compression est grande; parce que la partie pressée est épuisée de sang, et que les chairs, les nerfs et les autres parties qui la composent, sont poussées hors de leur place naturelle, et cette violence ne peut arriver sans douleur. Mais si la compression est petite comme quand on effleure si doucement la peau avec le doigt, qu'on ne prive pas la partie qu'on touche de sang, qu'on n'en détourne, ni la chair, ni les nerfs, et qu'on n'y apporte aucun changement; il n'y doit aussi avoir aucune douleur sensible; et si on nous touche en cette sorte en toutes les parties du corps, nous ne devons sentir aucune douleur d'une compression si légère.

Et c'est ce qui arrive aux animaux qui sont dans l'eau; car le poids les comprime à la vérité, mais si peu, que cela n'est aucunement perceptible, par la raison que nous avons fait voir: si bien qu'aucune partie n'étant pressée, ni épuisée de sang, aucun nerf, ni veine, ni chair n'étant détournés (car tout étant également pressé, il n'y a pas plus de raison pourquoi ils fussent poussés vers une partie que vers l'autre), et tout enfin demeurant sans changement, tout doit demeurer sans douleur et sans sentiment.

Et qu'on ne s'étonne pas de ce que ces animaux ne sentent point le poids de l'eau; et que néanmoins ils sentiroient bien, si on appuyoit seulement le doigt dessus, quoiqu'on les pressât alors avec moins de force que l'eau; car la raison de cette différence est, que quand ils sont dans l'eau, ils sont pressés de tous les côtés généralement; au lieu que quand on les presse avec le doigt, ils ne le sont qu'en une seule partie. Or, nous avons montré que cette différence est la cause pour laquelle on les comprime bien visiblement par le bout du doigt qui les touche; et qu'ils ne le sont pas visiblement par le poids de l'eau, quand même il seroit augmenté du centuple : et comme le sentiment est toujours proportionné à la compression, cette même différence est la cause pour laquelle ils sentent bien le doigt qui les presse, et non pas le poids de l'eau.

Et ainsi la vraie cause qui fait que les animaux dans l'eau n'en sentent pas le poids, est qu'ils sont pressés également de toutes parts.

Aussi si l'on met un ver dans de la pâte, quoiqu'on le pressât entre les mains, on ne pourroit jamais l'écraser, ni seulement le blesser, ni le comprimer; parce qu'on le presseroit en toutes ses parties : l'expérience qui suit va le prouver. Il faut avoir un tuyau de verre, bouché par en bas, à demi plein d'eau, où on jette trois choses; savoir : un petit ballon à demi-plein d'air, et un autre tout plein d'air, et une mouche (car elle vit dans l'eau tiède aussi-bien que dans l'air); et mettre un piston dans ce tuyau qui aille jusqu'à l'eau. Il arrivera que si on presse ce piston avec telle force qu'on voudra, comme en mettant des poids dessus en grande quantité, cette eau pressée pressera tout ce qu'elle enferme : aussi le ballon mol sera bien visiblement comprimé ; mais le ballon dur ne sera non plus comprimé que s'il n'y avoit rien qui le pressât, ni la mouche non plus, et elle ne sentira aucune douleur sous ce grand poids ; car on la verra se promener avec liberté et vivacité le long du verre, et même s'envoler dès qu'elle sera hors de cette prison.

Il ne faut pas avoir beaucoup de lumière pour tirer de cette expérience tout ce que nous avons déjà assez démontré.

On voit que ce poids presse tous ces corps autant qu'il peut.

On voit qu'il comprime le ballon mol ; par conséquent il presse aussi celui qui est à côté ; car la même raison est pour l'un que pour l'autre ; mais on voit qu'il n'y paroît aucune compression.

D'où vient donc cette différence? et d'où pourroit-elle arriver, sinon de la seule chose en quoi ils diffèrent? qui est que l'un est plein d'un air pressé, et qu'on y a poussé par force, au lieu que l'autre est seulement à demi plein, et qu'ainsi l'air mol qui est dans l'un est capable d'une grande compression, dont l'autre est incapable, parce qu'il est bien compact, et que l'eau qui le presse l'environnant de tous côtés, ne peut y faire d'impression sensible, parce qu'il fait arcade de tous côtés.

On voit aussi que cet animal n'est point comprimé ; et pourquoi ? sinon par la même raison pour laquelle le ballon plein d'air ne l'est pas ; et enfin on voit qu'il ne sent aucune douleur par la même cause.

Que si on mettoit au fond de ce tuyau de la pâte au lieu d'eau et le ballon et cette mouche dans cette pâte, en mettant le piston dessus et le pressant, la même chose arriveroit.

Donc puisque cette condition d'être pressé de tous côtés, fait que la compression ne peut être sensible ni douloureuse, ne faut-il pas demeurer d'accord que cette seule raison rend le poids de l'eau insensible aux animaux qui y sont ?

Qu'on ne dise donc plus que c'est parce que l'eau ne pèse pas sur elle-même, car elle pèse partout également ; ou qu'elle pèse d'une autre manière que les corps solides, car tous les poids sont de même nature ; et voici un poids solide qu'une mouche supporte sans le sentir.

Et si on veut encore quelque chose de plus touchant, qu'on ôte le piston, et qu'on verse de l'eau dans le tuyau, jusqu'à ce que l'eau qu'on aura mise au lieu du piston, pèse autant que le piston même : il est sans doute que la mouche ne sentira non plus le poids de cette eau que celui du piston. D'où vient donc cette insensibilité sous un si grand poids dans ces deux exemples ? Est-ce que le poids est d'eau ? Non, car quand le poids est solide, elle arrive de même. Disons donc que c'est seulement parce que cet animal est environné d'eau ; car cela seul est commun aux deux exemples, aussi c'en est la véritable raison.

Aussi s'il arrivoit que toute l'eau qui est au-dessus de cet animal vînt à se glacer, pourvu qu'il en restât tant soit peu au-dessous de lui de liquide, et qu'ainsi il en fût tout environné, il ne sentiroit non plus le poids de cette glace, qu'il faisoit auparavant le poids de l'eau.

Et si toute l'eau de la rivière se glaçoit à la réserve de celle qui seroit à un pied près du fond, les poissons qui y nageroient ne sentiroient non plus le poids de cette glace, que celui de l'eau où elle se résoudroit ensuite.

Et ainsi les animaux dans l'eau n'en sentent pas le poids ; non pas parce que ce n'est que de l'eau qui pèse dessus, mais parce que c'est de l'eau qui les environne.

TRAITÉ

DE LA PESANTEUR

DE LA MASSE DE L'AIR.

CHAPITRE PREMIER.

Que la masse de l'air a de la pesanteur; qu'elle presse par son poids tous les corps qu'elle enferme.

On ne conteste plus aujourd'hui que l'air est pesant; on sait qu'un ballon pèse plus enflé que désenflé : cela suffit pour le conclure; car s'il étoit léger, plus on en mettroit dans le ballon, plus le tout auroit de légèreté; car le tout en auroit davantage qu'une partie seulement : or, puisqu'au contraire plus on y en met, plus le tout est pesant, il s'ensuit que chaque partie est elle-même pesante, et partant que l'air est pesant.

Ceux qui en désireront de plus longues preuves n'ont qu'à les chercher dans les auteurs qui en ont traité exprès.

Si on objecte que l'air est léger quand il est pur, mais que celui qui nous environne n'est pas l'air pur, parce qu'il est mêlé de vapeurs et de corps grossiers, et que ce n'est qu'à cause de ces corps étrangers qu'il est pesant, je réponds, en un mot, que je ne connois point cet air pur, et qu'il seroit peut-être difficile de le trouver; mais je ne parle, dans tout ce discours, que de l'air tel qu'il est dans l'état où nous le respirons, sans penser s'il est composé ou non; et c'est ce corps-là, ou simple, ou composé, que j'appelle l'air, et duquel je dis qu'il est pesant; ce qui ne peut être contredit; et c'est tout ce qui m'est nécessaire dans la suite.

Ce principe posé, je ne m'arrêterai qu'à en tirer quelques conséquences.

1. Puisque chaque partie de l'air est pesante, il s'ensuit que la masse entière de l'air, c'est-à-dire, la sphère entière de l'air est pesante; et comme la sphère de l'air n'est pas infinie en son étendue, qu'elle a des bornes, aussi la pesanteur de la masse de tout l'air n'est pas infinie.

2. Comme la masse de l'eau de la mer presse par son poids la partie de la terre qui lui sert de fond, et que si elle environnoit toute la terre, au lieu qu'elle n'en couvre qu'une partie, elle presseroit par son poids toute la surface de la terre : ainsi la masse de l'air couvrant toute la face de la terre, ce poids la presse en toutes les parties.

3. Comme le fond d'un seau où il y a de l'eau est plus pressé par le poids de l'eau, quand il est tout plein que quand il ne l'est qu'à demi,

et qu'il l'est d'autant plus qu'il y a plus de hauteur d'eau : aussi les lieux élevés, comme les sommets des montagnes, ne sont pas si pressés par le poids de la masse de l'air, que les lieux profonds, comme les vallons; parce qu'il y a plus d'air au-dessus des vallons, qu'au-dessus des sommets des montagnes; car tout l'air qui est le long de la montagne pèse sur le vallon, et non pas sur le sommet; parce qu'il est au-dessus de l'un et au-dessous de l'autre.

4. Comme les corps qui sont dans l'eau sont pressés de toutes parts par le poids de l'eau qui est au-dessus, comme nous l'avons montré au Traité de l'Équilibre des liqueurs; ainsi les corps qui sont dans l'air sont pressés de tous côtés par le poids de la masse de l'air qui est au-dessus.

5. Comme les animaux qui sont dans l'eau n'en sentent pas le poids; ainsi nous ne sentons pas le poids de l'air, par la même raison : et comme on ne pourroit pas conclure que l'eau n'a point de poids, de ce qu'on ne le sent pas quand on y est enfoncé; ainsi on ne peut pas conclure que l'air n'a pas de pesanteur, de ce que nous ne la sentons pas. Nous avons fait voir la raison de cet effet dans l'Équilibre des liqueurs.

6. Comme il arriveroit en un grand amas de laine, si on en avoit assemblé de la hauteur de vingt ou trente toises, que cette masse se compri-meroit elle-même par son propre poids, et que celle qui seroit au fond seroit bien plus com-

primée que celle qui seroit au milieu, ou près du haut, parce qu'elle seroit pressée d'une plus grande quantité de laine; ainsi la masse de l'air qui est un corps compressible et pesant, aussi-bien que la laine, se comprime elle-même par son propre poids; et l'air qui est au bas, c'est-à-dire dans les lieux profonds, est bien plus comprimé que celui qui est plus haut, comme aux sommets des montagnes, parce qu'il est chargé d'une plus grande quantité d'air.

7. Comme il arriveroit en cette masse de laine, que si on prenoit une poignée de celle qui est dans le fond, dans l'état pressé où on la trouve, et qu'on la portât, en la tenant toujours pressée de la même sorte, au milieu de cette masse, elle s'élargiroit d'elle-même, étant plus proche du haut, parce qu'elle auroit une moindre quantité de laine à supporter en ce lieu-là; ainsi si l'on portoit de l'air, tel qu'il est ici-bas, et comprimé comme il y est, sur le sommet d'une montagne, par quelque artifice que ce soit, il devroit s'élargir lui-même, et devenir au même état que celui qui l'environneroit sur cette montagne, parce qu'il seroit chargé de moins d'air en cet endroit-là qu'il n'étoit au bas : et, par conséquent, si on prenoit un ballon à demi plein d'air seulement, et non pas tout enflé, comme ils le sont d'ordinaire, et qu'on le portât sur une montagne, il devroit arriver qu'il seroit plus enflé au haut de la montagne, et qu'il devroit s'élargir à propor-

tion de ce qu'il seroit moins chargé; et la différence devroit en être visible, si la quantité d'air qui est le long de la montagne, et de laquelle il est déchargé, a un poids assez considérable pour causer un effet et une différence sensible.

Il y a une liaison si nécessaire de ces conséquences avec leur principe, que l'un ne peut être vrai, sans que les autres le soient également : et comme il est assuré que l'air qui s'étend depuis la terre jusqu'au haut de la sphère a de la pesanteur, tout ce que nous en avons conclu est également véritable.

Mais quelque certitude qu'on trouve en ces conclusions, il me semble qu'il n'y a personne qui, même en les recevant, ne souhaitât de voir cette dernière conséquence confirmée par l'expérience, parce qu'elle enferme, et toutes les autres, et son principe même ; car il est certain que si on voyoit un ballon tel que nous l'avons figuré, s'enfler à mesure qu'on l'élève, il n'y auroit aucun lieu de douter que cette enflure ne vînt de ce que l'air du ballon étoit plus pressé en bas qu'en haut, puisqu'il n'y a aucune autre chose qui pût causer qu'il s'enflât, vu même qu'il fait plus froid sur les montagnes que dans les vallons ; et cette compression de l'air du ballon ne pourroit avoir d'autre cause, que le poids de la masse de l'air ; car on l'a pris tel qu'il étoit au bas, et sans le comprimer, puisque même le ballon étoit flasque et à demi plein seulement; et partant cela prouveroit absolument que l'air est pesant ; que la masse de l'air est pesante ; qu'elle presse par son poids tous les corps qu'elle enferme ; qu'elle presse plus les lieux bas que les lieux hauts ; qu'elle se comprime elle-même par son poids ; que l'air est plus comprimé en bas qu'en haut. Et comme dans la physique les expériences ont bien plus de force pour persuader que les raisonnements, je ne doute pas qu'on ne désirât de voir les uns confirmés par les autres.

Mais si l'on en faisoit l'expérience, j'aurois cet avantage, qu'au cas qu'il n'arrivât aucune différence à l'enflure du ballon sur les plus hautes montagnes, cela ne détruiroit pas ce que j'ai conclu ; parce que je pourrois dire qu'elles n'ont pas encore assez de hauteur pour causer une différence sensible : au lieu que s'il arrivoit un changement extrêmement considérable, comme de la huitième ou neuvième partie, certainement elle seroit toute convaincante pour moi ; et il ne pourroit plus rester aucun doute de la vérité de tout ce que j'ai établi.

Mais c'est trop différer ; il faut dire en un mot, que l'épreuve en a été faite, et qu'elle a réussi en cette sorte.

Expérience faite en deux lieux élevés, l'un au-dessus de l'autre, d'environ 500 toises.

Si l'on prend un ballon à demi plein d'air, flasque et mol, et qu'on le porte au bout d'un fil sur une montagne haute de 500 toises, il arrivera qu'à mesure qu'on montera, il s'enflera de lui-même, et quand il sera en haut, il sera tout plein et gonflé comme si on y avoit soufflé de l'air de nouveau ; et en descendant, il s'aplatira peu à peu par les mêmes degrés ; de sorte qu'étant arrivé au bas, il sera revenu à son premier état.

Cette expérience prouve tout ce que j'ai dit de la masse de l'air, avec une force toute convaincante : aussi étoit-il nécessaire de bien l'établir, parce que c'est le fondement de tout ce discours.

Il ne reste qu'à faire remarquer que la masse de l'air est plus pesanté en un temps qu'en un autre ; savoir, quand il est plus chargé de vapeurs, ou plus comprimé par le froid.

Remarquons donc, 1°. que la masse de l'air est pesante ; 2°. qu'elle a un poids limité ; 3°. qu'elle est plus pesante en un temps qu'en un autre ; 4°. qu'elle est plus pesante en de certains lieux qu'en d'autres, comme dans les vallons ; 5°. qu'elle presse par son poids tous les corps qu'elle enferme, et d'autant plus qu'elle a plus de pesanteur.

CHAPITRE II.

Que la pesanteur de la masse de l'air produit tous les effets qu'on a jusqu'ici attribués à l'horreur du vide.

Ce chapitre est divisé en deux sections : dans la première est un récit des principaux effets qu'on a attribués à l'horreur du vide ; et dans la seconde, on montre qu'ils viennent de la pesanteur de l'air.

SECTION PREMIÈRE.

Récit des effets qu'on attribue à l'horreur du vide.

Il y a plusieurs effets qu'on prétend que la nature produit par une horreur qu'elle a pour le vide ; en voici les principaux.

I. Un soufflet, dont toutes les ouvertures sont bien bouchées, est difficile à ouvrir ; si on essaie de le faire, on y sent de la résistance, comme si ses ailes étoient collées. Et le piston d'une seringue bouchée résiste quand on essaie de le tirer, comme s'il tenoit au fond. (*Fig.* 1.)

On prétend que cette résistance vient de l'horreur que la nature a pour le vide qui arriveroit dans ce soufflet, s'il pouvoit être élargi :

ce qui se confirme, parce qu'elle cesse dès qu'il est débouché, et que l'air peut s'y insinuer pour le remplir quand on l'ouvrira.

II. Deux corps polis étant appliqués l'un contre l'autre, sont difficiles à séparer et semblent adhérer. (*Fig.* 2.)

Ainsi un chapeau étant mis sur une table, est difficile à lever tout à coup.

Ainsi un morceau de cuir mis sur un pavé, et levé promptement, l'arrache et l'enlève.

On prétend que cette adhérence vient de l'horreur que la nature a du vide, qui arriveroit pendant le temps qu'il faudroit à l'air pour arriver des extrémités jusqu'au milieu.

III. Quand une seringue trempe dans l'eau, en tirant le piston, l'eau suit et monte comme si elle lui adhéroit. (*Fig.* 3.)

Ainsi l'eau monte dans une pompe aspirante, qui n'est proprement qu'une longue seringue, et suit son piston, quand on l'élève, comme si elle lui adhéroit.

On prétend que cette élévation de l'eau vient de l'horreur que la nature a du vide, qui arriveroit à la place que le piston quitte, si l'eau n'y montoit pas, parce que l'air ne peut y entrer : ce qui se confirme, parce que si l'on fait des fentes par où l'air puisse entrer, l'eau ne s'élève plus.

De même, si on met le bout d'un soufflet dans l'eau, en l'ouvrant promptement l'eau y monte pour le remplir, parce que l'air ne peut y succéder, et principalement si on bouche les trous qui sont à une des ailes.

Ainsi, quand on met la bouche dans l'eau, et qu'on suce, on attire l'eau par la même raison; car le poumon est comme un soufflet dont la bouche est comme l'ouverture.

Ainsi, en respirant, on attire l'air comme un soufflet en s'ouvrant attire l'air pour remplir sa capacité.

Ainsi, quand on met des étoupes allumées dans un plat plein d'eau, et un verre par-dessus, à mesure que le feu des étoupes s'éteint, l'eau monte dans le verre, parce que l'air qui est dans le verre, et qui étoit raréfié par le feu, venant à se condenser par le froid, attire l'eau et la fait monter avec soi, en se resserrant pour remplir la place qu'il quitte; comme le piston d'une seringue attire l'eau avec soi quand on le tire.

Ainsi, les ventouses attirent la chair, et forment une ampoule; parce que l'air de la ventouse qui étoit raréfié par le feu de la bougie, venant à se condenser par le froid quand le feu est éteint, il attire la chair avec soi pour remplir la place qu'il quitte, comme il attiroit l'eau dans l'exemple précédent.

IV. Si l'on met une bouteille pleine d'eau, et renversée le goulot en bas, dans un vaisseau plein d'eau, l'eau de la bouteille demeure suspendue sans tomber. (*Fig.* 4.)

On prétend que cette suspension vient de

l'horreur que la nature a pour le vide, qui arriveroit à la place que l'eau quitteroit en tombant, parce que l'air ne pourroit y succéder : et on le confirme, parce que si on fait une fente par où l'air puisse s'insinuer, toute l'eau tombe incontinent.

(*Fig.* 5.) On peut faire la même épreuve avec un tuyau long, par exemple, de dix pieds, bouché par le bout d'en haut, et ouvert par le bout d'en bas; car s'il est plein d'eau, et que le bout d'en bas trempe dans un vaisseau plein d'eau, elle demeurera toute suspendue dans le tuyau, au lieu qu'elle tomberoit incontinent si on avoit débouché le haut du tuyau.

(*Fig.* 6.) On peut faire la même chose avec un tuyau pareil, bouché par en haut, et recourbé par le bout d'en bas, sans le mettre dans un vaisseau plein d'eau, comme on avoit mis l'autre : car s'il est plein d'eau, elle y demeurera aussi suspendue ; au lieu que si on débouchoit le haut, elle jailliroit incontinent avec violence par le bout recourbé en forme de jet d'eau.

(*Fig.* 7.) Enfin, on peut faire la même chose avec un simple tuyau, sans qu'il soit recourbé, pourvu qu'il soit fort étroit par en bas : car s'il est bouché par en haut, l'eau y demeurera suspendue ; au lieu qu'elle en tomberoit avec violence, si on débouchoit le bout d'en haut.

C'est ainsi qu'un tonneau plein de vin n'en lâche pas une goutte, quoique le robinet soit ouvert, si on ne débouche le haut pour donner vent.

V. Si l'on remplit d'eau un tuyau fait en forme de croissant renversé, ce qu'on appelle d'ordinaire un *siphon*, dont chaque jambe trempe dans un vaisseau plein d'eau, il arrivera que si peu qu'un des vaisseaux soit plus haut que l'autre, toute l'eau du vaisseau le plus élevé montera dans la jambe qui y trempe jusqu'au haut du siphon, et se rendra par l'autre dans le vaisseau le plus bas où elle trempe; de sorte que si on substitue toujours de l'eau dans le vaisseau le plus élevé, ce flux sera continuel. (*Fig.* 8.)

On prétend que cette élévation de l'eau vient de l'horreur que la nature a du vide qui arriveroit dans le siphon, si l'eau de ces deux branches tomboit de chacune dans son vaisseau, comme elle y tombe en effet quand on fait une ouverture au haut du siphon par où l'air peut s'y insinuer.

Il y a plusieurs autres effets pareils que j'omets à cause qu'ils sont tous semblables à ceux dont j'ai parlé, et qu'en tous il ne paroît autre chose, sinon que tous les corps contigus résistent à l'effort qu'on fait pour les séparer quand l'air ne peut succéder entre deux; soit que cet effort vienne de leur propre poids, comme dans les exemples où l'eau monte, et demeure suspendue malgré son poids; soit qu'il vienne des forces qu'on emploie pour les désunir, comme dans les premiers exemples.

Voilà quels sont les effets qu'on attribue vulgairement à l'horreur du vide : nous allons faire voir qu'ils viennent de la pesanteur de l'air.

SECTION SECONDE.

Que la pesanteur de la masse de l'air produit tous les effets qu'on attribue à l'horreur du vide.

Si l'on a bien compris dans le Traité de l'Équilibre des liqueurs, de quelle manière elles font impression par leurs poids contre tous les corps qui y sont, on n'aura point de peine à comprendre comme le poids de la masse de l'air, agissant sur tous les corps, y produit tous les effets qu'on avoit attribués à l'horreur du vide; car ils sont tout-à-fait semblables, comme nous allons le montrer sur chacun.

I. *Que la pesanteur de la masse de l'air cause la difficulté d'ouvrir un soufflet bouché.*

Pour faire entendre comme la pesanteur de la masse de l'air cause la difficulté qu'on sent à ouvrir un soufflet, lorsque l'air ne peut y entrer, je ferai voir une pareille résistance causée par le poids de l'eau. Il ne faut pour cela que se remettre en mémoire ce que j'ai dit dans l'Équilibre des liqueurs (*fig.* 14), qu'un soufflet dont le tuyau est long de vingt pieds ou plus, étant mis dans une cuve pleine d'eau, en sorte que le bout du tuyau sorte hors de l'eau, il est difficile à ouvrir, et d'autant plus qu'il y a plus de hauteur d'eau ; ce qui vient manifestement de la pesanteur de l'eau qui est au-dessus ; car quand il n'y a point d'eau, il est très-aisé à ouvrir ; et à mesure qu'on y en verse, cette résistance augmente, et est toujours égale au poids de l'eau qu'il porte, parce que comme cette eau ne peut y entrer à cause que le tuyau est hors de l'eau, on ne sauroit l'ouvrir sans soulever et sans soutenir toute la masse de l'eau ; car celle qu'on écarte en l'ouvrant, ne pouvant pas entrer dans le soufflet, est forcée de se placer ailleurs, et ainsi de faire hausser l'eau, ce qui ne peut se faire sans peine ; au lieu que s'il étoit crevé, et que l'eau pût y entrer, on l'ouvriroit et on le fermeroit sans résistance, à cause que l'eau y entreroit par ces ouvertures à mesure qu'on l'ouvriroit, et qu'ainsi en l'ouvrant on ne feroit point soulever l'eau.

Je ne crois pas que personne soit tenté de dire que cette résistance vienne de l'horreur du vide, et il est absolument certain qu'elle vient du seul poids de l'eau.

Or ce que nous disons de l'eau, doit s'entendre de toute autre liqueur ; car si on le met dans une cuve pleine de vin, on sentira une pareille résistance à l'ouvrir, et de même dans du lait, dans de l'huile, dans du vif-argent, et enfin dans quelque liqueur que ce soit. C'est donc une règle générale, et un effet nécessaire du poids des liqueurs, que si un soufflet est mis dans quelque liqueur que ce soit, en sorte qu'elle n'ait aucun accès dans le corps du soufflet, le poids de la liqueur qui est au-dessus fait qu'on ne peut l'ouvrir sans sentir de la résistance, parce qu'on ne sauroit l'ouvrir sans la supporter; et par conséquent, en appliquant cette règle générale à l'air en particulier, il sera véritable que quand un soufflet est bouché, en sorte que l'air n'y a point d'accès, le poids de la masse de l'air qui est au-dessus fait qu'on ne peut l'ouvrir sans sentir de la résistance, parce qu'on ne sauroit l'ouvrir sans faire hausser toute la masse de l'air: mais dès qu'on y fait une ouverture, on l'ouvre et on le ferme sans résistance, parce que l'air peut y entrer et sortir, et qu'ainsi en l'ouvrant on ne hausse plus la masse de l'air; ce qui est tout conforme à l'exemple du soufflet dans l'eau. (*Fig.* 9.)

D'où l'on voit que la difficulté d'ouvrir un soufflet bouché, n'est qu'un cas particulier de la règle générale de la difficulté d'ouvrir un soufflet dans quelque liqueur que ce soit, où elle n'a point d'accès.

Ce que nous avons dit de cet effet, nous allons le dire de chacun des autres, mais plus succinctement.

II. *Que la pesanteur de la masse de l'air est la cause de la difficulté qu'on sent à séparer deux corps polis appliqués l'un contre l'autre.*

Pour faire entendre comment la pesanteur de la masse de l'air cause la résistance que l'on sent, quand on veut arracher deux corps polis qui sont appliqués l'un contre l'autre, je donnerai un exemple d'une résistance toute pareille causée par le poids de l'eau, qui ne laissera aucun lieu de douter que l'air ne cause cet effet.

Il faut encore ici se remettre en mémoire ce qui a été rapporté dans l'Équilibre des liqueurs (*Fig.* 11).

Que si l'on met un cylindre de cuivre fait au tour à l'ouverture d'un entonnoir fait aussi au tour, en sorte qu'ils soient si parfaitement ajustés, que ce cylindre entre et coule facilement dans cet entonnoir, sans que néanmoins l'eau puisse couler entre deux; et qu'on mette cette machine dans une cuve pleine d'eau, en sorte toutefois que la queue de l'entonnoir sorte hors de l'eau, en la faisant longue de vingt pieds, s'il est nécessaire; si ce cylindre est à quinze pieds avant dans l'eau, et que tenant l'entonnoir avec la main, on lâche le cylindre, et qu'on l'abandonne à ce qui doit en arriver, on verra que non-seulement il ne tombera pas, quoiqu'il n'y ait rien qui semble le soutenir; mais encore qu'il sera difficile à arracher d'avec l'entonnoir, quoiqu'il n'y adhère en aucune sorte; au lieu qu'il tomberoit par son poids avec violence, s'il n'étoi qu'à quatre pieds avant dans l'eau. J'en ai auss fait voir la raison, qui est que l'eau le touchan par-dessous, et non pas par-dessus (car elle n touche pas la face d'en-haut, parce que l'entonnoir empêche qu'elle ne puisse y arriver), elle le pousse par le côté qu'elle touche ver celui qu'elle ne touche pas, et ainsi elle le pousse en haut, et le presse contre l'entonnoir.

(*Fig.* 10.) La même chose doit s'entendre de toute autre liqueur; et par conséquent si deu corps sont polis et appliqués l'un contre l'autre en tenant celui d'en-haut avec la main, et en abandonnant celui qui est appliqué, il doit arriver que celui d'en-bas demeure suspendu, parce que l'air le touche par-dessous, et non pas par-dessus; car il n'a point d'accès entre deux: et partant il ne peut point arriver à la face par où ils se touchent; d'où il s'ensuit pa un effet nécessaire du poids de toutes les liqueur en général, que le poids de l'air doit pousser c corps en haut, et le presser contre l'autre; e sorte que si on essaie de les séparer, on y sent une extrême résistance : ce qui est tout conforme à l'effet du poids de l'eau.

D'où l'on voit que la difficulté de séparer deu corps polis, n'est qu'un cas particulier de la règle générale de l'impulsion de toutes les liqueurs en général contre un corps qu'elles touchent par une de ses faces, et non pas par cell qui lui est opposée.

III. *Que la pesanteur de la masse de l'air est la cause de l'élévation de l'eau dans les seringues et dans les pompes.*

Pour faire entendre comment la pesanteur de la masse de l'air fait monter l'eau dans les pompes à mesure qu'on tire le piston, je ferai voir un effet entièrement pareil du poids de l'eau, qui en fera parfaitement comprendre la raison en cette sorte.

(*Fig.* 11.) Si l'on met à une seringue un piston bien long, par exemple, de dix pieds, et creux tout du long, ayant une soupape au bout d'en bas disposée d'une telle sorte qu'elle puisse donner passage du haut en bas, et non de bas en haut; et qu'ainsi cette seringue soit incapable d'attirer l'eau, ni aucune liqueur par-dessus le niveau de la liqueur, parce que l'air peut y entrer en toute liberté par le creux du piston : en mettant l'ouverture de cette seringue dans un vaisseau plein de vif-argent, et le tout dans une cuve pleine d'eau, en sorte toutefois que le haut du piston sorte hors de l'eau, il arrivera que si on tire le piston, le vif-argent montera et le suivra, comme s'il lui adhéroit; au lieu qu'il ne monteroit en aucune sorte, s'il n'y avoit point d'eau dans cette cuve, parce que l'air a un accès tout libre par le manche du piston creux, pour entrer dans le corps de la seringue.

Ce n'est donc pas de peur du vide; car quand

le vif-argent ne monteroit pas à la place que le piston quitte, il n'y auroit point de vide, puisque l'air peut y entrer en toute liberté : mais c'est seulement parce que le poids de la masse de l'eau pesant sur le vif-argent du vaisseau, et le pressant en toutes ses parties, hormis en celles qui sont à l'ouverture de la seringue (car l'eau ne peut y arriver, à cause qu'elle en est empêchée par le corps de la seringue et par le piston) : ce vif-argent pressé en toutes ses parties, hormis en une, est poussé par le poids de l'eau vers celle-là, aussitôt que le piston en se levant lui laisse une place libre pour y entrer, et contre-pèse dans la seringue le poids de l'eau qui pèse au dehors.

Mais si l'on fait des fentes à la seringue par où l'eau puisse y entrer, le vif-argent ne montera plus, parce que l'eau y entre, et touche aussi-bien les parties du vif-argent qui sont à la bouche de la seringue, que les autres; et ainsi tout étant également pressé, rien ne monte. Tout cela a été clairement démontré dans l'Équilibre des liqueurs.

On voit en cet éxemple comment le poids de l'eau fait monter le vif-argent; et on pourroit faire un effet pareil avec le poids du sable, en ôtant toute l'eau de cette cuve : si au lieu de cette eau on y verse du sable, il arrivera que le poids du sable fera monter le vif-argent dans la seringue, parce qu'il le presse de même que l'eau faisoit, en toutes ses parties, hormis celle qui est à la bouche de la seringue; et ainsi il le pousse et le force d'y monter.

Et si on met les mains sur le sable, et qu'on le presse, on fera monter le vif-argent davantage au dedans de la seringue, et toujours jusqu'à une hauteur à laquelle il puisse contrepeser l'effort du dehors.

L'explication de ces effets fait entendre bien facilement pourquoi le poids de l'air fait monter l'eau dans les seringues ordinaires, à mesure qu'on hausse le piston : car l'air touchant l'eau du vaisseau en toutes ses parties, excepté en celles qui sont à l'ouverture de la seringue où il n'a point d'accès, parce que la seringue et le piston l'en empêchent, il est visible que ce poids de l'air la pressant en toutes ses parties, hormis en celle-là seulement, il doit l'y pousser et l'y faire monter, à mesure que le piston en s'élevant lui laisse la place libre pour y entrer, et contrepeser au dedans de la seringue le poids de l'air qui pèse au dehors, par la même raison, et avec la même nécessité que le vif-argent montoit, pressé par le poids de l'eau et par le poids du sable, dans l'exemple que nous venons de donner.

Il est donc visible que l'élévation de l'eau dans les seringues, n'est qu'un cas particulier de cette règle générale, qu'une liqueur étant pressée en toutes ses parties, excepté en quelqu'une seulement, par le poids de quelque autre liqueur; ce poids la pousse vers l'endroit où elle n'est point pressée.

IV. *Que la pesanteur de la masse de l'air cause la suspension de l'eau dans les tuyaux bouchés par en haut.*

Pour faire entendre comment la pesanteur de l'air tient l'eau suspendue dans les tuyaux bouchés par en haut, nous ferons voir un exemple entièrement pareil d'une suspension semblable causée par le poids de l'eau, qui en découvrira parfaitement la raison. (*Fig.* 12.)

Et, premièrement, on peut dire d'abord que cet effet est entièrement compris dans le précédent ; car comme nous avons montré que le poids de l'air fait monter l'eau dans les seringues, et qu'il l'y tient suspendue, ainsi le même poids de l'air tient l'eau suspendue dans un tuyau.

Afin que cet effet ne manque pas plus que les autres, d'un autre tout pareil à qui on le compare ; nous dirons qu'il ne faut pour cela que se remettre ce que nous avons dit dans l'Équilibre des liqueurs (*fig.* 9), qu'un tuyau long de dix pieds ou plus, et recourbé par en bas, plein de mercure, étant mis dans une cuve plein d'eau, en sorte que le bout d'en haut sorte de l'eau, le mercure demeure suspendu en partie au dedans du tuyau ; savoir, à la hauteur où il peut contre-peser l'eau qui pèse au dehors ; et que même une pareille suspension arrive dans un tuyau qui n'est point recourbé, et qui est simplement ouvert en haut et en bas, en sorte que le bout d'en haut soit hors de l'eau.

Or, il est visible que cette suspension ne vient pas de l'horreur du vide, mais seulement de ce que l'eau pesant hors le tuyau, et non pas dedans, et touchant le mercure d'un côté, et non pas de l'autre, elle le tient suspendu par son poids à une certaine hauteur : aussi si l'on perce le tuyau, en sorte que l'eau puisse y entrer, incontinent tout le mercure tombe, parce que l'eau touche partout, et agissant aussi-bien dedans que dehors le tuyau, il n'a plus de contrepoids. Tout cela a été dit dans l'Équilibre des liqueurs.

(*Fig.* 13.) Ce qui étant un effet nécessaire de l'équilibre des liqueurs, il n'est pas étrange que quand un tuyau est plein d'eau, bouché par en haut, et recourbé par en bas, l'eau y demeure suspendue ; car l'air pesant sur la partie de l'eau qui est à la recourbure, et non pas sur celle qui est dans le tuyau, puisque le bouchon l'en empêche, c'est une nécessité absolue qu'il tienne l'eau du tuyau suspendue au dedans, pour contre-peser son poids qui est au dehors, de la même sorte que le poids de l'eau tenoit le mercure en équilibre dans l'exemple que nous venons de donner.

(*Fig.* 14.) Et de même quand le tuyau n'est pas recourbé ; car l'air touchant l'eau par-dessous, et non pas par-dessus, puisque le bouchon l'empêche d'y toucher, c'est une nécessité inévitable que le poids de l'air soutienne l'eau : de la même sorte que l'eau soutient le mercure dans l'exemple que nous venons de donner, et que l'eau pousse en haut et soutient un cylindre de cuivre qu'elle touche par-dessous, et non pas par-dessus : mais si on débouche le haut, l'eau tombe ; car l'air touche l'eau dessous et dessus, et pèse dedans et dehors le tuyau.

D'où l'on voit que cet effet, que le poids de l'air soutient suspendues les liqueurs qu'il touche d'un côté et non pas de l'autre, est un cas de la règle générale, que les liqueurs contenues dans quelque tuyau que ce soit, immergé dans une autre liqueur, qui les presse par un côté, et non pas par l'autre, y sont tenues suspendues par l'équilibre des liqueurs.

V. *Que la pesanteur de la masse de l'air fait monter l'eau dans les siphons.*

Pour faire entendre comment la pesanteur de l'air fait monter l'eau dans les siphons, nous allons faire voir que la pesanteur de l'eau fait monter le vif-argent dans un siphon tout ouvert par en haut, et où l'air a un libre accès ; d'où l'on verra comment le poids de l'air produit cet effet ; c'est ce que nous ferons en cette sorte.

(*Fig.* 15.) Si un siphon a une de ses jambes environ haute d'un pied, l'autre d'un pied et un pouce, et qu'on fasse une ouverture au haut du siphon, où l'on insère un tuyau long de vingt pieds, et bien soudé à cette ouverture; et qu'ayant rempli le siphon de vif-argent, on mette chacune de ces jambes dans un vaisseau aussi plein de vif-argent, et le tout dans une cuve pleine d'eau, à quinze ou seize pieds avant dans l'eau, et qu'ainsi le bout du tuyau sorte hors de l'eau, il arrivera que si un des vaisseaux est tant soit peu plus haut que l'autre, par exemple, d'un pouce, tout le vif-argent du vaisseau le plus élevé montera dans le siphon jusqu'au haut, et se rendra par l'autre jambe dans le vaisseau le plus bas, par un flux continuel; et si on substitue toujours du vif-argent dans le vaisseau le plus haut, le flux sera perpétuel; mais si on fait une ouverture au siphon par où l'eau puisse entrer, incontinent le vif-argent tombera de chaque jambe dans chaque vaisseau, et l'eau lui succédera.

Cette élévation du vif-argent ne vient pas de l'horreur du vide, car l'air a un accès tout libre dans le siphon : aussi si on ôtoit l'eau de la cuve, le vif-argent de chaque jambe tomberoit chacun dans son vaisseau, et l'air lui succéderoit par le tuyau qui est tout ouvert.

Il est donc visible que le poids de l'eau cause cette élévation, parce qu'elle pèse sur le vif-argent qui est dans les vaisseaux, et non pas sur celui qui est dans le siphon; et par cette raison elle le force par son poids de monter et de couler comme il fait; mais dès qu'on a percé le siphon, et qu'elle peut y entrer, elle n'y fait plus monter le vif-argent, parce qu'elle pèse aussi-bien au dedans qu'au dehors du siphon.

Or par la même raison, et avec la même nécessité que l'eau fait ainsi monter le mercure dans un siphon quand elle pèse sur les vaisseaux, et qu'elle n'a point d'accès au dedans du siphon; aussi le poids de l'air fait monter l'eau dans les siphons ordinaires, parce qu'il pèse sur l'eau des vaisseaux où leurs jambes trempent, et qu'il n'a nul accès dans le corps du siphon, parce qu'il est tout clos : et dès qu'on y fait une ouverture, l'eau n'y monte plus : mais elle tombe, au contraire, dans chaque vaisseau, et l'air lui succède, parce qu'alors l'air pèse aussi-bien au dedans qu'au dehors du siphon.

Il est visible que ce dernier effet n'est qu'un cas de la règle générale; et que si on entend bien pourquoi le poids de l'eau fait monter le vif-argent dans l'exemple que nous avons donné, on verra en même temps pourquoi le poids de l'air fait monter l'eau dans les siphons ordinaires; c'est pourquoi il faut bien éclaircir la raison pour laquelle le poids de l'eau produit cet effet, et faire entendre pourquoi c'est le vaisseau élevé qui se vide dans le plus bas, plutôt que le plus bas dans l'autre.

Pour cela il faut remarquer que l'eau pesant sur le vif-argent qui est dans chaque vaisseau, et point du tout sur celui des jambes qui y trempent, il arrive que le vif-argent des vaisseaux est pressé par le poids de l'eau à monter dans chaque jambe du siphon jusqu'au haut du siphon, et encore plus, s'il se pouvoit, à cause que l'eau a seize pieds de haut, et que le siphon n'a qu'un pied, et qu'un pied de vif-argent n'égale le poids que de quatorze pieds d'eau : d'où il se voit que le poids de l'eau pousse le vif-argent dans chaque jambe jusqu'au haut, et qu'il a encore de la force de reste; d'où il arrive que le vif-argent de chaque jambe étant poussé en haut par le poids de l'eau, ils se combattent au haut du siphon, et se poussent l'un l'autre : de sorte qu'il faut que celui qui a le plus de force prévale.

Or, cela sera aisé à supputer; car il est clair que puisque l'eau a plus de hauteur sur le vaisseau le plus bas d'un pouce, elle pousse en haut le vif-argent de la longue jambe plus fortement que celui de l'autre, de la force que lui donne un pouce de hauteur; d'où il semble d'abord qu'il doit résulter que le vif-argent doit être poussé de la jambe la plus longue dans la plus courte; mais il faut considérer que le poids du vif-argent de chaque jambe résiste à l'effort que l'eau fait pour le pousser en haut, mais ils ne résistent pas également; car comme le vif-argent de la longue jambe a plus de hauteur d'un pouce, il résiste plus fortement de la force que lui donne la hauteur d'un pouce : donc le mercure de la plus longue jambe est plus poussé en haut par le poids de l'eau, de la force de l'eau de la hauteur d'un pouce; mais il est plus poussé en bas par son propre poids, de la force du vif-argent de la hauteur d'un pouce : or un pouce de vif-argent pèse plus qu'un pouce d'eau : donc le vif-argent de la plus courte jambe est poussé en haut avec plus de force ; et partant il doit monter, et continuer à monter tant qu'il y aura du vif-argent dans le vaisseau où elle trempe.

D'où il paroît que la raison qui fait que c'est le vaisseau le plus haut qui se vide dans le plus bas, est que le vif-argent est une liqueur plus pesante que l'eau. Il en arriveroit au contraire, si le siphon étoit plein d'huile, qui est une liqueur plus légère que l'eau, et que les vaisseaux aussi où il trempe en fussent pleins, et le tout dans la même cuve pleine d'eau ; car alors il arriveroit que l'huile du vaisseau le plus bas monteroit, et couleroit par le haut du siphon dans le vaisseau le plus élevé, par les mêmes raisons que nous venons de dire ; car l'eau poussant toujours l'huile du vaisseau le plus bas avec plus de force, à cause qu'elle a un pouce de plus de hauteur ; et l'huile de la longue jambe résistant, et pesant davantage d'un pouce qu'elle a de plus de hauteur, il arriveroit qu'un pouce d'huile pesant moins qu'un pouce d'eau, l'huile de la longue jambe seroit poussée en haut avec plus de force que l'autre ; et partant elle couleroit, et se rendroit du vaisseau le plus bas dans le plus élevé.

Et enfin, si le siphon étoit plein d'une liqueur qui pesât autant que l'eau de la cuve, alors, ni l'eau du vaisseau le plus élevé ne se rendroit pas dans l'aure, ni celle du plus bas dans celle du plus élevé ; mais tout demeureroit en repos, parce qu'en supputant tous les efforts, on verra qu'ils sont tous égaux.

Voilà ce qu'il étoit nécessaire de bien faire entendre, pour savoir à fond la raison pour laquelle les liqueurs s'élèvent dans les siphons ; après quoi il est trop aisé de voir pourquoi le poids de l'air fait monter l'eau dans les siphons ordinaires, et pourquoi du vaisseau le plus élevé dans le plus bas, sans s'y arrêter davantage ; puisque ce n'est qu'un cas de la règle générale que nous venons de donner.

VI. *Que la pesanteur de la masse de l'air cause l'enflure de la chair, quand on y applique des ventouses.*

Pour faire entendre comment le poids de l'air fait enfler la chair à l'endroit où l'on met des ventouses, nous rapporterons un effet entièrement pareil, causé par le poids de l'eau, qui n'en laissera aucun doute.

C'est celui que nous avons rapporté dans l'équilibre des liqueurs, figure 17, où nous avons fait voir qu'un homme mettant contre sa cuisse le bout d'un tuyau de verre long de vingt pieds, et se mettant en cet état au fond d'une cuve pleine d'eau, en sorte que le bout d'en haut du tuyau sorte hors de l'eau ; il arrive que sa chair s'enfle en la partie qui est à l'ouverture du tuyau, comme si quelque chose la suçoit en cet endroit-là.

Or il est évident que cette enflure ne vient pas de l'horreur du vide; car ce tuyau est tout ouvert, et elle n'arriveroit pas, s'il n'y avoit que peu d'eau dans la cuve : il est très-constant qu'elle vient de la seule pesanteur de l'eau; parce que cette eau pressant la chair en toutes les parties du corps, excepté en celle-là seulement qui est à l'entrée du tuyau (car elle n'y a point d'accès), elle y renvoie le sang et les chairs qui font cette enflure.

Et ce que nous disons du poids de l'eau, doit s'entendre du poids de quelque autre liqueur que ce soit; car si l'homme se met dans une cuve pleine d'huile, la même chose arrivera, tant que cette liqueur le touchera en toutes ses parties, excepté une seulement : mais si on ôte le tuyau, l'enflure cesse; parce que l'eau venant à affecter cette partie aussi-bien que les autres, il n'y aura pas plus d'impression qu'aux autres.

Ce qui étant bien compris, on verra que c'est un effet nécessaire, que quand on met une bougie sur la chair et une ventouse par-dessus, aussitôt que le feu s'éteint, la chair s'enfle; car l'air de la ventouse, qui est très-raréfié par le feu, venant à se condenser par le froid qui lui succède dès que le feu est éteint, il arrive que le poids de l'air touche le corps en toutes les parties, excepté en celles qui sont en la ventouse;

car il n'y a point d'accès; et par conséquent la chair doit s'enfler en cet endroit, et le poids de l'air doit renvoyer le sang et les chairs voisines qu'il presse, dans celle qu'il ne presse pas, par la même raison et avec la même nécessité que le poids de l'eau le faisoit en l'exemple que nous avons donné, quand elle touchoit le corps en toutes ses parties, excepté en une seulement : d'où il paroît que l'effet de la ventouse n'est qu'un cas particulier de la règle générale de l'action de toutes les liqueurs, contre un corps qu'elles touchent en toutes ses parties, excepté une.

VII. *Que la pesanteur de la masse de l'air est cause de l'attraction qui se fait en suçant.*

Il ne faut plus maintenant qu'un mot pour expliquer pourquoi quand on met la bouche sur l'eau et qu'on suce, l'eau monte : car nous savons que le poids de l'air presse l'eau en toutes les parties, excepté en celles qui sont à la bouche; car il les touche toutes, excepté celle-là; et de là vient que quand les muscles de la respiration élevant la poitrine, font la capacité du dedans du corps plus grande, l'air du dedans ayant plus de place à remplir qu'il n'avoit auparavant, a moins de force pour empêcher l'eau d'entrer dans la bouche, que l'air de dehors, qui pèse sur cette eau de tous côtés hors cet endroit, n'en a pour l'y faire entrer.

Voilà la cause de cette attraction, qui ne diffère en rien de l'attraction des seringues.

VIII. *Que la pesanteur de la masse de l'air est la cause de l'attraction du lait que les enfants tettent de leurs nourrices.*

C'est ainsi que quand un enfant a la bouche à l'entour du bout de la mamelle de sa nourrice, quand il suce, il attire le lait; parce que la mamelle est pressée de tous côtés par le poids de l'air qui l'environne, excepté en la partie qui est dans la bouche de l'enfant; et c'est pourquoi aussitôt que les muscles de la respiration font une place plus grande dans le corps de l'enfant, comme on vient de dire, et que rien ne touche le bout de la mamelle que l'air du dedans, l'air du dehors qui a plus de force et qui la comprime, pousse le lait par cette ouverture, où il y a moins de résistance : ce qui est aussi nécessaire et aussi naturel que quand le lait en sort, lorsqu'on presse le téton entre les deux mains.

IX. *Que la pesanteur de la masse de l'air est la cause de l'attraction de l'air qui se fait en respirant.*

Et par la même raison, lorsqu'on respire, l'air entre dans le poumon, parce que quand le poumon s'ouvre, et que le nez et tous les conduits sont libres et ouverts, l'air qui est à ces conduits, poussé par le poids de toute sa masse, y entre et y tombe par l'action naturelle et nécessaire de son poids ; ce qui est si intelligible, si facile et si naïf, qu'il est étrange qu'on ait été chercher l'horreur du vide, des qualités occultes, et des causes si éloignées et si chimériques, pour en rendre la raison, puisqu'il est aussi naturel que l'air entre et tombe ainsi dans le poumon à mesure qu'il s'ouvre, que du vin tombe dans une bouteille quand on l'y verse.

Voilà de quelle sorte le poids de l'air produit tous les effets qu'on avoit jusqu'ici attribués à l'horreur du vide. Je viens d'en expliquer les principaux ; s'il en reste quelqu'un, il est si aisé de l'entendre ensuite de ceux-ci, que je croirois faire une chose fort inutile et fort ennuyeuse, d'en rechercher d'autres pour les traiter en détail : et on peut même dire qu'on les avoit déjà tous vus comme en leur source, dans le traité précédent, puisque tous ces effets ne sont que des cas particuliers de la règle générale de l'Équilibre des liqueurs.

CHAPITRE III.

Que comme la pesanteur de la masse de l'air est limitée, aussi les effets qu'elle produit sont limités.

Puisque la pesanteur de l'air produit tous les effets qu'on avoit jusqu'ici attribués à l'horreur du vide, il doit arriver que comme cette pesanteur n'est pas infinie, et qu'elle a des bornes; aussi ses effets doivent être limités; et c'est ce que l'expérience confirme, comme il paroîtra par celles qui suivent.

Aussitôt qu'on tire le piston d'une pompe aspirante ou d'une seringue, l'eau suit; et si on continue à l'élever, l'eau suivra toujours, mais non pas jusqu'à quelque hauteur qu'on l'élève; car il y a un certain degré qu'elle ne passe point, qui est à peu près à la hauteur de trente et un pieds; de sorte que tant qu'on n'élève le piston que jusqu'à cette hauteur, l'eau s'y élève et demeure toujours contiguë au piston; mais aussitôt qu'on le porte plus haut, il arrive que le piston ne tire plus l'eau, et qu'elle demeure immobile et suspendue à cette hauteur, sans se hausser davantage; et à quelque hauteur qu'on élève le piston au-delà, elle le laisse monter sans le suivre; parce que le poids de la masse de l'air pèse à peu près autant que l'eau à la hauteur de trente et un pieds. De sorte que comme il fait monter cette eau dans la seringue, parce qu'il pèse au dehors, et non pas au dedans, pour la contre-peser il la fait monter jusqu'à la hauteur à laquelle elle pèse autant que lui, et alors l'eau dans la seringue et l'air dehors pesant également, tout demeure en équilibre, de la même sorte que l'eau et du vif-argent se tiennent en équilibre, quand leurs hauteurs sont réciproquement comme leurs poids; comme nous l'avons tant fait voir dans l'Équilibre des liqueurs : et comme l'eau ne montoit que par cette seule raison, que le poids de l'air l'y forçoit; quand elle est arrivée à cette hauteur, où le poids de l'air ne peut plus la faire hausser, nulle autre cause ne la mouvant, elle demeure en ce point.

Et quelque grosseur qu'ait la pompe, l'eau s'y élève toujours à la même hauteur, parce que les liqueurs ne pèsent pas suivant leur grosseur, mais suivant leur hauteur, comme nous l'avons montré dans l'Équilibre des liqueurs.

Que si on élève du vif-argent dans une seringue, il montera jusqu'à la hauteur de deux pieds trois pouces et cinq lignes, qui est précisément celle à laquelle il pèse autant que l'eau à trente et un pieds, parce qu'elle pèsera alors autant que la masse de l'air.

Et si on élève de l'huile dans une pompe, elle s'élèvera environ près de trente-quatre pieds, et puis plus; parce qu'elle pèse autant à cette hauteur, que l'eau à trente-un pieds, et par conséquent autant que l'air, et ainsi des autres liqueurs.

Un tuyau bouché par en haut et ouvert par en bas, étant plein d'eau, s'il a une hauteur telle qu'on voudra au-dessous de trente et un pieds, toute l'eau y demeurera suspendue; parce que le poids de la masse de l'air est capable de l'y soutenir.

Mais s'il a plus de trente et un pieds de hauteur, il arrivera que l'eau tombera en partie, savoir : jusqu'à ce qu'elle soit baissée, en sorte qu'elle n'ait plus que trente et un pieds de haut, et alors elle demeurera suspendue à cette hauteur, sans baisser davantage, de la même sorte que dans l'Équilibre des liqueurs on a vu que le vif-argent d'un tuyau mis dans une cuve pleine d'eau tomberoit en partie, jusqu'à ce que le vif-argent restât à la hauteur à laquelle il pèse autant que l'eau.

Mais si on mettoit dans ce tuyau du vif-argent au lieu d'eau, il arriveroit que le vif-argent tomberoit jusqu'à ce qu'il fût resté à la hauteur de deux pieds trois pouces cinq lignes, qui correspond précisément à trente et un pieds d'eau.

Et si on penche un peu ces tuyaux où l'eau et le vif-argent sont restés suspendus, il arrivera que ces liqueurs remonteront jusqu'à ce qu'elles soient revenues à la même hauteur qu'elles avoient, et qui étoit diminuée par cette inclinaison; parce que le poids de l'air prévaut tant qu'elles sont au-dessous de cette hauteur, et est en équilibre quand elles y sont arrivées; ce qui est tout semblable à ce qui est rapporté au Traité de l'Équilibre des liqueurs, d'un tuyau de vif-argent mis dans une cuve pleine d'eau : et en redressant ce tuyau, les liqueurs ressortent, pour revenir toujours à leur même hauteur.

C'est ainsi que dans un siphon, toute l'eau du vaisseau le plus élevé monte et se rend dans le plus bas, tant que la branche du siphon qui y trempe est d'une hauteur telle qu'on voudra au-dessous de trente et un pieds; parce que, comme nous avons dit ailleurs, le poids de l'air peut bien hausser et tenir suspendue l'eau à cette hauteur; mais dès que la branche qui trempe dans le vaisseau élevé excède cette hauteur, il arrive que le siphon ne fait plus son effet; c'est-à-dire, que l'eau du vaisseau élevé ne monte plus au haut du siphon pour se rendre dans l'autre, parce que le poids de l'air ne peut pas l'élever à plus de trente et un pieds; de sorte que l'eau se divise au haut du siphon, et tombe de chaque jambe dans chaque vaisseau, jusqu'à ce qu'elle soit restée à la hauteur de trente et un pieds au-dessus de chaque vaisseau, et demeure en repos suspendue à cette hauteur par le poids de l'air qui la contre-pèse.

Si on penche un peu le siphon, l'eau remontera dans l'une et l'autre jambe, jusqu'à ce qu'elle soit à la même hauteur qui avoit été diminuée en l'inclinant, et si on le penche en sorte que le haut du siphon n'ait plus que la hauteur de trente et un pieds au-dessus du vaisseau le plus élevé, il arrivera que l'eau de la jambe qui y trempe sera au haut du siphon: de sorte qu'elle tombera dans l'autre jambe, et ainsi l'eau du vaisseau élevé lui succédant toujours, elle coulera toujours par un petit filet seulement; et si on incline davantage, l'eau coulera à plein tuyau.

Il faut entendre la même chose de toutes les autres liqueurs, en observant toujours la proportion de leur poids.

C'est ainsi que si on essaie d'ouvrir un soufflet, tant qu'on n'y emploiera qu'un certain degré de force, on ne le pourra pas ; mais si on passe ce point on l'ouvrira. Or, la force nécessaire est telle. Si ses ailes ont un pied de diamètre, il faudra, pour l'ouvrir, une force capable d'élever un vaisseau plein d'eau, d'un pied de diamètre, comme ses ailes, et long de trente et un pieds, qui est la hauteur où l'eau s'élève dans une pompe. Si ses ailes n'ont que six pouces de diamètre, il faudra, pour l'ouvrir, une force égale au poids de l'eau d'un vaisseau de six pouces de diamètre et haut de trente et un pieds, et ainsi du reste : de sorte qu'en pendant à une de ces ailes un poids égal à celui de cette eau, on l'ouvre, et un moindre poids ne sauroit le faire, parce que le poids de l'air qui le presse est précisément égal à celui de trente et un pieds d'eau.

Un même poids tire le piston d'une seringue bouchée, et un même poids sépare deux corps polis appliqués l'un contre l'autre; de sorte que s'ils ont un pouce de diamètre, en y appliquant une force égale au poids de l'eau, d'un pouce de grosseur et de trente et un pieds de hauteur, on les séparera.

CHAPITRE IV.

Que comme la pesanteur de la masse de l'air varie suivant les vapeurs qui arrivent, aussi les effets qu'elle produit doivent varier à proportion.

PUISQUE la pesanteur de l'air cause tous les effets dont nous traitons, il doit arriver que comme cette pesanteur n'est pas toujours la même sur une même contrée, et qu'elle varie à toute heure, suivant les vapeurs qui arrivent; ses effets ne doivent pas y être toujours uniformes; mais, au contraire, variables à toute heure: aussi l'expérience le confirme, et fait voir que la mesure de trente et un pieds d'eau que nous avons donnée pour servir d'exemple, n'est pas une mesure précise qui soit toujours exacte; car l'eau ne s'élève pas dans les pompes, et ne demeure pas toujours suspendue à cette hauteur précisément; au contraire, elle s'élève quelquefois à trente et un pieds et demi, puis elle revient à trente et un pieds, puis elle baisse encore de trois pouces au-dessous, puis elle remonte tout à coup d'un pied, suivant les variétés qui arrivent à l'air; et tout cela avec la même bizarrerie avec laquelle l'air se brouille et s'éclaircit.

Et l'expérience fait voir qu'une même pompe élève l'eau plus haut en un temps qu'en un autre d'un pied huit pouces ; en sorte que l'on peut faire une pompe, et aussi un siphon par la même raison, d'une telle hauteur, qu'en un temps ils feront leur effet, et en un autre ils ne le feront point, selon que l'air sera plus ou moins chargé de vapeurs, ou que par quelque autre raison il pèsera plus ou moins ; ce qui seroit une expérience assez curieuse, et qui seroit assez facile, en se servant du vif-argent au lieu d'eau ; car par ce moyen l'on n'auroit pas besoin de si longs tuyaux pour la faire.

De là on doit entendre que l'eau demeure suspendue dans les tuyaux à une moindre hauteur en un temps qu'en un autre, et qu'un soufflet est plus aisé à ouvrir en un temps qu'en un autre en la même proportion précisément, et ainsi des autres effets ; car ce qui se dit de l'un convient exactement avec tous les autres, chacun suivant sa nature.

CHAPITRE V.

Que comme le poids de la masse de l'air est plus grand sur les lieux profonds que sur les lieux élevés, aussi les effets qu'elle y produit sont plus grands à proportion.

Puisque le poids de la masse de l'air produit tous les effets dont nous traitons, il doit arriver que comme elle n'est pas égale sur tous les lieux du monde, puisqu'elle est plus grande sur ceux qui sont les plus enfoncés, ces effets doivent aussi y être différents : aussi l'expérience le confirme, et fait voir que cette mesure de trente et un pieds, que nous avons prise pour servir d'exemple, n'est pas celle où l'eau s'élève dans les pompes, dans tous les lieux du monde ; car elle s'y élève différemment en tous ceux qui ne sont pas à même niveau, et d'autant plus qu'ils sont enfoncés, et d'autant moins qu'ils sont plus élevés : de sorte que par les expériences qui en ont été faites en des lieux élevés, l'un au-dessus de l'autre, de cinq ou six cents toises, on a trouvé une différence de quatre pieds trois pouces ; de sorte que la même pompe qui élève l'eau en un endroit à la hauteur de trente pieds quatre pouces, ne l'élève en l'autre, plus haut d'environ cinq cents toises, qu'à la hauteur de vingt-six pieds un pouce, en même tempérament d'air ; en quoi il y a différence de la sixième partie.

La même chose doit s'entendre de tous les autres effets, chacun suivant sa manière ; c'est-à-dire, par exemple, que deux corps polis sont plus difficiles à se désunir en un vallon, que sur une montagne, etc.

Or, comme cinq cents toises d'élévation causent quatre pieds trois pouces de différence à la hauteur de l'eau, les moindres hauteurs font de moindres différences à proportion ; savoir, cent toises, environ dix pouces ; vingt toises, environ deux pouces, etc.

L'instrument le plus propre pour observer toutes ces variations, est un tuyau de verre bouché par en haut, recourbé par en bas, de trois ou quatre pieds de haut, auquel on colle une bande de papier, divisée par pouces et lignes ; car si on le remplit de vif-argent, on verra qu'il tombera en partie, et qu'il demeurera suspendu en partie ; et on pourra remarquer exactement le degré auquel il sera suspendu ; et il sera facile d'observer les variations qui y arriveront de la part des charges de l'air par les changements du temps, et celles qui y arriveront, en le portant en un lieu plus élevé; car en le laissant en un même lieu, on verra qu'à mesure que le temps changera, il haussera et baissera ; et on remarquera qu'il sera plus haut en un temps qu'en un autre, d'un pouce six lignes, qui répondent précisément à un pied huit pouces d'eau, que nous avons donné dans l'autre chapitre, pour la différence qui arrive de la part du temps.

Et en le portant du pied d'une montagne jusque sur son sommet, on verra que quand on sera monté de dix toises, il sera baissé de près d'une ligne; quand on sera monté de vingt toises, il sera baissé de deux lignes; quand on sera monté de cent toises, il sera baissé de neuf lignes; quand on sera monté de cinq cents toises, il sera baissé de trois pouces dix lignes; et redescendant, il remontera par les mêmes degrés.

Tout cela a été éprouvé sur la montagne du Puy-de-Dôme, en Auvergne, comme on verra par la relation de cette expérience qui est après ce Traité; et ces mesures en vif-argent répondent précisément à celles que nous venons de donner en l'eau.

La même chose doit s'entendre de la difficulté d'ouvrir un soufflet, et du reste.

Où l'on voit que la même chose arrive précisément dans les effets que la pesanteur de l'air produit, que dans ceux que la pesanteur de l'eau produit; car nous avons vu qu'un soufflet immergé dans l'eau, et qui est difficile à ouvrir, à cause du poids de l'eau, l'est d'autant moins qu'on l'élève plus près de la fleur de l'eau; et que le vif-argent, dans un tuyau immergé dans l'eau, se tient suspendu à une hauteur plus ou moins grande, suivant qu'il est plus ou moins avant dans l'eau; et tous ces effets, soit de la pesanteur de l'air, soit de celle de l'eau, sont des suites si nécessaires de l'Équilibre des liqueurs, qu'il n'y a rien de plus clair au monde.

CHAPITRE VI.

Que comme les effets de la pesanteur de la masse de l'air augmentent ou diminuent, à mesure qu'elle augmente ou diminue, ils cesseroient entièrement si l'on étoit au-dessus de l'air, ou en un lieu où il n'y en eût point.

Après avoir vu jusqu'ici que ces effets qu'on attribuoit à l'horreur du vide, et qui viennent en effet de la pesanteur de l'air, suivent toujours sa proportion, et qu'à mesure qu'elle augmente, ils augmentent; qu'à mesure qu'elle diminue, ils diminuent; et que par cette raison l'on voit que dans le tuyau plein de vif-argent il demeure suspendu à une hauteur d'autant moindre, qu'on le porte à un lieu plus élevé, parce qu'il reste moins d'air au-dessus de lui; de même que celui d'un tuyau immergé dans l'eau baisse à mesure qu'on l'élève vers la fleur de l'eau, parce qu'il reste moins d'eau pour le contre-peser: on peut conclure avec assurance, que si on l'élevoit jusqu'au haut de l'extrémité de l'air, et qu'on le portât entièrement hors de sa sphère, le vif-argent du tuyau tomberoit entièrement, puisqu'il n'y auroit plus aucun air pour le contre-peser, comme celui du tuyau immergé dans l'eau tombe entièrement, quand on le tire entièrement hors de l'eau.

La même chose arriveroit, si on pouvoit ôter tout l'air de la chambre où l'on feroit cette épreuve : car n'y ayant plus d'air qui pesât sur le bout du tuyau qui est recourbé, on doit croire que le vif- argent tomberoit, n'ayant plus son contre-poids.

Mais parce que l'une et l'autre de ces épreuves est impossible, puisque nous ne pouvons pas aller au-dessus de l'air, et que nous ne pourrions pas vivre dans une chambre dont tout l'air auroit été ôté, il suffit d'ôter l'air, non de toute la chambre, mais seulement d'alentour du bout recourbé, pour empêcher qu'il ne puisse y arriver, pour voir si tout le vif-argent retombera, quand il n'aura plus d'air qui le contre-pèse ; et on pourra facilement le faire en cette façon.

(*Fig.* 16.) Il faut avoir un tuyau recourbé par en bas, bouché par le bout A, et ouvert par le bout B, et un autre tuyau tout droit ouvert par les deux bouts M et N, mais inséré et soudé par le bout M, dans le bout recourbé de l'autre, comme il paroît en cette figure.

Il faut boucher B, qui est l'ouverture du bout recourbé du premier tuyau, avec le doigt ou autrement, comme avec une vessie de pourceau, et renverser le tuyau entier, c'est-à-dire, les deux tuyaux qui n'en font proprement qu'un, puisqu'ils ont communication l'un dans l'autre ; le remplir de vif-argent, et puis remettre le bout A en haut, et le bout N dans une écuelle pleine de vif-argent : il arrivera que le vif-argent du tuyau d'en haut tombera entièrement, et sera tout reçu dans sa recourbure, si ce n'est qu'il y en aura une partie qui s'écoulera dans le tuyau d'en bas par le trou M; mais le vif-argent du tuyau d'en bas tombera en partie seulement, et demeurera suspendu aussi en partie, à une hauteur d'environ vingt-six à vingt-sept pouces, suivant le lieu et le temps où l'on en fait l'épreuve. Or la raison de cette différence est, que l'air pèse sur le vif-argent qui est dans l'écuelle au bout du tuyau d'en bas; et ainsi il tient son vif-argent du dedans suspendu et en équilibre; mais il ne pèse pas sur le vif-argent qui est au bout recourbé du tuyau d'en haut; car le doigt ou la vessie qui le bouche, empêche qu'il n'y ait d'accès : de sorte que comme il n'y a aucun air qui pèse en cet endroit, le vif-argent du tuyau tombe librement, parce que rien ne le soutient et ne s'oppose à sa chute.

Mais comme rien ne se perd dans la nature, si le vif-argent qui est dans la recourbure ne sent pas le poids de l'air, parce que le doigt qui bouche son ouverture l'en garde, il arrive, en récompense, que le doigt souffre beaucoup de douleur; car il porte tout le poids de l'air qui le presse par-dessus, et rien ne le soutient par-dessous : aussi il se sent pressé contre le verre, et comme attiré et sucé au dedans du tuyau, et une ampoule s'y forme, comme s'il y avoit une ventouse, parce que le poids de l'air pressant le doigt, la main et le corps entier de cet homme de toutes parts, excepté en la seule partie qui est dans cette ouverture où il n'a point d'accès, cette partie s'enfle, et souffre par la raison que nous avons tantôt dite.

Et si on ôte le doigt de cette ouverture, il arrivera que le vif-argent qui est dans la recourbure montera tout d'un coup dans le tuyau jusqu'à la hauteur de vingt-six ou vingt-sept pouces, parce que l'air tombant tout d'un coup sur le vif-argent, le fera incontinent monter à la hauteur capable de le contre-peser; et même à cause de la violence de sa chute, il le fait monter un peu au-delà de ce terme : mais il tombera ensuite un peu plus bas, et puis il remontera encore, et après quelques allées et venues, comme d'un poids suspendu au bout d'un fil, il demeurera ferme à une certaine hauteur à laquelle il contre-pèse l'air précisément.

D'où l'on voit que quand l'air ne pèse point sur le vif-argent qui est au bout recourbé, celui du tuyau tombe entièrement, et que par conséquent si on avoit porté ce tuyau en un lieu où il n'y eût point d'air, ou, si on le pouvoit, jusqu'au-dessus de la sphère de l'air, il tomberoit entièrement.

Conclusion des trois derniers chapitres.

D'où il se conclut qu'à mesure que la charge de

l'air est grande, petite ou nulle, aussi la hauteur où l'eau s'élève dans la pompe est grande, petite ou nulle, et qu'elle lui est toujours précisément proportionnée comme l'effet à sa cause.

Il faut entendre la même chose de la difficulté d'ouvrir un soufflet bouché, etc.

CHAPITRE VII.

Combien l'eau s'élève dans les pompes en chaque lieu du monde.

De toutes les connoissances que nous avons, il s'ensuit qu'il y a autant de différentes mesures de la hauteur où l'eau s'élève dans les pompes, qu'il y a de différents lieux et de différents temps où on l'éprouve; et qu'ainsi si on demande à quelle hauteur les pompes aspirantes élèvent l'eau en général, on ne sauroit répondre précisément à cette question, ni même à celle-ci; à quelle hauteur les pompes élèvent l'eau à Paris, si l'on ne détermine aussi le tempérament de l'air, puisqu'elle l'élève plus haut, quand il est plus chargé: mais on peut bien dire à quelle hauteur les pompes élèvent l'eau à Paris quand l'air est le plus chargé; car tout est spécifié. Mais sans nous arrêter aux différentes hauteurs où l'eau s'élève en chaque lieu, suivant que l'air est plus ou moins chargé, nous prendrons la hauteur où elle se trouve, quand il l'est médiocrement, pour la hauteur naturelle de ce lieu-là; parce qu'elle tient le milieu entre les deux extrémités, et qu'en connoissant cette mesure, on aura la connoissance des deux autres, parce qu'il ne faudra qu'ajouter ou diminuer dix pouces. Ainsi nous donnerons la hauteur où l'eau s'élève en tous les lieux du monde, quelque hauts et quelque profonds qu'ils soient, quand l'air y est médiocrement chargé.

Mais auparavant, il faut entendre qu'en toutes les pompes qui sont à même niveau, l'eau s'élève précisément à la même hauteur (j'entends toujours en un même tempérament d'air) : car l'air y ayant une même hauteur, et partant un même poids, ce poids y produit de semblables effets.

Et c'est pourquoi nous donnerons d'abord la hauteur où l'eau s'élève aux lieux qui sont au niveau de la mer, parce que toute la mer est précisément du même niveau, c'est-à-dire, également distante du centre de la terre en tous ses points : car les liquides ne peuvent reposer autrement, puisque les points qui seroient plus hauts couleroient en bas; et ainsi la hauteur où nous trouverons que l'eau s'élève dans les pompes en quelque lieu que ce soit, qui soit au bord de la mer, sera commune à tous les lieux du monde qui sont au bord de la mer : et il sera aisé d'inférer de là à quelle hauteur l'eau s'élèvera dans les lieux plus ou moins élevés de dix ou vingt, cent, deux cents ou cinq cents toises, puisque nous avons donné la différence qu'elles apportent.

Au niveau de la mer, les pompes aspirantes élèvent l'eau à la hauteur de trente et un pieds deux pouces à peu près; il faut entendre quand l'air y est chargé médiocrement.

Voilà la mesure commune à tous les points de la mer du monde : d'où il s'ensuit qu'un siphon élève l'eau en ces lieux-là, tant que sa jambe la plus courte a une hauteur au-dessous de celle-là; et qu'un soufflet bouché s'ouvre avec le poids de l'eau de cette hauteur-là, et de la largeur de ses ailes; ce qui est toujours conforme. Il est aisé de passer de là à la connoissance de la hauteur où l'eau s'élève dans les pompes aux lieux plus élevés de dix toises : car puisque nous avons dit que dix toises d'élévation causent un pouce de diminution à la hauteur où l'eau s'élève; il s'ensuit qu'en ces lieux-là l'eau s'élève seulement à trente et un pieds un pouce.

Et par le même moyen, on trouve qu'aux lieux plus élevés que le niveau de la mer, de vingt toises, l'eau s'élève à trente et un pieds seulement.

Dans ceux qui sont élevés au-dessus de la mer de cent toises, l'eau monte seulement à trente pieds quatre pouces.

Dans ceux qui sont élevés de deux cents toises, l'eau monte à vingt-neuf pieds six pouces.

Dans ceux qui sont élevés d'environ cinq

cents toises, l'eau monte à peu près à vingt-sept pieds.

Ainsi on pourroit éprouver le reste. Et pour les lieux plus enfoncés que le niveau de la mer, on trouvera de même les hauteurs où l'eau s'élève, en ajoutant, au lieu de soustraire, les différences que ces différentes hauteurs donnent.

CONSÉQUENCES.

I. De toutes ces choses, il est aisé de voir qu'une pompe n'élève jamais l'eau à Paris à trente-deux pieds, et qu'elle ne l'élève jamais moins de vingt-neuf pieds et demi.

II. On voit aussi qu'un siphon, dont la courte jambe a trente-deux pieds, ne fait jamais son effet à Paris.

III. Qu'un siphon, dont la jambe la plus courte a vingt-neuf pieds et au-dessous, fait toujours son effet à Paris.

IV. Qu'un siphon dont la courte jambe a trente et un pieds précisément à Paris, fait son effet quelquefois, et quelquefois ne le fait pas, selon que l'air est chargé.

V. Qu'un siphon qui a vingt-neuf pieds pour sa courte jambe, fait toujours son effet à Paris, et jamais à un lieu plus élevé, comme à Clermont en Auvergne.

VI. Qu'un siphon qui a dix pieds de haut, fait son effet en tous les lieux du monde; car il n'y a point de montagne assez haute pour l'en empêcher; et qu'un siphon qui a cinquante pieds de haut ne fait son effet en aucun lieu du monde ; car il n'y a point de caverne assez creuse pour faire que l'air pèse assez pour soulever l'eau à cette hauteur.

VII. Que l'eau s'élève dans les pompes à Dieppe, quand l'air est médiocrement chargé, à trente et un pieds deux pouces, comme nous avons dit, et quand l'air est le plus chargé à trente-deux pieds; qu'elle s'élève dans les pompes sur les montagnes hautes de cinq cents toises au-dessus de la mer, quand l'air est médiocrement chargé, à vingt-six pieds onze pouces; et quand il est le moins chargé, à vingt-six pieds un pouce : de sorte qu'il y a une différence entre cette hauteur et celle qui se trouve à Dieppe, quand l'air y est le plus chargé, de cinq pieds onze pouces, qui est presque le quart de la hauteur qui se trouve sur les montagnes.

VIII. Comme nous voyons qu'en tous les lieux qui sont à même niveau, l'eau s'élève à pareille hauteur, et qu'elle s'élève moins en ceux qui sont plus élevés; aussi, par le contraire, si nous voyons que l'eau s'élève à pareille hauteur en deux lieux différents, on peut conclure qu'ils sont à même niveau; et si elle ne s'y élève pas à même hauteur, on peut juger, par cette différence, combien l'un est plus élevé que l'autre : ce qui est un moyen de niveler les lieux, quelque éloignés qu'ils soient, assez exactement et bien facilement; puisqu'au lieu de se servir d'une pompe aspirante qui seroit difficile à faire de cette hauteur, il ne faut que prendre un tuyau de trois ou quatre pieds plein de vif-argent, et bouché par en haut, dont nous avons souvent parlé, et voir à quelle hauteur il demeure suspendu; car sa hauteur correspond parfaitement à la hauteur où l'eau s'élève dans les pompes.

IX. On voit aussi de là que les degrés de chaleur ne sont pas marqués exactement dans les meilleurs thermomètres; puisqu'on attribuoit toutes les différentes hauteurs où l'eau demeure suspendue, à la raréfaction ou condensation de l'air intérieur du tuyau, et que nous apprenons de ces expériences, que les changements qui arrivent à l'air extérieur, c'est-à-dire, à la masse de l'air, y contribuent beaucoup.

Je laisse un grand nombre d'autres conséquences qui s'ensuivent de ces nouvelles connoissances, comme, par exemple, la voie qu'elles ouvrent pour connoître l'étendue précise de la sphère de l'air et des vapeurs qu'on appelle l'atmosphère; puisqu'en observant exactement de cent en cent toises, combien les premières, combien les secondes et combien toutes les autres donnent de différences, on arriveroit à conclure exactement la hauteur entière de l'air. Mais je laisse tout cela pour m'attacher à ce qui est propre au sujet.

CHAPITRE VIII.

Combien chaque lieu du monde est chargé par le poids de la masse de l'air.

Nous apprenons de ces expériences, que puisque le poids de l'air et le poids de l'eau qui est dans les pompes se tiennent mutuellement en équilibre, ils pèsent précisément autant l'un que l'autre, et qu'ainsi en connoissant la hauteur où l'eau s'élève en tous les lieux du monde, nous connoissons en même temps combien chacun de ces lieux est pressé par le poids de l'air qui est au-dessus d'eux; et partant:

Que les lieux qui sont au bord de la mer sont pressés par le poids de l'air qui est au-dessus d'eux, jusqu'au haut de sa sphère, autant précisément que si au lieu de cet air on substituoit une colonne d'eau de la hauteur de trente et un pieds deux pouces.

Ceux qui sont plus élevés de dix toises, autant que s'ils portoient de l'eau de la hauteur de trente et un pieds un pouce.

Ceux qui sont élevés au-dessus de la mer de cinq cents toises, autant que s'ils portoient de l'eau à la hauteur de vingt-six pieds onze pouces, et ainsi du reste.

CHAPITRE IX.

Combien pèse la masse entière de tout l'air qui est au monde.

Nous apprenons par ces expériences, que l'air qui est sur le niveau de la mer, pèse autant que l'eau, à la hauteur de trente et un pieds deux pouces; mais parce que l'air pèse moins sur les lieux plus élevés que le niveau de la mer, et qu'ainsi il ne pèse pas sur tous les points de la terre également, et même qu'il pèse différemment partout : on ne peut pas prendre un pied fixe qui marque combien tous les lieux du monde sont chargés par l'air, le fort portant le foible; mais on peut en prendre un par conjecture bien approchant du juste : comme par exemple, on peut faire état que tous les lieux de la terre en général, considérés comme s'ils étoient également chargés d'air, le fort portant le foible, en sont autant pressés que s'ils portoient de l'eau à la hauteur de trente et un pieds; et il est certain qu'il n'y a pas un demi-pied d'eau d'erreur en cette supposition.

Or, nous avons vu que l'air qui est au-dessus des montagnes hautes de cinq cents toises sur le niveau de la mer, pèse autant que l'eau à la hauteur de vingt-six pieds onze pouces.

Et, par conséquent, tout l'air qui s'étend depuis le niveau de la mer jusqu'au haut des montagnes hautes de cinq cents toises, pèse autant que l'eau à la hauteur de quatre pieds un pouce, qui étant à peu près la septième partie de la hauteur entière : il est visible que l'air compris depuis la mer jusqu'à ces montagnes, est à peu près la septième partie de la masse entière de l'air.

Nous apprenons de ces mêmes expériences, que les vapeurs qui sont épaisses dans l'air, lorsqu'il en est le plus chargé, pèsent autant que l'eau à la hauteur d'un pied huit pouces; puisque pour les contre-peser, elles font hausser l'eau dans les pompes à cette hauteur, par-dessus celle où l'eau contre-pesoit déjà la pesanteur de l'air : de sorte que si toutes les vapeurs qui sont sur une contrée étoient réduites en eau, comme il arrive quand elles se changent en pluie, elles ne pourroient produire que cette hauteur d'un pied huit pouces d'eau sur cette contrée ; et s'il arrive parfois des orages, où l'eau de la pluie qui tombe vienne à plus grande hauteur, c'est parce que le vent y porte les vapeurs des contrées voisines.

Nous voyons aussi de là que si toute la sphère de l'air étoit pressée et comprimée contre la terre par une force qui, la poussant par le haut, la réduisît en bas à la moindre place qu'elle puisse occuper, et qu'elle la réduisît comme en eau, elle auroit alors la hauteur de trente et un pieds seulement.

Et, par conséquent, qu'il faut considérer toute la masse de l'air en l'état libre où elle est; de la même sorte que si elle eût été autrefois comme une masse d'eau de trente et un pieds de haut à l'entour de toute la terre, qui eût été raréfiée et dilatée extrêmement, et convertie en cet état où nous l'appelons air, auquel elle occupe, à la vérité, plus de place, mais auquel elle conserve précisément le même poids que l'eau à trente et un pieds de haut.

Et comme il n'y auroit rien de plus aisé que de supputer combien l'eau qui environneroit toute la terre à trente et un pieds de haut pèseroit de livres, et qu'un enfant qui sait l'addition et la soustraction pourroit le faire, on trouveroit, par le même moyen, combien tout l'air de la nature pèse de livres, puisque c'est la même chose; et si on en fait l'épreuve, on trouvera qu'il pèse à peu près huit millions de millions de millions de livres.

J'ai voulu avoir ce plaisir, et j'en ai fait le compte en cette sorte.

J'ai supposé que le diamètre d'un cercle est à sa circonférence, comme sept à vingt-deux.

J'ai supposé que le diamètre d'une sphère étant multiplié par la circonférence de son grand cercle, le produit est le contenu de la superficie sphérique.

Nous savons qu'on a divisé le tour de la terre en trois cent soixante degrés. Cette division a été volontaire; car on l'eût divisée en plus ou moins si on eût voulu, aussi-bien que les cercles célestes.

On a trouvé que chacun de ces degrés contient cinquante mille toises.

Les lieues autour de Paris sont de deux mille cinq cents toises, et, par conséquent, il y a vingt lieues au degré : d'autres en comptent vingt-cinq ; mais aussi ils ne mettent que deux mille toises à la lieue ; ce qui revient à la même chose.

Chaque toise a six pieds.

Un pied cube d'eau pèse soixante-douze livres.

Cela posé, il est bien aisé de faire la supputation qu'on cherche.

Car puisque la terre a pour son grand cercle, ou pour sa circonférence . . . . 360 degrés.

Elle a par conséquent, de tour . . 7200 lieues.

Et par la proportion de la circonférence au diamètre, son diamètre aura . . . . . 2291 lieues.

Donc, en multipliant le diamètre de la terre par la circonférence de son grand cercle, on trouvera qu'elle a en toute sa superficie sphérique 16,495,200 lieues carrées.

C'est-à-dire, 103,095,000,000,000 toises carrées.

C'est-à-dire, 3,711,420,000,000,000 pieds carrés.

Et parce qu'un pied cube d'eau pèse soixante-douze livres, il s'ensuit qu'un prisme d'eau d'un pied carré de base et de trente et un pieds de haut, pèse deux mille deux cent trente-deux livres.

Donc si la terre étoit couverte d'eau jusqu'à la hauteur de trente et un pieds, il y auroit autant de prismes d'eau de trente et un pieds de haut, qu'elle a de pieds carrés en toute sa surface. (Je sais bien que ce ne seroit pas des prismes, mais des secteurs de sphère ; et je néglige exprès cette précision.)

Et partant elle porteroit autant de deux mille deux cent trente-deux livres d'eau, qu'elle a de pieds carrés en toute sa surface.

Donc cette masse d'eau entière pèseroit . . . . 8,283,889,440,000,000,000 livres.

Donc toute la masse entière de la sphère de l'air qui est au monde, pèse ce même poids de . . . . 8,283,889,440,000,000,000 livres.

C'est-à-dire, huit millions de millions de millions, deux cent quatre-vingt trois mille huit cent quatre vingt-neuf millions de millions, quatre cent quarante mille millions de livres.

CONCLUSION

DES DEUX PRÉCÉDENTS TRAITÉS.

J'ai rapporté dans le Traité précédent tous les effets généralement qu'on a pensé jusqu'ici que la nature produit pour éviter le vide, où j'ai fait voir qu'il est absolument faux qu'ils arrivent par cette raison imaginaire : et j'ai démontré, au contraire, que la pesanteur de la masse de l'air en est la véritable et unique cause, par des raisons et des expériences absolument convaincantes : de sorte qu'il est maintenant assuré qu'il n'arrive aucun effet dans toute la nature qu'elle produise pour éviter le vide.

Il ne sera pas difficile de passer de là à montrer qu'elle n'en a point d'horreur ; car cette façon de parler n'est pas propre, puisque la nature créée, qui est celle dont il s'agit, n'étant pas animée, n'est pas capable de passion ; aussi elle est métaphorique, et on n'entend par là autre chose, sinon que la nature fait les mêmes efforts pour éviter le vide, que si elle en avoit de l'horreur : de sorte qu'au sens de ceux qui parlent de cette sorte, c'est une même chose de dire que la nature abhorre le vide, et dire que la nature fait de grands efforts pour empêcher le vide. Donc, puisque j'ai montré qu'elle ne fait aucune chose pour fuir le vide, il s'ensuit qu'elle ne l'abhorre pas; car pour suivre la même figure, comme on dit d'un homme qu'une chose lui est indifférente, quand on ne remarque jamais en aucune de ses actions aucun mouvement de désir ou d'aversion pour cette chose; on doit aussi dire de la nature, qu'elle a une extrême indifférence pour le vide, puisqu'on ne voit jamais qu'elle fasse aucune chose, ni pour le rechercher, ni pour l'éviter. (J'entends toujours par le mot de *vide*, un espace vide de tous les corps qui tombent sous les sens.)

Il est bien vrai (et c'est ce qui a trompé les anciens) que l'eau monte dans une pompe quand il n'y a point de jour par où l'air puisse entrer, et qu'ainsi il y auroit du vide, si l'eau ne suivoit pas le piston, et même qu'elle n'y monte plus aussitôt qu'il y a des fentes par où l'air peut entrer pour la remplir; d'où il semble qu'elle n'y monte que pour empêcher le vide, puisqu'elle n'y monte que quand il y auroit du vide.

Il est certain de même qu'un soufflet est difficile à ouvrir, quand ses ouvertures sont si bien bouchées, que l'air ne peut y entrer, et qu'ainsi s'il s'ouvroit, il y auroit du vide; au lieu que cette résistance cesse quand l'air peut y entrer pour le remplir: de sorte qu'elle ne se trouve que quand il y auroit du vide; d'où il semble qu'elle n'arrive que par la crainte du vide.

Enfin, il est constant que tous les corps généralement font de grands efforts pour se suivre, et se tenir unis toutes les fois qu'il y auroit du vide entre eux en se séparant, et jamais autrement; et c'est d'où l'on a conclu que cette union vient de la crainte du vide.

Mais pour faire voir la foiblesse de cette conséquence, je me servirai de cet exemple : Quand un soufflet est dans l'eau, en la manière que nous l'avons souvent représenté, en sorte que le bout du tuyau que je suppose long de vingt pieds, sorte hors de l'eau et aille jusqu'à l'air, et que les ouvertures qui sont à l'une des ailes soient bien bouchées, afin que l'eau ne puisse pas y entrer; on sait qu'il est difficile à ouvrir, et d'autant plus qu'il y a plus d'eau au-dessus, et que si on débouche ces ouvertures qui sont à une des ailes, et qu'ainsi l'eau y entre en liberté, cette résistance cesse.

Si on vouloit raisonner sur cet effet comme sur les autres, on diroit ainsi : Quand les ouvertures sont bouchées, et qu'ainsi s'il s'ouvroit, il y entreroit de l'air par le tuyau, il est difficile de le faire; et quand l'eau peut y entrer pour le remplir au lieu de l'air, cette résistance cesse. Donc, puisqu'il résiste quand il y entreroit de l'air, et non pas autrement, cette résistance vient de l'horreur qu'il a de l'air.

Il n'y a personne qui ne rît de cette conséquence, parce qu'il peut se faire qu'il y ait une autre cause de sa résistance. En effet, il est visible qu'on ne pourroit l'ouvrir sans faire hausser l'eau, puisque celle qu'on écarteroit en l'ouvrant, ne pourroit pas entrer dans le corps du soufflet; et ainsi il faudroit qu'elle trouvât sa place ailleurs, et qu'elle fît hausser toute la masse, et c'est ce qui cause la résistance : ce qui n'arrive pas quand le soufflet a des ouvertures par où l'eau peut entrer; car alors, soit qu'on l'ouvre ou qu'on le ferme, l'eau n'en hausse, ni ne baisse, parce que celle qu'on écarte entre dans le soufflet à mesure; aussi on l'ouvre sans résistance.

Tout cela est clair, et par conséquent il faut considérer qu'on ne peut l'ouvrir sans qu'il arrive deux choses : l'une, qu'à la vérité il y entre de l'air; l'autre, qu'on fasse hausser la masse de l'eau; et c'est la dernière de ces choses qui est cause de la résistance, et la première y est fort indifférente, quoiqu'elle arrive en même temps.

Disons de même de la peine qu'on sent à ouvrir dans l'air un soufflet bouché de tous les côtés : si on l'ouvroit par force, il arriveroit deux choses : l'une, qu'à la vérité il y auroit du vide; l'autre, qu'il faudroit hausser et soutenir toute la masse de l'air, et c'est la dernière de ces choses qui cause la résistance qu'on y sent, et la première y est fort indifférente; aussi cette résistance augmente et diminue à proportion de la charge de l'air, comme je l'ai fait voir.

Il faut entendre là même chose de la résistance qu'on sent à séparer tous les corps entre lesquels il y auroit du vide ; car l'air ne peut pas s'y insinuer, autrement il n'y auroit pas du vide. Et ainsi on ne pourroit les séparer, sans faire hausser et soutenir toute la masse de l'air, et c'est ce qui cause cette résistance.

Voilà la véritable cause de l'union des corps entre lesquels il y auroit du vide, qu'on a demeuré si long-temps à connoître, parce qu'on a demeuré long-temps dans de fausses opinions, dont on n'est sorti que par degrés ; de sorte qu'il y a eu trois divers temps où l'on a eu de différents sentiments.

Il y avoit trois erreurs dans le monde, qui empêchoient absolument la connoissance de cette cause de l'union des corps.

La première est, qu'on a cru presque de tout temps que l'air est léger, parce que les anciens auteurs l'ont dit ; et que ceux qui font profession de les croire, les suivoient aveuglément, et seroient demeurés éternellement dans cette pensée, si des personnes plus habiles ne les en avoient retirés par la force des expériences. De sorte qu'il n'étoit pas possible de penser que la pesanteur de l'air fût la cause de cette union, quand on pensoit que l'air n'a point de pesanteur.

La seconde est, qu'on s'est imaginé que les éléments ne pèsent point dans eux-mêmes, sans autre raison sinon qu'on ne sent point le poids de l'eau quand on est dedans, et qu'un seau plein d'eau qui y est enfoncé, n'est point difficile à lever tant qu'il y est, et qu'on ne commence à sentir son poids que quand il en sort : comme si ces effets ne pouvoient pas venir d'une autre cause, ou plutôt comme si celle-là n'étoit pas hors d'apparence, n'y ayant point de raison de croire que l'eau qu'on puise dans un seau pèse quand elle en est tirée, et ne pèse plus quand elle y est renversée ; qu'elle perde son poids en se confondant avec l'autre, et qu'elle le retrouve quand elle en quitte le niveau. Étranges moyens que les hommes cherchent pour couvrir leur ignorance ! Parce qu'ils n'ont pu comprendre pourquoi on ne sent point le poids de l'eau, et qu'ils n'ont pas voulu l'avouer, ils ont dit qu'elle n'y pèse pas, pour satisfaire leur vanité par la ruine de la vérité ; et on l'a reçu de la sorte : et c'est pourquoi il étoit impossible de croire que la pesanteur de l'air fût la cause de ces effets, tant qu'on a été dans cette imagination ; puisque quand même on auroit su qu'il est pesant, on auroit toujours dit qu'il ne pèse pas dans lui-même ; et ainsi on n'auroit pas cru qu'il y produisît aucun effet par son poids.

C'est pourquoi j'ai montré dans l'équilibre des liqueurs, que l'eau pèse dans elle-même autant qu'au dehors, et j'y ai expliqué pourquoi, nonobstant ce poids, un seau n'y est pas difficile à hausser, et pourquoi on n'en sent pas le poids : et dans le Traité de la pesanteur de la masse de l'air, j'ai montré la même chose de l'air, afin d'éclaircir tous les doutes.

La troisième erreur est d'une autre nature; elle n'est plus sur le sujet de l'air, mais sur celui des effets mêmes qu'ils attribuoient à l'horreur du vide, dont ils avoient des pensées bien fausses.

Car ils s'étoient imaginé qu'une pompe élève l'eau non-seulement à dix ou vingt pieds, ce qui est bien véritable, mais encore à cinquante, cent, mille, et autant qu'on voudroit, sans aucunes bornes.

Ils ont cru de même, qu'il n'est pas seulement difficile de séparer deux corps polis appliqués l'un contre l'autre, mais que cela est absolument impossible; qu'un ange, ni aucune force créée ne sauroit le faire, avec cent exagérations que je ne daigne pas rapporter; et ainsi des autres.

C'est une erreur de fait si ancienne, qu'on n'en voit point l'origine; et Héron même, l'un des plus anciens et des plus excellents auteurs qui ont écrit de l'élévation des eaux, dit expressément, comme une chose qui ne doit pas être mise en doute, que l'on peut faire passer l'eau d'une rivière par-dessus une montagne pour la faire rendre dans le vallon opposé, pourvu qu'il soit un peu plus profond, par le moyen d'un siphon placé sur le sommet, et dont les jambes s'étendent le long des côteaux, l'une dans la rivière, l'autre de l'autre côté; et il assure que l'eau s'élèvera de la rivière jusque sur la montagne, pour redescendre dans l'autre vallon, quelque hauteur qu'elle ait.

Tous ceux qui ont écrit de ces matières, ont dit la même chose; et même tous nos fontainiers assurent encore aujourd'hui qu'ils feront des pompes aspirantes qui attireront l'eau à soixante pieds, si l'on veut.

Ce n'est pas que, ni Héron, ni ces auteurs, ni ces artisans, et encore moins les philosophes, aient poussé ces épreuves bien loin; car s'ils avoient essayé d'attirer l'eau seulement à quarante pieds, ils l'auroient trouvé impossible; mais c'est seulement qu'ils ont vu des pompes aspirantes et des siphons de six pieds, de dix, de douze, qui ne manquoient point de faire leur effet, et ils n'ont jamais vu que l'eau manquât d'y monter dans toutes les épreuves qu'il leur est arrivé de faire. De sorte qu'ils ne se sont pas imaginé qu'il y eût un certain degré après lequel il en arrivât autrement. Ils ont pensé que c'étoit une nécessité naturelle, dont l'ordre ne pouvoit être changé; et comme ils croyoient que l'eau montoit par une horreur invincible du vide, ils se sont assurés qu'elle continueroit à s'élever, comme elle avoit commencé, sans cesser jamais; et ainsi tirant une conséquence de ce qu'ils voyoient à ce qu'ils ne voyoient pas, ils ont donné l'un et l'autre pour également véritable.

Et on l'a cru avec tant de certitude, que les philosophes en ont fait un des plus grands principes de leur science, et le fondement de leurs

Traités du vide : on le dicte tous les jours dans les classes et dans tous les lieux du monde, et depuis tous les temps dont on a des écrits ; tous les hommes ensemble ont été fermes dans cette pensée, sans que jamais personne y ait contredit jusqu'à ce temps.

Peut-être que cet exemple ouvrira les yeux à ceux qui n'osent penser qu'une opinion soit douteuse, quand elle a été de tout temps universellement reçue de tous les hommes ; puisque de simples artisans ont été capables de convaincre d'erreur tous les grands hommes qu'on appelle philosophes : car Galilée déclare dans ses Dialogues, qu'il a appris des fontainiers d'Italie, que les pompes n'élèvent l'eau que jusqu'à une certaine hauteur : ensuite de quoi il l'éprouva lui-même ; et d'autres ensuite en firent l'épreuve en Italie, et depuis en France avec du vif-argent, avec plus de commodité, mais qui ne montroit que la même chose en plusieurs manières différentes.

Avant qu'on en fût instruit, il n'y avoit pas lieu de démontrer que la pesanteur de l'air fût ce qui élevoit l'eau dans les pompes ; puisque cette pesanteur étant limitée, elle ne pouvoit pas produire un effet infini.

Mais toutes ces expériences ne suffirent pas pour montrer que l'air produit ces effets ; parce qu'encore qu'elles nous eussent tiré d'une erreur, elles nous laissoient dans une autre : car on apprit bien par toutes ces expériences, que l'eau ne s'élève que jusqu'à une certaine hauteur; mais on n'apprit pas qu'elle s'élevât plus haut dans les lieux plus profonds : on pensoit, au contraire, qu'elle s'élevoit toujours à la même hauteur, qu'elle étoit invariable en tous les lieux du monde; et comme on ne pensoit point à la pesanteur de l'air, on s'imagina que la nature de la pompe est telle, qu'elle élève l'eau à une certaine hauteur limitée, et puis plus. Aussi Galilée la considéra comme la hauteur naturelle de la pompe, et il l'appela *la Altessa limitatissima.*

Aussi comment se fût-on imaginé que cette hauteur eût été variable, suivant la variété des lieux ? Certainement cela n'étoit pas vraisemblable; et cependant cette dernière erreur mettoit encore hors d'état de prouver que la pesanteur de l'air est la cause de ces effets; car comme elle est plus grande sur le pied des montagnes que sur le sommet, il est manifeste que les effets y seront plus grands à proportion.

C'est pourquoi je conclus qu'on ne pouvoit arriver à cette preuve, qu'en en faisant l'expérience en deux lieux élevés, l'un au-dessus de l'autre, de quatre cents ou cinq cents toises; et je choisis pour cela la montagne du Puy-de-Dôme en Auvergne, par la raison que j'ai déclarée dans un petit écrit que je fis imprimer dès l'année 1648, aussitôt qu'elle eut réussi.

Cette expérience ayant découvert que l'eau s'élève dans les pompes à des hauteurs toutes différentes, suivant la variété des lieux et des temps, et qu'elle est toujours proportionnée à la pesanteur de l'air, elle acheva de donner la connoissance parfaite de ces effets; elle termina tous les doutes; elle montra quelle en est la véritable cause; elle fit voir que l'horreur du vide ne l'est pas; et enfin elle fournit toutes les lumières qu'on peut désirer sur ce sujet.

Qu'on rende raison maintenant, s'il est possible, autrement que par la pesanteur de l'air, pourquoi les pompes aspirantes élèvent l'eau plus bas d'un quart sur le Puy-de-Dôme en Auvergne, qu'à Dieppe.

Pourquoi un même siphon élève l'eau et l'attire à Dieppe, et non pas à Paris.

Pourquoi deux corps polis, appliqués l'un contre l'autre, sont plus faciles à séparer sur un clocher, que dans la rue.

Pourquoi un soufflet bouché de tous côtés, est plus facile à ouvrir sur le haut d'une maison que dans la cour.

Pourquoi quand l'air est plus chargé de vapeurs, le piston d'une seringue bouchée est plus difficile à tirer.

Enfin pourquoi tous ces effets sont toujours proportionnés au poids de l'air, comme l'effet à la cause.

Est-ce que la nature abhorre plus le vide sur les montagnes que dans les vallons, quand il fait humide que quand il fait beau? Ne le hait-elle pas également sur un clocher, dans un grenier et dans les cours?

Que tous les disciples d'Aristote assemblent tout ce qu'il y a de fort dans les écrits de leur maître et de ses commentateurs, pour rendre raison de ces choses par l'horreur du vide, s'ils le peuvent : sinon qu'ils reconnoissent que les expériences sont les véritables maîtres qu'il faut suivre dans la physique ; que celle qui a été faite sur les montagnes, a renversé cette croyance universelle du monde, que la nature abhorre le vide, et ouvert cette connoissance qui ne sauroit plus jamais périr, que la nature n'a aucune horreur pour le vide, qu'elle ne fait aucune chose pour l'éviter, et que la pesanteur de la masse de l'air est la véritable cause de tous les effets qu'on avoit jusqu'ici attribués à cette cause imaginaire.

FRAGMENT

D'un autre plus long Ouvrage de M. Pascal sur la même matière, divisé en Parties, Livres, Chapitres, Sections et Articles, dont il ne s'est trouvé que ceci parmi ses papiers.

Part. I, Liv. III, Chap. I, Sect. II.

SECTION SECONDE.

Que les effets sont variables suivant la variété des temps ; et qu'ils sont d'autant plus ou moins grands, que l'air est plus ou moins chargé.

Nous avons vu dans l'introduction sur le sujet de la pesanteur de l'air, qu'en une même région l'air pèse davantage en un temps qu'en un autre, suivant que l'air est plus ou moins chargé; et nous allons montrer dans cette section que ces effets sont variables en une même région, suivant la variété des temps, et qu'ils sont d'autant plus ou moins grands, que l'air y est plus ou moins chargé.

ARTICLE I.

Pour faire l'expérience de cette variation avec justesse, il faut avoir un tuyau de verre scellé par en haut, ouvert par en bas, recourbé par le bout ouvert, plein de mercure, tel que nous l'avons figuré plusieurs fois, où le mercure demeure suspendu à une certaine hauteur : soit ce tuyau placé à demeure dans une chambre, en un lieu où l'on puisse le voir commodément et où il ne puisse être offensé : soit collée une bande de papier divisée par pouces et par lignes le long du tuyau, afin qu'on puisse remarquer la division à laquelle le mercure se trouve suspendu, comme on fait aux thermomètres.

On verra que dans Dieppe, quand le temps est le plus chargé, le mercure sera à la hauteur de vingt-huit pouces quatre lignes, à compter depuis le mercure du bout recourbé.

Et quand le temps se déchargera, on verra le mercure baisser, peut-être de quatre lignes.

Le lendemain, on le verra peut-être baissé de dix lignes, quelquefois une heure après il sera remonté de dix lignes, quelque temps après on le verra, ou haussé ou baissé, suivant que le temps sera chargé ou déchargé.

Et depuis l'un à l'autre de ses périodes, on trouvera dix-huit lignes de différence, c'est-à-dire, qu'il sera quelquefois à la hauteur de vingt-huit pouces quatre lignes, et quelquefois à la hauteur de vingt-six pouces dix lignes.

Cette expérience s'appelle, l'*expérience continuelle*, à cause qu'on l'observe, si l'on veut, continuellement, et qu'on trouve le mercure à presque autant de divers points qu'il y a de différents temps où on l'observe.

ARTICLE II.

La conformité parfaite de tous les effets attribués à l'horreur du vide, étant telle que ce qui se dit de l'un, s'entend de tous les autres, doit nous faire conclure, avec certitude, que puisque le mercure suspendu varie ses hauteurs suivant les variétés des temps, il arrivera aussi de semblables variétés dans tous les autres, comme dans les hauteurs où les pompes élèvent l'eau, et qu'ainsi les pompes élèvent l'eau plus haut en un temps qu'en un autre; qu'un soufflet bouché est plus difficile à ouvrir en un temps qu'en un autre, etc.

Que si l'on veut avoir le plaisir d'en faire l'épreuve en quelqu'un des autres exemples, nous en donnerons ici le moyen dans l'exemple du soufflet bouché en cette sorte.

Soit un soufflet plus étroit que les ordinaires, et dont les ailes n'aient que trois pouces de diamètre : qu'il soit bien bouché de toutes parts sans aucune ouverture; soit l'une de ses ailes attachée à la poutre du plancher d'une chambre; soit à l'autre aile attachée une chaîne de fer à plusieurs chaînons qui pendent depuis le soufflet jusqu'à terre, et qui traînent même contre terre; soit la chaîne de telle grosseur, et la distance des planchers haut et bas, telle que les chaînons suspendus depuis le soufflet jusqu'à terre, sans compter ceux qui traînent, pèsent environ cent vingt livres.

On verra que ce poids ouvrira le soufflet: car il ne faut pour l'ouvrir qu'un poids de cent treize livres, comme nous l'avons dit au Livre I, Chap. I, Art. II.

Et le soufflet, en s'ouvrant, baissera son aile, à laquelle la chaîne qui l'entraîne est attachée; donc cette chaîne se baissera elle-même, et ses chaînons qui pendoient les plus proches de terre seront reçus à terre; et ainsi leur poids n'agira plus contre le soufflet. Ainsi, il restera d'autant moins de chaînons suspendus, que le soufflet s'ouvrira davantage; donc, quand le soufflet sera tant ouvert, qu'il ne restera de chaînons suspendus que jusqu'au poids de cent treize livres, si le temps est alors très-chargé, la chaîne ne se baissera pas davantage; mais le soufflet demeurera ainsi ouvert en partie, et la chaîne en partie suspendue et en partie rampante, et le tout en repos.

Et ce qui surprendra merveilleusement, est que quand le temps se déchargera, et qu'ainsi un moindre poids suffira pour ouvrir le soufflet, les chaînons suspendus pesant cent treize livres qui étoient en équilibre avec l'air, quand il étoit le plus chargé, deviendront trop forts, à cause de la décharge de l'air; et ainsi entraîneront l'aile du soufflet, et l'ouvriront davantage, jusqu'à ce que les chaînons qui resteront suspendus soient en équilibre avec le poids de l'air supérieur dans le tempérament où il est;

et tant plus l'air se déchargera, tant plus les chaînons se baisseront.

Mais quand l'air se chargera, on verra, au contraire, le soufflet se resserrer comme de soi-même, et en se resserrant attirer la chaîne, et la faire remonter jusqu'à ce que les chaînons suspendus soient en équilibre avec la charge de l'air supérieur en ce tempérament : de sorte que la chaîne haussera et baissera, et le soufflet s'ouvrira ou se fermera plus ou moins suivant que l'air se charge ou se décharge, et toujours les chaînons suspendus seront en équilibre avec l'air supérieur, lequel pressant le soufflet qu'il environne de toutes parts, le tiendroit serré si la chaîne ne faisoit effort pour l'ouvrir. Et la chaîne, au contraire, le tiendroit toujours ouvert, si l'air ne faisoit effort pour le fermer; mais ces deux efforts contraires se contre-balancent, comme nous l'avons dit.

Il reste à dire que quand le temps est le plus chargé, les chaînons suspendus pèsent cent treize livres ; et quand le temps est le moins chargé, ils pèsent seulement cent sept livres ; et ces deux mesures périodiques de cent treize et cent sept livres ont un rapport parfait avec les deux mesures périodiques des hauteurs du mercure suspendu de vingt-huit pouces quatre lignes, et de vingt-six pouces dix lignes; car un cylindre de mercure de trois pouces de diamètre, comme les ailes de ce soufflet, et de vingt-huit pouces quatre lignes de hauteur, pèse cent treize livres, et un cylindre de mercure de trois pouces de diamètre, et de vingt-six pouces dix lignes de hauteur, pèse cent sept livres.

ARTICLE III.

Que si l'on veut faire ces observations avec plus de plaisir, il faut les faire en trois ou quatre de ces exemples à la fois. Par exemple, il faut avoir un tuyau plein de mercure, tel que nous l'avons figuré au premier article.

Un soufflet bouché tel que nous venons de le figurer au second article.

Une pompe aspirante de trente-cinq pieds de haut.

Un siphon dont la courte jambe ait environ trente-un pieds de hauteur, et la longue trente-cinq pieds.

Et on verra, en observant tous ces effets à la fois, que quand le temps sera le plus chargé, le mercure sera dans le tuyau à vingt-huit pouces quatre lignes, les chaînons suspendus au soufflet péseront cent treize livres.

L'eau sera dans la pompe à trente-deux pieds.

Le siphon jouera, puisque sa courte jambe, qui est de trente-un pieds, est moindre que trente-deux pieds.

Et quand le temps se déchargera un peu, le mercure sera baissé de douze lignes, et n'aura plus que vingt-sept pouces et quatre lignes.

La chaîne à proportion ; et il n'y aura plus de chaînons suspendus que jusqu'à la concurrence de cent neuf livres.

L'eau de la pompe sera baissée d'un pied, et sera ainsi haute de trente-un pieds seulement.

Le siphon ne jouera plus que par un petit filet, puisque sa courte jambe a précisément trente-un pieds.

Et quand le temps sera le plus déchargé, le mercure sera baissé de dix-huit lignes, et n'aura plus que vingt-six pouces dix lignes : les chaînons suspendus ne pèseront que cent sept livres.

L'eau sera baissée d'un pied six pouces, et ne sera plus qu'à trente pieds quatre pouces. Le siphon ne jouera plus, parce que sa courte jambe, qui est de trente-un pieds, excède la hauteur de trente pieds quatre pouces, à laquelle l'eau demeure suspendue dans la pompe dans le même temps ; mais l'eau demeurera suspendue dans chacune des jambes du siphon à la même hauteur de trente pieds quatre pouces, comme dans la pompe, suivant la règle du siphon.

Quelque temps après, le mercure et la chaîne et l'eau remonteront, et le siphon jouera par un petit filet; quelque temps après tout rebaissera, puis tout rehaussera, et toujours tous à la fois recevront les mêmes différences; et le jeu continuera tant qu'on voudra en avoir le plaisir.

Que si le siphon à eau est dans une basse-cour, et que le tuyau du mercure soit dans une chambre; lorsqu'on observera que le mercure hausse dans la chambre où l'on est, on peut assurer, sans le voir, que le siphon joue dans la cour où l'on n'est pas; et lorsqu'on verra baisser le mercure, on peut assurer, sans le voir, que le siphon ne joue plus, parce que tous ces effets sont conformes, et dépendants immédiatement de la pesanteur de l'air qui les règle tous, et les diversifie suivant ses propres diversités.

SECTION TROISIÈME.

De la règle des variations qui arrivent à ces effets, par la variété des temps.

Comme les variations de ces effets procèdent des variations qui arrivent dans le tempérament de l'air, et que celles de l'air sont très-bizarres, et presque sans règle, aussi celles qui arrivent à ces effets sont si étranges, qu'il est difficile d'y en assigner. Nous remarquerons néanmoins tout ce que nous y avons trouvé de plus certain et de plus constant, en nous expliquant de tous ces effets par un seul à l'ordinaire, comme par celui de la suspension du mercure dans un tuyau bouché par en haut, dont nous nous sommes servis ordinairement.

1. Il y a un certain degré de hauteur, et un certain degré de bassesse que le mercure n'outre-passe presque jamais, parce qu'il y a de certaines bornes dans la charge de l'air, qui ne sont quasi jamais outre-passées, et qu'il y a des temps où l'air est si serein, qu'on ne voit jamais de plus grande sérénité, et d'autres où l'air est si chargé, qu'il ne peut presque l'être davantage. Ce n'est pas qu'il ne puisse arriver tel accident en l'air, qui le rendroit plus chargé que jamais; et en ce cas, le mercure monteroit plus haut que jamais; mais cela est si rare, qu'on ne doit pas en faire de règle.

2. On voit rarement le mercure à l'un ou à l'autre de ces périodes; et pour l'ordinaire, il est entre les deux, plus proche quelquefois de l'un, et quelquefois de l'autre; parce qu'il arrive aussi rarement que l'air soit entièrement déchargé ou chargé à l'excès, et que pour l'ordinaire il l'est médiocrement, tantôt plus, tantôt moins.

3. Ces vicissitudes sont sans règles dans les changements du mercure aussi-bien que dans l'air: de sorte que quelquefois d'un quart d'heure à l'autre, il y a grande différence, et quelquefois durant quatre ou cinq jours il y en a très-peu.

4. La saison où le mercure est le plus haut pour l'ordinaire, est l'hiver. Celle où d'ordinaire il est le plus bas est l'été. Où il est le moins variable, est aux solstices, et où il est le plus variable, est aux équinoxes.

Ce n'est pas que le mercure ne soit quelquefois haut en été, bas en hiver, inconstant aux solstices, constant aux équinoxes; car il n'y a point de règle certaine; mais, pour l'ordinaire, la chose est comme nous l'avons dite, parce qu'aussi, pour l'ordinaire, quoique non pas toujours, l'air est le plus chargé en hiver, le moins en été; le plus inconstant en mars et en septembre, et le plus constant aux équinoxes.

5. Il arrive aussi, pour l'ordinaire, que le mercure baisse quand il fait beau temps, qu'il hausse quand le temps devient froid ou chargé; mais cela n'est pas infaillible; car il hausse quelquefois quand le temps s'embellit, il baisse quelquefois quand le temps se couvre, parce qu'il arrive quelquefois, comme nous l'avons dit dans l'Introduction, que quand le temps s'embellit dans la basse région, néanmoins l'air, considéré dans toutes ses régions, s'appesantit; et qu'encore que l'air se charge dans la basse région, il se décharge quelquefois dans les autres.

6. Mais il est aussi très-remarquable, que quand il arrive en un même temps que l'air devienne nuageux et que le mercure baisse, on peut s'assurer que les nuées qui sont dans la basse région ont peu d'épaisseur, et qu'elles se dissiperont bientôt, et que le beau temps est proche.

Et lorsqu'au contraire, il arrive en un même temps que le temps est serein, et que néanmoins le mercure est haut, on peut s'assurer qu'il y a des vapeurs en quantité éparses, et qui ne paroissent pas, et qui formeront bientôt quelque pluie.

Et lorsqu'on voit ensemble le mercure bas et le temps serein, on peut assurer que le beau temps durera, parce que l'air est peu chargé.

Et enfin lorsqu'on voit ensemble l'air chargé et le mercure haut, on peut s'assurer que le mauvais temps durera, parce qu'assurément l'air est beaucoup chargé.

Ce n'est pas qu'un vent survenant ne puisse frustrer ces conjectures; mais pour l'ordinaire elles réussissent, parce que la hauteur du mercure suspendu étant un effet de la charge présente de l'air, elle en est aussi la marque très-certaine, et sans comparaison plus certaine que le thermomètre, ou tout autre artifice.

Cette connoissance peut être très-utile aux laboureurs, voyageurs, etc., pour connoître l'état présent du temps, et le temps qui doit suivre immédiatement, mais non pas pour connoître celui qu'il fera dans trois semaines : mais je laisse les utilités qu'on peut tirer de ces nouveautés, pour continuer notre projet.

AUTRE FRAGMENT

Sur la même matière, consistant en Tables, dont on n'en a trouvé que sept, intitulées comme s'ensuit.

AVERTISSEMENT.

Pour l'intelligence de ces Tables, il faut savoir :

1°. Que Clermont est la ville de Clermont, capitale d'Auvergne, élevée au-dessus de Paris, autant qu'on a pu le juger par estimation, d'environ 400 toises.

2°. Que le Puy est une montagne d'Auvergne tout proche de Clermont, appelée le *Puy-de-Dôme*, élevée au-dessus de Clermont d'environ 500 toises.

3°. Que Lafon est un lieu nommé *Lafon-de-l'Arbre*, situé le long de la montagne du Puy-de-Dôme, beaucoup plus près dans la vérité de son pied que de son sommet, mais que l'on prend néanmoins, dans les Tables suivantes, pour le juste milieu de la montagne, et par conséquent pour être également distant de son pied et de son sommet ; savoir, d'environ 250 toises de l'un et de l'autre.

Il faut encore savoir que *médiocr.* fait *médiocrement ; différ.* fait *différence ; pi.* fait *pieds ; po.* ou *pouc.* fait *pouces ; lig.* ou *lign.* fait *lignes ; liv.* ou *livr.* fait *livres ; onc.* fait *onces.*

SECONDE TABLE,

Pour assigner un cylindre de plomb, dont la pesanteur soit égale à la résistance de deux corps polis appliqués l'un contre l'autre, quand on les sépare.

Cette résistance est égale au poids d'un cylindre de plomb, ayant pour base la face commune, et pour hauteur :

Quand l'air est chargé.

	LE PLUS.			MÉDIOCR.			LE MOINS.			DIFFÉR.	
	pi.	po.	lig.	pi.	po.	lig.	pi.	po.	lig.	po.	lig.
A PARIS....	2	9	4	2	8	6	2	7	8	1	8
A CLERMONT.	2	6	10	2	6		2	5	2	1	8
A LAFON....	2	5	2	2	4	4	2	3	6	1	8
AU PUY....	2	3	6	2	2	8	2	1	10	1	8

DIFFÉRENCE D'UN LIEU A L'AUTRE.

Quand l'air est chargé.

	LE PLUS.		MÉDIOCR.		LE MOINS.	
	po.	lig.	po.	lig.	po.	lig.
DE PARIS A CLERMONT........	2	6	2	6	2	6
DE CLERMONT A LAFON.......	1	8	1	8	1	8
DE LAFON AU PUY...........	1	8	1	8	1	8
DE CLERMONT AU PUY........	3	4	3	4	3	4
DE PARIS AU PUY...........	5	10	5	10	5	10

TROISIÈME TABLE,

Pour assigner la force nécessaire pour séparer deux corps unis par une face qui a de diamètre un pied.

Quand l'air est chargé.

	LE PLUS. livres.	MÉDIOCR. livres.	LE MOINS. livres.	DIFFÉR. livres.
A PARIS........	1808	1761	1714	94
A CLERMONT.....	1675	1628	1581	94
A LAFON	1579	1532	1485	94
AU PUY........	1483	1436	1389	94

DIFFÉRENCE D'UN LIEU A L'AUTRE.

Quand l'air est chargé.

	LE PLUS. livres.	MÉDIOCR. livres.	LE MOINS. livres.
DE PARIS A CLERMONT........	133	133	133
DE CLERMONT A LAFON	96	96	96
DE LAFON AU PUY...........	96	96	96
DE CLERMONT AU PUY........	92	192	392
DE PARIS AU PUY...........	325	325	325

QUATRIÈME TABLE,

Pour assigner la force nécessaire pour désunir deux corps unis par une face qui a de diamètre six pouces.

Quand l'air est chargé.

	LE PLUS.		MÉDIOCR.		LE MOINS.		DIFFÉR.	
	liv.	onc.	liv.	onc.	liv.	onc.	liv.	onc.
A Paris....	452		440	4	428	8	23	8
A Clermont.	419	6	407	10	395	14	23	8
A Lafon....	395	10	383	14	372	2	23	8
Au Puy....	371	14	360	2	348	6	23	8

DIFFÉRENCE D'UN LIEU A L'AUTRE.

Quand l'air est chargé.

	LE PLUS.		MÉDIOCR.		LE MOINS.	
	liv.	onc.	liv.	onc.	liv.	onc.
De Paris a Clermont......	32	10	32	10	32	10
De Clermont a Lafon....	23	12	23	12	23	12
De Lafon au Puy........	23	12	23	12	23	12
De Clermont au Puy.....	47	8	47	8	47	8
De Paris au Puy.........	80	2	80	2	80	2

CINQUIÈME TABLE,

Pour assigner la force nécessaire pour diviser deux corps unis par une face qui a de diamètre un pouce.

Quand l'air est chargé.

	LE PLUS.		MÉDIOCR.		LE MOINS.		DIFFÉR.
	liv.	onc.	liv.	onc.	liv.	onc.	onces.
A Paris........	12	9	12	4	11	15	10
A Clermont.....	11	11	11	6	11	1	10
A Lafon........	11	1	10	12	10	7	10
Au Puy........	10	7	10	2	9	13	10

DIFFÉRENCE D'UN LIEU A L'AUTRE.

Quand l'air est chargé.

	LE PLUS.		MÉDIOCR.		LE MOINS.	
	liv.	onc.	liv.	onc.	liv.	onc.
De Paris a Clermont		14		14		14
De Clermont a Lafon.......		10		10		10
De Lafon au Puy...........		10		10		10
De Clermont au Puy........	1	4	1	4	1	4
De Paris au Puy..........	2	2	2	2	2	2

SIXIÈME TABLE,

Pour assigner la force nécessaire pour désunir deux corps contigus par une face qui a de diamètre six lignes.

Quand l'air est chargé.

	LE PLUS.		MÉDIOCR.		LE MOINS.		DIFFÉR.
	liv.	onc.	liv.	onc.	liv.	onc.	onces.
A PARIS............	3	1	3		2	15	2
A CLERMONT.........	2	12	2	11	2	10	2
A LAFON	2	9	2	8	2	7	2
AU PUY............	2	6	2	5	2	4	2

DIFFÉRENCE D'UN LIEU A L'AUTRE.

Quand l'air est chargé.

	LE PLUS.	MÉDIOCR.	LE MOINS.
	onces.	onces.	onces.
DE PARIS A CLERMONT.....	5	5	5
DE CLERMONT A LAFON....	3	3	3
DE LAFON AU PUY........	3	3	3
DE CLERMONT AU PUY.....	6	6	6
DE PARIS AU PUY.........	11	11	11

SEPTIÈME TABLE,

Pour assigner la hauteur à laquelle s'élève et demeure suspendu le mercure ou vif-argent en l'expérience ordinaire.

Quand l'air est chargé.

	LE PLUS.			MÉDIOCR.			LE MOINS.			DIFFÉR.	
	pi.	po.	lig.	pi.	po.	lig.	pi.	po.	lig.	po.	lig.
A PARIS.......	2	4	4	2	3	7	2	2	10	1	6
A CLERMONT....	2	2	3	2	1	6	2		9	1	6
A LAFON.......	2		9	2			1	11	3	1	6
AU PUY.......	1	11	3	1	10	6	1	9	9	1	6

DIFFÉRENCE D'UN LIEU A L'AUTRE.

Quand l'air est chargé.

	LE PLUS.		MÉDIOCR.		LE MOINS.	
	po.	lig.	po.	lig.	po.	lig.
DE PARIS A CLERMONT.....	2	1	2	1	2	1
DE CLERMONT A LAFON....	1	6	1	6	1	6
DE LAFON AU PUY........	1	6	1	6	1	6
DE CLERMONT AU PUY.....	3		3		3	
DE PARIS AU PUY.........	5	1	5	1	5	1

HUITIÈME TABLE,

Pour assigner la hauteur à laquelle l'eau s'élève et demeure suspendue en l'expérience ordinaire.

Quand l'air est chargé.

	LE PLUS.		MÉDIOCR.		LE MOINS.		DIFFÉR.	
	pi.	po.	pi.	po.	pi.	po.	pi.	po.
A PARIS..........	32		31	2	30	4	1	8
A CLERMONT.......	29	8	28	10	28		1	8
A LAFON..........	28		27	2	26	4	1	8
AU PUY..........	26	3	25	6	24	7	1	8

DIFFÉRENCE D'UN LIEU A L'AUTRE.

Quand l'air est chargé.

	LE PLUS.		MÉDIOCR.		LE MOINS.	
	pi.	po.	pi.	po.	pi.	po.
DE PARIS A CLERMONT..	2	4	2	4	2	4
DE CLERMONT A LAFON.	1	8	1	8	1	8
DE LAFON AU PUY.....	1	8	1	8	1	8
DE CLERMONT AU PUY..	3	4	3	4	3	4
DE PARIS AU PUY.....	5	8	5	8	5	8

RÉCIT (*)

DE LA GRANDE EXPÉRIENCE

DE

L'ÉQUILIBRE DES LIQUEURS,

Projetée par le sieur B. Pascal, pour l'accomplissement du Traité qu'il a promis dans son Abrégé touchant le vide, et faite par le sieur F. Périer, en une des plus hautes montagnes d'Auvergne, appelée vulgairement le *Puy-de-Dôme*.

LORSQUE je mis au jour mon Abrégé sous ce titre : *Expériences nouvelles touchant le vide, etc.*, où j'avois employé la maxime de l'horreur du vide, parce qu'elle étoit universellement reçue, et que je n'avois point encore de preuves convaincantes du contraire, il me resta quelques difficultés qui me firent défier de la vérité de cette maxime, pour l'éclaircissement desquelles je méditai dès lors l'expérience dont je fais voir

---

(*) Cette Relation de l'expérience du Puy-de-Dôme fut imprimée, pour la première fois, en l'année 1648. Les premiers éditeurs des traités *de l'Équilibre des Liqueurs*, et *de la Pesanteur de la masse de l'Air*, la firent réimprimer à la suite de ces deux ouvrages : on a suivi ici le même ordre. Le traité dont il est parlé en plusieurs endroits de cette Relation, est celui que Pascal avoit projeté d'écrire touchant le vide. *Voyez* la note de la page 179.

ici le récit, qui pouvoit me donner une parfaite connoissance de ce que je devois en croire. Je l'ai nommée la *grande Expérience de l'Équilibre des liqueurs*, parce qu'elle est la plus démonstrative de toutes celles qui peuvent être faites sur ce sujet, en ce qu'elle fait voir l'équilibre de l'air avec le vif-argent, qui sont, l'un la plus légère, et l'autre la plus pesante de toutes les liqueurs qui sont connues dans la nature. Mais parce qu'il étoit impossible de la faire en cette ville de Paris, qu'il n'y a que très-peu de lieux en France propres pour cet effet, et que la ville de Clermont en Auvergne est un des plus commodes, je priai M. Périer, conseiller en la cour des aides d'Auvergne, mon beau-frère, de prendre la peine de l'y faire. On verra quelles étoient mes difficultés, et quelle est cette expérience, par cette lettre que je lui en écrivis alors.

Copie de la lettre de M. Pascal, le jeune, à M. Périer, du 15 *novembre* 1647.

MONSIEUR,

Je n'interromprois pas le travail continuel où vos emplois vous engagent, pour vous entretenir de méditations physiques, si je ne savois qu'elles serviront à vous délasser en vos heures de relâche, et qu'au lieu que d'autres en seroient embarrassés, vous en aurez du divertissement. J'en fais d'autant moins de difficulté, que je sais le plaisir que vous recevez en cette sorte d'entretien. Celui-ci ne sera qu'une continuation de ceux que nous avons eus ensemble touchant le vide. Vous savez quel sentiment les philosophes ont eu sur ce sujet : tous ont tenu pour maxime, que la nature abhorre le vide ; et presque tous, passant plus avant, ont soutenu qu'elle ne peut l'admettre, et qu'elle se détruiroit elle-même plutôt que de le souffrir. Ainsi les opinions ont été divisées ; les uns se sont contentés de dire qu'elle l'abhorroit seulement, les autres ont maintenu qu'elle ne pouvoit le souffrir. J'ai travaillé dans mon Abrégé du Traité du vide, à détruire cette dernière opinion ; et je crois que les expériences que j'y ai rapportées, suffisent pour faire voir manifestement que la nature peut souffrir, et souffre en effet un espace, si grand que l'on voudra, vide de toutes les matières qui sont en notre connoissance, et qui tombent sous nos sens. Je travaille maintenant à examiner la vérité de la première ; savoir, que la nature abhorre le vide, et à chercher des expériences qui fassent voir si les effets que l'on attribue à l'horreur du vide, doivent être véritablement attribués à cette horreur du vide, ou s'ils doivent l'être à la pesanteur et pression de l'air ; car, pour vous ouvrir franchement ma pensée, j'ai peine à croire que la nature, qui n'est point animée, ni sensible, soit susceptible d'horreur, puisque les passions présupposent une âme capable de les ressentir ;

et j'incline bien plus à imputer tous ces effets à la pesanteur et pression de l'air, parce que je ne les considère que comme des cas particuliers d'une proposition universelle de l'Équilibre des liqueurs, qui doit faire la plus grande partie du Traité que j'ai promis. Ce n'est pas que je n'eusse ces mêmes pensées lors de la production de mon Abrégé; et toutefois, faute d'expériences convaincantes, je n'osai pas alors (et je n'ose pas encore) me départir de la maxime de l'horreur du vide, et je l'ai même employée pour maxime dans mon Abrégé : n'ayant alors autre dessein que de combattre l'opinion de ceux qui soutiennent que le vide est absolument impossible, et que la nature souffriroit plutôt sa destruction, que le moindre espace vide. En effet, je n'estime pas qu'il nous soit permis de nous départir légèrement des maximes que nous tenons de l'antiquité, si nous n'y sommes obligés par des preuves indubitables et invincibles. Mais, en ce cas, je tiens que ce seroit une extrême foiblesse d'en faire le moindre scrupule, et qu'enfin nous devons avoir plus de vénération pour les vérités évidentes, que d'obstination pour ces opinions reçues. Je ne saurois mieux vous témoigner la circonspection que j'apporte avant que de m'éloigner des anciennes maximes, que de vous remettre dans la mémoire l'expérience que je fis ces jours passés en votre présence avec deux tuyaux, l'un dans l'autre, qui montre apparemment le vide dans le vide. Vous vîtes que le vif-argent du tuyau intérieur demeura suspendu à la hauteur où il se tient par l'expérience ordinaire, quand il étoit contre-balancé et pressé par la pesanteur de la masse entière de l'air; et qu'au contraire, il tomba entièrement, sans qu'il lui restât aucune hauteur ni suspension, lorsque par le moyen du vide dont il fut environné, il ne fut plus du tout pressé, ni contre-balancé d'aucun air, en ayant été destitué de tous côtés. Vous vîtes ensuite que cette hauteur ou suspension du vif-argent augmentoit ou diminuoit à mesure que la pression de l'air augmentoit ou diminuoit, et qu'enfin toutes ces diverses hauteurs ou suspensions du vif-argent se trouvoient toujours proportionnées à la pression de l'air.

Certainement, après cette expérience, il y avoit lieu de se persuader que ce n'est pas l'horreur du vide, comme nous estimons, qui cause la suspension du vif-argent dans l'expérience ordinaire, mais bien la pesanteur et pression de l'air, qui contre-balance la pesanteur du vif-argent. Mais parce que tous les effets de cette dernière expérience des deux tuyaux, qui s'expliquent si naturellement par la seule pression et pesanteur de l'air, peuvent encore être expliqués assez probablement par l'horreur du vide, je me tiens dans cette ancienne maxime : résolu néanmoins de chercher l'éclaircissement entier de cette difficulté par une expérience décisive.

J'en ai imaginé une qui pourra seule suffire

pour nous donner la lumière que nous cherchons, si elle peut être exécutée avec justesse. C'est de faire l'expérience ordinaire du vide plusieurs fois en même jour, dans un même tuyau, avec le même vif-argent, tantôt au bas, et tantôt au sommet d'une montagne, élevée pour le moins de cinq ou six cents toises, pour éprouver si la hauteur du vif-argent suspendu dans le tuyau se trouvera pareille ou différente dans ces deux situations. Vous voyez déjà, sans doute, que cette expérience est décisive de la question, et que s'il arrive que la hauteur du vif-argent soit moindre au haut qu'au bas de la montagne (comme j'ai beaucoup de raisons pour le croire, quoique tous ceux qui ont médité sur cette matière soient contraires à ce sentiment), il s'ensuivra nécessairement que la pesanteur et pression de l'air est la seule cause de cette suspension du vif-argent, et non pas l'horreur du vide, puisqu'il est bien certain qu'il y a beaucoup plus d'air qui pèse sur le pied de la montagne, que non pas sur son sommet ; au lieu qu'on ne sauroit dire que la nature abhorre le vide au pied de la montagne plus que sur son sommet.

Mais comme la difficulté se trouve d'ordinaire jointe aux grandes choses, j'en vois beaucoup dans l'exécution de ce dessein, puisqu'il faut pour cela choisir une montagne excessivement haute, proche d'une ville dans laquelle se trouve une personne capable d'apporter à cette épreuve toute l'exactitude nécessaire; car si la montagne étoit éloignée, il seroit difficile d'y porter des vaisseaux, le vif-argent, les tuyaux, et beaucoup d'autres choses nécessaires; et d'entreprendre ces voyages pénibles autant de fois qu'il le faudroit, pour rencontrer au haut de ces montagnes le temps serein et commode, qui ne s'y voit que peu souvent : et comme il est aussi rare de trouver des personnes hors de Paris qui aient ces qualités, que des lieux qui aient ces conditions, j'ai beaucoup estimé mon bonheur, d'avoir, en cette occasion, rencontré l'un et l'autre, puisque notre ville de Clermont est au pied de la haute montagne du Puy-de-Dôme, et que j'espère de votre bonté que vous m'accorderez la grâce de vouloir y faire vous-même cette expérience; et sur cette assurance, je l'ai fait espérer à tous nos curieux de Paris, et entre autres au révérend père Mersenne, qui s'est déjà engagé, par les lettres qu'il en a écrites en Italie, en Pologne, en Suède, en Hollande, etc., d'en faire part aux amis qu'il s'y est acquis par son mérite. Je ne touche pas aux moyens de l'exécuter, parce que je sais bien que vous n'omettrez aucune des circonstances nécessaires pour la faire avec précision.

Je vous prie seulement que ce soit le plus tôt qu'il vous sera possible, et d'excuser cette liberté où m'oblige l'impatience que j'ai d'en apprendre le succès, sans lequel je ne puis mettre la dernière main au Traité que j'ai promis au public, ni satisfaire au désir de tant de personnes qui l'attendent, et qui vous en seront infiniment obligés. Ce n'est pas que je veuille diminuer ma reconnoissance par le nombre de ceux qui la partageront avec moi, puisque je veux, au contraire, prendre part à celle qu'ils vous auront, et en demeurer d'autant plus, monsieur, votre très-humble et très-obéissant serviteur, PASCAL.

M. Périer reçut cette lettre à Moulins, où il étoit dans un emploi qui lui ôtoit la liberté de disposer de soi-même; de sorte que quelque désir qu'il eût de faire promptement cette expérience, il ne le put néanmoins plus tôt qu'au mois de septembre dernier.

Vous verrez les raisons de ce retardement, la relation de cette expérience, et la précision qu'il y a apportée, par la lettre suivante qu'il me fit l'honneur de m'en écrire.

Copie de la Lettre de M. Périer à M. Pascal le jeune, du 22 septembre 1648.

MONSIEUR,

Enfin j'ai fait l'expérience que vous avez si long-temps souhaitée. Je vous aurois plus tôt donné cette satisfaction; mais j'en ai été empêché, autant par les emplois que j'ai eus en Bourbonnois, qu'à cause que, depuis mon arrivée, les neiges ou les brouillards ont tellement couvert la montagne du Puy-de-Dôme, où je devois la faire, que, même en cette saison qui est ici la plus belle de l'année, j'ai eu peine de rencontrer un jour où l'on pût voir le sommet de cette montagne, qui se trouve d'ordinaire au dedans des nuées, et quelquefois au-dessus, quoiqu'au même temps il fasse beau dans la campagne: de sorte que je n'ai pu joindre ma commodité avec celle de la saison, avant le 19 de ce mois. Mais le bonheur avec lequel je la fis ce jour-là m'a pleinement consolé du petit déplaisir que m'avoient donné tant de retardements que je n'avois pu éviter.

Je vous en donne ici une ample et fidèle relation, où vous verrez la précision et les soins que j'y ai apportés, auxquels j'ai estimé à propos de joindre encore la présence de personnes aussi savantes qu'irréprochables, afin que la sincérité de leur témoignage ne laissât aucun doute de la certitude de l'expérience.

Copie de la relation de l'Expérience faite par M. Périer.

La journée de samedi dernier, 19 de ce mois, fut fort inconstante; néanmoins le temps paroissant assez beau sur les cinq heures du matin, et le sommet du Puy-de-Dôme se montrant à découvert, je me résolus d'y aller pour y faire l'expérience. Pour cet effet, j'en donnai avis à plusieurs personnes de condition de cette ville de Clermont, qui m'avoient prié de les avertir du jour que j'irois, dont quelques-uns sont ecclésiastiques et les autres séculiers : entre les ecclésiastiques étoient le très-révérend père Bannier, l'un des pères minimes de cette ville, qui a été plusieurs fois correcteur (c'est-à-dire supérieur), et M. Mosnier, chanoine de l'église cathédrale de cette ville; et entre les séculiers, MM. La Ville et Begon, conseillers en la cour des aides, et M. La Porte, docteur en médecine, et la professant ici : toutes personnes très-capables non-seulement en leurs charges, mais encore dans toutes les belles connoissances, avec lesquels je fus ravi d'exécuter cette belle partie. Nous fûmes donc ce jour-là tous ensemble sur les huit heures du matin dans le jardin des pères minimes, qui est presque le lieu le plus bas de la ville, où fut commencée l'expérience en cette sorte.

Premièrement, je versai dans un vaisseau seize livres de vif-argent, que j'avois rectifié durant les trois jours précédents; et ayant pris deux tuyaux de verre de pareille grosseur, et longs de quatre pieds chacun, scellés hermétiquement par un bout et ouverts par l'autre, je fis, en chacun d'iceux, l'expérience ordinaire du vide dans ce même vaisseau, et ayant approché et joint les deux tuyaux l'un contre l'autre, sans les tirer hors de leur vaisseau, il se trouva que le vif-argent qui étoit resté en chacun d'eux, étoit à même niveau, et qu'il y en avoit en chacun d'eux au-dessus de la superficie de celui du vaisseau, vingt-six pouces trois lignes et demie. Je refis cette expérience dans ce même lieu, dans les deux mêmes tuyaux, avec le même vif-argent et dans le même vaisseau deux autres fois; et il se trouva toujours que le vif-argent des deux tuyaux étoit à même niveau et en la même hauteur que la première fois.

Cela fait, j'arrêtai à demeure l'un de ces deux tuyaux sur son vaisseau en expérience continuelle : je marquai au verre la hauteur du vif-argent; et, ayant laissé ce tuyau en sa même place, je priai le révérend père Chastin, l'un des religieux de la maison, homme aussi pieux que capable, et qui raisonne très-bien en ces matières, de prendre la peine d'y observer, de moment en moment, pendant toute la journée, s'il y arriveroit du changement. Et avec l'autre tuyau, et une partie de ce même vif-argent, je fus, avec tous ces messieurs, au haut du Puy-de-Dôme, élevé au-dessus des Minimes d'environ cinq cents toises, où, ayant fait les mêmes expériences de la même façon que je les avois faites aux Minimes, il se trouva qu'il ne resta plus dans ce tuyau que la hauteur de vingt-trois pouces deux lignes de vif-argent; au lieu qu'il s'en étoit trouvé aux Minimes, dans ce même tuyau, la hauteur de vingt-six pouces trois lignes et demie; et qu'ainsi entre les hauteurs du vif-argent de ces deux expériences, il y eut trois pouces une ligne et demie de différence: ce qui nous ravit tous d'admiration et d'étonnement, et nous surprit de telle sorte, que, pour notre satisfaction propre, nous voulûmes la répéter. C'est pourquoi je la fis encore cinq autres fois très-exactement en divers endroits du sommet de la montagne, tantôt à couvert dans la petite chapelle qui y est, tantôt à découvert, tantôt à l'abri, tantôt au vent, tantôt en beau temps, tantôt pendant la pluie et les brouillards qui venoient nous y voir parfois, ayant à chaque fois purgé très-soigneusement d'air le tuyau; et il s'est toujours trouvé à toutes ces expériences la même hauteur de vif-argent de vingt-trois pouces deux lignes, qui font les trois pouces une ligne et demie de différence d'avec les vingt-six pouces trois lignes et demie qui s'étoient trouvés aux Minimes: ce qui nous satisfit pleinement.

Après, en descendant la montagne, je refis en chemin la même expérience, toujours avec le même tuyau, le même vif-argent et le même vaisseau, en un lieu appelé *Lafon-de-l'Arbre*, beaucoup au-dessus des Minimes, mais beaucoup plus au-dessous du sommet de la montagne; et là je trouvai que la hauteur du vif-argent resté dans le tuyau, étoit de vingt-cinq pouces. Je la refis une seconde fois en ce même lieu, et M. Mosnier, un des ci-devant nommés, eut la curiosité de la faire lui-même: il la fit donc aussi en ce même lieu, et il se trouva toujours la même hauteur de vingt-cinq pouces, qui est moindre que celle qui s'étoit trouvée aux Minimes, d'un pouce trois lignes et demie, et plus grande que celle que nous venions de trouver au haut du Puy-de-Dôme d'un pouce dix lignes; ce qui n'augmenta pas peu notre satisfaction, voyant la hauteur du vif-argent se diminuer suivant la hauteur des lieux.

Enfin étant revenus aux Minimes, j'y trouvai le vaisseau que j'avois laissé en expérience continuelle, en la même hauteur où je l'avois laissé, de vingt-six pouces trois lignes et demie, à laquelle hauteur le révérend père Chastin, qui y étoit demeuré pour l'observation, nous rapporta n'être arrivé aucun changement pendant toute la journée, quoique le temps eût été fort inconstant, tantôt serein, tantôt pluvieux, tantôt plein de brouillards, et tantôt venteux.

J'y refis l'expérience avec le tuyau que j'avois porté au Puy-de-Dôme, et dans le vaisseau où étoit le tuyau en expérience continuelle; je trouvai que le vif-argent étoit en même niveau dans ces deux tuyaux, et à la même hauteur de vingt-six pouces trois lignes et demie, comme il s'étoit trouvé le matin dans ce même tuyau, et comme il étoit demeuré durant tout le jour dans le tuyau en expérience continuelle.

Je la répétai encore pour la dernière fois, non-seulement dans le même tuyau où je l'avois faite sur le Puy-de-Dôme, mais encore avec le même vif-argent et dans le même vaisseau que j'y avois porté, et je trouvai toujours le vif-argent à la même hauteur de vingt-six pouces trois lignes et demie, qui s'y étoit trouvée le matin : ce qui acheva de nous confirmer dans la certitude de l'expérience.

Le lendemain, le très-révérend père de La Mare, prêtre de l'Oratoire et théologal de l'église cathédrale, qui avoit été présent à ce qui s'étoit passé le matin du jour précédent dans le jardin des Minimes, et à qui j'avois rapporté ce qui étoit arrivé au Puy-de-Dôme, me proposa de faire la même expérience au pied et sur le haut de la plus haute des tours de Notre-Dame de Clermont, pour éprouver s'il y arriveroit de la différence. Pour satisfaire à la curiosité d'un homme de si grand mérite, et qui a donné à toute la France des preuves de sa capacité, je fis le même jour l'expérience ordinaire du vide, en une maison particulière qui est au plus haut lieu de la ville, élevée par-dessus le jardin des Minimes de six ou sept toises, et à niveau du pied de la tour : nous y trouvâmes le vif-argent à la hauteur d'environ vingt-six pouces trois lignes, qui est moindre que celle qui s'étoit trouvée aux Minimes d'environ demi-ligne.

Ensuite je la fis sur le haut de la même tour, élevé par-dessus son pied de vingt toises, et par-dessus le jardin des Minimes d'environ vingt-six ou vingt-sept toises; j'y trouvai le vif-argent à la hauteur d'environ vingt-six pouces une ligne, qui est moindre que celle qui s'étoit trouvée au pied de la tour d'environ deux lignes, et que celle qui s'étoit trouvée aux Minimes d'environ deux lignes et demie.

De sorte que, pour reprendre et comparer ensemble les différentes élévations des lieux où les expériences ont été faites, avec les diverses hauteurs du vif-argent qui est resté dans les tuyaux, il se trouve :

Qu'en l'expérience faite au plus bas lieu, le vif-argent restoit à la hauteur de vingt-six pouces trois lignes et demie.

En celle qui a été faite en un lieu élevé au-dessus du plus bas d'environ sept toises, le vif-argent est resté à la hauteur de vingt-six pouces trois lignes.

En celle qui a été faite en un lieu élevé au-dessus du plus bas d'environ vingt sept toises, le vif-argent s'est trouvé à la hauteur de vingt-six pouces une ligne.

En celle qui a été faite en un lieu élevé au-dessus du plus bas d'environ cent cinquante toises, le vif-argent s'est trouvé à la hauteur de vingt-cinq pouces.

En celle qui a été faite en un lieu élevé au-dessus du plus bas d'environ cinq cents toises, le vif-argent s'est trouvé à la hauteur de vingt-trois pouces deux lignes.

Et partant il se trouve qu'environ sept toises d'élévation donnent de différence en la hauteur du vif-argent une demi-ligne.

Environ vingt-sept toises, deux lignes et demie.

Environ cent cinquante toises, quinze lignes et demie, qui font un pouce trois lignes et demie.

Et environ cinq cents toises, trente-sept lignes et demie, qui font trois pouces une ligne et demie.

Voilà, au vrai, tout ce qui s'est passé en cette expérience, dont tous ces messieurs qui y ont assisté vous signeront la relation quand vous le désirerez.

Au reste, j'ai à vous dire que les hauteurs du vif-argent ont été prises fort exactement; mais celles des lieux où les expériences ont été faites, l'ont été bien moins.

Si j'avois eu assez de loisir et de commodité, je les aurois mesurées avec plus de précision, et j'aurois même marqué des endroits en la montagne de cent en cent toises, en chacun desquels j'aurois fait l'expérience, et marqué les différences qui se seroient trouvées à la hauteur du vif-argent en chacune de ces stations, pour vous donner au juste la différence qu'auroient produite les premières cent toises, celle qu'auroient donnée les secondes cent toises, et ainsi des autres; ce qui pourroit servir pour en dresser une table, dans la continuation de laquelle ceux qui voudroient se donner la peine de le faire pourroient peut-être arriver à la parfaite connoissance de la juste grandeur du diamètre de toute la sphère de l'air.

Je ne désespère pas de vous envoyer quelque jour ces différences de cent en cent toises, autant pour notre satisfaction que pour l'utilité que le public pourra en recevoir.

Si vous trouvez quelques obscurités dans ce récit, je pourrai vous en éclaircir de vive voix dans peu de jours, étant sur le point de faire un petit voyage à Paris, où je vous assurerai que je suis, monsieur, votre très-humble et très-affectionné serviteur, Périer.

Cette relation ayant éclairci toutes mes difficultés, je ne dissimule pas que j'en reçus beaucoup de satisfaction; et y ayant vu que la différence de vingt toises d'élévation faisoit une différence de deux lignes à la hauteur du vif-argent, et que six à sept toises en faisoient une d'environ demi-ligne, ce qu'il étoit facile d'éprouver en cette ville, je fis l'expérience ordinaire du vide au haut et au bas de la tour de Saint-Jacques-de-la-Boucherie, haute de vingt-quatre à vingt-cinq toises : je trouvai plus de deux lignes de différence à la hauteur du vif-argent; et ensuite je la fis dans une maison particulière, haute de quatre-vingt-dix marches, où je trouvai très-sensiblement demi-ligne de différence; ce qui se rapporte parfaitement au contenu en la Relation de M. Périer.

Tous les curieux pourront l'éprouver eux-mêmes, quand il leur plaira.

CONSÉQUENCES.

De cette expérience se tirent beaucoup de conséquences, comme :

Le moyen de connoître si deux lieux sont en même niveau, c'est-à-dire, également distants du centre de la terre, ou lequel des deux est le plus élevé, si éloignés qu'ils soient l'un de l'autre, quand même ils seroient antipodes; ce qui seroit comme impossible par tout autre moyen.

Le peu de certitude qui se trouve au thermomètre pour marquer les degrés de chaleur (contre le sentiment commun); que son eau hausse quelquefois lorsque la chaleur augmente, et qu'elle baisse quelquefois au contraire, lorsque la chaleur diminue, bien que le thermomètre soit demeuré au même lieu.

L'inégalité de la pression de l'air qui, en même degré de chaleur, se trouve toujours beaucoup plus pressé dans les lieux les plus bas.

Toutes ces conséquences seront déduites au long dans le Traité du vide, et beaucoup d'autres aussi utiles que curieuses.

AU LECTEUR.

Mon cher lecteur, le consentement universel des peuples et la foule des philosophes, concourent à l'établissement de ce principe; que la nature souffriroit plutôt sa destruction propre, que le moindre espace vide. Quelques esprits des plus élevés en ont pris un plus modéré : car encore qu'ils aient cru que la nature a de l'horreur pour le vide, ils ont néanmoins estimé que cette répugnance avoit des limites, et qu'elle pouvoit être surmontée par quelque violence; mais il ne s'est encore trouvé personne qui ait avancé ce troisième : Que la nature n'a aucune répugnance pour le vide, qu'elle ne fait aucun effort pour l'éviter, et qu'elle l'admet sans peine et sans résistance.

Les expériences que je vous ai données dans mon Abrégé, détruisent, à mon jugement, le premier de ces principes; et je ne vois pas que le second puisse résister à celle que je vous donne maintenant; de sorte que je ne fais plus de difficulté de prendre ce troisième, que la nature n'a aucune répugnance pour le vide; qu'elle ne fait aucun effort pour l'éviter; que tous les effets qu'on a attribués à cette horreur, procèdent de la pesanteur et pression de l'air; qu'elle en est la seule et véritable cause, et que manque de la connoître, on avoit inventé exprès cette horreur imaginaire du vide, pour en rendre raison. Ce n'est pas en cette seule rencontre, que quand la foiblesse des hommes n'a pu trouver les véritables causes, leur subtilité en a substitué d'imaginaires, qu'ils ont exprimées par des noms spécieux qui remplissent les oreilles et non pas l'esprit: c'est ainsi que l'on dit, que la sympathie et antipathie des corps naturels sont les causes efficientes et univoques de plusieurs effets, comme si des corps inanimés étoient capables de sympathie et antipathie; il en est de même de l'anti-péristase, et de plusieurs autres causes chimériques, qui n'apportent qu'un vain soulagement à l'avidité qu'ont les hommes de connoître les vérités cachées, et qui, loin de les découvrir, ne servent qu'à couvrir l'ignorance de ceux qui les inventent, et à nourrir celle de leurs sectateurs.

Ce n'est pas toutefois sans regret, que je me départs de ces opinions si généralement reçues; je ne le fais qu'en cédant à la force de la vérité qui m'y contraint. J'ai résisté à ces sentiments nouveaux, tant que j'ai eu quelque prétexte pour suivre les anciens; les maximes que j'ai employées en mon Abrégé le témoignent assez. Mais enfin, l'évidence des expériences me force de quitter les opinions où le respect de l'antiquité m'avoit retenu. Aussi je ne les ai quittées que peu à peu, et je ne m'en suis éloigné que par degrés, car du premier de ces trois principes, que la nature a pour le vide une horreur invincible, j'ai passé à ce second, qu'elle en a de l'horreur, mais non pas invincible; et de là je suis enfin arrivé à la croyance du troisième, que la nature n'a aucune horreur pour le vide.

C'est où m'a porté cette dernière expérience de l'Équilibre des liqueurs, que je n'aurois pas cru vous donner entière, si je ne vous avois fait voir quels motifs m'ont porté à la rechercher; c'est pour cette raison que je vous donne ma lettre du 16 novembre dernier, adressante à M. Périer, qui s'est donné la peine de la faire avec toute la justesse et précision que l'on peut désirer, et à qui tous les curieux qui l'ont si long-temps souhaitée, en auront l'obligation entière.

Et comme, par un avantage particulier, ce souhait universel l'avoit rendue fameuse avant que de paroître, je m'assure qu'elle ne deviendra pas moins illustre après sa production, et qu'elle donnera autant de satisfaction que son attente a causé d'impatience.

Il n'étoit pas à propos d'y laisser languir plus long-temps ceux qui la désirent; et c'est pour cette raison que je n'ai pu m'empêcher de la donner par avance, contre le dessein que j'avois de ne le faire que dans le Traité entier (que je vous ai promis dans mon Abrégé), dans lequel je déduirai les conséquences que j'en ai tirées, et que j'avois différé d'achever jusqu'à cette dernière expérience, parce qu'elle doit y faire l'accomplissement de mes démonstrations. Mais comme il ne peut pas si tôt paroître, je n'ai pas voulu la retenir davantage, autant pour mériter de vous plus de reconnoissance par ma précipitation, que pour éviter le reproche du tort que je croirois vous faire par un plus long retardement.

RÉCIT

(Des observations faites par M. Périer, continuellement jour par jour, pendant les années 1649, 1650 et 1651, en la ville de Clermont en Auvergne, sur la diversité des élévations ou abaissements du vif-argent dans les tuyaux, et de celles qui ont été faites en même temps sur le même sujet à Paris par un de ses amis, et à Stockholm en Suède par MM. Chanut et Descartes.

Après l'expérience que je fis au Puy-de-Dôme, dont la relation est ci-dessus, M. Pascal me manda de Paris à Clermont où j'étois, que non-seulement la diversité des lieux, mais aussi la diversité des temps en un même lieu, selon qu'il faisoit plus ou moins froid ou chaud, sec ou humide, causoient de différentes élévations ou abaissements du vif-argent dans les tuyaux.

Pour savoir si cela étoit vrai, et si la différence du tempérament de l'air causoit si régulièrement et si constamment cette diversité, qu'on pût en faire une règle générale et en déterminer la cause univoque, je me résolus d'en faire plusieurs expériences durant un long temps.

Et, pour exécuter ce dessein avec plus de facilité, je mis un tuyau avec son vif-argent en expérience continuelle, attaché dans un coin de mon cabinet, marqué par pouces et par lignes, depuis la superficie du vif-argent où il trempoit, jusqu'à trente pouces de hauteur. Je le regardois plusieurs fois le jour, mais particulièrement le soir et le matin, et je marquois en une feuille de papier à quelle hauteur précisément étoit le vif-argent à chaque jour, le matin et le soir, et quelquefois même au milieu du jour, lorsque j'y trouvois des différences; et j'y marquois aussi les différences des temps, pour voir si l'un suivoit toujours l'autre.

Je commençai ces observations au commencement de l'année 1649, et les continuai jusqu'au dernier mars 1651.

Après les avoir faites pendant cinq ou six mois, qui m'avoient fait voir de grandes différences en la hauteur du vif-argent, je trouvai, à la vérité, que d'ordinaire et communément le vif-argent, comme on me l'avoit mandé, se haussoit dans les tuyaux en temps froid et humide ou couvert, et s'abaissoit en temps chaud et sec; mais que cela n'arrivoit pas toujours, et qu'il arrivoit quelquefois au contraire que le vif-argent s'abaissoit le temps devenant plus froid ou plus humide, et se haussoit quand le temps devenoit plus chaud ou plus sec.

Je m'avisai, pour en avoir plus de lumière et plus de connoissance, de tâcher d'en avoir des observations qui fussent faites en d'autres lieux bien éloignés les uns des autres, et qui fussent toutes faites en même temps, afin de voir si on pouvoit découvrir quelque chose en les confrontant les unes aux autres.

Pour cet effet, j'en écrivis à Paris à un de mes amis, qui y étoit pour lors, et qui étoit une personne fort exacte en toutes choses : je le priai de prendre la peine d'y faire les mêmes observations que je faisois à Clermont, et de m'en envoyer ses feuilles tous les mois; ce qu'il fit, depuis le premier août 1649 jusqu'à la fin de mars 1651, auquel temps je finis aussi.

Et je me donnai l'honneur d'en écrire aussi à M. Chanut, dont le mérite et la réputation sont connus par toute l'Europe, qui étoit pour lors ambassadeur en Suède, lequel me fit la faveur d'agréer ma prière, et de m'envoyer pareillement les observations que lui et M. Descartes firent à Stockholm, depuis le 21 octobre 1649 jusqu'au 24 septembre 1650, comme je lui envoyois aussi les miennes.

Mais je ne pus faire aucun autre profit de toutes ces observations, confrontées les unes aux autres, sinon de me confirmer ce que j'avois appris par les miennes seules, qui est que d'ordinaire et communément le vif-argent se hausse en temps froid ou en temps couvert et humide, et qu'il s'abaisse en temps chaud et sec, et en temps de pluie ou de neige; mais que cela n'arrive pas toujours, et qu'il arrive quelquefois tout au contraire que le vif-argent se hausse le temps devenant plus chaud, et s'abaisse le temps devenant plus froid; et de même qu'il s'abaisse quand le temps devient plus couvert et plus humide, et se hausse quand il devient plus sec ou plus pluvieux et neigeux; et qu'ainsi on ne sauroit faire de règle générale.

Je crois pourtant qu'on pourroit faire celle-ci avec quelque certitude, que le vif-argent se hausse toutes les fois que ces deux choses arrivent tout ensemble, savoir, que le temps se refroidit, et qu'il se charge ou couvre; et qu'il s'abaisse au contraire toutes les fois que ces deux choses arrivent aussi ensemble, que le temps devienne plus chaud, et qu'il se décharge par la pluie ou par la neige; mais quand il ne se rencontre que l'une de ces deux choses, par exemple, que le temps seulement se refroidit et qu'il ne se couvre point, il peut bien arriver que le vif-argent ne hausse pas, quoique le froid le fasse hausser d'ordinaire, parce qu'il se rencontre une qualité en l'air, comme de la pluie ou de la neige, qui produit un effet contraire; et en ce cas celle des deux qualités, du froid ou de la neige qui prévaut, l'emporte.

M. Chanut avoit conjecturé, par ses observations des vingt-deux premiers jours, que c'étoient les vents régnants qui causoient ces divers changements; mais il ne me semble pas que cette conjecture puisse se soutenir dans ses expériences suivantes: aussi avoit-il bien prévu lui-même, comme il paroît par ses lettres, qu'elles pourroient la détruire. Et, en effet, le vif-argent hausse et baisse à toutes sortes de vents et en toutes saisons, quoiqu'il soit ordinairement plus haut en hiver qu'en été; je dis *ordinairement*, parce que cette règle n'est pas sûre. Car, par exemple, je l'ai vu à Clermont, le 16 de janvier 1651, à vingt-cinq pouces onze lignes, et le 17 à vingt-cinq pouces dix lignes, qui est presque son plus bas état: il faisoit ces jours-là un calme doux et un grand ouest; et on l'a vu à Paris, le 9 août 1649, à vingt-huit pouces deux lignes, qui est un état qu'il ne passe guère: je ne puis dire quel temps il faisoit, parce que celui qui faisoit les observations à Paris ne l'a pas marqué. Cependant on peut faire ces remarques générales touchant les plus grandes et les plus petites hauteurs remarquées dans ces expériences.

A Clermont, *le plus haut vingt-six pouces onze lignes et demie*, le 14 février 1651, nord, bien gelé et assez beau.

Cela n'est arrivé que ce jour-là; mais en beaucoup d'autres, durant ce même hiver, il y a eu *vingt-six pouces dix lignes* ou *neuf lignes*, et même *onze lignes*, le 5 novembre 1649.

Le plus bas, vingt-cinq pouces huit lignes, le 5 octobre 1649.

Il n'y a que celui-là de si bas, quelques autres à *vingt-cinq pouces neuf lignes*, ou *dix* ou *onze*.

La différence entre le plus haut et le plus bas à Clermont, est d'*un pouces trois lignes et demie.*

A Paris, *le plus haut, vingt-huit pouces sept lignes,* le 3 et 5 novembre 1649.

Le plus bas, vingt-sept pouces trois lignes et demie, le 4 octobre 1649.

Et on peut remarquer que, dans le même mois de cette année, il se trouva presque au plus haut et au plus bas :

Savoir, *vingt-huit pouces six lignes,* le 4 décembre 1649; et *vingt-sept pouces quatre lignes*, le 14 décembre 1649.

La différence entre le plus haut et le plus bas à Paris, est d'*un pouce trois lignes et demie.*

A Stockholm, *le plus haut, vingt-huit pouces sept lignes*, le 8 décembre 1649, auquel jour M. Descartes remarque qu'il faisoit froid.

Le plus bas, vingt-six pouces quatre lignes et trois quarts, le 6 mai 1650, vent sud-ouest, temps trouble et doux.

La différence entre le plus haut et le plus bas à Stockholm, est de *deux pouces deux lignes et un quart.*

Et ainsi les inégalités se sont trouvées beaucoup plus grandes à Stockholm, qu'à Paris ou à Clermont.

Et ces inégalités sont quelquefois fort promptes.

Par exemple, 6 décembre 1649, *vingt-sept pouces cinq lignes.*

Et le 8 du même mois, *vingt-huit pouces sept lignes.*

Il m'auroit été facile de faire imprimer la plus grande partie de ces observations, parce que j'en garde encore les originaux; mais j'ai jugé que cela seroit agréable à peu de personnes. On pourra le faire néanmoins, si on le désire; et en attendant, j'ajoute ici deux lettres de M. Chanut, dont j'ai déjà parlé, qui confirment tout ce que j'ai dit de lui dans ce récit.

Copie d'une Lettre écrite par M. Chanut à M. Périer.

A Stockholm, le 28 mars 1650.

MONSIEUR,

Peu de jours après vous avoir écrit la lettre à laquelle vous m'avez fait l'honneur de me répondre le 11 de mars dernier, nous perdîmes M. Descartes d'une maladie pareille à celle que j'avois eue peu de jours auparavant; je soupire encore en vous l'écrivant, car sa doctrine et son esprit étoient encore au-dessous de sa grandeur, de sa bonté et de l'innocence de sa vie. Son serviteur s'en allant, ne s'est pas souvenu de me laisser le Mémoire des Observations du vif-argent, tel qu'il vous fut envoyé. Comme je reçus le vôtre, je réveillai cette curiosité, et pensai que jetant les yeux une fois par jour en un coin de mon cabinet, je n'ôterois rien à ce que je dois au service du roi. J'ai donc commencé à observer depuis le 6 de ce mois, et considérant que si ce que vous m'écrivez est vrai, toutes nos observations seroient vaines; je ne m'en suis pas voulu tenir à cette maxime, que votre expérience me donnoit, que la température et mouvement de l'air ne causoient aucun changement régulier. J'ai ajouté à mes observations du chaud et du froid, sec et humide, trouble et serein, celle des vents régnants, qu'il me semble que feu M. Descartes n'avoit pas observés. Or, je trouve en vingt-deux jours d'expériences que j'ai faites pendant des temps bizarres et changeants, comme cette saison est toujours inégale en ce pays, que les vents qui règnent causent une augmentation ou diminution uniforme, et presque régulière du mercure dans son tuyau, ce que je ne puis croire qui ait échappé à des observateurs exacts comme vous êtes, et je croirois plutôt que vous vouliez exercer l'esprit de M. Descartes, en lui célant cette particularité. Je continuerai jusqu'à ce que je m'en lasse, et vous enverrai la copie de mon Journal si vous la désirez, où vous verrez fidèlement ce qui s'est passé dans mon cabinet. Je vous supplierai aussi de me donner l'histoire de votre observation, sans y omettre les vents, car c'est là où je trouve ici la cause continuelle des variétés en la hauteur du mercure dans le tuyau. Peut-être que les expériences suivantes détruiront cette première conjecture que j'ai, et dont je vous fais part, sans avoir la pensée de vous dire une chose nouvelle. Je souhaite, de tout mon cœur, que M. Pascal, votre beau-frère, qui a le temps et un esprit merveilleux, trouve en cette matière quelque ouverture de conséquence pour la physique. Je me tiendrois heureux que notre septentrion lui donnât quelques observations qui pussent aider sa spéculation; elles me seront d'autant plus chères, que par leur moyen je vous écrirai plus souvent que je suis, monsieur, votre très-humble et obéissant serviteur, CHANUT.

Copie d'une autre lettre du même sieur Chanut audit sieur Périer.

A Stockholm, le 24 septembre 1650.

MONSIEUR,

J'ai reçu, avec la lettre que vous m'avez fait la faveur de m'écrire du 27 juillet, le Mémoire des observations que je garde bien précieusement, et comme une marque de la bienveillance dont vous m'honorez, et comme une matière de bonne méditation, quand je me trouverai en plus de liberté que ces occupations civiles ne m'en donnent. Je vous demande trève jusque alors, et je pense beaucoup faire de continuer l'observation sur laquelle nous raisonnerons un jour, si elle nous en donne le moyen. Cependant, afin que vous tiriez quelque petite satisfaction de la peine que vous avez prise de m'écrire, je vous dirai que feu M. Descartes s'étoit proposé de continuer cette même observation dans un tuyau de verre, vers le milieu duquel il y eût une retraite et un gros ventre, environ à la hauteur où monte à peu près le vif-argent, au-dessus duquel vif-argent mettant de l'eau jusqu'au milieu, environ de la hauteur qui reste au-dessus du vif-argent, il auroit vu plus exactement les changements. J'ai voulu essayer ce moyen; mais, parce que nos verriers sont maladroits, et qu'ils n'ont pas de lieu propre à faire recuire ces tuyaux avec cette retraite ou gros ventre dans le milieu, ils se sont tous cassés, et je n'ai autre expérience à la main que l'ordinaire, laquelle je vous envoie, vaille ce qu'elle pourra. Si cet entretien, que vous m'avez fait la faveur d'agréer, ne réussit pas à nous avancer dans la connoissance de la nature, au moins servira-t-il, s'il vous plaît, à entretenir notre amitié. Je vous demande aussi que vous me fassiez la faveur de m'aider à conserver celle de MM. Pascal. Ma femme et moi présentons nos très-humbles baise-mains à madame Périer et à mademoiselle Pascal, et ne sommes pas sans espérance que nous aurons quelque jour le bonheur de vous saluer dans la province. Je suis, monsieur, votre très-humble et très-obéissant serviteur, CHANUT.

NOUVELLES EXPÉRIENCES

FAITES EN ANGLETERRE,

Expliquées par les principes établis dans les deux Traités précédents, de l'Équilibre des Liqueurs, et de la Pesanteur de la masse de l'Air.

OUTRE les expériences qui ont été rapportées dans les traités précédents, il peut s'en faire une infinité d'autres pareilles, dont on rendra toujours raison par le principe de la pesanteur de la masse de l'air.

Plusieurs personnes ont pris plaisir depuis quinze ou vingt ans d'en inventer de nouvelles;

et entre les autres, un gentilhomme anglois, nommé M. Boyle, en a fait de fort curieuses, que l'on peut voir dans un livre qu'il en a composé en anglois, et qui a été depuis traduit en latin sous ce titre : *Nova experimenta physico-mechanica de aere.*

L'on a jugé à propos d'en mettre ici en abrégé les principales, pour faire voir le rapport qu'elles ont avec celles qui sont contenues dans les Traités précédents, et pour confirmer encore davantage le principe qu'on y a établi de la pesanteur de la masse de l'air.

Une des choses les plus remarquables qui soit dans ce livre des expériences de M. Boyle, est la machine dont il s'est servi pour les faire ; car comme il est impossible d'ôter tout l'air d'une chambre, et qu'on ne s'étoit avisé que de vider le bout d'un tuyau bouché par en haut par le moyen du vif-argent ; cet espace vide étant si petit, l'on ne pouvoit y faire aucune expérience considérable.

Au lieu que se servant d'une machine, dont la première invention est due à ceux de Magdebourg, mais qu'il a depuis beaucoup perfectionnée, il a trouvé moyen de vider un fort grand vase de verre qui a une grande ouverture par en haut, par le moyen de laquelle on peut y mettre tout ce que l'on veut, et voir au travers du verre ce qui arrive quand on l'a vidé.

Cette machine est composée de deux principales parties ; savoir, d'un grand vase de verre, qu'il appelle *récipient*, à cause de la ressemblance qu'il a avec les vases dont se servent les chimistes, et qu'ils appellent de ce nom, et d'un autre vase qu'il appelle *pompe*, à cause qu'il sert à attirer et à sucer l'air contenu dans le récipient.

Le premier vase nommé *récipient*, est d'une figure ronde comme une boule, pour être plus fort, et pouvoir mieux résister à la pression de l'air quand on le vide. Il est d'une telle grandeur, qu'il peut contenir soixante livres d'eau à seize onces la livre; c'est-à-dire, environ trente pintes, mesure de Paris. Et c'est, dit-il, le plus grand que les ouvriers aient pu faire.

Il a par en haut une ouverture fort large, et un couvercle propre pour la boucher, qui est encore percé par le milieu, et que l'on bouche avec une clef de robinet que l'on lève plus ou moins ou tout-à-fait, pour faire rentrer autant d'air que l'on veut dans le récipient que l'on a vidé.

Outre cette ouverture d'en haut, le récipient en a encore une par en bas, qui va un peu en pointe, et dans laquelle entre une des ouvertures d'un robinet.

L'autre partie de la machine appelée *pompe*, est faite d'airain en forme d'un cylindre creux, long environ de treize ou quatorze pouces, et dont la cavité en a près de trois de diamètre.

Elle a deux ouvertures par en haut, l'une dans laquelle entre l'autre ouverture du robinet, qui entre aussi par son autre côté dans l'ouverture d'en bas du récipient, comme nous avons dit; en sorte qu'il y a par ce moyen communication du récipient dans la pompe, quand le robinet est ouvert: l'autre à côté, par laquelle on peut faire sortir l'air qui est dans cette pompe ou cylindre creux, et à laquelle il y a une soupape qui laisse sortir l'air de dedans, et empêche de rentrer celui de dehors.

Cette pompe est tout ouverte par en bas, et l'on bouche cette ouverture avec un gros piston, qui est juste, en sorte que l'air ne puisse passer entre deux.

Ce piston a pour manche une lame de fer étroite, mais assez épaisse, un peu plus longue que le cylindre, ayant un côté tout dentelé et plein de crans, dans lesquels entrent les crans d'une roue attachée à des pièces de bois qui servent de soutien à ce cylindre et à toute la machine : et ainsi en faisant tourner cette roue, l'on fait monter ou descendre le piston comme l'on veut, et l'on chasse de cette sorte l'air qui est contenu dans le cylindre, qui sort par le trou qui est en haut, et que l'on rebouche aussitôt avec un morceau de cuivre fait exprès, qui est juste à l'ouverture.

Cette description suffit pour pouvoir entendre les expériences que nous devons rapporter ci-après : ceux qui désireront en voir une plus ample et plus particularisée, pourront la trouver dans le livre de M. Boyle, où l'on voit aussi la figure de cette machine gravée dans une planche.

Pour vider maintenant le récipient par le moyen de cette machine, il faut, premièrement, que le piston soit au bas du cylindre, que le robinet qui fait la communication du récipient dans la pompe soit fermé, et que le trou du haut du cylindre soit débouché.

Les choses étant ainsi disposées, il faut faire monter le piston par le moyen de la roue, jusqu'au haut du cylindre, et en faire ainsi sortir tout l'air qui y est par le trou d'en haut qui est ouvert, et que l'on bouche aussitôt avec le bouchon de cuivre ; puis il faut faire redescendre le piston jusqu'au bas de la pompe, en sorte qu'elle est par ce moyen toute vide d'air : après cela il faut ouvrir le robinet qui fait la communication du récipient dans la pompe ; et ainsi l'air du récipient sortant par ce robinet, remplit la pompe, qu'il faut encore vider de la même manière qu'auparavant en fermant le robinet, et puis la remplir et la revider toujours, jusqu'à ce qu'on n'entende plus l'air sortir par le trou d'en haut de la pompe, et qu'en approchant une bougie allumée, elle ne s'éteigne plus ; par où l'on connoît que l'on ne tire plus rien du récipient, et qu'ainsi il est autant vide qu'on peut le vider par cette machine.

Mais il est facile de comprendre qu'il est impossible de le vider entièrement par ce moyen-là, comme M. Boyle l'avoue lui-même ; parce que lorsque après avoir vidé la pompe, on ouvre le robinet, tout l'air du récipient n'entre pas dans la pompe : mais il se partage dans ces deux vases suivant la proportion de leurs capacités ; et ainsi le récipient étant beaucoup plus grand que la pompe, il demeure une plus grande partie d'air dans le récipient que dans la pompe ; en sorte que l'on ne sauroit empêcher qu'il n'y en reste toujours une quantité un peu considérable à moins que la capacité de la pompe ne fût incomparablement plus grande que celle du récipient ; ce qui n'a point été fait.

Et ainsi il ne faut pas s'étonner si quelques effets ne s'y font pas comme ils devroient se faire, s'il étoit entièrement vide ; comme, par exemple, que le vif-argent n'y tombe pas entièrement dans l'expérience ordinaire, et que même quand on la fait avec de l'eau, elle y demeure suspendue en une hauteur assez considérable.

Mais il y a cela à remarquer, que si ces effets ne s'y font pas entièrement, du moins ils s'y font dans la plus grande partie, et suivant la proportion de l'air que l'on a tiré du récipient ; car, par exemple, comme le rapporte M. Boyle dans l'expérience qu'il en a faite, le vif-argent n'y demeure pas suspendu à la hauteur de vingt-sept pouces comme il feroit dans l'air, mais seulement à celle d'un doigt, c'est-à-dire, à neuf ou dix lignes ; et l'eau n'y demeure pas suspendue à la hauteur de trente-deux pieds, mais seulement à celle d'un pied, suivant la même proportion que le vif-argent; ce qui est une grande diminution, et qui montre aussi bien que ces effets viennent de la pesanteur de l'air, dont il ne reste qu'une petite partie dans le récipient, que si cette eau et ce vif-argent tomboient entièrement dans un lieu qui fût entièrement vide.

Car il est certain que rien ne fait mieux voir que c'est la pesanteur de la masse de l'air qui produit tous ces effets que l'on remarque dans les liqueurs qui demeurent suspendues les unes plus haut, et les autres plus bas, dans l'expérience ordinaire du vide, que de voir que comme ces effets cessent entièrement, lorsque l'on ôte entièrement la pression et le ressort de l'air, ce que l'on fait par l'expérience du vide dans le vide, ils diminuent aussi très-sensiblement, et sont presque réduits à rien, lorsque l'air qui presse le vase où la liqueur se répand, est extrêmement diminué, comme en cette machine de M. Boyle.

Et c'est pourquoi encore que l'on puisse faire quelques expériences dans ce récipient, qui paroissent toutes semblables à celles qui se feroient en plein air; comme, par exemple, que deux corps polis y demeurent attachés l'un contre l'autre sans se désunir, quand on en a attiré l'air avec la pompe; il ne s'ensuit pas pour cela que cet effet puisse se faire aussi-bien dans le vide, que dans l'air, et qu'ainsi il n'est point causé par la pesanteur de l'air, ce qui seroit contraire à ce qui a été dit dans le Traité de la pesanteur de la masse de l'air ; mais il s'ensuit seulement que cet effet vient de l'air qui est resté dans le récipient, lequel se dilatant et se raréfiant, à cause qu'il n'est plus comprimé par l'air extérieur, presse, par son ressort, ces deux corps l'un contre l'autre, et a encore assez de force pour les empêcher de se désunir : mais comme ils ne sont pas si pressés que dans l'air, si l'on pouvoit mettre les mains dans ce récipient, l'on ne sentiroit pas sans doute une si grande résistance à les séparer; ou bien si l'on vouloit en faire l'expérience d'une manière plus facile, il n'y auroit qu'à pendre au corps de dessous un poids un peu considérable, qui fît le même effet qu'une main qui le tireroit, et l'on verroit qu'en vidant le récipient, ces deux corps se sépareroient beaucoup plus facilement que dans l'air. Ainsi cette expérience est toute semblable à celles que nous avons rapportées de l'eau et du vif-argent que l'on fait dans cette machine. Car comme si au lieu d'un tuyau de trois ou quatre pieds dont on se sert pour faire l'expérience avec de l'eau, dans lequel l'eau se vide jusqu'à la hauteur d'un pied, on se servoit d'un tuyau qui ne fût long que d'un demi-pied, il arriveroit qu'en vidant l'air du récipient l'eau ne tomberoit point, mais demeureroit toujours suspendue jusqu'au haut du tuyau, parce que l'air qui y reste suffiroit encore pour la soutenir dans cette hauteur et comme l'on ne pourroit pas conclure de là que l'eau demeureroit de même suspendue dans des tuyaux plus hauts, comme de trois ou quatre pieds, ou de quelque hauteur qu'ils fussent, et qu'ainsi cet effet de la suspension de l'eau ne vient point de la pression de l'air ; l'on ne peut pas conclure aussi, de ce que deux corps pesants peut-être chacun quatre ou cinq onces, ou même un peu plus, demeurent attachés l'un contre l'autre dans ce récipient, que deux corps beaucoup plus pesants y demeureront de même unis l'un à l'autre, et qu'ainsi cet effet de l'adhésion de deux corps polis, appliqués l'un contre l'autre, n'est point causé par la pesanteur de l'air.

Ainsi l'on voit dans toutes les expériences qui peuvent se faire dans cette machine, que celles où il arrive des effets pareils à ceux que nous venons de rapporter, ne font rien contre ce principe de la pesanteur de l'air, puisque l'on peut dire, avec raison, qu'ils sont causés par l'air qui reste dans le récipient; et que les autres au contraire servent autant à le prouver et à l'établir, que si le récipient étoit tout-à-fait vidé.

Nous allons donc en rapporter quelques-unes, tirées, comme nous avons dit, du livre de M. Boyle ; en faisant voir qu'elles dépendent manifestement du principe de la pesanteur de l'air.

I. Il remarque premièrement, qu'ayant vidé le récipient en la manière qui a été dite, l'on a beaucoup de peine à lever la clef du robinet qui est au haut du récipient, comme nous avons marqué, et qu'on la sent pesante, comme si un grand poids pendoit au bout d'en bas.

Ce qui est bien naturel et bien aisé à expliquer par le principe de la pesanteur de l'air; car dans cette expérience, l'air ne touchant point cette clef par-dessous, mais seulement par-dessus, il faut, pour la lever, lever la colonne d'air qui pèse dessus, laquelle étant pesante, il ne faut pas s'étonner si on trouve la clef pesante, et si on a de la peine à la lever.

II. Il remarque aussi qu'après avoir fait monter le piston jusqu'au haut du cylindre, et qu'on en a ainsi chassé tout l'air, l'on a beaucoup de peine à le faire redescendre, et qu'il semble qu'il soit collé et attaché au haut du cylindre; en sorte qu'il faut employer une grande force pour l'en séparer.

Cet effet n'est pas plus malaisé à expliquer que le précédent. Car puisque l'air qui environne le piston le presse par-dessous et non pas par-dessus, il faut, pour le baisser, repousser et soulever la colonne d'air qui fait effort contre le bas; ce qui ne peut se faire qu'avec peine, et en y employant une force considérable.

III. Il rapporte après cela plusieurs expériences qu'il a faites dans le récipient; et premièrement celle d'une vessie d'agneau assez ample, sèche, fort molle et seulement à demi pleine d'air, dont ayant bien bouché l'orifice, en sorte qu'il ne pouvoit point du tout y entrer d'air, il la mit en cet état dans le récipient, et en ayant ensuite bien bouché l'ouverture, il le fit vider par le moyen de la pompe; et à mesure qu'il se vidoit, l'on voyoit la vessie s'enfler, en sorte qu'avant même que le récipient fût autant désempli d'air que l'on pouvoit le désemplir, elle paroissoit entièrement tendue, et aussi bandée que si l'on y eût soufflé de l'air. Pour être encore plus assuré que l'enflure de cette vessie venoit de ce qu'on ôtoit l'air qui l'environnoit et qui la pressoit, il fit lever un peu la clef du robinet qui étoit au haut du récipient, pour y faire rentrer de l'air petit à petit; et à mesure qu'il y entroit, on voyoit la vessie se ramollir peu à peu, et enfin quand on y laissoit entrer tout-à-fait l'air, elle devenoit aussi flasque qu'auparavant.

Il rapporte sur ce sujet une expérience toute pareille que l'on faisoit avec une vessie de carpe, dont il attribue l'invention à M. de Roberval.

Il a refait plusieurs fois cette même expérience avec la vessie d'agneau, et il remarque que lorsqu'il y laissoit trop d'air, elle se crevoit, et en crevant faisoit un bruit semblable à celui d'un pétard.

Pour rendre raison de cet effet par notre principe, il n'y a qu'à dire en un mot qu'il est tout pareil à celui qui a été rapporté dans le Traité de la pesanteur de l'air, page 217, d'un ballon qui s'enfle ou se désenfle, à mesure qu'on le monte au haut d'une montagne, ou qu'on l'en fait descendre, puisqu'on voit de même cette vessie d'agneau s'enfler à mesure qu'on diminue l'air qui la comprimoit, et qui la faisoit paroître molle et flasque.

IV. Il remarque encore, par plusieurs expériences qu'il a faites, qu'en vidant un vase de verre qui ne soit pas rond, mais seulement d'une figure ovalique, il se casse toujours, quoiqu'on le fasse fort épais; au lieu que quand il est tout-à-fait rond comme une boule, quoiqu'il soit beaucoup plus mince, il ne se casse point, parce que cette figure fait que ses parties s'entre-soutiennent et se fortifient les unes les autres.

Cet effet ne vient pas de l'horreur que la nature a pour le vide; puisque si cela étoit, le vase rond devroit aussi-bien se casser que l'autre : mais il vient de la pesanteur de l'air, lequel pressant beaucoup ces deux vases par dehors, et très-peu par dedans, puisqu'ils sont presque vides d'air, casse celui qui est en forme ovalique, parce qu'il a moins de résistance; mais ne casse point celui qui est rond, parce que cette figure le rend plus fort et plus capable de résister à l'effort que l'air fait pour le casser.

V. C'est aussi par ce même principe de la pesanteur de l'air, qu'il faut expliquer une autre expérience qu'il rapporte d'un siphon plein d'eau, long d'un pied et demi, qu'il mit dans son récipient, et qui cessa de couler dès lors qu'on eut vidé ce récipient par le moyen de la pompe; car il est clair que l'air qui reste dans le récipient ne pouvant élever l'eau par sa pression que jusqu'à un pied, comme on a remarqué ci-dessus, un siphon long d'un pied et demi devoit cesser de couler.

VI. Il a encore éprouvé que des poids d'inégale grosseur, pesants également dans l'air, perdoient leur équilibre dans le vide; et il en a fait l'expérience en cette manière.

Il prit une vessie sèche, à demi pleine d'air, dont il boucha bien l'ouverture, et l'attacha en cette sorte à l'un des bras d'une balance si juste et si délicate, que la trente-deuxième partie d'un grain étoit capable de la faire incliner d'un côté ou d'autre, et à l'autre bras de la balance il mit un poids de plomb de la même pesanteur que la vessie; en sorte que ces deux poids étoient ainsi en équilibre dans l'air; et même il remarque que le poids de plomb pesoit un peu plus que la vessie.

Ayant mis le tout dans le récipient, et en ayant tiré l'air avec la pompe, l'on voyoit au contraire le côté où étoit pendue la vessie, l'emporter par-dessus l'autre, et baisser de plus en plus à mesure que l'on tiroit plus d'air du récipient; et en laissant rentrer l'air petit à petit, l'on voyoit aussi la vessie remonter peu à peu, et enfin redevenir à son équilibre quand on y laissoit entrer tout-à-fait l'air.

Cet effet est tout pareil à ce qui a été dit dans le Traité de l'Équibre des liqueurs, pages 198 et 199, qu'il peut se faire que des poids soient en équilibre dans l'air, qui ne le seroient pas dans l'eau, ni même dans un air plus humide; et la raison qui en est donnée en cet endroit, doit aussi servir à expliquer l'expérience que nous venons de rapporter.

Car il est clair que lorsque la vessie est dans l'air en équilibre avec le plomb, elle est contre-pesée en cet état non-seulement par le plomb, mais par un volume d'air égal à soi beaucoup plus grand que n'est celui qui contre-pèse le plomb : or étant mise dans le récipient presque vide, encore que sa pesanteur naturelle n'augmente pas, néanmoins elle est moins contre-pesée et moins soutenue, parce que le volume d'air qui la contre-pesoit a perdu beaucoup de sa force par la diminution de l'air, et bien plus à proportion que celui qui contre-pesoit le plomb, parce qu'il est bien plus grand; et par conséquent la vessie qui étoit en équilibre dans l'air, doit s'abaisser dans ce vide, et cesser d'être en équilibre.

Outre ces expériences, M. Boyle en a fait quelques autres, lesquelles ne dépendent point, à la vérité, du principe de la pesanteur de l'air, et qui arriveroient tout de même quand il ne pèseroit pas, mais qui n'y sont point aussi contraires.

Il a éprouvé, par exemple, qu'un pendule ne va pas si vite dans l'air que dans le vide; et pour le connoître, il en a pris deux parfaitement égaux dans l'air, dont il en a mis l'un dans le récipient, et laissé l'autre dans l'air; et ayant ensuite fait vider le récipient, le pendule qui y étoit enfermé alloit plus vite que celui qui étoit en plein air; en sorte que l'on comptoit vingt-deux battements de l'un contre vingt seulement de l'autre.

Il a encore remarqué que les sons diminuoient beaucoup de leur force dans le récipient lorsqu'on le vidoit; ce qu'il a éprouvé par le moyen d'une montre sonnante qu'il a mise dans ce recipient, et que l'on n'entendoit presque point sonner après l'avoir vidé, quoiqu'on l'entendît fort bien auparavant.

Ce qui n'est point contraire, comme il semble, à ce qui a été dit dans l'expérience que nous avons rapportée de la vessie, laquelle en se crevant, faisoit autant de bruit qu'un pétard; car tout ce qu'on peut justement en conclure, est qu'il faudroit que le bruit eût été beaucoup plus grand.

Il a voulu éprouver, outre cela, si le feu pourroit se conserver dans ce récipient vidé, et combien de temps il y dureroit; et pour cela il y mit premièrement une chandelle de suif allumée, qu'il dit s'être éteinte en moins d'une minute, après avoir vidé le récipient; et ayant fait la même expérience avec un petit cierge de cire blanche, il n'y demeura pas non plus allumé plus d'une minute.

Il mit ensuite des charbons ardents, et l'ayant fait aussitôt vider, il remarqua que depuis que l'on avoit commencé à le vider jusqu'à ce que les charbons fussent entièrement éteints, il s'étoit seulement passé trois minutes; et y ayant mis de la même manière un fer rouge au lieu de charbons, cette rougeur dura visible pendant l'espace de quatre minutes.

Il a fait encore la même épreuve avec un bout de la mèche dont se servent les soldats pour leurs mousquets, qu'il suspendit tout allumée dans son récipient, et qui s'éteignoit tout de même à mesure qu'on le vidoit.

Il a voulu encore après cela éprouver ce que deviendroient les animaux que l'on mettroit dans ce récipient; si ceux qui ont des ailes y voleroient; si les autres y marcheroient; et enfin si les uns et les autres pourroient y vivre long-temps.

On y mit premièrement de ceux qui ont des ailes, comme de grosses mouches, des abeilles et des papillons; mais après qu'on eut vidé le récipient, ils tombèrent du haut en bas sans pouvoir du tout se servir de leurs ailes.

Il y mit encore une alouette, qui non-seulement y perdit l'usage de ses ailes, mais devint tout d'un coup languissante; et ayant ensuite souffert plusieurs convulsions très-violentes, on la vit enfin expirer, et tout cela se passa pendant l'espace de neuf ou dix minutes.

On y mit ensuite un moineau, qui y mourut de même, après cinq ou six minutes; et après, une souris qui y vécut un peu plus long-temps, et qui n'y souffrit pas tant de convulsions que les animaux à ailes.

Voulant aussi éprouver si les poissons pourroient y vivre, et ne pouvant en avoir d'autres vivants, il y mit une anguille, laquelle, après que l'on eut vidé le récipient y demeura couchée et immobile durant long-temps, comme si elle eût été morte. Néanmoins, quand on ouvrit après cela le récipient et qu'on l'en retira, on trouva qu'elle ne l'étoit pas, et qu'elle étoit aussi vive qu'avant qu'on l'y mît.

Voilà ce que l'on a jugé à propos d'extraire du livre de M. Boyle, et les expériences que l'on a trouvées les plus considérables, et qui ont le plus de rapport au sujet des Traités précédents, dont les unes ont cela de particulier, qu'elles prouvent clairement que l'air a de la pesanteur, et toutes ont cela de commun, qu'elles ne prouvent rien qui soit contraire à ce principe.

LETTRE

De MM. Pascal et Roberval à M. Fermat, sur un principe de géostatique mis en avant par ce dernier (*).

Monsieur,

Le principe que vous demandez pour la géostatique est, que si deux poids égaux sont joints par une ligne droite ferme et de soi sans

---

(*) Tirée du Recueil des Œuvres de Fermat.

poids, et qu'étant ainsi disposés, ils puissent descendre librement, ils ne reposeront jamais, jusqu'à ce que le milieu de la ligne (qui est le centre de pesanteur des anciens) s'unisse au centre commun des choses pesantes. Ce principe, lequel nous avons considéré il y a long-temps, ainsi qu'il vous a été mandé, paroît d'abord fort plausible : mais quand il est question de principe, vous savez quelles conditions lui sont requises pour être reçu ; desquelles conditions, au principe dont il s'agit, la principale manque ; savoir, que nous ignorons quelle est la cause radicale qui fait que les corps pesants descendent, et quelle est l'origine de leur pesanteur. Ce qui n'étant point en notre connoissance (comme il faut librement avouer, et en ceci, et quasi en toutes les autres choses physiques), il est évident qu'il nous est impossible de déterminer ce qui arriveroit au centre, où les choses pesantes aspirent, ni aux autres lieux hors la surface de la terre, sur laquelle, parce que nous y habitons, nous avons quelques expériences assez constantes, desquelles nous tirons ces principes en vertu desquels nous raisonnons en la mécanique.

La diversité des opinions touchant l'origine de la pesanteur des corps, desquelles aucune n'a été jusqu'ici, ni démontrée, ni convaincue de fausseté par démonstration, est un ample témoignage de l'ignorance humaine en ce point.

La commune opinion est, que la pesanteur

est une qualité qui réside dans le corps même qui tombe. D'autres sont d'avis que la descente des corps procède de l'attraction d'un autre corps qui attire celui qui descend, comme le globe de la terre paroît attirer une pierre qui tombe. Il y a une troisième opinion qui n'est pas hors de vraisemblance; que c'est une attraction mutuelle entre les corps, causée par un désir naturel que ces corps ont de s'unir ensemble, comme il est évident au fer et à l'aimant, lesquels sont tels, que si l'aimant est arrêté, le fer ne l'étant pas, ira le trouver; et si le fer est arrêté, l'aimant ira vers lui; et si tous deux sont libres, ils s'approcheront réciproquement l'un de l'autre; en sorte toutefois que le plus fort des deux fera le moins de chemin.

Or, de ces trois causes possibles de la pesanteur ou des centres des corps, les conséquences sont fort différentes, particulièrement de la première et des deux autres, comme nous ferons voir en les examinant.

Car si la première est vraie, le sens commun nous dicte qu'en quelque lieu que soit un corps pesant, près ou loin du centre de la terre, il pèsera toujours également, ayant toujours en soi la même qualité qui le fait peser, et en même degré. Le sens commun nous dicte aussi (posée cette même opinion première) qu'alors un corps reposera au centre commun des choses pesantes, quand les parties du corps qui seront de part et d'autre du même centre, seront d'égale pesanteur, pour contre-peser l'une à l'autre, sans considérer si elles sont peu ou beaucoup, également ou inégalement éloignées du centre commun.

Si cette première opinion est véritable, nous ne voyons point que le principe que vous demandez pour la géostatique puisse subsister. Car soient (*fig.* 1) deux poids égaux A, B joints ensemble par la ligne droite ferme et de soi sans poids A B; soit C le point du milieu de la même ligne A B; et soient D, E, deux autres points tels quels dans ladite ligne entre les poids A et B. Vous demandez qu'on vous accorde que les poids A, B tombant librement avec leur ligne, ne reposeront point jusqu'à ce que le point du milieu C s'unisse au centre commun des choses pesantes. Suivant cette première opinion, nous accordons que si le point C est uni au centre des choses pesantes, le composé des poids A, B demeurera immobile véritablement. Mais il nous semble aussi que si le point D ou E convient avec le même centre commun des choses pesantes, combien que l'un des poids en soit plus proche que l'autre, ils contre-pèseront encore et demeureront en équilibre; puisque (pour nous servir de vos propres termes) ces deux poids sont égaux, et ont tous deux même inclination de s'unir au même centre commun des choses pesantes, et l'un n'a aucun avantage sur l'autre pour le déplacer de son lieu. Et il ne sert de rien d'alléguer le centre de pesanteur du corps AB, lequel centre, selon les anciens, est au milieu C; car il n'a pas été démontré que le point C soit le centre de pesanteur du composé AB, sinon lorsque la descente des corps se fait naturellement par des lignes parallèles; ce qui est contre vos suppositions et les nôtres, et contre la vérité: et même nous ne voyons pas qu'aucun corps, hormis la sphère, ait un centre de pesanteur, posée la définition de ce centre selon Pappus et les auteurs; et quand il y en auroit un en chaque corps, il ne paroît pas (et n'a jamais été démontré) que ce seroit ce point-là par lequel le corps s'uniroit au centre des choses pesantes: même cela, pour les raisons précédentes, répugne à notre commune connoissance en plusieurs figures, comme en la seconde des deux figures suivantes. En tout cas, nous ne voyons point que ce centre de pesanteur des anciens doive être considéré autre part qu'aux poids qui sont pendus ou soutenus hors du lieu auquel ils aspirent.

Quant à la comparaison qui vous a été faite d'un levier horizontal, lequel étant pressé horizontalement aux deux bouts par deux forces ou puissances égales, demeure en l'état qu'il est: elle vous semble entièrement pareille au levier précédent AB (puisque vous voulez l'appeler ainsi) d'autant que ces poids ne pressent le levier que par la force ou puissance qu'ils ont de se porter vers leur centre commun. Comme si le levier horizontal est AB (*fig.* 2), et les forces ou puissances égales A et B pressant horizontalement le levier pour se porter à un certain point commun C, auquel elles aspirent, et lequel est posé également ou inégalement entre les mêmes puissances dans la ligne A B : ces forces pressant également le levier, se résisteront l'une à l'autre, selon notre sens ; encore même que l'une comme A, fût plus proche que l'autre du point commun auquel toutes deux aspirent. Et quand le levier ne seroit pas horizontal, mais en telle autre position que l'on voudra, étant considéré de soi sans poids, et toutes les autres choses comme auparavant, le même effet s'ensuivra, selon notre jugement.

Nous ajouterons ici ce que nous pensons, suivant cette première opinion, de deux poids qui seroient inégaux, joints comme dessus à une ligne droite ferme et de soi sans poids.

Soient donc (*fig.* 3) deux poids inégaux A et B, desquels A soit le moindre ; et soit AB la ligne ferme qui les joint, dans laquelle le point C soit le centre de pesanteur du composé des corps A, B, selon les anciens : ce point C ne sera pas au milieu de la ligne AB. Si donc on met le composé des poids AB, de sorte que le point C convienne au centre commun des choses pesantes, nous ne pouvons croire que ce composé demeurera en cet état, le poids A étant entièrement d'une part du centre des choses pesantes, et le poids B entièrement de l'autre part. Mais il nous semble que le plus grand poids B doit s'approcher du même centre des choses pesantes, jusqu'à ce qu'une partie dudit poids B soit au-delà dudit centre vers A comme la partie D, en sorte que cette partie D avec tout le poids A étant d'une même part, soit de même pesanteur que la partie E restant de l'autre part.

Si la seconde opinion touchant la cause de la descente des poids est véritable, voici les conséquences qu'on peut en tirer, selon notre jugement.

Soit (*fig.* 4) le corps attirant A D X E sphérique duquel le centre soit H; et que la vertu d'attraction soit également répandue par toutes les parties du même corps, en sorte que chacune selon sa puissance, tire à soi le corps attiré, ainsi que supposent les auteurs de cette opinion.

Sur cette position, le sens commun nous dicte que les distances et autres conditions étant pareilles, les parties égales du corps attirant attireront également, et les inégales, inégalement.

Soit donc le corps attiré L considéré, premièrement, hors le corps attirant en A; soit menée la ligne droite A H, à laquelle soit un plan perpendiculaire E H D, coupant le corps A D X E en deux parties égales, et partant d'égale vertu. Soient aussi dans la ligne A H pris tant de points que l'on voudra, comme K, I, par lesquels soient menés des plans F I C, G K B parallèles au plan E H D, coupant le corps attirant A D X E en parties inégales, et partant d'inégale vertu; alors le corps L étant en A, sera attiré vers H par la vertu entière de tout le corps ADXE; et le chemin étant libre, il viendra en K, où étant, il sera attiré vers H par la plus grande et forte partie BDXEG, et contre-tiré vers A par la plus petite et plus foible partie BAG. Il en sera de même quand il sera parvenu en I, où il sera moins attiré que quand il étoit en K ou en A; toutefois il sera toujours contraint de s'approcher du centre H, tant qu'il y soit venu : mais la partie qui attire diminuant toujours, et celle qui contre-tire s'augmentant toujours, il sera continuellement attiré avec moins de vertu, jusqu'à ce qu'étant arrivé en H, il sera également attiré de toutes parts, et demeurera en cet état.

Si cette proposition est vraie, il est facile de voir que le corps L pèsera d'autant moins, qu'il sera plus proche du centre H; mais cette diminution ne sera pas en la raison des lignes HA, HK, HI; ce que vous connoîtrez en le considérant sans autre explication.

Si la troisième opinion de la descente des corps est véritable, les conclusions que l'on peut en tirer sont les mêmes, ou fort approchant de celles que nous avons tirées de la seconde opinion.

Puis donc que de ces trois causes possibles de la pesanteur nous ne savons quelle est la vraie, et que même nous ne sommes pas assurés que ce soit l'une d'elles, pouvant se faire que la vraie cause soit composée des deux autres, ou que c'en soit une tout autre, de laquelle on tireroit des conséquences toutes différentes, il nous semble que nous ne pouvons poser d'autres principes pour raisonner en cette matière, que ceux desquels l'expérience, assistée d'un bon jugement, nous a rendus certains.

Pour ces considérations, dans nos conférences de mécanique, nous appelons des *poids égaux* ou *inégaux*, ceux qui ont égale ou inégale puissance de se porter vers le centre commun des choses pesantes; et nous entendons un même corps avoir un même poids, quand il a toujours cette même puissance : que si cette puissance augmente ou diminue, alors, quoique ce soit le même corps, nous ne le considérons plus comme le même poids. Or que cela arrive ou non aux corps qui s'éloignent ou s'approchent du centre commun des choses pesantes, c'est chose que nous désirerions bien de savoir : mais ne trouvant rien qui nous satisfasse sur ce sujet, nous laissons cette question indécise, raisonnant seulement sur ce que les anciens et nous avons pu découvrir de vrai jusqu'à maintenant.

Voilà ce que nous avions à vous dire pour le présent touchant votre principe de la géostatique, laissant à part beaucoup d'autres doutes, pour éviter la prolixité du discours.

Quant à la nouvelle proportion des angles que vous mettez en avant; afin de la démontrer, vous supposez deux principes, desquels le premier est vrai : mais le second est si éloigné d'être vrai, qu'il y a des cas où il arrive tout le contraire de ce que vous demandez qu'on vous accorde pour vrai.

Le premier est tel. Soit (*fig.* 5) A le centre commun des choses pesantes; l'appui du levier, N; du centre A intervalle AN, soit décrite une portion de circonférence telle quelle CNB, pourvu que l'arc CN soit égal à l'arc NB; et soit considérée la circonférence CNB, comme une balance ou un levier de soi sans poids, qui se remue librement à l'entour de l'appui N; soient aussi des poids égaux posés en C et B. Vous supposez que ces poids feront équilibre étant balancés sur le point N. Et il semble que tacitement vous supposez encore l'équilibre quand les bras du levier NC et NB seroient des lignes droites (*fig.* 6), pourvu que les extrémités C et B soient également éloignées du centre A, et les lignes NC et NB, soutendantes ou cordes en effet ou en puissance d'arcs égaux NC, NB.

Toutes ces choses sont vraies en général; mais nous ne les croyons telles que pour les avoir démontrées par des principes qui nous sont plus clairs et plus connus.

Toutefois en particulier il y a une distinction à faire, laquelle est de grande considération; savoir, que quand les arcs NC et NB sont chacun moindres qu'un quart de circonférence, le levier CNB, chargé des poids C et B, pèse sur l'appui N, poussant vers le centre A pour s'en approcher. Mais quand les arcs CN, NB font chacun un quart de circonférence (*fig.* 7), le levier CNB, chargé des poids C, B, ne pèse nullement sur l'appui N, d'autant que les poids sont diamétralement opposés; et partant le levier demeurera de même sans appui qu'avec un appui. Finalement quand les arcs égaux NC, NB sont chacun plus grands qu'un quart de circonférence (*fig.* 8), le levier CNB, chargé des poids égaux C, B, pèse sur l'appui N poussant vers P, pour s'éloigner du centre A.

Cette distinction étant vraie comme elle est, votre second principe ne peut subsister; ce qui paroîtra assez par l'examen d'icelui.

Votre second principe est tel. Soient A le centre commun des choses pesantes; la balance ou le levier, EFBCD (*fig.* 9), dont l'appui est D. Soit posé un poids comme B, tout entier au point B pesant de toute sa puissance sur l'appui B. Ou bien soit divisé le poids B en parties égales E, F, B, C, D, lesquelles soient posées sur le levier aux points E, F, B, C, D, étant les arcs EF, FB, BC, CD égaux, et tout l'arc EFBCD décrit alentour du centre A. Vous supposez que le poids B mis tout entier au point B, pèsera de même sur l'appui B, qu'étant posé, par parties égales, aux points E, F, B, C, D. Cela est tellement éloigné du vrai, que quelquefois le poids B, ainsi posé par parties sur le levier, ne pèsera plus du tout sur l'appui B; quelquefois au lieu de peser sur l'appui B pour tirer le levier vers A, il pèsera tout au contraire sur le même appui

B, pour éloigner le levier de A. Et toutefois étant ramassé tout entier au point B, il pèsera toujours de toute sa force sur l'appui B, pour emporter le levier vers A. Et généralement étant divisé et étendu, il pèsera toujours moins sur l'appui, qu'étant ramassé au point B, et vous supposez qu'entier et divisé, il pèse toujours de même.

Toutes ces choses sont démontrées ensuite de nos principes, et nous vous en expliquerons les principaux cas, que vous connoîtrez véritables sans aucune démonstration.

Soit derechef A (*fig.* 10) le centre commun des choses pesantes, alentour duquel soit décrit le levier CBD qui soit de soi sans poids, prolongé tant que de besoin : et soit B le point de l'appui, auquel si un poids est posé, nous demeurons d'accord avec vous qu'il pesera de toute sa puissance sur l'appui B, lequel appui, s'il n'est assez fort, rompra, et le poids s'en ira avec son levier jusqu'au centre A. Maintenant soit divisé le poids, premièrement, en deux parties égales : et ayant pris les arcs BC et CD chacun d'un quart de circonférence, afin que tout l'arc CBD soit une demi-circonférence, soit posée une moitié du poids en D, l'autre en C; alors ces deux poids C et D pesant vers A, ne feront point d'autre effet sur le levier CBD, sinon qu'ils le presseront également par les deux extrémités C et D pour le courber. Supposant donc qu'il est assez roide pour ne pas plier, ils demeureront sur le levier de même que s'ils étoient attachés aux bouts du diamètre DAC, sans qu'il soit besoin de l'appui B, sur lequel le levier chargé de ces deux poids ne fait aucun effort : et quand cet appui sera ôté, le tout demeurera de même qu'avec l'appui, ce qui est assez clair.

Que si le poids est divisé en plus de deux parties égales, et qu'étant étendu sur des portions égales du levier, deux d'icelles parties se rencontrent aux points C, D, et les autres dans l'espace CBD, alors celles qui seront en C et D ne chargeront point l'appui B. Quant aux autres, elles le chargeront, mais d'autant moins, que plus elles approcheront des points C, D, auxquels finit la charge. Ainsi il s'en faudra beaucoup que toutes ensemble étendues, chargent autant l'appui que lorsqu'elles sont ramassées en B : elles ne pèsent donc pas de même.

Davantage soient pris les arcs égaux BC et BD (*fig.* 11) chacun plus grand qu'un quart de circonférence, et soit imaginée la ligne droite CD; puis étant divisé le poids en deux parties égales seulement, soient attachées l'une en C, et l'autre en D : alors il est clair que le levier chargé des poids C, D, pèsera sur l'appui B; mais ce sera tout au contraire, que si les deux poids étoient ramassés en B : car si l'appui n'est pas assez fort, il rompra, et les poids emportant le levier, que nous supposons être de soi sans poids, ne cesseront de se mouvoir tant que la ligne droite CD soit venue au point A, le levier étant monté en partie au-dessus de B vers P, au lieu de s'abaisser vers A, comme il arriveroit si les poids étant ramassés en B, avoient rompu l'appui. Voyez quelle différence!

Enfin soit le levier comme auparavant, auquel soient des quarts de circonférence BC, BD, (*fig.* 12); et de part et d'autre du point C, soient pris des arcs égaux CG, CE chacun moindre qu'un quart. De même de part et d'autre du point D soient pris les arcs égaux entre eux et aux précédents DH, DF, tous commensurables au quart. Soit aussi divisé tout l'arc EBF en tant de parties égales que l'on voudra, en sorte que les points E, C, G, B, H, D, F soient du nombre de ceux qui font la division; et soit divisé le poids en autant de parties égales que l'arc EBF, lesquelles parties de poids soient posées sur les parties de la division du levier. Alors les poids qui se trouveront posés sur les arcs EC et FD, déchargeront autant l'appui B, qu'il étoit chargé par ceux des arcs CG, DH: partant tous ceux qui seront sur les arcs EG et FH ne chargeront point l'appui B, lequel, par ce moyen, ne sera chargé que par ceux qui seront sur l'arc GBH; et si entre BG et BH il n'y a aucun poids (ce qui arrivera quand les arcs BG et BH ne feront chacun qu'une partie de la susdite division du levier), alors l'appui B sera entièrement déchargé. Voyez donc combien il y a de différence entre les poids ramassés en B, et étendus par parties sur le levier EBF; voyez aussi qu'un même poids divisé par parties et étendu sur le levier, pèse d'autant moins sur l'appui B, que plus grande est la portion qu'il occupe de la circonférence décrite alentour du point A, centre commun des choses pesantes.

Cette dernière considération pourroit bien être cause qu'un même corps pèseroit moins, plus proche que plus éloigné du centre commun des choses pesantes : mais la proportion de ces pesanteurs ne seroit nullement pareille à celle des distances, et seroit peut-être très-difficile à examiner.

Maintenant, pour venir à votre démonstration, soit le levier GIR (*fig.* 13) duquel l'appui soit I, et que les extrémités G, R et l'appui I soient également éloignés de A, centre commun des choses pesantes, alentour duquel soit imaginée la portion de circonférence GIR; soit fait que comme l'arc GI est à l'arc IR, ainsi le poids R soit au poids G. Vous dites que le levier chargé des poids G, R, demeurera en équilibre sur son appui I. Quant à la démonstration, vous supposez qu'elle est facile en conséquence de vos deux principes précédents. Et de fait, si ces principes étoient vrais, il ne resteroit aucune difficulté, et la chose pourroit se conclure ainsi. Soit faite la préparation suivant la méthode d'Archimède, en sorte que les arcs RQ, RM soient égaux, tant entre eux qu'à l'arc IG; et les arcs GB, GM égaux, tant entre eux qu'à l'arc IR; et soit étendu le poids R également depuis Q jusqu'en M, et le poids G aussi également depuis M jusqu'en B; ainsi les deux poids G, R seront également étendus sur tout l'arc BGIMRQ, lequel arc sera quelquefois moindre que la circonférence entière, quelquefois égal à icelle, et quelquefois plus grand. Et d'autant que les portions IB, IQ sont égales, le levier BGIRQ demeurera en équilibre, par le premier principe, sur l'appui I. Mais le poids G étendu depuis B jusqu'en M, pèse de même qu'étant ramassé au point G, par le second principe; et par le même principe, le poids R pèse de même étant étendu depuis M jusqu'en Q, qu'étant ramassé au point R. Partant, puisque ces deux poids étant ramassés en G et en R, pèsent de même sur le levier qu'étant étendus, et qu'étant étendus ils font équilibre sur le levier, ils feront encore équilibre étant ramassés en G et en R.

En cette démonstration, tout ce qui est fondé sur le second principe reçoit les mêmes difficultés que le principe même; et partant, la conclusion ne s'ensuit point que les poids G, R fassent équilibre sur le levier GIR.

Nous pourrions nous contenter de ce que dessus, croyant que vous serez satisfait : mais nous vous prions de considérer encore deux instances, dont la première est telle.

Au levier GIR (*fig.* 14) soit l'angle GIR droit, et partant l'arc GIR une demi-circonférence décrite autour de A, centre commun des choses pesantes. Si l'on pose l'arc GI, moindre que l'arc IR, par exemple, que GI soit le tiers de IR, et le poids R de vingt livres, il faudroit donc en G soixante livres, selon vous, pour faire équilibre sur le levier GIR appuyé au point I; et toutefois si vous mettez des poids égaux en G et en R, ils seront diamétralement opposés, et partant par le principe de la géostatique au cas dudit principe, accordé par vous et par nous, lesdits poids égaux feront encore équilibre, comme s'ils pesoient sur les extrémités du diamètre GR vers le centre A : et quand il y a une fois équilibre, pour peu que l'on augmente ou diminue l'un des poids, l'équilibre se perd. Voyez comme cela peut s'accorder avec votre position.

La seconde instance est telle. Soit A (*fig.* 15) le centre commun des choses pesantes, à l'entour duquel soit la circonférence GIR, l'appui du levier I et les bras IG, IR, desquels GI soit le moindre; et soit prolongée la ligne droite IA tant qu'elle rencontre la circonférence en B. Partant, selon vous, il faudra en G un plus grand poids qu'en R. Et si on prend l'arc IC plus grand que IR, mettant en C le même poids qui étoit en R, il faudra en G un plus grand poids qu'auparavant pour faire l'équilibre. De même prenant l'arc ID encore plus grand que IC, et faisant ID être le bras du levier, et mettant en D le même poids qui étoit en C, il faudra encore augmenter le poids G. Ainsi, plus le bras du levier qui est en la circonférence IRB aboutira près du point B, étant chargé du même poids, plus il faudra en G un grand poids pour contre-peser. Et selon le sens commun par le raisonnement ordinaire, le bras du levier étant la ligne droite IB chargée comme dessus, il faudroit en G le plus grand poids. Et toutefois alors le poids qui seroit en B pesant vers A, feroit tout son effort sur la roideur du bras BI, et le moindre poids qui seroit en G feroit balancer le bras IB vers D : et pour peu que le poids qui sera en G fasse balancer le bras IB avec son poids vers D (ce qui est facile à démontrer), alors encore que tant G que B sortent hors la circonférence, on conclura quelque chose de choquant de votre position.

Enfin, monsieur, parce que l'expérience de ce que dessus ne peut se faire par les hommes, des poids à l'égard de leur centre naturel ; si vous voulez prendre la peine de la faire à l'entour d'un centre artificiel, supposons pour levier un petit cercle artificiel au lieu du grand cercle naturel, et des puissances qui agissent ou aspirent vers le centre du petit cercle, au lieu des poids qui tendent vers le centre du grand : vous trouverez que l'expérience est du tout conforme à ce raisonnement.

Si vous avez agréable de continuer nos communications sur ce sujet ou sur celui de la géométrie, en laquelle nous savons que vous excellez entre tous ceux de ce temps, nous tâcherons à vous donner contentement : et ce que nous vous proposerons ne sera point par forme de questions, car nous en enverrons les démonstrations en même temps pour en avoir votre jugement. Vous nous obligerez aussi de nous faire part de vos pensées. Nous sommes, etc.

A Paris, le 16 août 1636.

Voyez la Réponse à cette Lettre dans les OEuvres de Fermat, avec le reste de la même discussion entre Roberval et Fermat.

CELEBERRIMÆ
MATHESEOS
ACADEMIÆ PARISIENSI (*).

HÆC vobis doctissimi et celeberrimi viri, aut dono, aut reddo : vestra enim esse fateor quæ non, nisi inter vos educatus, mea fecissem; propria autem agnosco quæ adeò præcellentibus geometris indigna video. Vobis enim nonnisi magna ac egregia demonstrata placent. Paucis verò genium audax inventionis, paucioribus (ut reor) genium elegans demonstrationis, paucissimis utrumque. Silerem itaque, nihil vobis

(*) On doit entendre, par le mot *Academiæ*, la société des savants qui s'assembloient dans ce temps-là librement les uns chez les autres, et non pas l'Académie des Sciences, qui ne fut fondée qu'en 1666.

congruum habens, nisi ea benignitas quæ me à junioribus annis in erudito Lyceo sustinuit, hæc oblata qualiacunque sint, exciperet.

Horum opusculorum primum, magnâ ex parte agit de ambitibus, seu peripheriis numerorum quadratorum, cuborum, quadrato quadratorum et in quocunque gradu constitutorum; et ideò *de numericarum potestatum ambitibus* inscribitur.

Secundum circa numeros aliorum multiplices versatur, et ut ex sola additione characterum numericorum agnoscantur methodum tradit.

Deinceps autem, si juvat Deus, prodibunt et alii tractatus quos omninò paratos habemus, et quorum sequuntur tituli :

De numeris magico magicis ; seu methodus ordinandi numeros omnes in quadrato numero contentos, ita ut non solùm quadratus totus sit magicus; sed, quod difficilius sane est, ut ablatis singulis ambitibus reliquum semper magicum remaneat, idque omnibus modis possibilibus, nullo omisso.

Promotus Apollonius Gallus; id est tactiones circulares, non solùm quales veteribus notæ, et à Vietâ repertæ, sed et adeò ulterius promotæ ut vix eundem patiantur titulum.

Tactiones sphæricæ, pari amplitudine dilatæ, quippe eâdem methodo tractatæ. Utrarumque autem methodus singula earum problemata per plana resolvens ex singulari conicarum sectionum proprietate oritur, quæ aliis multis difficillimis problematibus succurrit ; et vix unicam adimplet paginam.

Tactiones etiam conicæ : ubi ex quinque punctis et quinque rectis datis, quinque quibuslibet, etc.

Loci solidi, cum omnibus casibus et omni ex parte absolutissimi.

Loci plani : non solùm illi quos à veteribus tempus abripuit, nec solùm illi quos his restitutis perillustris hujus ævi geometra subjunxit, sed et alii huc usque non noti, utrosque complectentes, et multò latiùs exuberantes, methodo, ut conjicere est, omninò novâ, quippe nova præstante, viâ tamen longè breviori.

Conicorum opus completum, et conica Apollonii et alia innumera unicâ ferè propositione amplectens ; quod quidem nondùm sex decimum ætatis annum assecutus excogitavi, et deindè in ordinem congessi.

Perspectivæ methodus, quâ nec inter inventas, nec inter inventu possibiles ulla compendiosior esse videtur ; quippe quæ puncta ichnographiæ per duarum solummodò rectarum intersectionem præstet, quo sanè nihil brevius esse potest.

Novissima autem ac penitùs intentatæ materiæ tractatio, scilicet de *compositione aleæ in ludis ipsi subjectis*, quod gallico nostro idiomate dicitur (*faire les partis des jeux*) : ubi anceps fortuna æquitate rationis ita reprimitur ut utrique lusorum quod jure competit exactè semper assignetur. Quod quidem eo fortiùs ratiocinando quærendum, quò minùs tentando investigari possit: ambigui enim sortis eventus fortuitæ contingentiæ potiùs quàm naturali necessitati meritò tribuuntur. Ideò res hactenus erravit incerta; nunc autem quæ experimento rebellis fuerat, rationis dominium effugere non potuit: eam quippe tantâ securitate in artem per geometriam reduximus, ut certitudinis ejus particeps facta, jam audacter prodeat; et sic matheseos demonstrationes cum aleæ incertitudine jungendo, et quæ contraria videntur conciliando, ab utrâque nominationem suam accipiens stupendum hunc titulum jure sibi arrogat: *aleæ geometria*.

Non de *gnomoniâ* loquor, nec de innumeris *miscellaneis*, quæ satis in promptu habeo; verùm nec parata, nec parari digna.

De vacuo quoque subticeo, quippè brevi typis mandandum, et non solùm vobis (ut ista) sed et cunctis proditurum: non tamen sine nutu vestro, quem si mereatur, nihil metuendum: quod equidem aliquandò alias expertus sum, maximè in instrumento illo arithmetico quod timidus inveneram, et vobis hortantibus exponens, agnovi approbationis vestræ pondus.

Illi sunt geometriæ nostræ maturi fructus: felices et immane lucrum facturi, si hos impertiendo quosdam ex vestris reportemus.

B. PASCAL.

Datum Parisiis, 1654.

PREMIÈRE LETTRE
DE PASCAL A FERMAT (*).

MONSIEUR,

L'impatience me prend aussi-bien qu'à vous; et quoique je sois encore au lit, je ne puis m'empêcher de vous dire que je reçus hier au soir, de la part de M. de Carcavi, votre lettre sur les partis, que j'admire si fort, que je ne puis vous le dire. Je n'ai pas le loisir de m'étendre; mais en un mot vous avez trouvé les deux partis des dés et des parties dans la parfaite justesse: j'en suis tout satisfait; car je ne doute plus maintenant que je ne sois dans la vérité, après la rencontre admirable où je me trouve avec vous. J'admire bien davantage la méthode des parties que celle des dés: j'avois vu plusieurs personnes trouver celle des dés, comme M. le chevalier de Meré, qui est celui qui m'a proposé ces questions, et aussi M. de Roberval; mais M. de Meré n'avoit jamais pu trouver la juste valeur des parties, ni de biais pour

(*) Tirée du Recueil des OEuvres de Fermat. Il paroît que cette Lettre avoit été été précédée par d'autres sur la même matière; mais je n'ai pu les recouvrer.

y arriver : de sorte que je me trouvois seul qui eusse connu cette proportion. Votre méthode est très-sûre, et c'est la première qui m'est venue à la pensée dans cette recherche. Mais parce que la peine des combinaisons est excessive, j'en ai trouvé un abrégé, et proprement une autre méthode bien plus courte et plus nette, que je voudrois pouvoir vous dire ici en peu de mots ; car je voudrois désormais vous ouvrir mon cœur, s'il se pouvoit, tant j'ai de joie de voir notre rencontre. Je vois bien que la vérité est la même à Toulouse et à Paris. Voici à peu près comme je fais pour savoir la valeur de chacune des parties, quand deux joueurs jouent, par exemple, en trois parties, et chacun a mis 32 pistoles au jeu.

Posons que le premier en ait deux et l'autre une : ils jouent maintenant une partie dont le sort est tel, que si le premier la gagne, il gagne tout l'argent qui est au jeu, savoir, 64 pistoles : si l'autre la gagne, ils sont deux parties à deux parties, et par conséquent s'ils veulent se séparer, il faut qu'ils retirent chacun leur mise, savoir, chacun 32 pistoles. Considérez donc, monsieur, que si le premier gagne, il lui appartient 64; s'il perd, il lui appartient 32. Donc s'ils ne veulent point hasarder cette partie, et se séparer sans la jouer, le premier doit dire : je suis sûr d'avoir 32 pistoles ; car la perte même me les donne ; mais pour les 32 autres, peut-être je les aurai, peut-être vous les aurez ; le hasard est égal; partageons donc ces 32 pistoles par la moitié, et donnez-moi outre cela mes 32 qui me sont sûres. Il aura donc 48 pistoles, et l'autre 16.

Posons maintenant que le premier ait deux parties, l'autre point, et qu'ils commencent à jouer une partie : le sort de cette partie est tel, que si le premier la gagne, il tire tout l'argent, 64 pistoles; si l'autre la gagne, les voilà revenus au cas précédent, auquel le premier aura deux parties et l'autre une. Or nous avons déjà montré qu'en ce cas il appartient à celui qui a les deux parties, 48 pistoles; donc s'ils veulent ne point jouer cette partie, il doit dire ainsi : si je la gagne, je gagnerai tout, qui est 64; si je la perds, il m'appartiendra légitimement 48. Donc donnez-moi les 48 qui me sont certaines, au cas même que je perde, et partageons les 16 autres par la moitié, puisqu'il y a autant de hasard que vous les gagniez comme moi. Ainsi il aura 48 et 8, qui sont 56 pistoles.

Posons enfin que le premier n'ait qu'une partie et l'autre point. Vous voyez, monsieur, que s'ils commencent une partie nouvelle, le sort en est tel, que si le premier la gagne, il aura deux parties à point, et partant, par le cas précédent, il lui appartient 56; s'il la perd, ils sont partie à partie, donc il lui appartient 32 pistoles. Donc il doit dire : si vous voulez ne pas la jouer, donnez-moi 32 pistoles qui me sont sûres, et partageons le reste de 56 par la moitié; de 56 ôtez 32, reste 24; partagez donc

24 par la moitié, prenez-en 12 et moi 12, qui, avec 32, font 44.

Or par ce moyen vous voyez par les simples soustractions, que pour la première partie il appartient sur l'argent de l'autre 12 pistoles, pour la seconde autre 12, et pour la dernière 8.

Or pour ne plus faire de mystère, puisque vous voyez aussi-bien tout à découvert, et que je n'en faisois que pour voir si je ne me trompois pas, la valeur (j'entends la valeur sur l'argent de l'autre seulement) de la dernière partie de 2 est double de la partie de 3; et quadruple de la dernière partie de 4; et octuple de la dernière partie de 5, etc.

Mais la proportion des premières parties n'est pas si aisée à trouver : elle est donc ainsi, car je ne veux rien déguiser; et voici le problème dont je faisois tant de cas, comme en effet il me plaît fort.

Étant donné tel nombre de parties qu'on voudra, trouver la valeur de la première?

Soit le nombre des parties donné, par exemple, 8 : prenez les huit premiers nombres pairs et les huit premiers nombres impairs, savoir :

2, 4, 6, 8, 10, 12, 14, 16.
et 1, 3, 5, 7, 9, 11, 13, 15.

Multipliez les nombres pairs en cette sorte: le premier par le second, le produit par le troisième, le produit par le quatrième, le produit par le cinquième, etc. Multipliez les nombres impairs de la même sorte : le premier par le second, le produit par le troisième, etc. : le dernier produit des pairs est le dénominateur, et le dernier produit des impairs est le numérateur de la fraction qui exprime la valeur de la première partie de 8, c'est-à-dire, que si on joue chacun le nombre des pistoles exprimé par le produit des pairs, il en appartiendra sur l'argent de l'autre le nombre exprimé par le produit des impairs.

Ce qui se démontre, mais avec beaucoup de peine, par les combinaisons, telles que vous les avez imaginées : je n'ai pu le démontrer par cette autre voie que je viens de vous dire, mais seulement par celle des combinaisons; et voici les propositions qui y mènent, qui sont proprement des propositions arithmétiques touchant les combinaisons, dont j'ai d'assez belles propriétés.

Si d'un nombre quelconque de lettres, par exemple, de huit, A, B, C, D, E, F, G, H, vous prenez toutes les combinaisons possibles de quatre lettres; et ensuite toutes les combinaisons possibles de cinq lettres, et puis de six, de sept et de huit, etc.; et qu'ainsi vous preniez toutes les combinaisons possibles depuis la multitude, qui est la moitié de la toute, jusqu'au tout : je dis que si vous joignez ensemble la moitié de la combinaison de quatre avec chacune des combinaisons supérieures, la somme sera le nombre tantième de la progression quaternaire; à commencer par le binaire, qui est la moitié de la multitude. Par exemple, et je vous le dirai en latin, car le françois n'y vaut rien.

Si quotlibet litterarum verbi gratiâ octo A, B, C, D, E, F, G, H, sumantur omnes combinationes quaternarii, quinquenarii, senarii, etc., usque ad octonarium : dico, si jungas dimidium combinationis quaternarii, nempe 35 (*dimidium* 70) *cum omnibus combinationibus, quinquenarii, nempe* 56, *plus omnibus combinationibus senarii, nempe* 28, *plus omnibus combinationibus septenarii, nempe* 8, *plus omnibus combinationibus octonarii, nempe* 1, *factum esse quartum numerum progressionis quaternarii cujus origo est* 2 : *dico* quartum numerum, *quia* 4 *octonarii dimidium est.*

Sunt enim numeri progressionis quaternarii quibus origo est 2, *isti* : 2, 8, 32, 128, 512, *etc.*, *quorum* 2 *primus est*, 8 *secundus*, 32 *tertius*, *et* 128 *quatus*, *cui* 128 *æquantur* + 35, *dimidium combinationis* 4 *litterarum*, + 56 *combinationis* 5 *litterarum*, + 28 *combinationis* 6 *litterarum*, + 8 *combinationis* 7 *litterarum*, + 1 *combinationis* 8 *litterarum.*

Voilà la première proposition, qui est purement arithmétique.

L'autre regarde la doctrine des parties, et est telle. Il faut dire auparavant : Si on a une partie de 5, par exemple, et qu'ainsi il en manque 4, le jeu sera infailliblement décidé en 8, qui est double de 4 : la valeur de la première partie de

5 sur l'argent de l'autre, est la fraction qui a pour numérateur la moitié de la combinaison de 4 sur 8 (je prends 4, parce qu'il est égal au nombre des parties qui manquent, et 8, parce qu'il est double de 4), et pour dénominateur ce même numérateur, plus toutes les combinaisons supérieures.

Ainsi si j'ai une partie de 5, il m'appartient sur l'argent de mon joueur $\frac{35}{128}$, c'est-à-dire, que s'il a mis 128 pistoles, j'en prends 35, et lui laisse le reste 93. Or cette fraction $\frac{35}{128}$, est la même que celle-là $\frac{105}{384}$, laquelle est faite par la multiplication des pairs pour le dénominateur, et de la multiplication des impairs pour le numérateur.

Vous verrez bien sans doute tout cela, si vous vous en donnez tant soit peu la peine. C'est pourquoi je trouve inutile de vous en entretenir davantage : je vous envoie néanmoins une de mes vieilles Tables. Je n'ai pas le loisir de la copier, je la referai ; vous y verrez comme toujours la valeur de la première partie est égale à celle de la seconde, ce qui se trouve aisément par les combinaisons.

Vous verrez de même que les nombres de la première ligne augmentent toujours.

Ceux de la seconde, de même.

Ceux de la troisième, de même.

Mais ensuite ceux de la quatrième diminuent.

Ceux de la cinquième, etc.

Ce qui est étrange.

Je n'ai pas le temps de vous envoyer la démonstration d'une difficulté qui étonnoit fort M. de Meré : car il a très-bon esprit, mais il n'est pas géomètre ; c'est, comme vous savez, un grand défaut ; et même il ne comprend pas qu'une ligne mathématique soit divisible à l'infini, et croit fort bien entendre qu'elle est composée de points en nombre fini, et jamais je n'ai pu l'en tirer ; si vous pouviez le faire, on le rendroit parfait. Il me disoit donc qu'il avoit trouvé fausseté dans les nombres par cette raison.

Si on entreprend de faire un 6 avec un dé, il y a avantage de l'entreprendre en 4, comme de 671 à 625.

Si on entreprend de faire sonnez avec deux dés, il y a désavantage de l'entreprendre en 24.

Et néanmoins 24 est à 36, qui est le nombre des faces de deux dés, comme 4 à 6, qui est le nombre des faces d'un dé.

Voilà quel étoit son grand scandale, qui lui faisoit dire hautement que les propositions n'étoient pas constantes, et que l'arithmétique se démentoit. Mais vous en verrez bien aisément la raison, par les principes où vous êtes.

Je mettrai par ordre tout ce que j'en ai fait, quand j'aurai achevé des Traités géométriques où je travaille il y a déjà quelque temps.

J'en ai fait aussi d'arithmétiques, sur le sujet desquels je vous supplie de me mander votre avis sur cette démonstration.

Je pose le lemme que tout le monde sait, que

la somme de tant de nombres qu'on voudra de la progression continuée depuis l'unité, comme 1, 2, 3, 4, étant prise deux fois, est égale au dernier 4, multiplié par le prochainement plus grand 5, c'est-à-dire que la somme des nombres contenus dans A, étant prise deux fois, est égale au produit de A par A + 1.

Maintenant je viens à ma proposition.

Duorum quorumlibet cuborum proximorum differentia, unitate demptâ, sextupla est omnium numerorum in minoris radice contentorum.

Sint duæ radices R, S, unitate differentes dico $R^3 - S^3 - 1$ *æquari summæ numerorum in S contentorum; sexies sumptæ. Etenim S vocetur A, ergo R est* $A + 1$. *Igitur cubus radicis R, seu* $A + 1$, *est* $A^3 + 3A^2 + 3A + 1^3$; *cubus verò S seu A est* A^3; *et horum differentia est* $3A^2 + 3A + 1^3$ *id est* $R^3 - S^3$. *Igitur si auferatur unitas,* $3A^2 + 3A$ *æquatur* $R^3 - S^3 - 1$. *Sed duplum summæ numerorum in A seu S contentorum æquatur, ex lemmate, A in* $A + 1$, *hoc est* $A^2 + A$. *Igitur sextuplum summæ numerorum in A contentorum æquatur* $3A^2 + 3A$. *Sed* $3A^2 + 3A$ *æquatur* $R^3 - S^3 - 1$. *Igitur* $R^3 - S^3 - 1$ *æquatur sextuplo summæ numerorum in A seu S contentorum; quod erat demonstrandum.*

On ne m'a pas fait de difficulté là-dessus; mais on m'a dit qu'on ne m'en faisoit pas, par cette raison que tout le monde est accoutumé aujourd'hui à cette méthode : et moi je prétends que sans me faire grâce, on doit admettre cette démonstration comme d'un genre excellent. J'en attends néanmoins votre avis avec toute soumission : tout ce que j'ai démontré en arithmétique, est de cette nature. Voici encore deux difficultés.

J'ai démontré une proposition plane, en me servant du cube d'une ligne, comparé au cube d'une autre. Je prétends que cela est purement géométrique, et dans la sévérité la plus grande.

De même j'ai résolu ce problème : *De quatre plans, quatre points et quatre sphères, quatre quelconques étant donnés, trouver une sphère qui, touchant les sphères données, passe par les points donnés, et laisse sur les plans des portions de sphères capables d'angles donnés* : et celui-ci : *De trois cercles, trois points, trois lignes, trois quelconques étant donnés, trouver un cercle qui, touchant les cercles et les points, laisse sur la ligne un arc capable d'angle donné.*

J'ai résolu (*) ces problèmes pleinement, n'employant dans la construction que des cercles et des lignes droites. Mais dans la démonstration, je me sers des lieux solides, de paraboles ou hyperboles. Je prétends néanmoins, qu'attendu que la construction est plane, ma solution est plane, et doit passer pour telle.

C'est bien mal reconnoître l'honneur que vous me faites de souffrir mes entretiens, que de

(*) Il y a apparence que toutes ces recherches sont perdues.

vous importuner si long-temps : je ne pense jamais vous dire que deux mots, et si je ne vous dis pas ce que j'ai le plus sur le cœur, qui est que plus je vous connois, plus je vous admire et vous honore; et que si vous voyiez à quel point cela est, vous donneriez une place dans votre amitié à celui qui est, monsieur, votre, etc. PASCAL.

Le 29 juillet 1654.

TABLE

DONT IL EST FAIT MENTION DANS LA LETTRE PRÉCÉDENTE.

Si on joue chacun 256, en

Il m'appartient sur les 256 pistoles de mon joueur, pour la		6 Parties.	5 Parties.	4 Parties.	3 Parties.	2 Parties.	1 Partie.
	1re Partie.	63	70	80	96	128	256
	2e Partie.	63	70	80	96	128	
	3e Partie.	56	60	64	64		
	4e Partie.	42	40	32			
	5e Partie.	24	16				
	6e Partie.	8					

Si on joue 256, chacun, en

Il m'appartient sur les 256 de mon joueur, pour les		6 Parties.	5 Parties.	4 Parties.	3 Parties.	2 Parties.	1 Partie.
	La 1re Partie.	63	70	80	96	128	256
	2 1res Parties.	126	140	160	192	256	
	3 1res Parties.	182	200	224	256		
	4 1res Parties.	224	240	256			
	5 1res Parties.	248	256				
	6 1res Parties.	256					

DEUXIÈME LETTRE

DE PASCAL A FERMAT (*).

MONSIEUR,

Je ne pus vous ouvrir ma pensée entière touchant les partis de plusieurs joueurs, par l'ordinaire passé; et même j'ai quelque répugnance à le faire, de peur qu'en ceci, cette admirable convenance qui étoit entre nous, et qui m'étoit si chère, ne commence à se démentir; car je crains que nous ne soyons de différents avis sur ce sujet. Je veux vous ouvrir toutes mes raisons, et vous me ferez la grâce de me redresser, si j'erre, ou de m'affermir, si j'ai bien rencontré. Je vous le demande tout de bon et sincèrement; car je ne me tiendrai pour certain que quand vous serez de mon côté.

Quand il n'y a que deux joueurs, votre méthode, qui procède par les combinaisons, est très-sûre; mais quand il y en a trois, je crois avoir démonstration qu'elle est mal juste, si ce n'est que vous y procédiez de quelque autre manière que je n'entends pas. Mais la méthode que je vous ai ouverte, et dont je me sers partout, est commune à toutes les conditions ima-

(*) Tirée du Recueil des Œuvres de Fermat.

ginables de toutes sortes de partis, au lieu que celle des combinaisons (dont je ne me sers qu'aux rencontres particulières où elle est plus courte que la générale) n'est bonne qu'en ces seules occasions, et non pas aux autres.

Je suis sûr que je me donnerai à entendre; mais il me faudra un peu de discours, et à vous un peu de patience.

Voici comment vous procédez, quand il y a deux joueurs. Si deux joueurs jouant en plusieurs parties, se trouvent en cet état qu'il manque deux parties au premier et trois au second, pour trouver le parti, il faut (dites-vous) voir en combien de parties le jeu sera décidé absolument.

Il est aisé de supputer que ce sera en quatre parties; d'où vous concluez qu'il faut voir combien quatre parties se combinent entre deux joueurs, et voir combien il y a de combinaisons pour faire gagner le premier, et combien pour le second, et partager l'argent suivant cette proportion. J'eusse eu peine à entendre ce discours-là, si je ne l'eusse su de moi-même auparavant; aussi vous l'aviez écrit dans cette pensée. Donc pour voir combien quatre parties se combinent entre deux joueurs, il faut imaginer qu'ils jouent avec un dé à deux faces (puisqu'ils ne sont que deux joueurs), comme à croix et pile, et qu'ils jettent quatre de ces dés (parce qu'ils jouent en quatre parties); et maintenant il faut voir combien ces dés peuvent avoir d'assiettes différentes : cela est aisé à supputer ; ils peuvent en avoir 16, qui est le second degré de 4, c'est-à-dire, le carré ; car figurons-nous qu'une des faces est marquée A, favorable au premier joueur, et l'autre B, favorable au second ; donc ces quatre dés peuvent s'asseoir sur une de ces 16 assiettes, aaaa .... bbbb.

Et parce qu'il manque deux parties au premier joueur, toutes les faces qui ont deux A le font gagner ; donc il en a 11 pour lui : et parce qu'il manque trois parties au second, toutes les faces où il y a trois B peuvent le faire gagner ; donc il y en a 5 ; donc il faut qu'ils partagent la somme, comme 11 à 5.

a a a a	1
a a a b	1
a a b a	1
a a b b	1
a b a a	1
a b a b	1
a b b a	1
a b b b	2
b a a a	1
b a a b	1
b a b a	1
b a b b	2
b b a a	1
b b a b	2
b b b a	2
b b b b	2

Voilà votre méthode quand il y a deux joueurs. Sur quoi vous dites que, s'il y en a davantage, il ne sera pas difficile de faire les partis par la même méthode.

Sur cela, monsieur, j'ai à vous dire que ce parti pour deux joueurs, fondé sur les combinaisons, est très-juste et très-bon ; mais que s'il y a plus de deux joueurs, il ne sera pas toujours juste, et je vous dirai la raison de cette différence.

Je communiquai votre méthode à nos messieurs ; sur quoi M. de Roberval me fit cette objection.

Que c'est à tort que l'on prend l'art de faire le parti, sur la supposition qu'on joue en quatre parties ; vu que quand il manque deux parties à l'un et trois à l'autre, il n'est pas de nécessité que l'on joue quatre parties, pouvant arriver qu'on n'en jouera que deux ou trois, ou, à la vérité, peut-être quatre ; et ainsi qu'il ne voyoit pas pourquoi on prétendoit de faire le parti juste sur une condition feinte, qu'on jouera quatre parties ; vu que la condition naturelle du jeu est qu'on ne jouera plus dès que l'un des joueurs aura gagné ; et qu'au moins si cela n'étoit faux, cela n'étoit pas démontré. De sorte qu'il avoit quelque soupçon que nous avions fait un paralogisme.

Je lui répondis que je ne me fondois pas tant sur cette méthode des combinaisons, laquelle véritablement n'est pas en son lieu en cette occasion, comme sur mon autre méthode universelle à qui rien n'échappe, et qui porte sa démonstration avec soi, qui trouve le même parti précisément que celle des combinaisons ; et de plus, je lui démontrai la vérité du parti entre deux joueurs par les combinaisons en cette sorte.

N'est-il pas vrai que si deux joueurs se trouvant en cet état de l'hypothèse qu'il manque deux parties à l'un et trois à l'autre, conviennent maintenant de gré à gré qu'on joue quatre parties complètes, c'est-à-dire, qu'on jette les quatre dés à deux faces tout à la fois : n'est-il pas vrai, dis-je, que s'ils ont délibéré de jouer les quatre parties, le parti doit être tel que nous avons dit, suivant la multitude des assiettes favorables à chacun ?

Il en demeura d'accord; et cela, en effet, est démonstratif; mais il nioit que la même chose subsistât, en ne s'astreignant pas à jouer les quatre parties. Je lui dis donc ainsi :

N'est-il pas clair, que les mêmes joueurs n'étant pas astreints à jouer quatre parties, mais voulant quitter le jeu dès que l'un auroit atteint son nombre, peuvent, sans dommage, ni avantage, s'astreindre à jouer les quatre parties entières, et que cette convention ne change en aucune manière leur condition? Car si le premier gagne les deux premières parties de quatre, et qu'ainsi il ait gagné, refusera-t-il de jouer encore deux parties, vu que s'il les gagne, il n'a pas mieux gagné; et s'il les perd, il n'a pas moins gagné; car ces deux que l'autre a gagnées, ne lui suffisent pas, puisqu'il lui en faut trois; et ainsi il n'y a pas assez de quatre parties pour faire qu'ils puissent tous deux atteindre le nombre qui leur manque?

Certainement il est aisé de considérer qu'il est absolument égal et indifférent à l'un et à l'autre de jouer en la condition naturelle à leur jeu, qui est de finir dès qu'on aura son compte, ou de jouer les quatre parties entières; donc, puisque ces deux conditions sont égales et indifférentes, le parti doit être tout pareil en l'une et en l'autre. Or il est juste quand ils sont obligés de jouer quatre parties comme je l'ai montré; donc il est juste aussi en l'autre cas.

Voilà comment je le démontrai : et si vous y

prenez garde, cette démonstration est fondée sur l'égalité des deux conditions, vraie et feinte à l'égard de deux joueurs, et qu'en l'une et en l'autre un même gagnera toujours; et si l'un gagne ou perd en l'une, il gagnera ou perdra en l'autre, et jamais deux n'auront leur compte.

Suivons la même pointe pour trois joueurs, et posons qu'il manque une partie au premier, qu'il en manque deux au second et deux au troisième. Pour faire le parti suivant la même méthode des combinaisons (*), il faut chercher d'abord en combien de parties le jeu sera décidé, comme nous avons fait quand il y avoit deux joueurs, ce sera en trois. Car ils ne sauroient jouer trois parties sans que la décision soit arrivée nécessairement.

Il faut voir maintenant combien trois parties se combinent en trois joueurs; combien il y en a de favorables à l'un, combien à l'autre, et combien au dernier; et, suivant cette proportion, distribuer l'argent de même qu'on a fait en l'hypothèse de deux joueurs.

Pour voir combien il y a de combinaisons en tout, cela est aisé : c'est la troisième puissance de trois ; c'est-à-dire, son cube 27.

Car si on jette trois dés à la fois (puisqu'il faut jouer trois parties) qui aient chacun trois

---

(*) Pascal emploie d'une manière défectueuse la méthode des combinaisons pour trois joueurs, comme on le verra par la réponse de Fermat.

faces, puisqu'il y a trois joueurs, l'une marquée A favorable au premier, l'autre B pour le second, l'autre C pour le troisième ; il est manifeste que ces trois dés jetés ensemble, peuvent s'asseoir sur 27 assiettes différentes, savoir :

a a a	1		
a a b	1		
a a c	1		
a b a	1		
a b b	1	2	
a b c	1		
a c a	1		
a c b	1		
a c c	1		3
b a a	1		
b a b	1	2	
b a c	1		
b b a	1	2	
b b b		2	
b b c		2	
b c a	1		
b c b		2	
b c c			3
c a a	1		
c a b	1		
c a c	1		3
c b a	1		
c b b		2	
c b c			3
c c a	1		3
c c b			3
c c c			3

Or, il ne manque qu'une partie au premier : donc toutes les assiettes où il y a un A sont pour lui ; donc il y en a 19.

Il manque deux parties au second : donc toutes les assiettes où il y a deux B sont pour lui ; donc il y en a 7.

Il manque deux parties au troisième : donc toutes les assiettes où il y a deux C sont pour lui ; donc il y en a 7.

Si de là on concluoit qu'il faudroit donner à chacun suivant la proportion de 19, 7, 7, on se tromperoit trop grossièrement, et je n'ai garde de croire que vous le fassiez ainsi : car il y a quelques faces favorables au premier et au second tout ensemble, comme ABB ; car le premier y trouve un A qu'il lui faut, et le second deux BB qui lui manquent : ainsi ACC est pour le premier et le troisième.

Donc il ne faut pas compter ces faces qui sont communes à deux comme valant la somme entière à chacun, mais seulement la moitié.

Car s'il arrivoit l'assiette A C C, le premier et le troisième auroient même droit à la somme, ayant chacun leur compte; donc ils partageroient l'argent par la moitié : mais s'il arrive l'assiette ABB, le premier gagne seul; il faut donc faire la supputation ainsi.

Il y a treize assiettes qui donnent l'entier au premier, et six qui lui donnent la moitié, et huit qui ne lui valent rien.

Donc si la somme entière est une pistole :

Il y a treize faces qui lui valent chacune 1 pistole.

Il y a six faces qui lui valent chacune $\frac{1}{2}$ pistole.

Et huit qui ne valent rien.

Donc, en cas de parti, il faut multiplier,

13 par une pistole, qui font . . .	13
6 par une demie, qui font. . . .	3
8 par zéro, qui font	0
Somme 27	Somme 16

Et diviser la somme des valeurs 16 par la somme des assiettes 27, qui fait la fraction $\frac{16}{27}$, qui est ce qui appartient au premier en cas de parti; savoir, 16 pistoles de 27.

Le parti du second et du troisième joueur se trouvera de même.

Il y a 4 assiettes, qui lui valent 1 pistole : multipliez 4

Il y a 3 assiettes, qui lui valent $\frac{1}{2}$ pistole : multipliez. . . . . 1 $\frac{1}{2}$

Et 20 assiettes, qui ne lui valent rien. . 0

Som. 27 Somme 5 $\frac{1}{2}$

Donc il appartient au second joueur 5 pistoles et $\frac{1}{2}$ sur 27, et autant au troisième ; et ces trois sommes 5 $\frac{1}{2}$, 5 $\frac{1}{2}$ et 16 étant jointes, font les 27.

Voilà, ce me semble, de quelle manière il faudroit faire les partis par les combinaisons suivant votre méthode, si ce n'est que vous ayez quelque autre chose sur ce sujet que je ne puis savoir. Mais si je ne me trompe, ce parti est mal juste.

La raison en est qu'on suppose une chose fausse, qui est qu'on joue en trois parties infailliblement, au lieu que la condition naturelle de ce jeu-là est qu'on ne joue que jusqu'à ce qu'un des joueurs ait atteint le nombre des parties qui lui manque, auquel cas le jeu cesse.

Ce n'est pas qu'il ne puisse arriver qu'on joue trois parties, mais il peut arriver aussi qu'on n'en jouera qu'une ou deux, et rien de nécessité.

Mais d'où vient, dira-t-on, qu'il n'est pas permis de faire en cette rencontre la même supposition feinte que quand il y avoit deux joueurs ? En voici la raison :

Dans la condition véritable de ces trois joueurs,

il n'y en a qu'un qui peut gagner : car la condition est que dès qu'on a gagné, le jeu cesse ; mais, en la condition feinte, deux peuvent atteindre le nombre de leurs parties ; savoir, si le premier en gagne une qui lui manque, et un des autres, deux qui lui manquent ; car ils n'auront joué que trois parties : au lieu que quand il n'y avoit que deux joueurs, la condition feinte et la véritable convenoient pour l'avantage des joueurs en tout, et c'est ce qui met l'extrême différence entre la condition feinte et la véritable.

Que si les joueurs se trouvant en l'état de l'hypothèse, c'est-à-dire, s'il manque une partie au premier, deux au second et deux au troisième, veulent maintenant, de gré à gré, et conviennent de cette condition, qu'on jouera trois parties complètes, et que ceux qui auront atteint le nombre qui leur manque, prendront la somme entière (s'ils se trouvent seuls qui l'aient atteint), ou s'il se trouve que deux l'aient atteint, qu'ils la partageront également : en ce cas, le parti doit se faire comme je viens de le donner, que le premier ait 16, le second $5\frac{1}{2}$, le troisième $5\frac{1}{2}$ de 27 pistoles ; et cela porte sa démonstration de soi-même, en supposant cette condition ainsi.

Mais s'ils jouent simplement à condition, non pas qu'on joue nécessairement trois parties, mais seulement jusqu'à ce que l'un d'entre eux ait atteint ses parties, et qu'alors le jeu cesse, sans donner moyen à un autre d'y arriver, alors il appartient au premier 17 pistoles, au second 5, au troisième 5, de 27.

Et cela se trouve par ma méthode générale, qui détermine aussi qu'en la condition précédente il en faut 16 au premier, 5 $\frac{1}{2}$ au second, et 5 $\frac{1}{2}$ au troisième, sans se servir des combinaisons; car elle va partout seule et sans obstacle.

Voilà, monsieur, mes pensées sur ce sujet, sur lequel je n'ai d'autre avantage sur vous que celui d'y avoir beaucoup plus médité. Mais c'est peu de chose à votre égard, puisque vos premières vues sont plus pénétrantes que la longueur de mes efforts.

Je ne laisse pas de vous ouvrir mes raisons pour en attendre le jugement de vous. Je crois vous avoir fait connoître par là que la méthode des combinaisons est bonne entre deux joueurs par accident, comme elle l'est aussi quelquefois entre trois joueurs, comme quand il manque une partie à l'un, une à l'autre, et deux à l'autre; parce qu'en ce cas le nombre des parties dans lesquelles le jeu sera achevé, ne suffit pas pour en faire gagner deux; mais elle n'est pas générale, et n'est généralement bonne qu'en cas seulement qu'on soit astreint à jouer un certain nombre de parties exactement. De sorte que comme vous n'aviez pas ma méthode, quand vous m'avez proposé le parti de plusieurs joueurs, mais seulement celle des combinaisons, je crains que nous ne soyons de sentiments différents sur ce sujet. Je vous supplie de me mander de quelle sorte vous procédez à la recherche de ce parti. Je recevrai votre réponse avec respect et avec joie, quand même votre sentiment me seroit contraire. Je suis, etc. PASCAL.

Du 24 août 1654.

PREMIÈRE LETTRE
DE FERMAT A PASCAL (*).

MONSIEUR,

Nos coups fourrés continuent toujours, et je suis aussi-bien que vous dans l'admiration de quoi nos pensées s'ajustent si exactement, qu'il semble qu'elles aient pris une même route et fait un même chemin : vos derniers traités du *Triangle arithmétique* et de *son application*, en sont une preuve authentique; et si mon calcul ne me trompe, votre onzième conséquence couroit la poste de Paris à Toulouse, pendant que ma proposition des nombres figurés, qui en effet est la même, alloit de Toulouse à Paris. Je n'ai garde de faillir, tandis que je rencontrerai de cette sorte; et je suis persuadé que le vrai moyen pour s'empêcher de faillir, est celui de concourir avec vous. Mais si j'en disois davantage, la chose tiendroit du compliment, et nous avons banni cet ennemi des conversations douces et aisées.

Ce seroit maintenant à mon tour à vous débiter quelqu'une de mes inventions numériques; mais la fin du parlement augmente mes occupations, et j'ose espérer de votre bonté que vous m'accorderez un répit juste et quasi nécessaire. Cependant je répondrai à votre question des trois joueurs qui jouent en deux parties. Lorsque le premier en a une, et que les autres n'en ont pas une, votre première solution est la vraie, et la division de l'argent doit se faire en dix-sept, cinq

(*) Cette lettre paroît répondre à une lettre de Pascal que nous n'avons point. Nous donnons, suivant l'ordre chronologique, ce qui nous reste de cette correspondance.

et cinq; de quoi la raison est manifeste et se prend toujours du même principe, les combinaisons faisant voir d'abord que le premier a pour lui dix-sept hasards égaux, lorsque chacun des autres n'en a que cinq.

Au reste, il n'est rien à l'avenir que je ne vous communique avec toute franchise. Songez cependant, si vous le trouvez à propos, à cette proposition.

Les puissances carrées de 2, augmentées de l'unité, sont toujours des nombres premiers (*).

Le carré de 2, augmenté de l'unité, fait 5, qui est nombre premier.

Le carré du carré fait 16, qui augmenté de l'unité, fait 17, nombre premier.

Le carré de 16 fait 256, qui, augmenté de l'unité, fait 257, nombre premier

Le carré de 256 fait 65536, qui, augmenté de l'unité, fait 65537, nombre premier; et ainsi à l'infini.

C'est une propriété de la vérité de laquelle je vous réponds. La démonstration en est très-malaisée, et je vous avoue que je n'ai pu encore la trouver pleinement; je ne vous la proposerois pas pour la chercher, si j'en étois venu à bout.

Cette proposition sert à l'invention des nombres qui sont à leurs parties aliquotes en raison donnée, sur quoi j'ai fait des découvertes considérables. Nous en parlerons une autre fois. Je suis, monsieur, votre, etc. FERMAT.

A Toulouse, le 29 août 1654.

(*) Cette proposition n'est pas vraie généralement. M. Euler a remarqué (*Anciens Mém. de l'Acad. de Pétersbourg*, *Tome VI*, *ann.* 1732 *et* 1733, *page* 104) que la trente-deuxième puissance de 2, augmentée de l'unité, c'est-à-dire 4,294,967,297, est divisible par 641.

DEUXIÈME LETTRE
DE FERMAT A PASCAL,

EN RÉPONSE A CELLE DE LA PAGE 372.

MONSIEUR,

N'appréhendez pas que notre convenance se démente, vous l'avez confirmée vous-même en pensant la détruire, et il me semble qu'en répondant à M. de Roberval pour vous, vous avez aussi répondu pour moi. Je prends l'exemple des trois joueurs, au premier desquels il manque une partie, et à chacun des deux autres deux, qui est le cas que vous m'opposez. Je n'y trouve que dix-sept combinaisons pour le premier, et cinq pour chacun des deux autres; car quand vous dites que la combinaison A C C est bonne pour le premier et pour le troisième, il semble que vous ne vous souveniez plus que tout ce qui se fait après que l'un des joueurs a gagné, ne sert plus de rien. Or, cette combinaison ayant fait gagner le premier dès la première partie, qu'importe que le troisième en gagne deux ensuite, puisque quand il en gagneroit trente, tout cela seroit superflu? Ce qui vient de ce que, comme vous avez très-bien remarqué, cette fiction d'étendre le jeu à un certain nombre de parties, ne sert qu'à faciliter la règle, et (suivant mon sentiment) à rendre tous les hasards égaux, ou bien, plus intelligiblement, à réduire toutes les fractions à une même dénomination. Et afin que vous n'en doutiez plus, si au lieu de trois parties, vous étendez, au cas proposé, la feinte jusqu'à quatre, il y aura non-seulement 27 combinaisons, mais 81, et il faudra voir combien de combinaisons feront gagner au premier une partie plutôt que deux à chacun des autres, et combien feront gagner à chacun des deux autres deux parties plutôt qu'une au premier. Vous trouverez que les combinaisons pour le gain du premier, seront 51, et celles de chacun des autres deux 15. Ce qui revient à la même raison, que si vous prenez 5 parties où tel autre nombre qu'il vous plaira, vous trouverez toujours 3 nombres en proportion de 17, 5, 5, et ainsi j'ai droit de dire que la combinaison A C C n'est que pour le premier et non pour le troisième, et que C C A n'est que pour le troisième et non pour le premier, et que partant, ma règle des combinaisons est la même en 3 joueurs qu'en 2, et généralement en tous nombres.

Vous aviez déjà pu voir par ma précédente, que je n'hésitois point à la solution véritable de la question des 3 joueurs dont je vous avois envoyé les 3 nombres décisifs 17, 5, 5. Mais parce que M. Roberval sera peut-être bien aise de voir une solution sans rien feindre, et qu'elle peut quelquefois produire des abrégés en beaucoup de cas, la voici en l'exemple proposé.

Le premier peut gagner, ou en une seule partie, ou en deux, ou en trois.

S'il gagne en une seule partie, il faut qu'avec un dé qui a trois faces, il rencontre la favorable du premier coup. Un seul dé produit 3 hasards; ce joueur a donc pour lui $\frac{1}{3}$ des hasards, lorsqu'on ne joue qu'une partie.

Si on en joue deux, il peut gagner de deux façons, ou lorsque le second joueur gagne la première et lui la seconde, ou lorsque le troisième gagne la première et lui la seconde. Or, deux dés produisent 9 hasards : ce joueur a donc pour lui $\frac{2}{9}$ des hasards lorsqu'on joue deux parties.

Si on en joue trois, il ne peut gagner que de deux façons, ou lorsque le second gagne la première, le troisième la seconde et lui la troisième, ou lorsque le troisième gagne la première, le second la seconde, et lui la troisième; car, si le second ou le troisième joueur gagnoit les deux premières, il gagneroit le jeu, et non pas le premier joueur. Or, trois dés ont 27 hasards; donc ce premier joueur a $\frac{2}{27}$ de hasards lorsqu'on joue trois parties.

La somme des hasards qui font gagner ce premier joueur, est par conséquent $\frac{1}{3}$, $\frac{2}{9}$ et $\frac{2}{27}$; ce qui fait en tout $\frac{17}{27}$.

Et la règle est bonne et générale en tous les cas; de sorte que sans recourir à la feinte, les combinaisons véritables en chaque nombre des parties portent leur solution, et font voir ce que j'ai dit au commencement, que l'extension à un certain nombre de parties n'est autre chose que la réduction de diverses fractions à une même dénomination. Voilà en peu de mots tout le mystère, qui nous remettra sans doute en bonne intelligence, puisque nous ne cherchons l'un et l'autre que la raison et la vérité.

J'espère vous envoyer à la Saint-Martin un abrégé de tout ce que j'ai inventé de considérable aux nombres. Vous me permettrez d'être concis, et de me faire entendre seulement à un homme qui comprend tout à demi-mot.

Ce que vous y trouverez de plus important, regarde la proposition que tout nombre est composé d'un, de deux, ou de trois triangles; d'un, de deux, de trois ou de quatre carrés; d'un, de deux, de trois, de quatre ou de cinq pentagones; d'un, de deux, de trois, de quatre, de cinq ou de six hexagones, et à l'infini. Pour y parvenir, il faut démontrer que tout nombre premier qui surpasse de l'unité un multiple de quatre, est composé de deux carrés, comme 5, 13, 17, 29, 37, etc.

Étant donné un nombre premier de cette nature, comme 53, trouver par règle générale les deux carrés qui le composent.

Tout nombre premier qui surpasse de l'unité un multiple de 3, est composé d'un carré et du triple d'un autre carré, comme 7, 13, 19, 31, 37, etc.

Tout nombre premier qui surpasse d'un ou de trois un multiple de huit, est composé d'un carré et du double d'un autre carré, comme 11, 17, 19, 41, 43, etc.

Il n'y a aucun triangle en nombres duquel l'aire soit égale à un nombre carré.

Cela sera suivi de l'invention de beaucoup de propositions que Bachet avoue avoir ignorées, et qui manquent dans le Diophante.

Je suis persuadé que dès que vous aurez connu ma façon de démontrer en cette nature de propositions, elle vous paroîtra belle, et vous donnera lieu de faire beaucoup de nouvelles découvertes ; car il faut, comme vous savez, que *multi pertranseant ut augeatur scientia.*

S'il me reste du temps, nous parlerons ensuite des nombres magiques, et je rappellerai mes vieilles espèces sur ce sujet. Je suis de tout mon cœur, monsieur, votre, etc. FERMAT.

Ce 25 septembre.

Je souhaite la santé de M. de Carcavi comme la mienne, et suis tout à lui.

Je vous écris de la campagne, et c'est ce qui retardera par aventure mes réponses pendant ces vacations.

TROISIÈME LETTRE
DE FERMAT A PASCAL (*).

Monsieur,

Si j'entreprends de faire un point avec un seul dé en huit coups; si nous convenons, après que l'argent est dans le jeu, que je ne jouerai pas le premier coup, il faut, par mon principe, que je tire du jeu un sixième du total pour être désintéressé, à raison dudit premier coup. Que si encore nous convenons après cela que je ne jouerai pas le second coup, je dois, pour mon indemnité, tirer le sixième du restant, qui est $\frac{5}{36}$ du total; et si après cela nous convenons que je ne jouerai pas le troisième coup, je dois, pour mon indemnité, tirer le sixième du restant, qui est $\frac{25}{216}$ du total. Et si après cela nous convenons encore que je ne jouerai pas le quatrième coup, je dois tirer le sixième du restant, qui est $\frac{125}{1296}$ du total. Et je conviens avec vous que c'est la valeur du quatrième coup, supposé qu'on ait déjà traité des précédents. Mais vous me proposez dans l'exemple dernier de votre lettre (je mets vos propres termes) que si j'entreprends de trouver le six en huit coups et que j'en aie joué trois sans le rencontrer; si mon joueur me propose de ne point jouer mon quatrième coup, et qu'il veuille me désintéresser à cause que je pourrois le rencontrer; il m'appartiendra $\frac{125}{1296}$ de la somme entière de nos mises; ce qui pourtant n'est pas vrai, suivant mon principe; car, en ce cas, les trois premiers coups n'ayant rien acquis à celui qui tient le dé, la somme totale restant dans le jeu, celui qui tient le dé et qui convient de ne pas jouer son quatrième coup, doit prendre pour son indemnité un sixième du total; et s'il avoit joué quatre coups sans trouver le point cherché, et qu'on convînt qu'il ne joueroit pas le cinquième, il auroit de même pour son indemnité un sixième du total; car la somme entière restant dans le jeu, il ne suit pas seulement du principe, mais il est même du sens naturel que chaque coup doit donner un égal avantage. Je vous prie donc que je sache si nous sommes conformes au principe, ainsi que je crois, ou si nous différons seulement en l'application. Je suis, de tout mon cœur, etc. Fermat.

(*) Cette lettre est sans date dans la copie que j'en ai : elle paroît répondre à une lettre de Pascal que je n'ai pu recouvrer. (*Note de l'édition de* 1779.)

TROISIÈME LETTRE
DE PASCAL A FERMAT,
EN RÉPONSE A CELLE DE LA PAGE 385.

Monsieur,

Votre dernière lettre m'a parfaitement satisfait ; j'admire votre méthode pour les partis, d'autant mieux que je l'entends fort bien ; elle est entièrement vôtre, et n'a rien de commun avec la mienne, et arrive au même but facilement. Voilà notre intelligence rétablie. Mais, monsieur, si j'ai concouru avec vous en cela, cherchez ailleurs qui vous suive dans vos inventions numériques, dont vous m'avez fait la grâce de m'envoyer les énonciations : pour moi je vous confesse que cela me passe de bien loin; je ne suis capable que de les admirer, et vous supplie très-humblement d'occuper votre premier loisir à les achever. Tous nos messieurs les virent samedi dernier, et les estimèrent de tout leur cœur : on ne peut pas aisément supporter l'attente de choses si belles et si souhaitables ; pensez-y donc, s'il vous plaît, et assurez-vous que je suis, etc. Pascal.

Paris, 27 octobre 1654.

LETTRE DE M. FERMAT A M. DE CARCAVI.

Monsieur,

J'ai été ravi d'avoir eu des sentiments conformes à ceux de M. Pascal ; car j'estime infiniment son génie, et je le crois très-capable de venir à bout de tout ce qu'il entreprendra. L'amitié qu'il m'offre m'est si chère et si considérable, que je crois ne point devoir faire difficulté d'en faire quelque usage en l'impression de mes traités. Si cela ne vous choquoit point, vous pourriez tous deux procurer cette impression, de laquelle je consens que vous soyez les maîtres ; vous pourriez éclaircir, ou augmenter ce qui semble trop concis, et me décharger d'un soin que mes occupations m'empêchent de prendre : je désire même que cet Ouvrage paroisse sans mon nom, vous remettant, à cela près, le choix de toutes les désignations qui pourront marquer le nom de l'auteur que vous qualifierez votre ami. Voici le biais que j'ai imaginé pour la seconde partie, qui contiendra mes inventions pour les nombres : c'est un travail qui n'est encore qu'une idée, et que je n'aurois pas le loisir de coucher au long sur le papier ; mais j'enverrai succinctement à M. Pascal tous mes principes et mes premières démonstrations, de quoi je vous réponds à l'avance qu'il tirera des choses non-seulement nouvelles et jusqu'ici inconnues, mais encore surprenantes. Si vous joignez votre travail avec le sien, tout pourra succéder et s'achever dans peu de temps, et cependant on pourra mettre au jour la première partie que vous avez en votre pouvoir. Si M. Pascal goûte mon ouverture, qui est principalement fondée sur la grande estime que je fais de son génie, de son savoir et de son esprit ; je commencerai d'abord à vous faire part de mes inventions numériques. Adieu, je suis, monsieur, etc. Fermat.

A Toulouse, ce 9 août 1659.

QUATRIÈME LETTRE DE FERMAT A PASCAL.

Monsieur,

Dès que j'ai su que nous sommes plus proches l'un de l'autre que nous n'étions auparavant, je n'ai pu résister à un dessein d'amitié dont j'ai prié M. de Carcavi d'être le médiateur : en un mot je prétends vous embrasser, et converser quelques jours avec vous ; mais parce que ma santé n'est guère plus forte que la vôtre, jose espèrer qu'en cette considération vous me ferez la grâce de la moitié du chemin, et que vous m'obligerez de me marquer un lieu entre Clermont et Toulouse, où je ne manquerai pas de me rendre vers la fin de septembre ou le commencement d'octobre. Si vous ne prenez pas ce parti, vous courrez hasard de me voir chez vous, et d'y avoir deux malades en même temps. J'attends de vos nouvelles avec impatience, et suis de tout mon cœur, tout à vous. Fermat.

A Toulouse, le 25 juillet 1660.

LETTRE DE PASCAL A FERMAT,

EN RÉPONSE A LA PRÉCÉDENTE.

Monsieur,

Vous êtes le plus galant homme du monde, et je suis assurément un de ceux qui sais le mieux reconnoître ces qualités-là et les admirer infiniment, surtout quand elles sont jointes aux talents qui se trouvent singulièrement en vous : tout cela m'oblige à vous témoigner de ma main ma reconnoissance pour l'offre que vous me faites, quelque peine que j'aie encore d'écrire et de lire moi-même : mais l'honneur que vous me faites m'est si cher, que je ne puis trop me hâter d'y répondre. Je vous dirai donc, monsieur, que si j'étois en santé, je serois volé à Toulouse, et que je n'aurois pas souffert qu'un homme comme vous eût fait un pas pour un homme comme moi. Je vous dirai aussi que quoique vous soyez celui de toute l'Europe que je tiens pour le plus grand géomètre, ce ne seroit pas cette qualité-là qui m'auroit attiré; mais que je me figure tant d'esprit et d'honnêteté en votre conversation, que c'est pour cela que je vous rechercherois. Car pour vous parler franchement de la géométrie, je la trouve le plus haut exercice de l'esprit; mais en même temps je la connois pour si inutile, que je fais peu de différence entre un homme qui n'est que géomètre et un habile artisan. Aussi je l'appelle le plus beau métier du monde ; mais enfin ce n'est qu'un métier ; et j'ai dit souvent qu'elle est bonne pour faire l'essai, mais non pas l'emploi de notre force : de sorte que je ne ferois pas deux pas pour la géométrie, et je m'assure que vous êtes fort de mon humeur. Mais il y a maintenant ceci de plus en moi, que je suis dans des études si éloignées de cet esprit-là, qu'à peine me souviens-je qu'il y en ait. Je m'y étois mis il y a un an ou deux, par une raison tout-à-fait singulière, à laquelle ayant satisfait, je suis au hasard de ne jamais plus y penser, outre que ma santé n'est pas encore assez forte; car je suis si foible, que je ne puis marcher sans bâton, ni me tenir à cheval. Je ne puis même faire que trois ou quatre lieues au plus en carrosse; c'est ainsi que je suis venu de Paris ici en vingt-deux jours. Les médecins m'ordonnent les eaux de Bourbon pour le mois de septembre, et je suis engagé autant que je puis l'être depuis deux mois, d'aller de là en Poitou par eau jusqu'à Saumur, pour demeurer jusqu'à Noël avec M. le duc de Roannès, gouverneur de Poitou, qui a pour moi des sentiments que je ne vaux pas. Mais comme je passerai par Orléans en allant à Saumur par la rivière, si ma santé ne me permet pas de passer outre, j'irai de là à Paris. Voilà, monsieur, tout l'état de ma vie présente, dont je suis obligé de vous rendre compte, pour vous assurer de l'impossibilité où je suis de recevoir l'honneur que vous daignez m'offrir, et que je souhaite de tout mon cœur de pouvoir un jour reconnoître, ou en vous, ou en messieurs vos enfants, auxquels je suis tout dévoué, ayant une vénération particulière pour ceux qui portent le nom du premier homme du monde. Je suis, etc. PASCAL.

De Bienassis, le 10 août 1660.

LETTRE DE M. FERMAT
A M. ***.

Monsieur mon cher maître,

Je suis embarrassé en affaires non géométriques; je vous envoie pourtant un petit écrit que le père Lalouvère m'a fait porter ce matin. J'ai reçu le Traité de M. Pascal depuis deux jours, et n'ai pu m'appliquer encore sérieusement à le lire; j'en ai pourtant conçu une grande opinion, aussi-bien que de tout ce qui part de cet illustre. Je suis tout à vous. Fermat.

A Toulouse, ce 16 février 1659.

PORISMATA DUO:
AUTORE PETRO FERMAT (*).

PORISMA PRIMUM.

Datis positione duabus rectis A B E, Y B C (Fig. 1, 2, 3.) *sese in puncto B secantibus : datis etiam punctis A et D in recta A B E : quæruntur duo puncta, exempli gratiâ, O et N, à quibus si ad quodlibet rectæ Y B C punctum, ut H, recta O H N inflectatur, rectam A B D in punctis I et V secans, rectangulum sub A I in D V æquetur spatio dato, videlicet rectangulo sub A B in B D?*

Ita procedit Porismatica Euclidis constructio, et generalissimam problematis solutionem repræsentabit.

Sumatur punctum quodvis O; jungatur recta A O secans rectam Y B C in puncto P; à puncto O ducatur recta O Q ipsi A B D paral-

(*) On a trouvé, parmi les papiers de Pascal, ces deux porismes et le problème suivant, écrits de la main de Fermat : on croit que le lecteur les verra ici avec plaisir.

lela, et rectæ Y B C occurrens in Q; ducatur etiam infinita P N M eidem A B D parallela; et juncta Q D secet rectam P N M in puncto N. Aio duo puncta P et N adimplere propositum; sumpto quippe ubilibet in rectâ Y B C puncto H, et ductis rectis O H, N I, rectæ A B D occurrentibus in punctis I et V, rectangulum sub A I in D V, in quibuslibet omninò casibus (tres tantùm triplex figura repræsentat) rectangulo A B in B D æquale erit.

PORISMA SECUNDUM.

Dato circulo A B D C (Fig. 4, 5.) *cujus diameter A C, centrum M : quæruntur duo puncta ut E et N à quibus si ad quodvis circumferentiæ punctum, ut D, inflectatur recta E D N diametrum in punctis Q et H secans, summa quadratorum Q D et D H, ad triangulum Q D H habeat rationem datam, idemque in quâlibet inflexione generaliter et perpetuò contingat?*

A centro M excitetur ad diametrum perpendicularis M B; fiat ratio data eadem quæ quadrupla rectæ B U ad rectam U M; à puncto U excitetur U E ad diametrum perpendicularis, et ipsi U B æqualis; sumptâ rectâ M O ipsi M U æquali, fiat O N æqualis et parallela rectæ U E: dico puncta quæsita esse puncta E et N. Sumpto quippe quovis in circumferentiâ puncto ut D, et junctis E D, U D, rectis, diametrum in punctis Q et H secantibus summa quadratorum Q D et D H ad triangulum Q D H erit, in quocumque casu, in ratione datâ, hoc est in ratione quadruplæ B U ad rectam U M.

Non solùm proponitur inquirenda istius porismatis demonstratio, sed videant etiam subtiliores mathemaci an duo alia puncta præter E et N possint problemati proposito satisfacere, et utrùm solutiones quæstionis sicut in primo porismate suppetant infinitæ. Si nihil respondeant, geometriæ in hac parte laboranti non dedignabimur opitulari.

SOLUTIO PROBLEMATIS
A DOMINO PASCAL PROPOSITI,
EODEM AUTORE FERMAT.

Proposuit Dominus Pascal hoc Problema : *Dato trianguli angulo ad verticem, et ratione quam habet perpendiculum ad differentiam laterum : invenire speciem trianguli?*

Exponatur recta quævis data A C (*Fig*. 6, 7.) super quam portio circuli A I F C capax anguli dati describatur. Eò quæstionem deduximus ut datâ basi A C, angulo verticis A I C, et ratione quam habet perpendiculum ad differentiam laterum, quæratur triangulum.

Ponatur jam factum esse et triangulum quæsitum esse A I C ; demittatur perpendiculum I B ; et diviso arcu A F C bifariam in F, jungantur A F, F C, et junctâ I F, demittantur in rectas A I, I C, perpendiculares C O, F K ; deindè centro F, intervallo A F, describatur circulus A H G E C, cui rectæ C I, I F, continuatæ occurrant in punctis G, H, E ; denique jungatur G A. Angulus A F C ad centrum duplus est anguli A G C ad circumferentiam ; sed angulus A I C æquatur angulo A F C in eadem portione ; igitur angulus A I C duplus est anguli A G C. Sed angulus A I C æquatur duobus angulis A G C, I A G ; igitur anguli I G A, I A G sunt æquales, ideoque rectæ I A, I G : sed cùm à centro F in rectam G C cadat perpendicularis F K, æquales sunt G K, K C, ideoque K I est dimidia differentia inter rectas C I, I G, hoc est inter rectas C I, I A. Data est autem ratio perpendicularis I B ad differentiam laterum C I, I A ; ergo datur ratio B I ad I K, et singulis in rectam A C ductis, data est ratio rectanguli sub A C in B I ad rectangulum sub A C in I K ; sed rectangulum sub A C in B I æquatur rectangulo sub A I in C O ; est enim utrumque dimidium trianguli A I C : ergo ratio rectanguli sub A I in C O ad rectangulum sub A C in I K data est. Datur autem ex hypothesi angulus A I C, et rectus est C O I ex constructione ; ergo datur specie triangulum C O I. Ratio igitur C O ad C I data est, ideoque rectanguli sub A I in C O ad rectangulum sub A I in I C ratio datur. Sed probavimus rationem rectanguli sub A I in C O, ad rectangulum sub A C in I K dari ; ergò datur ratio rectanguli A I C ad rectangulum sub A C in I K. Jam in triangulo A F C, datur angulus A F C ex hypothesi; ergo angulus F A C datur cui æqualis C I F idcirco dabitur; est autem rectus angulus F K I; ergo triangulum F I K datur specie; ideoque rectæ K I ad I F ratio data est; ideoque rectanguli A C in I K ad rectangulum sub A C in I F datur ratio. Probatum est autem dari rationem rectanguli A I in I C ad rectangulum A C in I K; ergo datur ratio rectanguli A I in I C ad rectangulum A C in I F. Est autem rectangulum C I G æquale rectangulo C I A, quia rectæ I G, I A sunt æquales, et rectangulo C I G æquatur rectangulum H I E: ergo ratio rectanguli H I E ad rectangulum sub A C in I F data est. Sit data ratio E D ad A C: cùm igitur A C sit data, dabitur E D, quæ ponatur recta H E in directum ut in figurâ 6, rectangulum igitur H I E ad rectangulum A C in I F est in ratione datâ E D ad A C; sed ut D E ad A C ita D E in I F ad A C in I F, igitur ut rectangulum H I E est ad rectangulum ad A C in I F, ita rectangulum D E in I F ad rectangulum A C in I F; rectangulum igitur D E in I F æquatur rectangulo H I E. Probatum est triangulum A F C dari specie; sed datur basis A C magnitudine; ergo datur A F, ideoque dupla ipsius E H datur. Æqualibus rectangulis D E in I F et H I E addatur rectangulum sub D E in I H; fiet rectangulum sub D E in F H æquale rectangulo D I H; datur autem rectangulum sub D E in F H, quia utraque rectarum D E, F H datur; datur igitur rectangulum D I H et ad datam magnitudinem D H applicatur deficiens figurâ quadratâ; ergo recta I H datur, ideoque reliqua I F. Datur autem punctum F positione; ergo datur et punctum I, et totum triangulum A I C. Non est difficilis ab analysi ad synthesin regressus.

Sed ut omne dubium tollatur, probatur facillimè triangulum quæsitum esse simile invento A I C in septimâ figurâ (triangulum autem A I C ex utravis parte puncti F verticem habere potest, in æquali à puncto F utrinque distantiâ, erit enim idem specie et magnitudine, et positio variabit). Si enim triangulum quæsitum non est simile invento, manente eâdem basi, ejus vertex vel ibit inter puncta F et I, vel inter puncta I et A. (Ex utravis parte nihil interest; nam de parte F C idem secundum triangulum A I C pari demonstratione concludit). Sit primùm, vertex inter A et I, et triangulum quæsitum ponatur, si fieri potest, simile triangulo A M C. Jungatur F M et demittatur perpendicularis F P; erit ratio perpendiculi M N ad M P data ex hypothesi, ideoque æqualis rationi I B ad I K quam probavimus datæ æqualem: quod est absurdum; cùm enim in triangulo F M P angulus ad M æquatur angulo ad I, trianguli I F K erunt similia triangula F I K, F M P; sed F M est major F I; ergo M P est major I K; est autem M N minor I B, non igitur eadem potest esse ratio M N ad M P quæ I B ad I K. Si punctum M sit inter I et F, probabitur augeri perpendiculum et minui differentiam laterum, idque eadem argumentatione. Ideoque varians proportionem si punctum M sit in portione F C, utemur secundo triangulo A I C, et erit eadem demonstratio, ut inutile sit diutiùs in his casibus immorari. Constat igitur triangulum quæsitum invento A I C esse simile, et patet proposito esse satisfactum.

Proponitur si placet tàm Domino PASCAL quàm Domino ROBERVAL solvendum hoc problema :

Ad datum punctum in helice BALIANI, *invenire tangentem?*

Quænam autem sit hujusmodi helix novit Dominus ROBERVAL.

Hujus problematis à nobis soluti, solutionem à viris eruditissimis expectamus ; aut si maluerint ipsis impertiemur, imò et generalem de linearum curvarum contactibus methodum.

Sed ne à præsenti materiâ triangulari vacuis manibus discessisse videamur, proponi possunt hæc quæstiones :

Datâ basi, angulo verticis, et aggregato perpendiculi et differentiæ laterum : invenire triangulum?

Datâ basi, angulo verticis, et differentiâ perpendiculi et differentiæ laterum : invenire triangulum?

Datâ basi, angulo verticis, et rectangulo sub differentiâ laterum in perpendiculum : invenire triangulum?

Datâ basi, angulo verticis, et summâ quadratorum perpendiculi et differentiæ laterum : invenire triangulum?

Et multæ similes, quarum enodationem faciliùs inventuros viros doctissimos existimo, quàm de contactu helicis BALIANI propositum problema aut theorema.

Sed observandum in quæstionibus de triangulis, quoties problema poterit solvi per plana, non recurrendum ad solida : quod cùm norint viri doctissimi, supervacuum fortasse subit addidisse.

LETTRE DE M. SLUZE,

Chanoine de la cathédrale de Liége, traduite de l'italien en françois, pour réponse à M. *.**

Monsieur,

J'avoue que j'ai grande obligation *alla gentilezza* de M. Pascal, et j'ai grande estime de sa science, par la solution du problème que vous lui aviez proposé; mais je voudrois bien savoir s'il lui a été proposé avec toute son universalité : la raison qui m'en a fait douter, est que je vois qu'il considère tous les points donnés dans un même plan, et je les considère en quelques plans différents qu'ils puissent être; ce que vous pouvez lui demander comme de vous-même.

Pour ce qui est des problèmes que vous m'avez envoyés, je dirai seulement que s'ils m'eussent été envoyés quand je les ai demandés, j'aurois tâché de lui donner satisfaction; mais la multitude des affaires qui m'accablent, comme vous savez bien, les vacances étant finies, ne me permettent pas d'appliquer mon esprit à de semblables recherches. Mais voyant que vous le désirez, je n'ai pu m'empêcher de les considérer quelque peu; et d'abord je me suis aperçu que le premier (*) problème pouvoit recevoir très-aisément solution par les lieux solides, c'est-à-dire, avec l'intersection de deux hyperboles. Après avoir fait un petit griffonnement d'analyse, je reconnus que le problème étoit *plan*, et que la résolution n'en étoit pas difficile; mais que la construction en seroit un peu longue et embrouillée. Ainsi, pour ne pas être obligé d'écrire beaucoup, j'ai choisi un cas seulement entre

(*) Ce problème étoit ainsi proposé : *Étant donnés deux cercles et une ligne droite, trouver un cercle qui touche les deux cercles donnés, et qui laisse sur la ligne droite un arc capable d'un angle donné.* Le papier dont Sluze parle un peu plus bas est collé en original au commencement de l'exemplaire des *Inventions de A. Dettonville en Géométrie*, qui appartient à la Bibliothéque du Roi. On n'a pas cru devoir imprimer ici la solution, ou plutôt la construction de Sluze, parce qu'elle n'est accompagnée d'aucune analyse, et qu'elle n'est d'ailleurs appliquée qu'à un cas particulier de la question. Nous n'avons pas besoin d'ajouter que ces sortes de problèmes n'ont aujourd'hui aucune difficulté.

plusieurs qui sont dans le problème ; et pour trouver une construction plus brève, je l'ai appliqué aux nombres, comme vous verrez dans le papier qui est dans cette lettre. Par là toutes les personnes intelligentes verront aisément que j'ai la construction universelle ; je vous l'enverrai si vous la désirez, bien que ma paresse s'y oppose. J'estime pourtant que M. Pascal sera satisfait.

Pour ce qui est de l'autre, je m'aperçus d'abord qu'il prenoit son origine de cinq plans qui touchent un ou deux cônes opposés. La résolution en est longue, mais pourtant je ne la crois pas si difficile. Quoi qu'il en soit, l'embarras continuel des affaires qui se sont présentées et multipliées au triple depuis que vous n'avez été ici, ne me donne pas le temps d'y penser pour le présent.

Je souhaiterois bien que vous me fissiez la faveur de me marquer les livres qui ont été imprimés sur cette matière, ou sur autre de philosophie, qui soient de quelque considération. Nous avons ici les *Exercitationes Mathematicæ* de M. François Schooten, professeur à Leyde : je crois qu'on les aura vues à Paris.

Je viens à ce que vous me dites de M. Descartes ; je l'estime un grand homme : c'est pourquoi je voudrois savoir particulièrement ce qu'on lui oppose. Je ne prétends pas le faire passer pour irrépréhensible, même dans ses écrits de géométrie, parce que j'ai remarqué en plusieurs endroits qu'il étoit homme, et que *quandòque bonus dormitat Homerus* : mais une petite tache ne rend pas difforme un beau visage, *atque opere in longo fas est obrepere somnum.*

FIN DU TOME QUATRIÈME.

TABLE DES MATIÈRES.

TRAITÉ DE L'ÉQUILIBRE DES LIQUEURS.

TRAITÉ DE LA PESANTEUR DE LA MASSE DE L'AIR.

FIN DE LA TABLE.

Fig. 1.

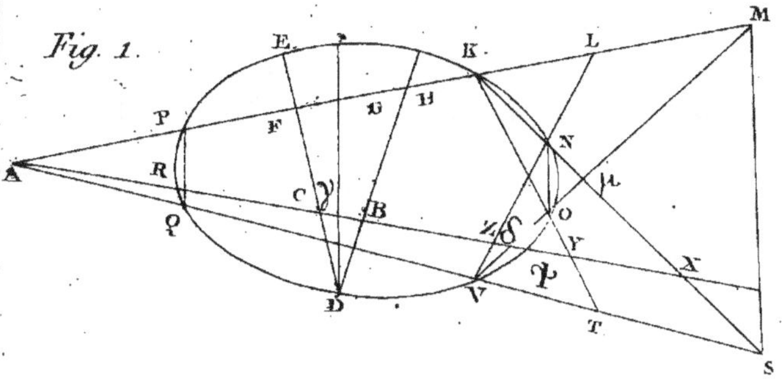

Fig. 2.

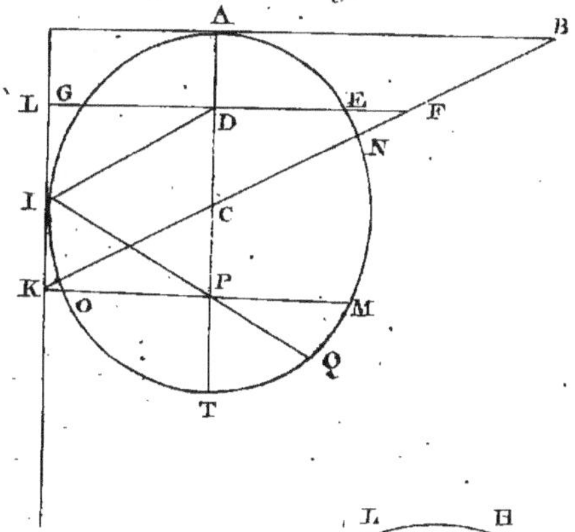

Fig. 3.

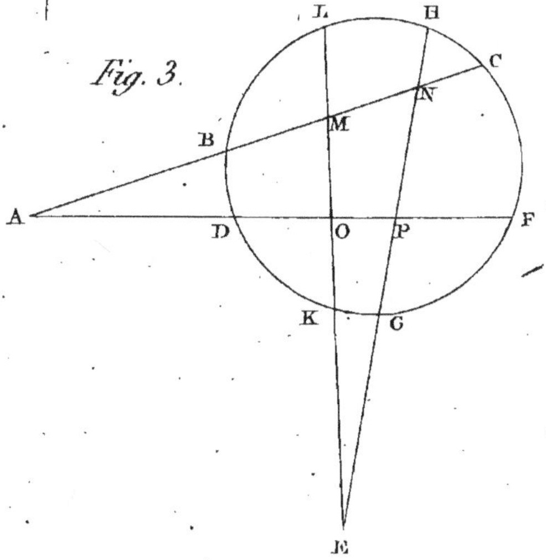

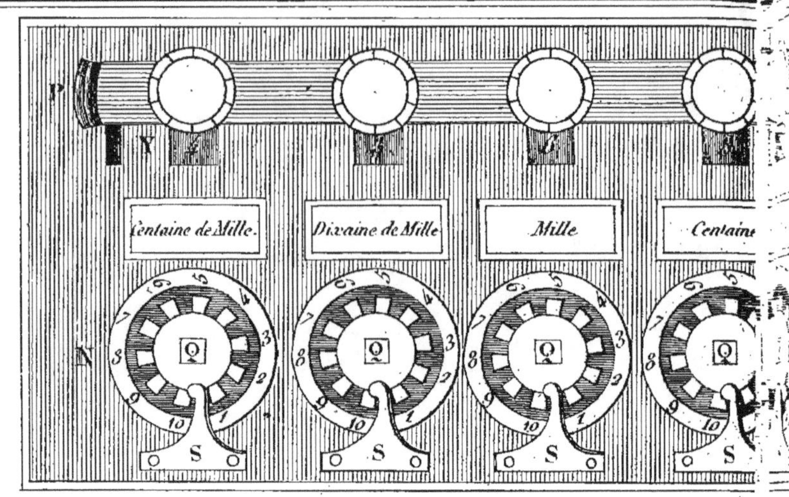

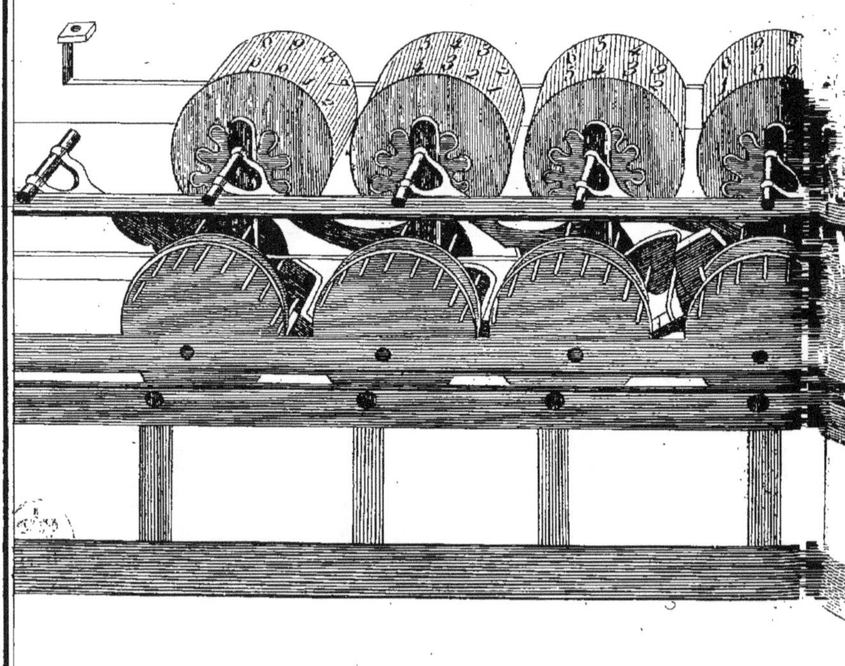

Louvet Sculp.t Rue Galande N.o 31.

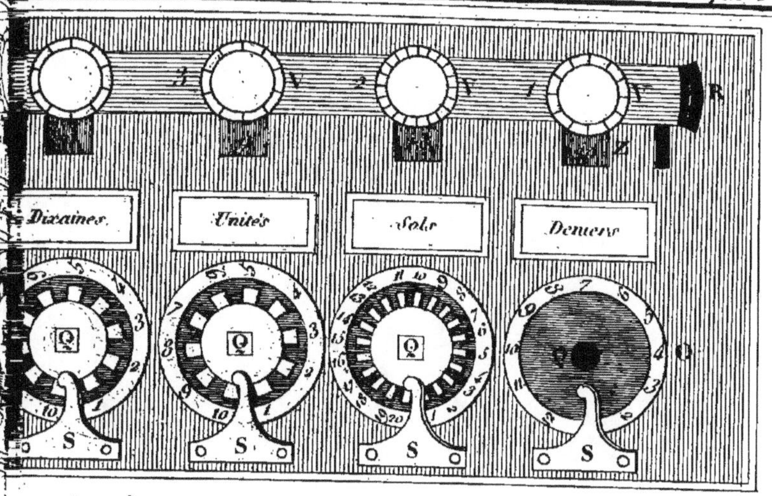
Dixaines.
Unités
Sols
Deniers

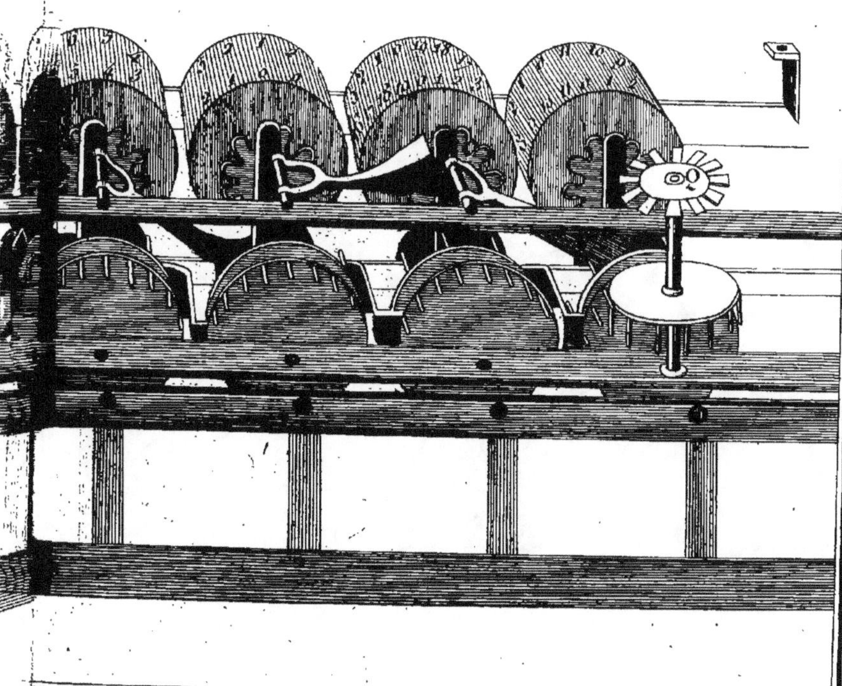

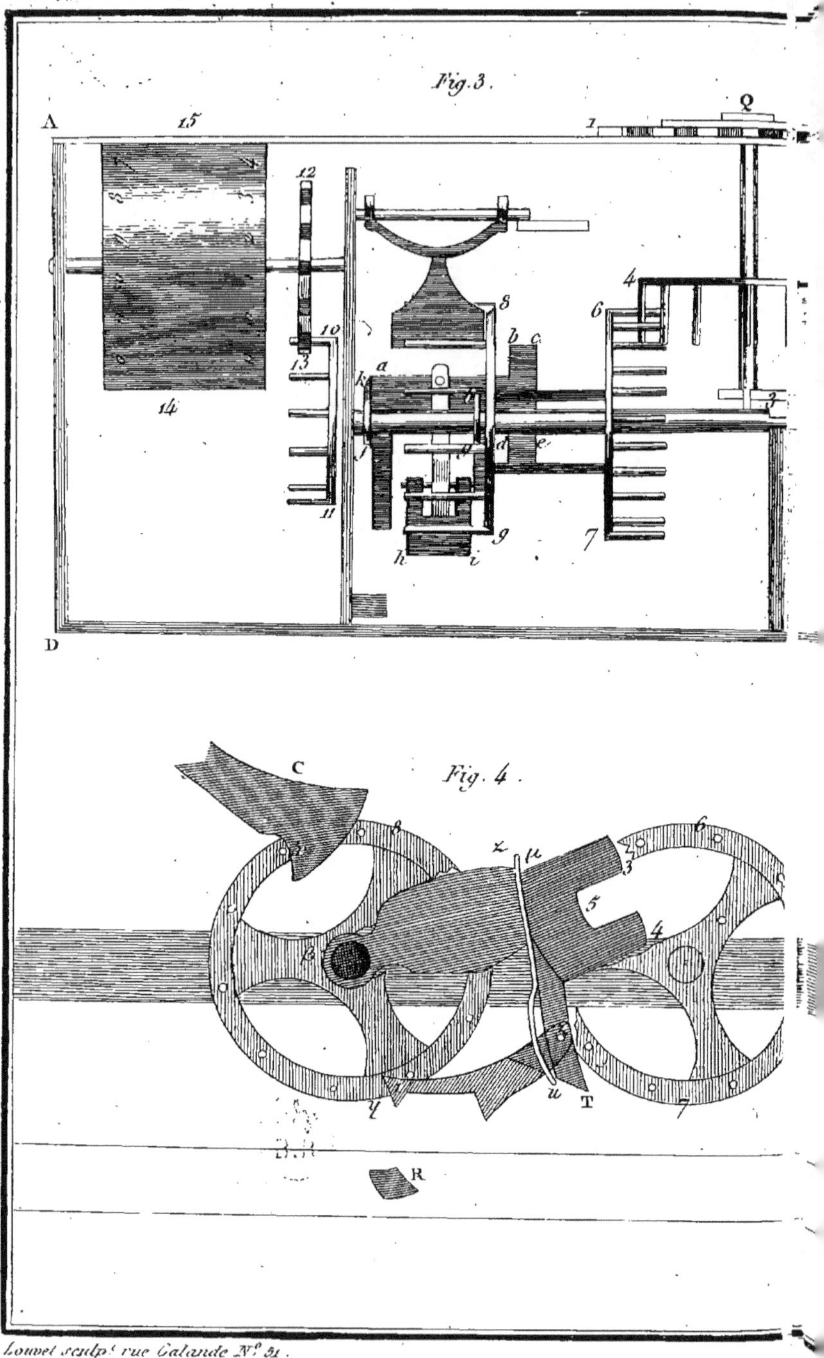

Louvet sculp.t rue Galande N.o 31.

3.

Fig. 6.

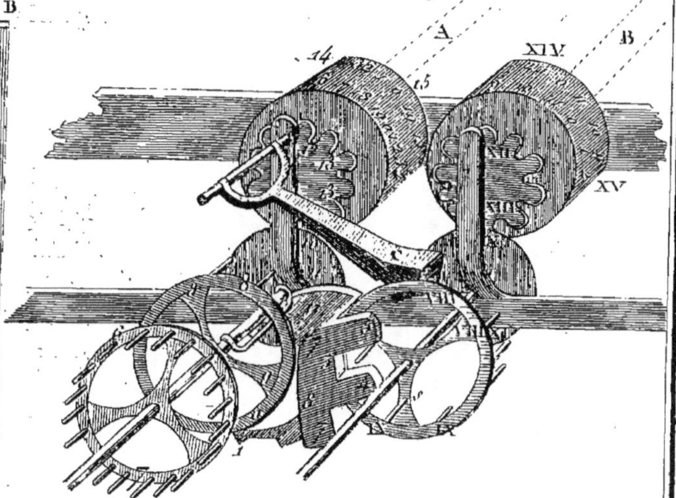

Fig. 5.

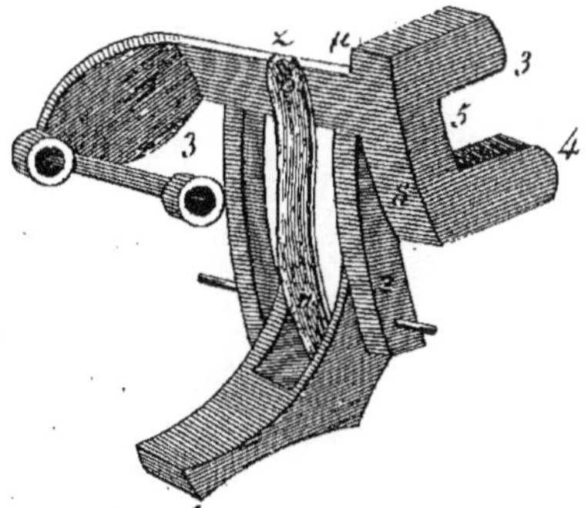

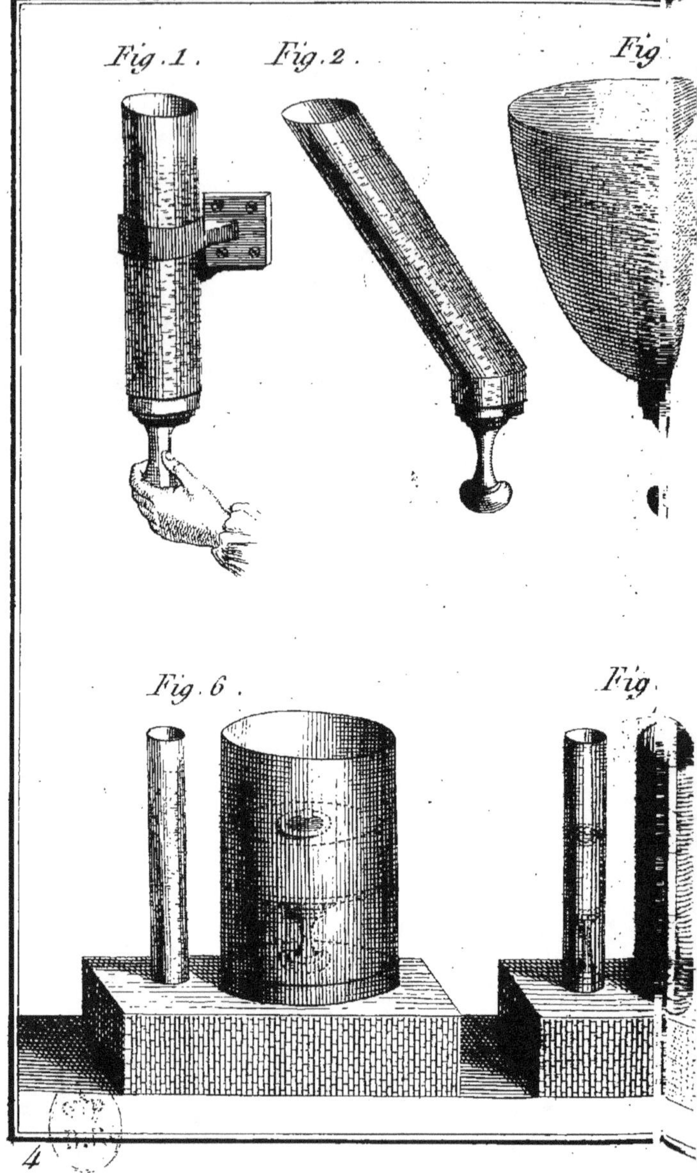
Fig. 1.
Fig. 2.
Fig
Fig. 6.
Fig
4

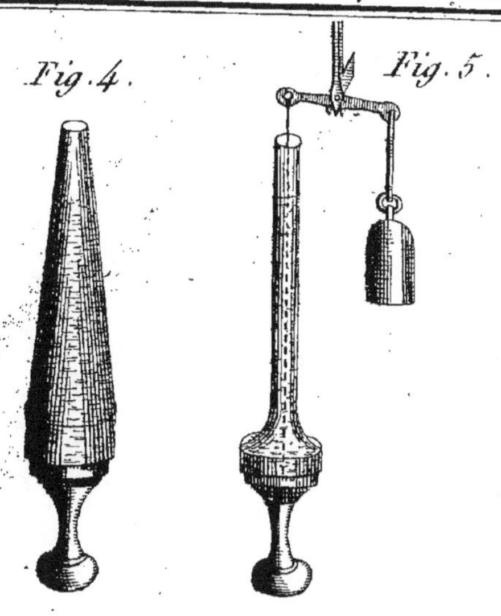

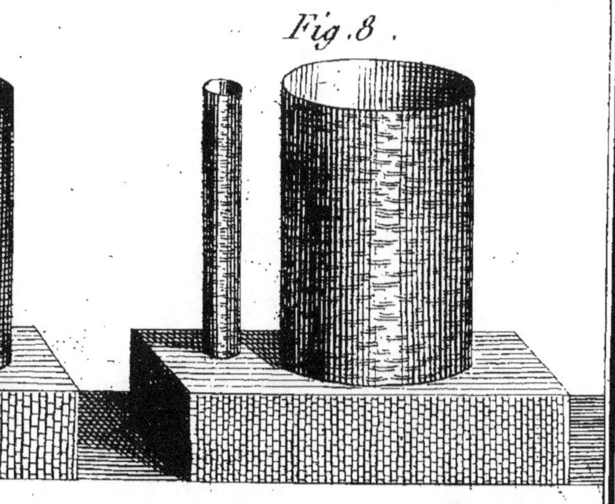

Sculp.

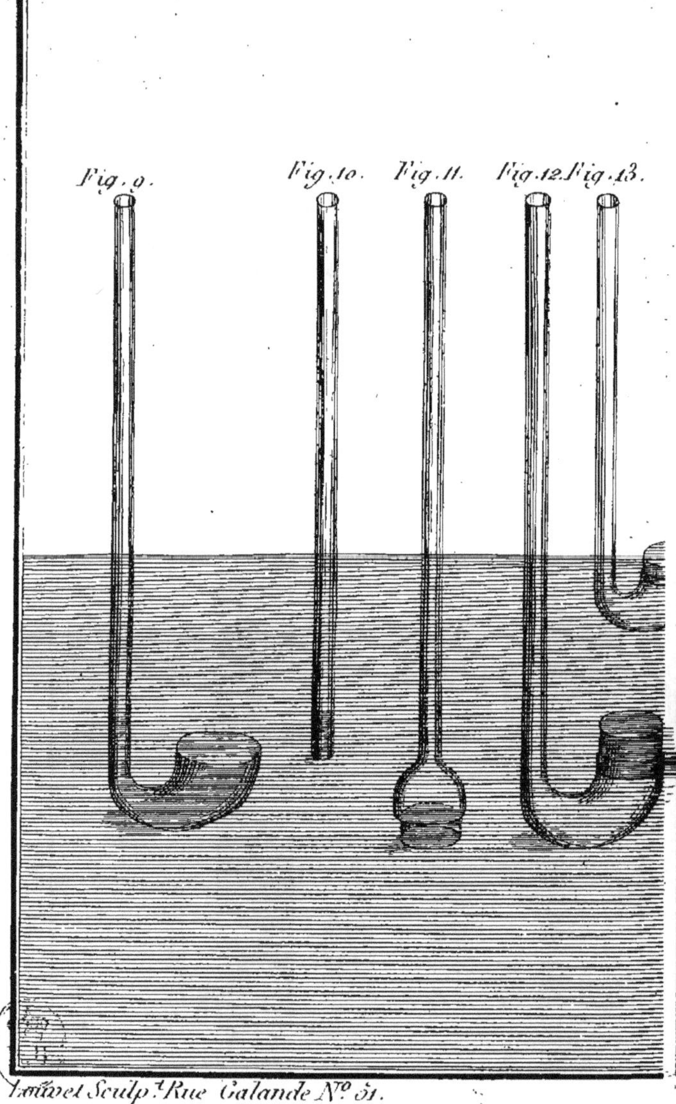

Louvet Sculp.t Rue Galande N.o 51.

Fig. 15
Fig. 16
Fig. 17

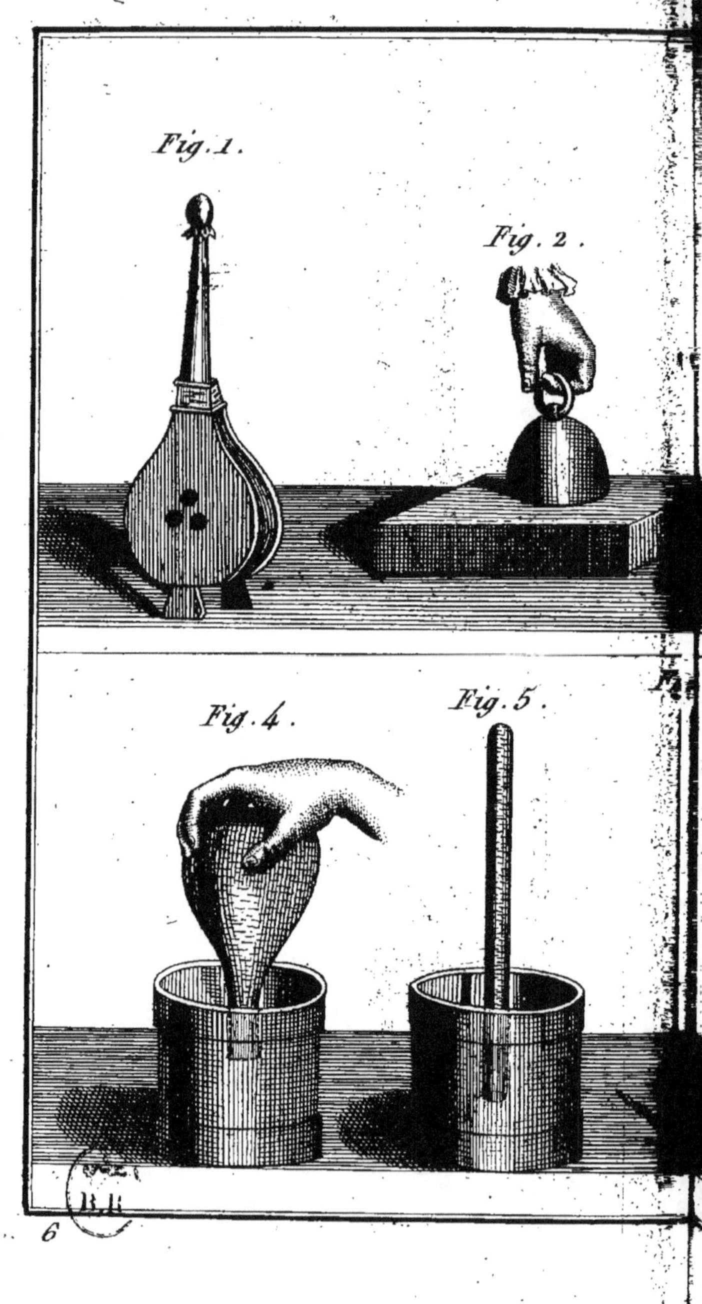

6

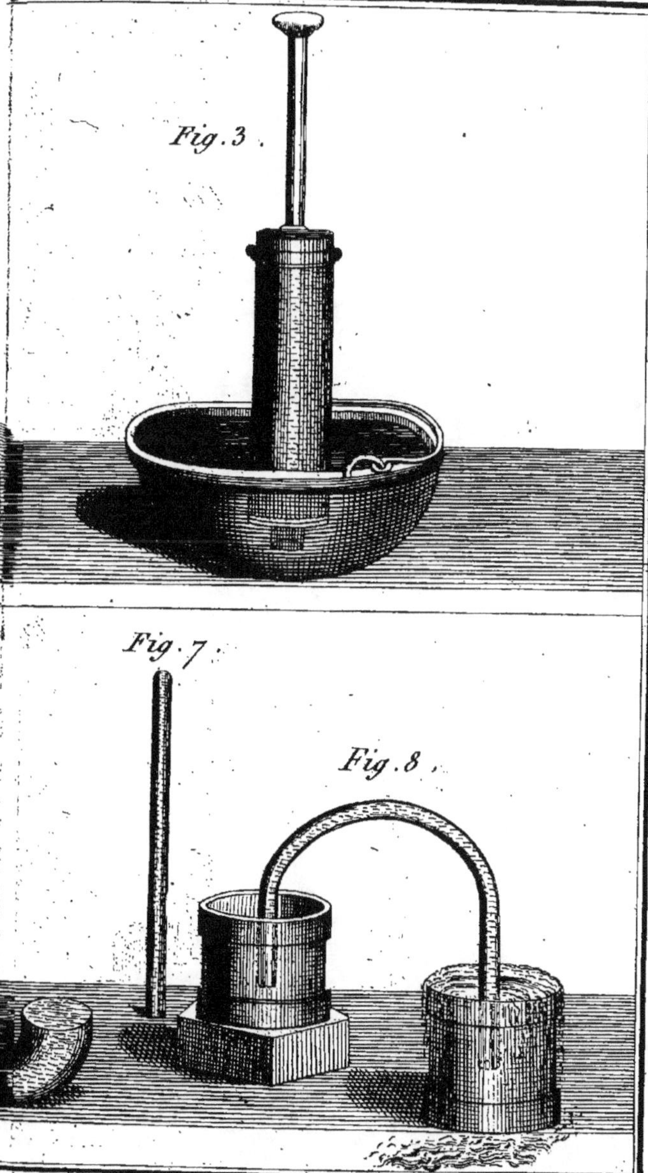
Pesanteur de l'air Pl.1.
Fig.3.
Fig.7.
Fig.8.
Louvet Sculp.t

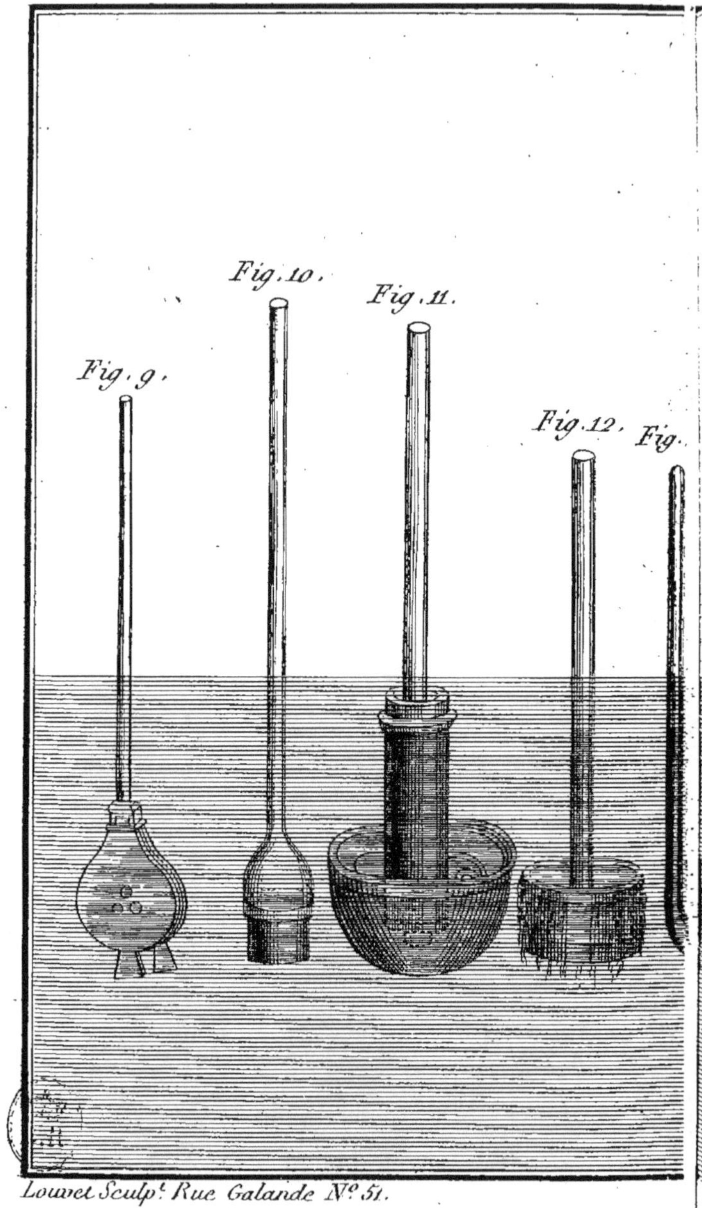

Louvet Sculp.t Rue Galande N.o 51.

Pesanteur de l'air Pl. II.

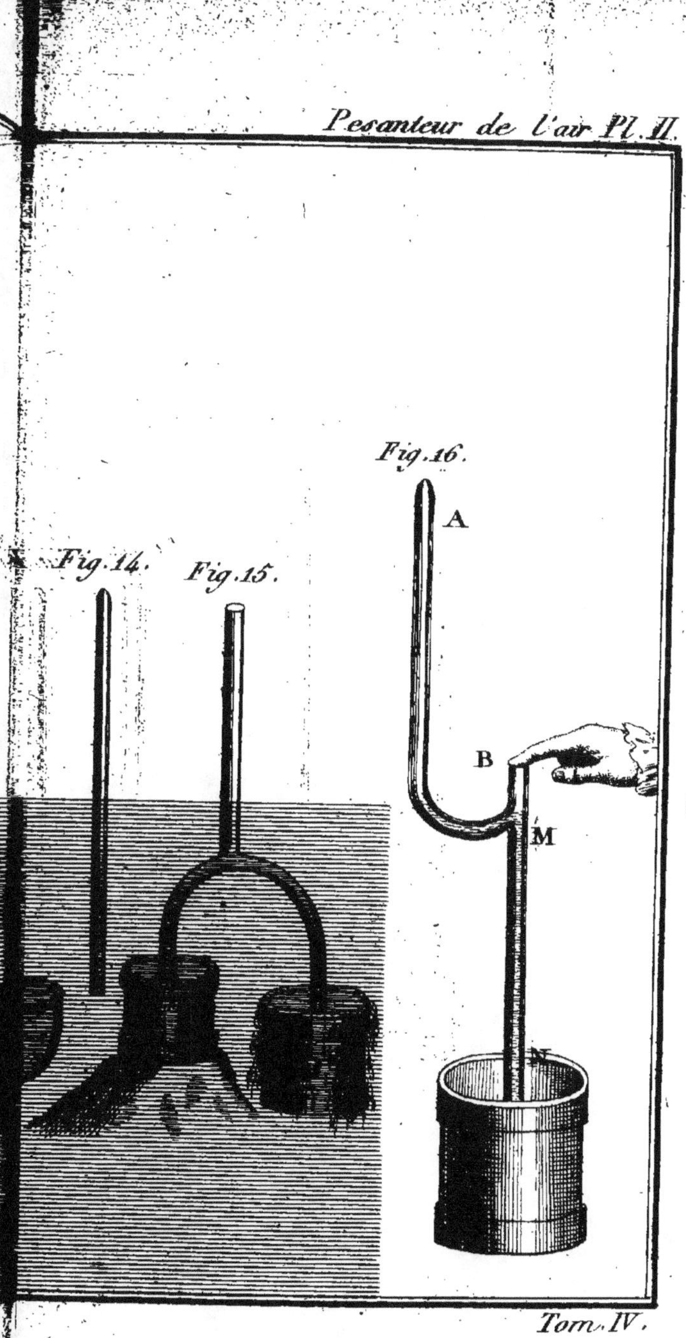

Tom. IV.

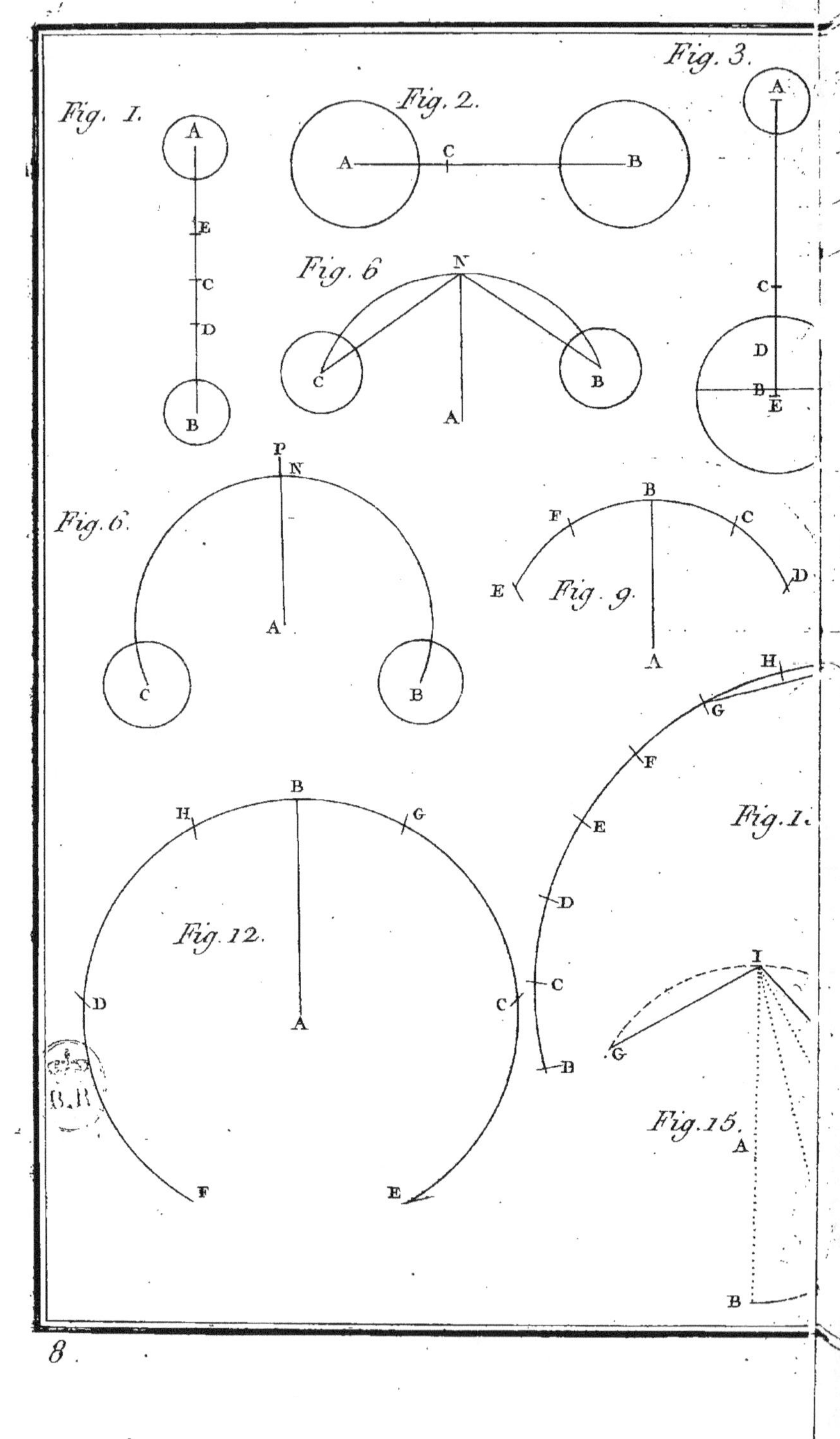
Fig. 1.
A
E
C
D
B
Fig. 2.
A
C
B
Fig. 3.
A
C
D
B
E
Fig. 6
N
C
B
A
P
N
Fig. 6.
A
C
B
B
F
C
E
Fig. 9.
D
A
H
G
F
E
D
C
B
Fig. 12.
A
Fig. 15.
I
G
A
B

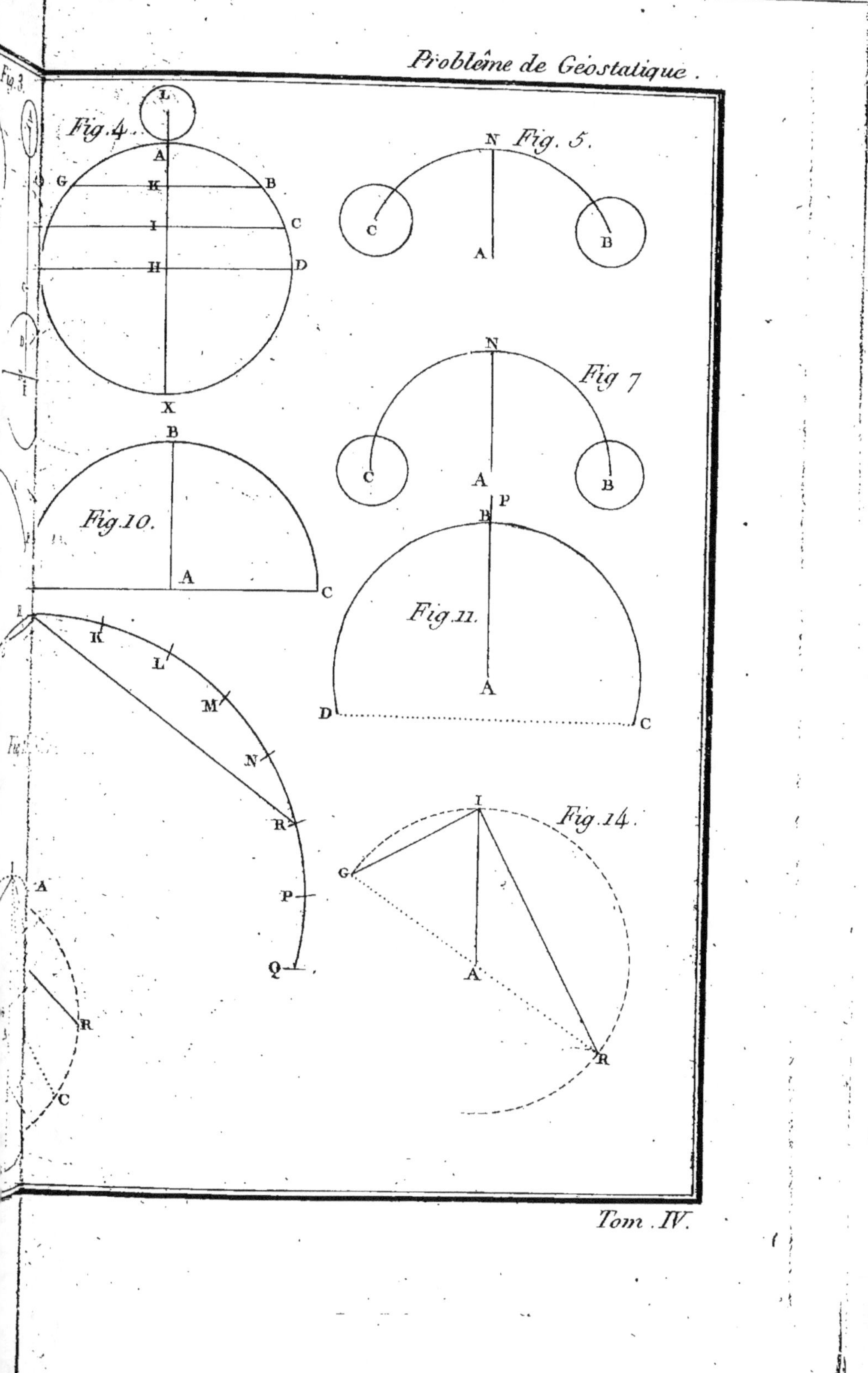
Fig. 4.
L
A
G
K
B
I
C
H
D
X
N
Fig. 5.
C
A
B
N
Fig 7
C
A
B
B
Fig. 10.
A
C
P
B
Fig. 11.
A
D
C
K
L
M
N
R
P
Q
I
Fig. 14.
G
A
R
A
R
C

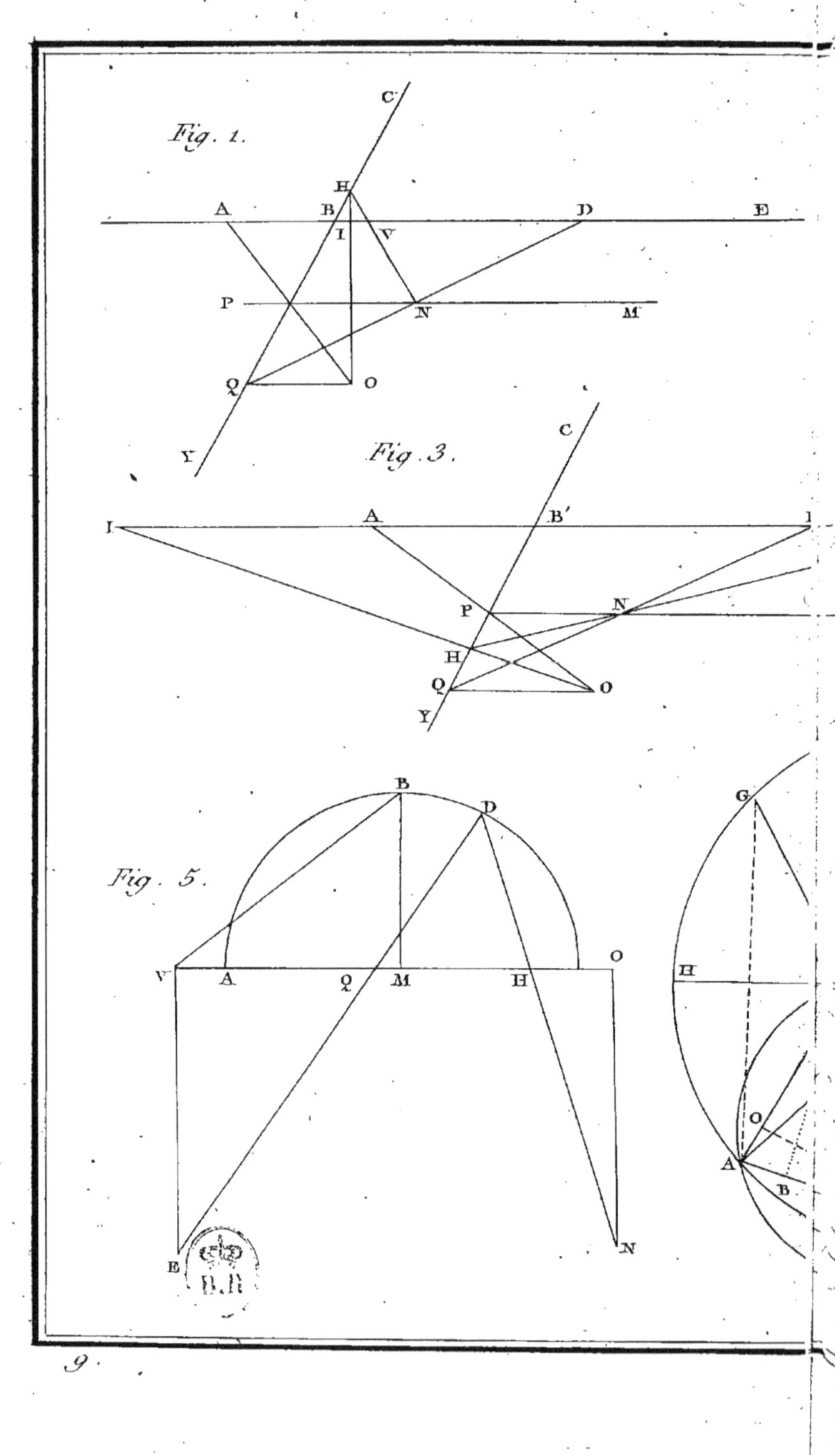
Fig. 1.
C
H
A
B
D
E
I
V
P
N
M
Q
O
Y
Fig. 3.
C
I
A
B′
P
N
H
Q
O
Y
Fig. 5.
B
D
V
A
Q
M
H
O
E
N
G
H
O
A
B

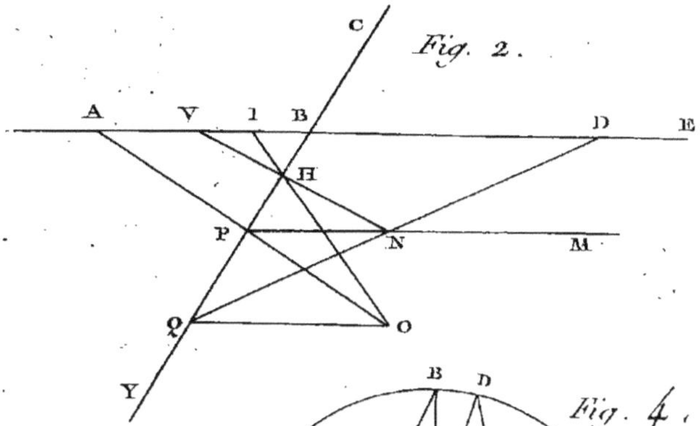

Fig. 2.

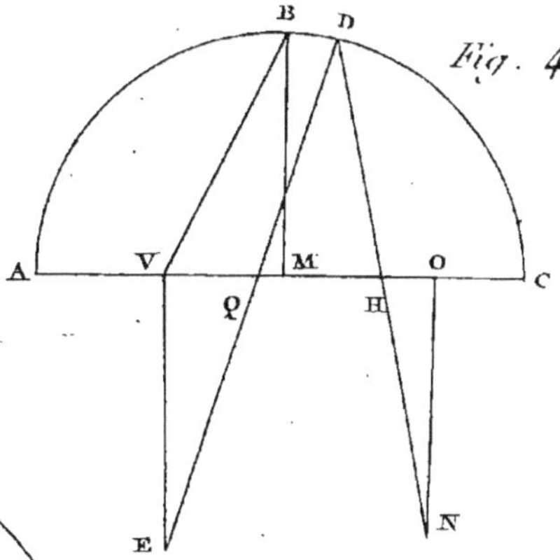

Fig. 4.

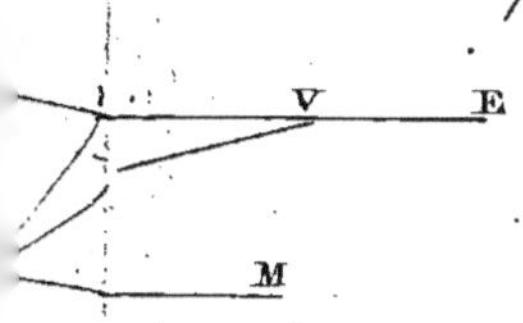

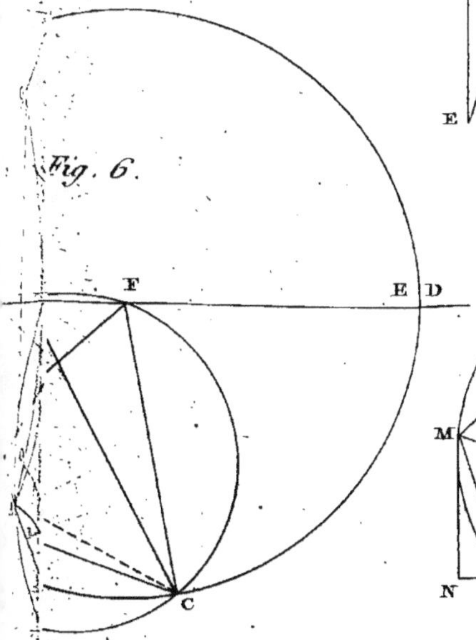

Fig. 6.

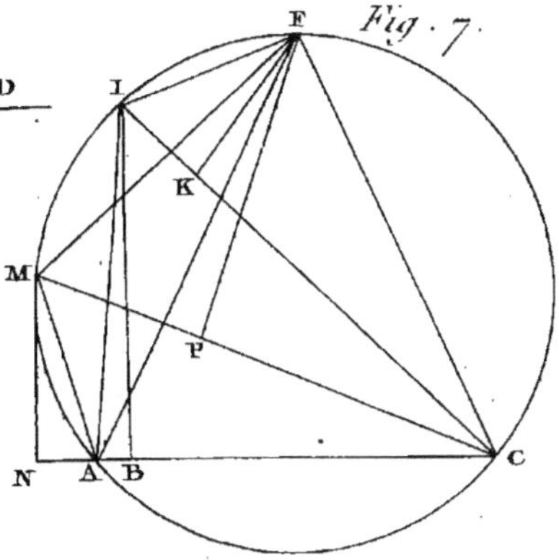

Fig. 7.

www.ingramcontent.com/pod-product-compliance
Lightning Source LLC
Chambersburg PA
CBHW061327050726
47504CB00013B/499

* 9 7 8 2 0 1 9 6 1 2 2 1 4 *